次元壁

人民文学出版社

Galaxy's Edge: Breaking the Wall
All translation material is either copyright by Arc Manor LLC, Rockville, MD, United States, or the respective authors as per the date indicated in each issue of the magazine.
Simplified Chinese language edition published in arrangement with Arc Manor LLC.
Simplfied Chinese edition copyright:
2019 Chengdu Eight Light Minutes Culture Communication Co., Ltd.
All rights reserved.
All translated material of Galaxy's Edge: Breaking the Wall is selected from Issue 1-9 of Galaxy's Edge original edition.
Published by special arrangement with Arc Manor/Phoenix Pick, Rockville, Maryland, United States.

所有翻译小说版权均为美国马里兰州罗克维尔市的 Arc Manor 有限责任公司所有，或者为每一篇中所注明的各位作者所有。

图书在版编目（CIP）数据

次元壁／杨枫,（美）迈克·雷斯尼克主编.—北京：人民文学出版社，2019
（银河边缘）
ISBN 978-7-02-015469-2

Ⅰ.①次… Ⅱ.①杨… ②迈… Ⅲ.①科学幻想小说-小说集—世界—现代 Ⅳ.①I14

中国版本图书馆 CIP 数据核字（2019）第 213296 号

策划编辑	赵　萍
责任编辑	涂俊杰
责任印制	徐　冉

出版发行	人民文学出版社
社　　址	北京市朝内大街 166 号
邮政编码	100705
网　　址	http://www.rw-cn.com
印　　刷	三河市博文印刷有限公司
经　　销	全国新华书店等
字　　数	300千字
开　　本	680毫米×1000毫米　1/16
印　　张	20
印　　数	1—10000
版　　次	2019 年 10 月北京第 1 版
印　　次	2019 年 10 月第 1 次印刷
书　　号	978-7-02-015469-2
定　　价	43.00元

如有印装质量问题，请与本社图书销售中心调换。电话：010-65233595

目录 Contents

主编会客厅
美国科幻迷组织简史 1
　　/［美］迈克·雷斯尼克 著　华　龙 译

必读经典
月球孤儿（雨果奖与星云奖提名作品）................... 15
　　/［美］克莉丝汀·凯瑟琳·露什 著　艾德琳 童文 译
全　损（雨果奖提名作品）.. 55
　　/［美］凯莉·英格利什 著　艾德琳 译

特别策划·次元壁
打破次元壁是一种怎样的体验？......................... 71
　　/范轶伦
雷神遇见美国队长（雨果奖提名作品）................. 73
　　/［美］大卫·布林 著　罗妍莉 译
巨怪例会之夜 105
　　/［美］布伦南·哈维 著　孙梦天 译
菠菜罐头之子 113
　　/［美］罗伯特·T. 杰舍尼克 著　李兴东 译
心中无壁，方能破壁
　　——卢恒宇和李姝洁专访 127
　　/范轶伦　李晨旭

中国新势力
地　穹 /罗　夏 135
万物算法 /dhew 185
讨厌猫咪的小松先生 /程婧波 197
上帝之手 /王　元 211

科学家笔记
与狄拉克共进晚餐 227
　　/［美］格里高利·本福德 著　刘博洋 译

地球档案
卡桑德拉（雨果奖获奖作品）.............................. 233
　　/［美］C.J. 彻里 著　罗妍莉 译

名家访谈
《银河边缘》访谈：专访大卫·布林 243
　　/［美］乔伊·沃德 著　许卓然 译

长篇连载
唯恐黑暗降临 02 253
　　/［美］L. 斯普拉格·德·坎普 著　华　龙 译

幻想书房
《逐影》等四部 309
　　/刘皖竹　张　羿 译

主　编
杨枫
［美］迈克·雷斯尼克

总 策 划
半　夏

版权经理
姚　雪

项目统筹
范轶伦

产品总监
戴浩然

外文编辑
姚　雪　范轶伦
吴　垠　胡怡萱
余曦赟　许卓然

中文编辑
戴浩然　田兴海
李晨旭　大　步

美术设计
付　莉

封面绘制：蔡智超

Editors in Chief
Yang Feng
Mike Resnick

Executive Director
Ban Xia

Copyright Manager
Yao Xue

Project Coordinator
Fan Yilun

Product Director
Dai Haoran

Editors for Translated Works
Yao Xue, Fan Yilun
Wu Yin, Hu Yixuan,
Yu Xiyun, Xu Zhuoran

Editors for Chinese Works
Dai Haoran, Tian Xinghai
Li Chenxu, Bigstep

Art Director
Fu Li

Cover Artist : TRYLEA

THE EDITOR'S WORD 1
  / by Mike Resnick
MASTERPIECE
  ECHEA 15
    / by Kristine Kathryn Rusch
  TOTALED 55
    / by Kary English
SPECIAL FEATURE: BREAKING THE WALL
  INTRODUCTION 71
    / by Fan Yilun
  THOR MEETS CAPTAIN AMERICA 73
    / by David Brin
  JUST ANOTHER NIGHT AT THE
  QUARTERLY MEETING OF TERRIFYING
  GIANT MONSTERS 105
    / by Brennan Harvey
  THE SPINACH CAN'S SON 113
    / by Robert T. Jeschonek
  INTERVIEW :
  LU HENGYU AND LI SHUJIE 127
    / by Fan Yilun & Li Chenxu
CHINESE RISING STARS
  THE EARTHVAULT 135
    / by Luo Xia
  THE ALGORITHMS FOR EVERY-
  THING 185
    / by dhew
  MR. KOMATSU HATES CATS 197
    / by Cheng JingBo
  THE HAND OF GOD 211
    / by Wang Yuan
A SCIENTIST'S NOTEBOOK
  DINING WITH DIRAC 227
    / by Gregory Benford
ARCHIVE OF EARTH
  CASSANDRA 233
    / by C. J. Cherryh
THE GALAXY'S EDGE INTERVIEW
  JOY WARD INTERVIEWS DAVID
  BRIN 243
    / by Joy Ward
SERIALIZATION
  LEST DARKNESS FALL 02 253
    / by L. Sprague de Camp
BOOK REVIEWS 309
    / by Paul Cook, Jody Lynn Nye and Bill Fawcett

| 主编会客厅 |
THE EDITOR'S WORD

美国科幻迷组织简史

[美] 迈克·雷斯尼克 Mike Resnick 著

华 龙 译

欢迎欣赏第五辑《银河边缘》。第四辑开始有了一点小变化。我们新增了"必读经典"和"特别策划"两个栏目，而这一辑的"特别策划"除了三篇精彩的小说外，我们还为您准备了一篇结合话题探讨与科幻从业者采访的深度长文，作为这趟破次元壁之旅的开始。

一转眼，《银河边缘》国际版问世已经一周年了。本辑依然有一支优秀的作者队伍为您效劳，其中包括建树已久的名家，比如大卫·布林、C. J. 彻里、L. 斯普拉格·德·坎普，新星作家凯莉·英格利什、布伦南·哈维等。此外，还有来自中国的程婧波、王元、dhew 和神秘新人罗夏。我们依然有例行的格里高利·本福德的科学栏目、保罗·库克的书籍评论，以及乔伊·沃德主持的大师专访，这期的受访嘉宾是大卫·布林。

有很多人在不遗余力地创建或是重建科幻迷组织，这行不通。原因很简单，没有必要创建或是重建。它已然有很悠久的历史了。

某天夜里，我正在跟一群热心的年轻粉丝聊天，话题是关于计算机网络的。他们对于科幻迷历史的某些方面生出了好奇心，而我正在用往届世界科幻大会、克劳德·戴戈勒[1]、770 房间[2] 的料投喂他们。其中一人突然插话说，非常有必要把这些事情都写下来，等到我们这些老家伙都驾鹤西去，就再也没人能编纂科幻迷组织的历史了。

我和和气气地解释说，大家其实不用这么担心，我们这些老家伙已经把六十年中的大好岁月都用来编纂科幻迷的历史了，而且鲜有其他领域的爱好者会像科幻迷群

---

1. 克劳德·戴戈勒，堪称史上最著名的科幻迷之一。20 世纪 40 年代，戴戈勒在美国多地亲手创办了多个科幻迷组织，参与了无数科幻迷组织的事务和杂志创办，可谓大名鼎鼎；但他同时又极为低调神秘，表现出的种种古怪又执着的偏执行为。

2. 1951 年第九届世界科幻大会在美国新奥尔良举办，在此期间诞生了科幻史上最著名的一场聚会，始作俑者是弗兰克·戴茨。起初戴茨在一家酒店房间搞聚会，但是由于太吵，被酒店叫停了，于是，底特律的几个科幻迷又另外找了个地方登记入住，挪到那里继续聚会，这个房间的门牌号就是 770。这场聚会越搞越大，直到第二天上午十一点才收场。后来，"770 房间"这个词就成了科幻迷欢聚的象征。

体这样有如此完备而丰富的资料。

我甚至提及了一些书名，以此来证明我的观点——可他们从没听说过其中任何一本……看起来，是时候让一些人好好审视一番自己到底有多外行了，让他们知道应该去哪里寻找《科幻迷组织圣典》，免得我们这些老家伙挂掉之前没来得及告诉他们。

这可不是装模作样要列出一份完备的清单，而是我作为一名粉丝和一位专业人士（我得赶紧声明一下，这两个名头并不相互排斥。我就是，一直以来都是，而且永远都会是，一名粉丝——尽管这个头衔得不到美国税务局的认可）历经半个世纪，竭尽所能积累起来的经验。不管怎样，我想，以下内容都应该算得上公道，如果你读过我即将要讨论的每一本书的每一句话、每一个字，你就不再是这趟旅程中的外行了，而且可能在你完成这趟旅程的那一刻，你会因为与那些正宗科幻迷组织的这场神交而喜不自胜。

历 史

第一本具有重要影响的书必须是山姆·莫斯克维茨[1]写的《不朽的风暴》（亚特兰大科幻机构出版社1954年发行，后来由许珀里翁出版社再版发行），这简直就是为美国科幻迷组织写的历史，以1939年第一届世界科幻大会为最高潮，不放过一丝一毫的细节。

现在的大家可能不知道，第一届世界科幻大会并不像当年亲历者所期待的那样顺利举行。莫斯克维茨本人（人称大山姆，就像弗雷斯特·阿克曼人称4e）[2]曾亲自阻止唐纳德·沃尔海姆、C. M.考恩布鲁思、弗雷德里克·波尔、朗兹博士以及约翰·米歇尔参会，并由此引发了一系列连锁反应，其中之一便是导致了众所周知的《排外法案》[3]。有时候你很难相信，大山姆书里写的只是一伙满脸粉刺、夸夸其谈的毛头小子，而不是基辛格和迪斯雷利[4]。

L.斯普拉格·德·坎普称其为"对于小群体活跃人物无意识的杰出研究"。小哈利·华纳又加了一句："哪怕在读完跌宕起伏的二战史之后直接读这本书，也一点都不会觉得平淡乏味。"不过，还有一位不知名的读者称之为"译自斯洛泊维亚语[5]，而且翻译很差劲"。语言乏味这个问题嘛，大山姆在许多年里始终如一。

达蒙·奈特在他的文学批评专著《追寻奇迹》中专门辟出简短的一章给《不朽的风暴》，这一章的标题是《拿着显微镜的莫斯克维茨》。有多么显微？从下面的节选可一窥端倪：

---

1. 山姆·莫斯克维茨（1920—1997），美国科幻史学家、评论家。曾任第一届世界科幻大会主席。
2. 山姆的签名通常为SaM，弗雷斯特·阿克曼的签名通常为4e，因此得名。
3. 效仿《排华法案》而命名。为了排挤圈内那些不同政治倾向的人。
4. 基辛格是美国20世纪政治家、外交家，迪斯雷利是英国19世纪的首相。
5. 出自20世纪30—40年代美国流行的《乡巴佬连环画》，用来讽刺当时没见过世面的新移民。

"会员[1]人数从来没超过最初的五位,而自从这五位迅速分裂成两大派别之后……"

我要多说一句,《不朽的风暴》并不缺少同类伙伴,比如杰克·斯皮尔的《迄今为止》——在《FAPA 使命》[2](这本书后面会说到)一书里面可以找到这篇文章,1994 年大角星出版社也曾将其做成小册子单独发行过。

斯皮尔对于 20 世纪 30 年代的科幻迷历史有他自己的解读,而且确确实实要早于大山姆的书。那这篇文章是不是要委婉平和一点呢?嗯,据乔·吉尔伯特说,那"就像把自开天辟地以来堵塞了所有生命之流的怨气、偏见和嫉妒集于一身"。

(六十多年过去了,斯皮尔仍然在写关于科幻迷组织的书,当他在 2004 年世界科幻大会作为科幻迷荣誉嘉宾现身的时候,NESFA[3] 出版社推出了他的《科幻迷的心声》。)

所以,要想写一本没有汇集所有的怨气、偏见等等的科幻迷组织的历史,还有可能吗?

如果你的名字叫小哈利·华纳,那就有可能。

哈利从大山姆和斯皮尔停下脚步的地方接着开始做了,而且用两卷巨著涵盖了之后二十多年的科幻迷组织。第一卷针对的是 20 世纪 40 年代,就是《我们所有的昨日》一书,这书比它的老前辈写得好太多了,而且没有任何个人成见,因为哈利与科幻迷组织最主要的交往都是通过科幻迷自办杂志和书信进行的。这是一段奇妙的、不拘一格的历史,涵盖了所有最值得品味的故事,详述了(比如说)沃尔海姆和大山姆之间爆发战争后的第一次会面,汇集了超过一百张照片,甚至还编了索引。要想了解科幻迷的历史和轶事,这本书是真正的宝藏。

《我们所有的昨日》在 1969 年出版的几年之后,第二卷《道不尽的传说》由乔·斯科拉里和他的科幻迷史出版社首次推出。乔用蜡纸油印了《道不尽的传说》,并将它分成"三期",作为科幻迷自办杂志于 1977 年推出。在 1992 年世界科幻大会之前,这就是它唯一存在于世的形式。而 1992 年科幻大会召开的时候,SCIFI 科幻出版社及其编辑迪克·林奇最终将它以精美的精装版推出。这甚至都不能说是《我们所有的昨日》的续作,而是它内容的接力,所配的大量插图显然出自同一位作者的手笔,书中充斥着大量的趣闻轶事,几乎立刻就成了科幻迷的一部传奇。

还有一部由 F. 陶纳·朗尼在 1948 年写的科幻迷历史,尽管地域性很强,但十分迷人。这本书名叫《啊!可爱的蠢蛋!》,讲述朗尼在 LASFS(即洛杉矶科幻协会)的几年中所经历的事情。那个年头,这位作者所知道的每一个人都被约瑟夫·麦卡锡[4]议员大肆指责为同性恋或是共产主义者,或者两者皆是。而这本书的出版要比麦

---

1. 讽刺由上文唐纳德·沃尔海姆、约翰·米歇尔创建的"纽约未来人组织",不过这个组织后来吸纳了包括艾萨克·阿西莫夫、詹姆斯·布利什、弗雷德里克·波尔、达蒙·奈特等科幻大咖。
2. FAPA 是 Fantasy Amateur Press Association(幻想爱好者出版协会)的缩写。
3. NESFA 是新英格兰科幻协会的缩写。
4. 约瑟夫·雷芒德·麦卡锡,1908—1957,极右派美国政治家,"麦卡锡主义"提出者,在 1950—1955 年间起了全社会疯狂揭发、迫害共产主义者或民主进步人士的恐怖闹剧。

卡锡的猖狂行为更早一些，否则估计很难出版。4e·阿克曼似乎是这本书里的反派——然而，也是阿克曼为出版这本书付了钱。《啊！可爱的蠢蛋！》在FAPA连载，后来完整收录在迪克·埃宁的巨著《FAPA使命》中。

朗尼很快就退出了科幻迷组织。他结了四次婚，理论上逝世于1958年6月8日。（我说理论上，是因为在80年代早期，我还看到"F. 陶纳·朗尼"这个名字出现在纽约出版的一本计算机杂志的刊头，这个世界上有多少个F. 陶纳·朗尼在从事写作？）

好吧，现在我已经两次提到《FAPA使命》了，那我就得好好跟你们聊聊它。回到1962年，迪克·埃宁收集了许多在FAPA里流传的最有意思的事情——FAPA是科幻迷最早的一家爱好者出版协会，至今依然欣欣向荣——并且在这些事情即将被永远遗忘之前将它们结集出版。这本书三百七十多页的内容涵盖了难以计数的美术作品和文章，包括斯皮尔的历史和朗尼的愚蠢。就某方面来看，它就是科幻迷组织之间的一部竞争史，尽管组成这部历史的人从未有意识地去竞争，他们只是不断地创造着科幻迷的历史，直到埃宁把这些老文章、连环画全都汇集在一起，编纂成厚厚的一部科幻迷巨册。你还能找到《不变异就死》这篇约翰·米歇尔的宣战檄文，它在"未来人组织"和"新新科幻迷组织"之间划出了一道明确的战线。还有一些妙不可言的节选，来自莱德·博格斯名垂青史的《天勾》、罗伯特·西尔弗伯格的《太空船》，以及诸多今日看来十分经典的科幻迷自办杂志。

辞典与百科全书

第一本科幻迷百科全书——事实上算是科幻迷专用词汇及词源的大辞典——是杰克·斯皮尔编写的《幻想百科全书》，由弗雷斯特·J. 阿克曼[1]在1944年出版。这是一本油印的印刷品，超过一百页。

《幻想百科全书II》在1959年推出，由迪克·埃宁编辑（与斯皮尔的合作为它增光不少）。这本书是我最喜欢的几本科幻迷书籍之一，单倍行距印刷，一百八十四页，包括十九页增补和更正，还有二十四页"未入选的词条"。这是一本绝妙的书，能让你在讨论那些"绝密"事件的时候信手拈来，还告诉你如何调制一杯原子能鸡尾酒，或者公开展示塔克饭店[2]的平面图。杰克·乔克的蜃景出版社在1979年发行了影印本。

埃宁还出了一本《幻想超级大百科》，这本百科是有潜力成为《幻想百科全书III》的。在他退出出版界之后，这项计划由洛杉矶的一些科幻迷接手，这些人在1984年

---

1. 弗雷斯特·J. 阿克曼（1916—2008），号称世界头号科幻迷。他的绰号颇多，如4e、4SJ、弗里大叔、阿克曼怪物、阿库拉博士、弗杰克等等。

2. 塔克饭店是由一位传奇科幻迷鲍勃·塔克所创建的一种理念。当时美国各地酒店房价飙升，而房间又单调乏味，于是塔克提出自建一座饭店专门用于招待科幻迷，房价永远都是五美元一天。由于科幻大会在许多城市轮流举行，因此这座饭店也要能在城市间移动。另外有人还提出，饭店员工要经过科幻迷审查考核才能上岗。后来这项计划吸引了许多科幻迷参与，以鲍勃·肖为首的计划小组还绘制出了饭店建筑蓝图。《幻想百科全书II》就收录了这些宝贵的图纸。

还宣布了指日可待的出版计划。然而，就在我写下这些文字的时候，只不过才过去了短短三十年而已，《最后的危险幻境》（这本书也是洛杉矶科幻迷的一大手笔，现在我都开始考虑参与这事儿了）也只完成了一半，我对于有生之年看到它还是抱有一丝希望的。

一本距今更近的、不那么有野心的出版物是埃利奥特·温斯顿的《精粹版科幻迷词典》，1975年由O出版社出版发行。它是以两卷本面世的，总共只有一百七十一页，却可能比《幻想百科全书Ⅱ》拥有更多的词条。不过，我更喜欢后者，因为它给出了这些词汇的掌故和历史，而《精粹版》只是给出了解释。

介于小小的词典和同样小小的百科全书之间的，有一本《新粉丝指南》，是鲍勃·塔克在1955年写的。这本书已经重印过好多次了，据我所能知道的情况来看，此书从未修订过。我见过的最新版本是麦克·格莱尔1984年的版本，尽管大卫·楚斯戴尔告诉我说，肯·凯勒在1996年已经发行了正式授权的第七版。我想，它的流行与两件事不无关系：塔克一如既往都是科幻迷组织最受人喜爱的成员；而另一个事实嘛，与《幻想百科全书》相比，它规模很小，因此印刷成本也很低。而《新粉丝指南》确实是针对非科幻迷的，如果你能找到一本收录了本篇文章的科幻迷杂志，那你就用不着它了。

最后，还有罗伯特·罗格的《未来之声：科幻迷的科幻小说语言指南》，1991年由佩勒根出版社出版，对于我的品位来说，这本书实在是太过局限而且媒体导向性太强了。

活　动

曾有一度，我非常非常希望能重访1962年以来的每一届世界科幻大会，哪怕是仅仅通过阅读文字记录来实现重访都行，但是，唉，做不到啊。好在最后还是有三届成文了。

第一本是《活动集锦：第三届芝加哥大会》[1]，它对1962年世界科幻大会的所有论坛和演讲进行了极为详尽的记录，并配有极为丰富的插图，是由厄尔·坎普编辑、降临出版社于1963年出版的。对于我来说，这本书的亮点是鲍勃·布罗切关于好莱坞的演讲，以及西奥多·斯特金作为荣誉嘉宾的发言。（另外，第三届芝加哥大会的活动记录在大会五十岁生日的时候重印了，也就是2012年世界科幻大会期间。同时增加了2012年荣誉嘉宾的导言，真不好意思，荣誉嘉宾正是本人。）

第二本是《活动集锦：特区大会》[2]，1963年世界科幻大会的文字记录，包含了近百张照片，由迪克·埃宁编辑，并由降临出版社于1965年出版。这本书里最棒的是关于阿西莫夫、德·坎普、莱柏、莱茵斯特和布莱凯特的版块，其中提出了这么一

---

1. 这是芝加哥第三次举办的世界科幻大会。
2. 本届世界科幻大会在华盛顿特区举办，因此称为"特区大会"。

个问题："BEM[1]看起来应该是什么样的？荣誉嘉宾穆雷·莱茵斯特的发言十分精彩，但他似乎比大多数巨匠被人遗忘得更快。如果你从未亲身感受过艾萨克·阿西莫夫主持的烧烤吐槽会，那这本书会弥补你的遗憾。

最后要介绍的是莱斯利·图莱克编辑的那本插图丰富、咖啡桌读物尺寸的《诺里斯大会活动记录》[2]，即 1971 年世界科幻大会主要活动的文字记录，它是以咖啡桌读物的版式、由 NESFA 出版社于 1976 年出版。亮点包括一个涉及阿西莫夫、克利福德·西马克的版块，还有另一个版块涉及了阿西莫夫、马文·明斯基和拉里·尼文。

从那以后，世界科幻大会的规模变得越来越大，根本不可能搜集到大会所有的点点滴滴了，哪怕就是从活动的某一个方面去整理也不大可能，更不用说把整个活动都记录下来出版发行——偶尔还会出现十五场（甚至更多）活动同时进行的盛况，每天活动八到十四个小时，相当于一个持续五天的大周末——根本没法记录。原因就是这么简单。

画 册

世界科幻大会的持续壮大最终导致一套丛书销声匿迹，这套书是由杰·凯·克莱恩一手打造的，他是科幻界非官方摄影历史学家。有一点是很确定的，但凡在九十年代末之前参加过世界科幻大会的人，没有谁能逃过杰·凯的闪光灯——不过并非所有人都知道，早在 1960 年，他就出版了《大会年刊第一辑：匹茨大会》[3]，这是一本刊登有数百张大会照片及文字说明的纪念册，涵盖了论坛、演讲、化装舞会、雨果奖颁奖典礼、大堂志愿者、派对等等十几个部分。

这之后，很快就又有 1962 年的《大会年刊第二辑：第三届芝加哥大会》、1963 年的《大会年刊第三辑：迪斯大会》和 1966 年的《大会年刊第四辑：特里大会》。到 1974 年第二届迪斯大会，杰·凯总共推出了五本，不过到那时，世界科幻大会的规模已经变得太大了，即便有帮手，他也认不全照片里哪怕半数的科幻迷，于是他就不再做这个系列丛书了。

回溯这一切，我认为，克莱恩的画册比大会手册更加真切地呈现了历届大会的真实样貌，因为杰·凯不单单是给每个论坛拍照，也全面照顾到了艺术展览、小商品区、化装舞会，几乎涉足世界科幻大会周末的方方面面。除非我们发明时间机器，否则那些画册就是你所能体验到的——或者重新体验到的——20 世纪 60 年代早期世界科幻大会最真实的感觉。

还有两本纪念册，出版时间相隔仅仅几个月，它们不仅制作精美，内容的全面性也不逊色于克莱恩的画册。1984 年，史蒂芬·弗朗西斯编辑了《北美科幻大会纪

---

1. BEM 是虫眼怪兽"bug-eyed monster"的简称。
2. 诺里斯大会，是 1971 年在波士顿举行的世界科幻大会。
3. 1960 年世界科幻大会在匹茨堡举行，因此称为"匹茨大会"。

念》，是 1979 年在肯塔基州路易斯维尔举行的北美科幻大会的画册；仅仅几周之后，马萨诸塞科幻大会的科幻迷组织又推出了《第二届诺里斯大会纪念册》，这是一本关于 1980 年世界科幻大会的画册，由苏福德·刘易斯编辑。（此后，他们还出版了《第三届诺里斯大会纪念册》。）

自从上一本纪念画册出版后，真的是已经过去好久了，然而我知道科幻迷们一直十分珍视它们。希望未来的组委会能重现此举。

专业人士/科幻迷的回忆

随着科幻的受众群体越来越庞大，其从业者变得越来越有名气，不可避免的就是一些扛大旗的专业人士会被要求写一写回忆录和自传之类的出版物——而且由于为数不少的专业人士都是从科幻迷组织里成长起来的，特别是在早些年间，他们的回忆录少不了涉及科幻迷组织。

其中最重要、最令人兴奋的就是达蒙·奈特的《未来人》，1977 年由约翰·戴公司出版（后来以平装本大量发行）。达蒙将纽约三十年代后期那批二十岁上下的年轻人编纂入史，他们一起扎堆，立志要在科幻领域拼一把——想一想吧，他们之中包括唐·沃尔海姆、弗雷德里克·波尔、艾萨克·阿西莫夫、达蒙·奈特、罗伯特·朗兹、C. M. 考恩布鲁思、弗吉尼亚·基德、朱迪丝·梅丽尔、詹姆斯·布利什等等，我觉得，说他们天生就是干这个的料应该没什么不妥。奈特的编年史将他们内部、外部的争斗描述得淋漓尽致（这个嘛，人人都会理解，因为在他们闯世界的最初几年里，争斗是为了生活）。之后，沃尔海姆、波尔、朗兹一头扎进编辑工作，并开始相互购买作品，到 1943 年，他们就控制了这个领域大半的专业杂志。一路追寻着他们的足迹到今天，艾萨克变成了国际知名的超级巨星，沃尔海姆从共产主义者蜕变为资本主义者，并且开办了他自己非常成功的出版公司，考恩布鲁思英年早逝，约翰·米歇尔死得几乎无声无息。这是一本很难写就的书。

有一本集子是由六个中短篇自传组成的，由哈利·哈里森和布莱恩·奥尔迪斯编辑，题为《地狱制图员》（这是向金斯利·艾米斯那部关于科幻的开创性散文集《地狱的新地图》致敬之作）。这本书由哈珀&罗出版公司于 1975 年出版，六篇中的三篇都是与科幻迷组织有着千丝万缕关系的自传，比如弗雷德里克·波尔、达蒙·奈特、罗伯特·西尔弗伯格（他只是略有提及）。

弗雷德里克·波尔还写了一部厚厚的自传：《未来曾经的样子》，由戴尔·雷出版公司在 1978 年出版，其中主要讲的就是他成为专业作家之前在科幻迷组织的生活。艾萨克·阿西莫夫的自传《记忆犹新》，双日公司 1979 年出版，也如出一辙，尽管艾萨克从未像他的同龄人那样深涉科幻迷组织。出人意料的是，罗伯特·布罗切的《布罗切身边的往事》于 1993 年由托尔出版社推出，里边几乎没有谈到科幻迷组织，尽管布罗切本人就是科幻迷组织有史以来最好的专业作家朋友。他写信给我说，他在里边写了不少科幻迷轶事，特别是关于他自己和鲍勃·塔克的，不过后来都被删掉了。

在其他一些回忆录里，还有不少对于科幻迷组织的简短论述。其中，最值得关注的是劳埃德·阿瑟·埃斯巴赫的《越过我的肩膀》和杰克·威廉森的雨果奖获奖作品《奇迹的孩子》，不过说真的，这些书太专业化了，而且太具出版导向性，不太适合在这里多说，当然，它们的品质一流。

最后，大卫·G. 哈特维尔的《奇迹年代》，沃克尔公司1984年出版，又由托尔出版公司再版发行，这本书也许是有史以来对专业组织与科幻迷组织之间共生关系最好的分析。它不是科幻迷着笔的，而是专业编辑用简单直白的语言为科幻读者群体写的一本通用书，内容涉及科幻迷组织与科幻之间长期以来的联系，科幻迷的自办杂志、大会、奖项如何深刻影响科幻创作，以及几十位从科幻迷跃升为职业作家人士的轶事。任何一个对这个领域有点了解的人都知道这是事实，不过直到哈特维尔的书出来之后，事情才真正公之于众，就算与科幻迷组织毫无瓜葛的人也都知道了。

文 集

其他我最喜欢的科幻迷书籍里，能够与《幻想百科全书Ⅱ》不相上下的，就是鲍勃·布罗切的《科幻迷组织的八级台阶》，其中收录了四十九篇文章和诗歌，还有一些令人捧腹的广告来填补空白。布罗切是以心理惊悚小说作家的身份出名的，不过他也是科幻领域的幽默大师之一，这种幽默感从未在其他地方有过更好的展示。这本书在1962年由降临出版社推出，有精装和平装两个版本，三十年后，荒野边缘出版社以精装本重新发行。这是编辑厄尔·坎普的主意，这主意真是太棒了。我爱死这本书了。

布罗切的第二本科幻迷文集是《超乎我想象》，NESFA出版社1986年出版。它包括二十二篇故事和文章，还有勒夫迪·菲浦搁笔四十年后的一篇小说。

另一位成为专业作家的优秀科幻迷是后来的泰瑞·卡尔，他最有趣的文集是《科幻迷组织硕果累累》，一本容纳了二十篇文章的精装书——包括《神圣不可侵犯的科幻迷》和《没有边际的小帽子》这样的经典——而且是1986年在瑞典由Laissez Faire Produktion AB公司出版发行（不过是英文版的）。

泰瑞还主持了另一部由科幻迷自办杂志的文章汇集而成的文集《两个世界之间》，与鲍勃·肖那本极为精彩的文集《氧气瓶里的消息》同属一本文集。这本二合一版[1]的书由NESFA出版社在1986年出版，当时，泰瑞是世界科幻大会的科幻迷荣誉嘉宾，而鲍勃是烧烤吐槽会主持人。书中泰瑞那一半有五篇，包括经典的《在世的老前辈之夜》；而鲍勃有九篇，包括也许算是他最著名的演讲《柏蒙希三角之谜》。

另一部泰瑞·卡尔的作品是《黑麦守护者》，是按照"卡尔·布兰登"[2]的笔法来写的。布兰登不只是一个化名，也是一个虚构的创造物——一位来自加利福尼亚的黑人科幻

---

1. 二合一版的图书是一种特别的装订形式，即将两本书装订成一本售卖。
2. 卡尔·布兰登是泰瑞·卡尔等人早年创造的一个虚构人物，一开始只是作为笔名，自称黑人科幻迷作家。后来出现在许多科幻迷组织的各类事务当中。

迷——泰瑞将其塞进科幻迷组织当中，绝大多数科幻迷组织曾一度相信卡尔是一个真正的人。这本书的开头，卡尔用一篇很长的文章说明了他是如何创造出布兰登的，以及他为什么要创造布兰登，然后奉上一篇小说，最后附上了一份详尽的索引，说明每一篇冠在布兰登名下的文章和小说到底都是谁写的。泰瑞做了大部分的写作工作，不过时常会得到别人的帮助，有卜博[1]（这个名字确实是这么写）·斯图亚特、罗恩·埃里克，还有一帮人则秘而不宣。而那部小说本身对科幻迷组织进行了爱之深责之切的批评，也对戴尼提[2]开了几枪。

另一本关于某次大会的二合一版图书是李·霍夫曼的《＜左右为难＞的台前幕后》和 A. 波特莱姆·钱德勒的《乘着船儿上天去》。《左右为难》是 20 世纪 50 年代最好也最重要的科幻迷自办杂志，李是它的编辑，这本精装书的九篇文章都选自那份杂志，包括《出版科幻迷杂志的不正经指南》和《给哈兰·埃里森的惊喜》。这本书由 NESFA 出版社在 1982 年出版，当时李正是芝加哥世界科幻大会的科幻迷荣誉嘉宾，而钱德勒则是专业人士荣誉嘉宾。

1996 年世界科幻大会荣誉嘉宾亲著的《怀特档案》是由詹姆斯·怀特写的，里面不止有几篇精彩绝伦的故事，还有他大部分的科幻迷文章，由 NESFA 出版社出版。

帕拉诺伊德/印加出版社在 1979 年推出了几本鲍勃·肖的小册子，每一本都极其出色。第一本是《那个蒲式耳里最好的》，收集了十三篇文章。第二本是《复活节大会演讲录》，包括他的五篇 1974 年到 1978 年间永远会令人忍俊不禁的"严肃的科学讨论"。然后是一本《老鲍集萃》（1995 年由拜肯公司出版），汇集了十篇鲍勃在复活节科幻大会的演讲。关于这些演讲，用简单的话来说：鲍勃·肖、鲍勃·布罗切和艾萨克·阿西莫夫是科幻烧烤吐槽会的历届主持人最喜欢拿来开涮的天才人物，他的演讲集几乎就是如何取悦观众的教科书，从头到尾，绝不无聊。

也许最有名的科幻迷作品文集单行本就是那本厚厚的《第二十八个沃胡人》，1978 年由理查德·柏格伦公司出版精装本。本书超过六百页，单倍行距，由北爱尔兰的传奇人物沃尔特·威利斯所写，他可以说是最伟大的科幻迷作家。这本巨著包罗万象，囊括了他那个连载了四十四期的栏目《闲言碎语》；三十六章的《美国本土闲谈》，这是他第一次拜访美国的回忆；二十章的《从前又从前》，写他再访美国的故事；极具自传性的二十一个片段：《皮下科幻迷》；还有大量的大会报告、科幻迷小说，包含了威利斯形式多样的文学艺术作品，是一部非常有价值的巨著。

近些年，NESFA 出版社出了两本科幻迷文集，两本都获得了雨果奖提名。第一本是 1994 年特丽萨·尼尔森·海登的《制造图书》，里边有十五篇来自科幻迷杂志的文章。第二本是 1996 年出版的、雨果奖多次获奖者大卫·朗福德的《朗福德的沉默》，其中有超过五十篇文章和评论，还收录了朗福德早期的文集《让我们替失聪者听》。

---

1. 卜博，原文是 Boob，和另一个英文名鲍勃 Bob 时常会混淆。
2. 戴尼提是一种精神能力提升法，由美国山达基教创始人 L. 罗恩·哈伯德创造的一个概念，用于处理精神与肉体之间超自然的联系。

另外，毫不谦虚地说，我也编辑了不少关于科幻迷组织的选集：《或然世界科幻大会》（通俗社公司1994年出版），《还是或然世界科幻大会》（老地球图书公司1996年出版），与帕特里克·尼尔森·海登合作的《或然skiffy》[1]（荒野边缘出版社1997年出版）。这些都是半专业作家出版物。我还编辑了一本销量极好的、百读不厌的科幻小说选集《妙趣屋里》（雅梵公司1992年出版），其中包括一些关于科幻迷组织的小说。还有，我为我自己写的科幻迷杂志文章做了一些选集：《曾是科幻迷……》《……还是科幻迷》《雷斯尼克信手拈来》《雷斯尼克随性而为》，都是荒野边缘出版社出的。

最后，还有一种类型全然不同的文集，对于任何严肃认真的科幻迷组织研究者来说都是必备的。这就是《科幻迷粉丝群体》，由乔·桑德斯编辑，格林伍德出版社1994年出版。这本书有二十六篇文章，涵盖了不同国家的科幻迷组织，包括其历史、文集、大会、业余出版社的作品、科幻迷语录，以及所有你想了解的关于科幻小说爱好者群体的方方面面。它可不便宜——我相信我手里这本价值五十美元——不过每一分钱都值得。

还有几本书必须在这里提一下，其中也收录了科幻迷杂志里的文章，例如《野蛮人柯南读本》《野蛮人柯南剑术秘籍》《野蛮人柯南魔法秘籍》，全都来自两获雨果奖的科幻迷自办杂志《阿米拉》，但内容与科幻迷组织没什么关系。而内容庞杂的《科幻迷选集》则会让任何喜欢科幻迷优秀作品的人兴趣大增，这本书收录了年度最佳科幻迷作品。顺便提一下，《科幻迷选集》是由修正液科幻大会[2]每年一度结集发行的，据说至今每届大会仍会推出《科幻迷选集》。

小　说

确确实实有七部专业作家的小说是关于科幻迷组织的，六部设定在科幻大会。还有一点也许更令人称奇，它们之中的五部都是谋杀类悬疑小说。当然，也许这事儿其实一点儿都不令人称奇。

最好的两部——这两部都非常杰出——都是拜利·玛尔兹伯格的作品，那是在他职业生涯的早期，化名为K.M.奥当奈尔写的。这个化名是他在向亨利·库特纳和C.L.摩尔致敬——摩尔常用的笔名是劳伦斯·奥当奈尔，于是他就取了化名K（库特纳）.M（摩尔）.奥当奈尔。第一部是《深渊居住者》，艾斯出版社一本二合一版书籍的一半，故事讲的是科幻迷组织必须从外星入侵者手中拯救宇宙。第二部是《相聚在群星的圣

---

1. skiffy是sci-fi错误发音产生的错别字，常用来调侃。Sci-fi的正确读音是/sai-fai/。Sci-fi这个简称是弗雷斯特·J.阿克曼于1954年率先使用的，是从"高保真音响"的简称hi-fi借鉴而来。如今还有一个人人皆知的简称名词wi-fi也是这一类型的发音。
2. 修正液科幻大会，即Corflu是每年春天在北美举行的科幻迷自办杂志大会，第一届于1984年在加利福尼亚州的伯克利市举办，2019年在马里兰州的罗克维尔市举办，英国也曾举办过三次。

堂》，也是艾斯出版社出的一本二合一版图书，故事发生在一次世界科幻大会上，在它推出后的几个月，科幻迷群体（还有专业群体）最喜欢的游戏就是竭尽所能去猜测谁是谁，因为每一位专业作家和科幻迷在这本辛辣尖锐而又有趣的书里，都能找到似曾相识的人。这两本书又由 NESFA 出版社收录在了一本选集当中，这本选集名为《光明之旅》，是由托尼·刘易斯和在下编辑的。

吉恩·德维斯和巴克·库森写了两个发生在世界科幻大会上的谋杀神秘故事。《现在你看到了它/他/他们……》（双日出版社，1975），故事发生在 1974 年第二届迪斯世界科幻大会；而《查尔斯·弗特从不提起袋熊》（双日出版社，1977）的故事发生在 1975 年的奥斯世界科幻大会[1]。

也许最著名的有关科幻迷组织的小说——或者说至少是最畅销的一部——是沙朗·麦克拉姆的《死太阳的漂亮妞》（风行者图书公司，1987）。其中，科幻迷组织倒并不是我十分在意的方面——在它描写的那场大会上，科幻迷基本就是媒体和赌徒——我更在意的是这部悬疑小说写得很棒，事实上它赢得了爱伦·坡奖[2]。后来沙朗写了一部续集：《基因池里的僵尸》。

最后，还有威廉·马歇尔的《科幻》（霍特、莱恩哈特与温斯顿出版社，1981），书中有一起谋杀发生在中国香港的亚洲科幻与恐怖电影节上，书中再一次出现了科幻迷组织——但不是我们所熟悉的那样。

表面上来看呢，还有一部小说——拉里·尼文、杰瑞·普内尔、迈克尔·弗林合写的《堕落天使》（本恩出版社，1991）——乔装打扮的科幻迷出现其中，还提到了《含羞草》杂志。不过这本书嘛，不像上边提到过的那些小说，这不是一本关于科幻迷组织或科幻大会的小说，只是一部有一些科幻迷角色的科幻小说罢了。我觉得如果让定义涵盖的范围足够广，你甚至能将弗雷德里克·布朗的杰作《是什么让宇宙发疯？》也包括在内，因为整个故事都发生在一个由十多岁的狂热科幻迷所幻想出来的宇宙里。

还有两本书必须提一下。这两本都不是专业作家的小说，不过每一本都是跟专业作家合作的，而且它们在科幻迷文学史上的地位很高。当然了，我在这里说的就是科幻迷小说的经典作品《令人着迷的复制者》，作者是沃尔特·威利斯和鲍勃·肖（这位不仅是科幻迷，也是雨果奖提名作家）。这是一篇无比吸引人的寓言冒险故事，主人公要去寻找令人着迷的复制者，并出版最完美的科幻迷杂志。这部小说最初是 1954 年在北爱尔兰的贝尔法斯特出版的，之后再版无数次，反正我是理不清它所有的版本了。

然后，三十七年之后，威利斯与另一位由科幻迷晋级为雨果奖提名作家的詹姆斯·怀特合作，一起创作了《越过令人着迷的复制者……抵达令人着迷的科幻大会》。

---

1. 奥斯世界科幻大会，是在澳大利亚墨尔本举行的世界科幻大会，1975 年是第一次在此地举行。

2. 爱伦·坡奖，即 Edgar Allan Poe Awards，由美国推理作家协会创办，自 1946 年起开始颁奖，奖项范围逐渐扩及小说、电视、电影、戏剧及广播领域。

这本书在1991年由嘉里·苏利文的飞扬信息公司出版，说真的，这本书没有达到前一本的水准，不过读起来也还是很过瘾的。

科幻迷自办杂志与专业杂志

我还想起来有本书叫《纯真的诱惑》，作者弗雷德里克·沃尔瑟姆好像是一位医学博士。这是一部研究论文，提出了以下观点：蝙蝠侠与罗宾可以做出比打击犯罪更多的事情，幻影女郎[1]是吉普赛·萝丝·李[2]最合逻辑的继承人，E.C.漫画的威廉·盖恩斯与恶魔结成了联盟[3]。结尾处，这本书还给出了漫画代码[4]产生的初衷。

嗯，然后，还是那位弗雷德里克·沃尔瑟姆，开始看到自己的名字在一份又一份科幻迷自办杂志上遭到谩骂——那些编辑很贴心地给他寄去了杂志，因为他在书报摊上不一定能买到——孰料，几年之后，他却写出了一本有点讨好性质的研究专著，名为《科幻迷自办杂志的世界》，并把它卖给了南伊利诺伊大学出版社，1973年正式出版发行。

另外一本，也是唯一的一本关于科幻迷自办杂志的书籍应该就是《科幻迷自办杂志索引》了，是鲍勃·帕弗莱特和比尔·伊文斯写的，它号称要列出"从开天辟地到1952年"的每一本科幻迷自办杂志。假定它是在1952年出版的吧，我可还从来都没见过原版呢。不过这本书被重印出版是在1965年，由哈罗德·帕尔默·皮萨出的。

有一本十分可爱的怀旧书，它充分展示了科幻迷的热情究竟可以达到何种程度，这本书就是《＜惊异科幻＞的安魂曲》，阿尔瓦·罗杰斯写的。这本书对黄金时代约翰·坎贝尔的《惊异科幻》一期挨一期进行了研究，在这本书里，罗杰斯文笔平淡无奇，但他无限的热情足以弥补这一点。他描述了在等待每一期新杂志的时候，科幻迷那种几乎难以承受的期盼心情，要几个星期以后才能知晓海因莱因或是范·沃格特系列故事的结局，心里所遭受的那种痛苦与折磨啊……这本书由降临出版社于1964年出版，这家出版社在1986年试图再现辉煌，于是出了一本《＜银河＞：光明与黑暗交相辉映的年代》，是大卫·L.罗塞姆写的。虽然《银河》[5]是本很好的杂志，在某些方面甚

---

1. 幻影女郎是20世纪40年代由美质漫画创作的一个超能英雄人物。美质漫画从1937年经营到1956年，是美国漫画黄金时代的中坚力量。后来它的许多人物形象和商标都卖给了国际漫画出版公司，即后来的DC漫画。

2. 吉普赛·萝丝·李（1911—1970），美国滑稽剧、脱衣舞著名女演员。

3. E.C.漫画公司是在20世纪40年代由麦克斯·盖恩斯创办，1947年麦克斯出意外身亡，由他的儿子威廉·盖恩斯接管。

4. 漫画代码，美国漫画杂志协会在1954年创办了"漫画代码授权"机构，对漫画出版者进行管理，符合要求的书籍配发漫画代码予以认证。到2011年后，再无一家漫画公司理睬漫画代码授权，漫画代码授权机构随即解体。

5. 霍勒斯·戈尔德于1950年创办了《银河》杂志，1961年因健康问题退休。关于他那场怪病的前前后后，在《银河边缘001：奇境》里讲述过。

至比坎贝尔的那本杂志还要出色，但这本书并不成功。罗塞姆远不是罗杰斯那种痴迷的粉丝，他在霍勒斯·戈尔德做编辑期间甚至都没看过《银河》。由于他无法捕捉到罗杰斯所表达的那种狂热之情，剩下的也就只有对于那些小说的复述了——而这个嘛，已经有很多作家和评论家做过了，而且做得更好。

其他

有本绝对精彩绝伦的小册子叫《埃尔默·T.哈克精选集》，是吉姆·巴克尔和克里斯·伊文斯写的，由 BFA/哈克出版社于 1979 年在英格兰发行。书中，埃尔默·T.哈克一位科幻小说作家，面临着读者能够感同身受的无奈选择。这部连载漫画十分搞笑，还有一些杜撰的传记趣闻和采访，十分精彩。

《科幻迷组织是年轻人的事，否则来参加科幻大会的人就太多了》，是凯伦·"K-纳特"·富兰纳瑞和娜娜·格莱斯米克写的，优势出版社于 1981 年出了这本华而不实的精装本，写得不是很好，而且对我的品位来说有太强的媒体导向性了。然后还有一本很棒的小册子，名为《爱情的色情趣味》，凯西·鲍尔写的，由诺曼俄克拉荷马科幻协会在 1983 年出版。我到现在也没搞明白，这本书是将科幻迷组织恶搞在一本言情小说里，还是将言情故事设置在科幻大会上进行恶搞。不过我很清楚，我很喜欢这篇故事，愿意为了我 1988 年的选集《乱蓬蓬的 B.E.M. 故事集》买下这个故事。而在这本也收录了阿西莫夫和克拉克作品的选集中，这个故事并不显得逊色。

我用两篇曾经在杂志上一次刊登完的小说作为杂项类的收尾吧，都是厄尔·坎普写的。这两篇都是专题讨论的形式（即对于标题所提出的那个奇异问题做出翔实的回答）。第一篇是《谁杀死了科幻小说？》，1960 年出版，获雨果奖。第二篇是《为什么是一个科幻迷？》，它在今天与 1961 年刚出版的时候一样有意义。

接下来还有什么？
Fanac.org、电子版科幻迷自办杂志，等等等等。

好吧，随着科幻迷组织的成长和分裂，事情变得显而易见了，不论是哈利·华纳还是其他什么人单枪匹马就能为整整十年的科幻迷历史做出评断、总结的年代已经过去了。

好吧，开心点儿。老牌科幻迷组织正在准备一本 20 世纪 60 年代的科幻迷组织正史，他们从不让出版的机会溜走，带头人就是迪克·林奇。如果他因为过度劳累病逝，我很确定他的遗孀尼姬也会乐于接手，并将那些努力要将过去四十多年的历史进行编纂的作者组织在一起。

那么，在你等待所有这些过期的东西升级的时候，你从哪儿能得到科幻迷的作品呢？

最好的网站就是 fanac.org，里边有书、科幻迷杂志、照片、大会报道，简直应

13

有尽有。还有 eFanzines.com，里边有海量的电子版杂志，有现在的，也有已经扫描转换成电子版的半个世纪前的杂志。

所以，下次如果有人问你科幻迷组织是什么东西，问你它除了星舰家族还有什么的时候，你就能直截了当地引导他们去看看过去几十年的的精彩读物了，那里面可没有半点星舰家族的影子，也没有伍基，以及那个谁都知道是"谁"的博士[1]——却有着关于科幻迷群体的点点滴滴。

---

1. 星舰家族是《星际迷航》粉丝群的称呼。伍基是《星球大战》里的一个种族，楚巴卡就是伍基人。那个"谁都知道是'谁'"的博士就是"神秘博士"Doctor Who。

| 雨果奖与星云奖提名作品 |

月球孤儿
ECHEA

[美] 克莉丝汀·凯瑟琳·露什 Kristine Kathryn Rusch 著
艾德琳 童文 译

必读经典

如果记忆等于创伤，

如果重生等于遗忘……

克莉丝汀·凯瑟琳·露什，美国著名科幻作家、编辑，《纽约时报》和《今日美国》畅销书作家。她是所有已故和在世作家中，唯一以作家和编辑的双重身份获得雨果奖的一位。克莉丝汀的创作涉及科幻、奇幻、悬疑等多个文学类型，以中短篇为主，擅长刻画人物与构造悬念，代表作《千禧宝贝》曾获 2001 年雨果奖最佳短中篇小说奖。

《月球孤儿》1998 年首次发表于《阿西莫夫科幻小说》杂志，随后获得了 1999 年阿西莫夫读者投票奖*，以及同年的雨果奖、星云奖、轨迹奖和西奥多·斯特金纪念奖**提名。

★阿西莫夫读者投票奖由《阿西莫夫科幻小说》杂志设立,评选范围是当年杂志上刊登的文章。1987年首度颁奖,通常是在当年的星云奖晚宴或者世界科幻大会当周的周末举行颁奖仪式。该奖下设奖项包括最佳中篇、最佳短中篇、最佳短篇、最佳诗歌和最佳封面。

★★西奥多·斯特金纪念奖由美国堪萨斯大学的詹姆斯·冈恩科幻研究中心主办,评选范围是上一年度发表的字数不超过17500字英文的短篇小说。1987年首度颁奖。

我闭上眼睛,她就出现在我的脑海里,就像我第一次看到她时一样:瘦小、虚弱,有着不自然的苍白皮肤和斜睨的巧克力色眼睛。她的头发是白色的,就像夜晚无云的月色。她的眼睛似乎是那张憔悴的小脸上唯一的色彩。她七岁了,但看起来才三岁。

我们以前从没见过这样的孩子。

或许以后也不会再见到了。

我们有三个孩子,过着幸福的生活。做这个决定不是因为冲动,但我们确实也觉得应该回报社会。我们的家很大,而且生活富裕:任何孩子都能从中受益。

这样对所有人都好。

一切都源自那些宣传册。第一次看到它们,是在我们家附近的一间露天咖啡馆里。当时我们正在吃午饭,无意间瞥见了一些流动的色块,那是一张转瞬即逝的孩子的脸。丈夫和我都打开了宣传册的显示界面:

在月球茫茫远景的映衬下,地平线上的地球就像一个蓝白相间的巨大球体,一位若隐若现的神灵,清新、健康却不知何故充满了罪恶感。月球自身看起来像是不毛之地,一如既往,直到人们把目光聚焦,才会看到面向群星的凹坑和破碎的环形山。我打开的第一本宣传册边角上印着斑斑血迹。它们零星地散落在凹坑和巨石上,并在月尘上留下拳头大小的坑洞。我知道这是怎么形成的。我们每次下载新闻,都会看到那种高速步枪在低重力环境下的射击效果。

这些宣传册从月球开始,以难民的脸结束:苍白、疲惫、困惑。飞向地球的客运飞梭几乎都停航了。起初是那些有钱人来地球,但我们看到那些宣传册时,月地通道已经发生了变化。只有那些在地球有家属的人才能回来,而且家属还必须愿意承认亲属关系——并有官方文件作证明。

这些规则不适用于儿童、孤儿以及未成年的战争难民。他们获准来到地球,前提是身体条件能满足,愿意被收养,并且愿意放弃他们在月球上的一切权利。

想要有一个家,他们就不得不放弃群星。

我们被安排在苏福尔斯接她,那是离我们家最近的星际飞梭停泊点和拘留中心。停泊点偏僻且荒凉，是政治犯和星际战士的远航出发点。它建在起伏的大草原上，是一处庞大的建筑群，周围的激光栅栏在阳光下闪闪发光。每个入口都有警卫，还有一些警卫在上空盘旋。我们在手持激光枪的卫兵引导下进入了主楼，那是一座世纪前的建筑，钢筋混凝土结构，实用、冰冷、样式老旧。大厅里有一股霉味儿。混凝土剥落，弄得到处都覆盖着一层细细的灰尘。

艾奇娅[1]是乘前一艘飞梭来的。她已经去过排毒室和医务室：通过了精神病学测试和身体检查。直到他们叫我们的名字，我们才知道会认领到她。

我们被指定在一个没有窗户的混凝土房间见她，这里没有阳光，隔绝了世界，而且没有任何家具。

门开了，一个小孩出现在那里。

瘦小，苍白，虚弱。眼睛大得像月亮，比最黑的黑夜还要黑。她站在房间中央，两腿分开，双臂交叉，好像已经在生我们的气了。

一个电脑模拟的声音在我们周围回荡：

这是艾奇娅，她是你们的了。请带着她，穿过左侧的门。在那儿等候的飞梭将把你们送往预先指定的地点。

听到这声音后我就起身了，她却一动不动。我丈夫走到她跟前，蹲了下来，而她则怒目而视。

"我不需要你们。"她说。

"我们也不需要你，"他说，"但我们想收养你。"

她绷紧的下巴松弛了一些。"你在替她说话吗？"她暗指着我问道。

"不。"我说。我知道她想要什么，她想早点确认自己不会刚逃出战争的虎穴，又掉进家庭纷争的狼窝。"我替自己说话。我希望你能跟我们一起回家，艾奇娅。"

她凝视着我们俩，没有放松警备，也没有改变那个强有力的站姿。"为什么你们想收养我？"她问道，"你们甚至都不认识我。"

"我们会认识的。"我丈夫说。

"然后你们就会送我回去。"她说，语调苦涩，我听出了里面的恐惧。

---

1. 英文原名是 Echea，这个单词的字面意思是回声器，是一种会发声的容器，相传是古希腊剧院里用来通过共振增强演员声音的装置，其功能类似于现代的低音捕捉器。

"你不会回去的,"我说,"我向你保证。"

这个保证很容易做到。即使对月球孩子的领养没有成功,也没有人会被送回月球。

铃声在头顶响起。他们已经发出警告,我们必须马上离开。

"该走了,"我丈夫说,"带上你的东西。"

她的第一反应看上去既震惊又像是被出卖了,但她迅速掩饰了过去。我甚至觉得是自己看错了。她眯起了那双可爱的巧克力色眼睛。"我从月球来,"她的语气里带着讽刺,我们自己的孩子是不会这样说话的,"我们什么都没有。"

我们在地球上了解到的月球战争只是冰山一角。新闻视频全都模棱两可,而我也没有耐心去上月球历史课。

对月球状况的速写是这样的:月球的经济资源稀缺。一些存在了几年的殖民地都是自给自足的,其他的则不然。来自地球的货物非常珍贵,它们被指定派送到特殊的地方,但常常送不到。为了获得这些稀缺资源,抢劫、偷盗以及谋杀时有发生。有时甚至会爆发小规模的冲突,有几次冲突还逐步升级。环形山遭到破坏,冲突最严重时,有两块殖民地毁于战火。

那时,我根本不了解情况,只是从一位教授那里得到了一些肤浅而愤世嫉俗的评论:"当殖民地远离宗主国时,他们总是为争夺统治权而斗争。"我甚至还在派对上重复过这句话。

我当时不知道他的评论其实过分简化了宇宙中最复杂的情况之一。

我也不明白这样的事件会让人类付出多大的代价。

就这样,直到我有了艾奇娅。

我们订了一艘私人飞梭返回,当然,如果我们在公共街道上徒步走回去也没关系。我试着跟艾奇娅攀谈,但她就是不说话。她一直盯着窗外,当我们快到家时,她明显变得焦躁起来。

内巴加莫湖很小,是遍布威斯康星州北部的数百个小湖之一,也是苏必利尔湖周边一处很受欢迎的度假胜地。许多人拥有这儿的避暑庄园,有些可以追溯到十九世纪晚期。在二十一世纪早期,避暑庄园被廉价出售。多数被在这里已经拥有土地的家庭买下,他们痛恨内巴加莫的拥挤喧嚣。我的家族买下了十五块地。我丈夫家买下了十块。有些人曾开玩笑说，我们的婚姻是当时最重要的土地兼并之一。

有时我觉得它并非玩笑，这是双方家庭都期望的事。我和丈夫之间感情和睦，冷暖自知，但是没有真正的激情。

很久以前，我曾经与另一个男人——准确地说是一个男孩儿——分享过激情，现在我只在图像中记得它，就像一段几十年前看过的影像，或是一幅描绘别人生活的画作。

丈夫和我结婚时，我们就像一个气势汹汹的收购集团。我们拆掉了我家的避暑庄园，因为它既没有升值潜力，也没有历史价值。然后，我们在我丈夫家的土地上重新建了一座。老式的别墅变成了一处有着宽阔草坪的庄园，草坪向下一直延伸到泥泞的湖边。晚上我们坐在游廊上聆听蝉鸣，直到夜色渐深。然后我们瞭望着群星和它们在湖面上的倒影。运气好的话，我们能看到北极光，但这种机会不多。

这就是我们带艾奇娅来的地方。这里有她从未真正见过的如茵绿草和参天树木，她肯定也没有见过湖泊、蓝天，和从地球上可以仰望到的群星。她已经在南达科他州看到了，月球人眼中地球才有的东西——褐色的尘土，新鲜的空气。然而她的接触是有限的，她还没有真正感受过阳光和大自然。

我们并不确定这会对她产生什么影响。

还有很多事情是我们不知道的。

我们的女儿们在门廊里按年龄大小排好了队：凯莉，十二岁，个子最高，站在靠门的地方；苏珊，我们的老二，挨着她站着；而安妮则独自站在门廊附近。她们两两之间正好相差三岁，百年来这都被认为是最佳的年龄差。我们遵循着这些规律生出她们，养育她们。

艾奇娅是唯一的例外。

当我们走下飞梭时，安妮——最勇敢的一个，向我们走来。对于六岁的孩子来说她是矮小的，但仍比艾奇娅高大。安妮完美地糅合了我们的优点——丈夫明亮的蓝眼睛和淡金色的头发，以及我深色的皮肤和充满异域风情的面容。有一天她会出落成我们家的小美人儿。丈夫还总说这太不公平了，她不仅聪明伶俐还我见犹怜，真是好事儿全占。

"嗨。"她站在草坪的中央喊道，她没有看我们，而是看着艾奇娅。

艾奇娅停住脚步。她走在我前面，她一停，我也不得不停下脚步。

"我和她们一点儿都不像，"她怒视着我的女儿们说道，"我不想变成那样子。"

"你不必像那样。"我温柔地说。

"但你将会很有教养。"我丈夫说。

艾奇娅朝他皱了皱眉，在那一刻，我想，他们的关系就注定了。

"我猜你就是那个掌上明珠。"她对安妮说。

安妮咧着嘴笑了起来。

"说对了，"她说道，"这样总比当一个被宠坏的调皮鬼好。"

我屏住呼吸。我们都知道"掌上明珠"和"被宠坏的调皮鬼"之间没多大区别。

"你们这里有一个被宠坏的调皮鬼吗？"艾奇娅问道。

"没有。"安妮说。

艾奇娅看着房屋、草坪、湖泊，轻声地说："现在你们有了。"

稍后，我丈夫告诉我那话在他听来就是个下马威。不过我倒觉得那是一句惊叹。而我的女儿们则完全有一套自己的见解。

"我觉得为了争得这个头衔，你得和苏珊打架。"安妮说道。

"才不要！"苏珊在门廊里喊道。

"看见没？"安妮说道。然后，她拉起艾奇娅的手领着她走上了台阶。

第一天夜里，我们被阵阵尖叫声惊醒了。我从深睡中醒来，坐起身准备作战。起初，我以为自己的链接还开着，我是听着催眠故事入睡的。我的链接具有自动关闭功能，但我有时会忘记设置它。最近几天发生了那么多事，我想我可能又忘记设置它了。

我注意到丈夫也坐起来了，昏昏沉沉地揉着惺忪的睡眼。

尖叫声没有停止，它们是那样尖锐刺耳。过了一会儿我听出了那声音。

是苏珊。

在意识到是苏珊之前我就下了床，还来不及拽起衣服就跑下了客厅，睡袍随着我飘动着。丈夫紧随身后，我能听到硬木地板上传来他沉重的脚步声。

当我们冲到苏珊的房间时，她正坐在靠窗的椅子上，轻声啜泣着。满月的柔光穿过窗纱照亮了碎布地毯和老式的粉色床单。

我挨着她坐下,用胳膊揽着她。她瘦小的肩膀颤抖着,呼吸急促。我丈夫蹲在她面前,握住她的手。

"发生什么事儿了,亲爱的?"我问道。

"我——我——我看见他了,"她说,"他的脸爆炸了,血哗啦啦地流了下来。"

"你睡前是不是又看录像了?"我丈夫同情地问。我们都知道,如果她承认了,那么明早就会挨训,告诫她在睡觉前不要往脑子里塞刺激的东西。

"没有!"她哭着说。

她显然还记得之前的那些教训。

"那是什么原因?"我问道。

"我不知道!"她说着,然后又哭了起来。我把她抱在怀里,但她还是紧紧抓着她爸爸的手不放。

"他流血后发生了什么,宝贝儿?"我丈夫问道。

"有人抓住我了,"她靠着我说,"想把我从他身边拉走,可我不想走。"

"然后呢?"丈夫的声音依旧温和。

"我醒了。"她说,呼吸愈发急促。

我轻抚着她的头,让她靠近些。"没事儿,亲爱的,"我说,"那只是一个梦。"

"但感觉好像真的。"她说。

"现在你回到这儿了,"我丈夫说,"就在这儿。在你的房间里。我们也在这儿,和你在一起。"

"我不想回去睡觉了,"她说,"一定要睡吗?"

"是的。"我说,睡觉总比醒着害怕要好,"不过,我会设置豪斯给你讲一个轻松的故事,来一点儿音乐,也许再来点儿动画。你看怎么样?"

"我要看苏斯博士[1]。"她说。

"那可不一定能让你放松。"我丈夫说道,显然想起了豪斯播放的《戴帽子的猫》把凯莉吓得对任何猫科动物都怕得不行。

---

1. 西奥多·苏斯·盖泽尔(1904—1991),美国著名儿童作家、政治漫画家和动画家,以"苏斯博士"为笔名创作了六十多部作品。

"这可是苏珊。"我柔声地提醒他。在三岁时,她通宵达旦地玩绿鸡蛋与火腿的游戏,豪斯的声音嗡嗡地响个不停,幸亏我们的房间在大厅的另一头。

然而她已经不再是三岁了,而且已经好几年都不想看苏斯博士了。这个梦真的吓到她了。

"乖孩子,如果你再有什么麻烦,"我丈夫对她说,"过来找我们,好吗?"

她点点头。丈夫紧握着她的手,而我则抱起她放到床上。丈夫给她盖上被子。当我把她放下时,苏珊仍紧紧地抱着我。"如果我闭上眼睛,会再回到那个梦里吗?"她怯怯地问。

"不会的,"我说,"你会听着豪斯的故事好好睡一觉。如果你又做梦了,也会是个好梦,比如阳光照在花朵上,夏天波光粼粼的湖面。"

"你保证?"她声音颤抖地问道。

"我保证。"我说。然后,我将她的两只小手从我的脖子上拿下来,亲了亲,放在了被单上。接着,我亲吻了她的额头。丈夫也照做了,当我们离开时,她正在设置豪斯运行阅读程序。

关门的瞬间,我看到了正在打开的《绿鸡蛋和火腿》的动画在墙上闪烁着。

第二天早晨一切看上去都很好。当我下楼去吃早饭时,厨师已经把食物端上了饭桌,每个盘子都配了一个保温碟。炒鸡蛋看上去有些松垮,它们放在那儿至少有一个小时了,就连最新的保温碟设计也没能阻止它变软。另外还有法国吐司,以及苏珊最爱的华夫饼。新鲜的蓝莓松饼飘着香气,我笑了。所有的用人都努力让艾奇娅有回家的感觉。

丈夫坐在他的位子上,小口喝着咖啡,掰开一块松饼,同时进行着远程会议。他的盘子推到了一边,里面还剩了些鸡蛋和火腿。

"早上好。"当我坐到桌对面的位子上时,我说道。这张桌子是橡木的,从1851年开始就在我的家族里流传,它是我母亲的族人从欧洲买回来,又当作结婚礼物送给了我的曾曾曾……父母。女管家把它擦得锃光瓦亮,而且只选用亚麻质地的餐垫来阻挡飞溅的食物。

桌上连一道划痕都没有。

丈夫用一支粘着蓝莓酱的手向我打招呼时,厅外传来了笑声,我抬头一看，凯莉进来了，她抱着苏珊。苏珊看起来还是魂不守舍。深深的眼袋说明《绿鸡蛋和火腿》并没有起作用。她是大姑娘了，不会来找我们——昨晚离开她时我就知道了——但我希望她没有把昨晚剩下的时间都用在听豪斯讲故事上，在虚拟的声音和图画中寻找安慰。

小姑娘们看到我时还微笑着。

"什么事儿这么有趣？"我问。

"是艾奇娅，"凯莉说，"你知道吗？她穿着别人的旧衣服。"

不，我不知道，但这并没有让我感到意外。对于我的女儿们来说，她们只拥有最好的。有时她们对于生活的了解——或对生活常识的缺乏——反倒使我震惊。

"人们为了省钱常常这么做，"我说，"但她以后不会再穿旧衣服了。"

妈妈在吗？是安妮，她直接给我发了封电子邮件。即时提示出现在我的左眼前：你能上来一下吗？

我眨了下眼睛，翻过了这条信息，叹了口气把椅子向后推开。我早该知道在艾奇娅来的第一个早晨，姑娘们一定会闹出什么事儿来。那笑声本应让我有所警觉。

"记住，"当我站起来时说，"只有一道主菜。不管你们的父亲说什么。"

"妈，别这样！"凯莉叫道。

"我说过了，就这样。"我说，然后匆匆爬上了楼梯。我知道安妮在哪儿。在电子邮件中，她发给我一张图片——那是艾奇娅的房门。

当我靠近时，听见了安妮的声音：

"……别在乎。她们是臭便便。"

"便便"是安妮会使用的最脏的字眼，至少到目前为止是这样。每当她用这个词，她都会特地加重语气，这个词已经成了她的代表词汇。

"这是我的裙子。"艾奇娅说。她的声音听上去镇静而克制，但我觉得昨天她的声音还没有这么破碎不堪，"这是我仅有的东西。"

这时，我走进了房间。安妮在床上，床铺被仔细地收拾过了。如果不是在前一晚给艾奇娅盖过被子，我绝不会想到她在这儿睡过。

艾奇娅正站在靠窗的座位旁，凝视着草坪，好像不敢让它离开她的视线。

"实际上，"我轻声地说，"你有满满一柜的衣服。"

谢谢，妈妈。安妮给我发送了一条消息。

"那些衣服是你们的。"艾奇娅说。

"我们领养了你,"我说,"我们的就是你的。"

"你不明白,"她说,"只有这件裙子是我的,我就只有这么多了。"

她抱着那件衣服,抱得紧紧的,生怕我们会拿走它。

"我知道,"我温柔地说,"我知道,亲爱的。你可以留着它,我们不会拿走它的。"

"她们说你会的。"

"谁说的?"我心头一沉,问道。我已经知道是谁了。我的另两个女儿,"凯莉和苏珊?"

她点点头。

"好吧,那是她们说错了。"我说,"这家里,我丈夫和我才说了算。我们永远不会拿走你的东西,我保证。"

"你保证吗?"她低声问着。

"我保证。"我说,"现在,去吃早饭吧?"

她望向安妮,想征求她的同意,而我则想紧紧拥抱我的小女儿。她已经决定要照顾艾奇娅了,和她结成伙伴,让艾奇娅能更容易融入这个大家庭。

我真为她骄傲。

"吃早饭喽,"安妮说着,我在她的声音里听出了一种以前从未听到过的语调,"这是一天里的第一餐。"

政府已经向孩子们提供了标准营养补充剂。在来我们家以前,艾奇娅还没有在地球上吃过饭。

"你们还给每一餐起名字?"她问安妮,"你们每天吃那么多顿?"然后她用一只手掩住嘴,好像惊讶于自己竟然问了这样一个问题。

"一共三餐。"我说,尽量让声音自然些。但听起来反而像是在辩解,好像我们吃得太多一样,"我们一天只吃三餐。"

第二天晚上,一切安然无恙。到第三天,我们已经形成了惯例。我先陪我的姑娘们,然后再去艾奇娅的房间。她不喜欢豪斯和豪斯讲的故事。无论我怎么设置,豪斯的声音总是吓到她。这让我不禁忧虑,到时候该怎么让她链接进来?如果她觉得豪斯令人生厌,那想象一下她会如何看待持续的弹幕信息,或是瞬间滚过眼睛的电子邮件,或是在她大脑里突然出现的影像。她几乎已经过了容易建立链接的年纪。我们必须尽快让她适应下来，要不然，她的余生都会处于劣势中。

也许让她不安的是声音。之所以让声音成为可选择项，是因为曾有太多人，无法分辨出他们大脑中的声音。或许艾奇娅就是其中之一。

是时候弄清楚这个问题了。

我还没和丈夫谈起这个话题，他似乎很快就对艾奇娅冷淡了下来。他觉得艾奇娅不正常，因为她不像我们的姑娘们。我提醒他艾奇娅没有她们的那些有利条件，他却回应说她现在有条件了。他觉得既然艾奇娅的生活变了，她也应该有所改变。

不知道为什么，我觉得事情并非这么简单。

就在第二晚，我意识到她害怕睡觉。她让我尽可能地多留一会儿，而当我终于离开时，她要求让灯一直亮着。

豪斯说她整晚都亮着灯，而计算机纪录表明，她从凌晨两点四十七分就开始平稳呼吸了。

第三天晚上，她问了我一些问题——简单的问题——比如关于早餐的，我回答了她，并且没有表现出之前的防备心理。我控制着自己的感情，我震惊于一个孩子会问，吃完饭后胃里令人愉快的疼痛是怎么回事（"你吃饱了，艾奇娅。那是你的胃在告诉你它很快乐。"），或是为什么我们坚持每天至少洗一次澡（"如果不经常洗澡就会散发臭味，艾奇娅。你注意到了吗？"）。提问时，她的眼珠滴溜溜乱转，手紧握着被单。她明白她理应知道答案，而不是去问我的两个大女儿或是我的丈夫，她非常努力地让自己看上去很老练。

姑娘们已经不止一次地羞辱她了。衣服事件让她们着魔，她们嘲笑她不愿意和任何事情扯上关系。她甚至不愿在餐桌上占有一席之地。她似乎深信我们一有机会就会把她赶出去。

第四天晚上，她终于袒露了自己的恐惧。她旁敲侧击地问了我那个问题，身体比平时更加僵硬：

"如果我打破了什么东西，"她问道，"会怎么样？"

我强压下想问她打碎了什么的冲动。我知道她没弄坏任何东西，否则即使姑娘们不告诉我，豪斯也会告诉我的。

"艾奇娅,"我坐在她的床边说,"你是害怕自己做了什么事儿会被我们抛弃吗?"

她缩了一下,好像我打了她似的,然后顺着被单滑了下来。手中的布料被捏得皱巴巴的,在她开口说话之前,下颌就开始颤抖了。

"是的。"她低声说道。

"他们把你带到这里之前,没有跟你解释过这件事吗?"我问。

"他们什么也没说。"那种刺耳的语调又出现在她的声音里,自从第一天起,我就再没听到过那种语调了,那是她第一次表达自己的意见。

我向前倾身,第一次把她攥紧的小拳头握在了手中。我感觉到她瘦削的指关节顶着我的手掌,织物轻柔地扫过我的皮肤。

"艾奇娅,"我说,"从我们收养你的那一刻起,你就是我们法律上的孩子了。无论发生什么,我们都不能抛弃你。那样做是违法的。"

"人们常做违法的事。"她低声说。

"那是有利可图的时候才做。"我说,"失去你,对我们来说一点儿好处都没有。"

"你那样说是为了显得仁慈。"她说道。

我摇了摇头。真正的答案是残酷的,残酷得让我不愿说出来,但我不会就这样算了。她不会相信我,她会认为我是在松懈她的意志。我确实想宽慰她,但不是通过礼貌的谎言。

"不,"我说,"我们签署的协议是有法律约束力的。如果我们不把你当作家里的一员,我们不仅会失去你,还会失去其他女儿。"

我特别骄傲地加上了"其他"这个词。我猜测,如果我丈夫和她有这样一番对话,他一定会忘记加上这个词。

"会这样吗?"她问道。

"是的。"我说。

"这是真的吗?"她问道。

"真的,"我说,"我可以明早就下载这个协议和附属文件给你看。如果你愿意,豪斯可以在今晚给你念这份标准协议,每个人都要签署的。"

她摇了摇头,使劲地把小手往我手掌里按,"你能——你能回答我一个问题吗?"她问道。

"什么问题都可以。"我说道。

"我不需要离开吗？"

"永远不。"我说。

她皱起眉头，"即使你们死了？"

"即使我们死了，"我说，"你有继承权，就像其他的姑娘一样。"

说这话时我的胃在打结。我从未对自己的孩子提过钱的事情，我猜她们知道。而现在我正在告诉艾奇娅，无论从什么意义上来说，她都还是一个陌生人。

一个不知继承权为何物的陌生人。

我故意笑了笑，让接下来的话显得轻描淡写，"我猜有规定禁止在床上杀害我们。"

她的眼睛睁大了，瞬间充满了泪水。"我绝不会那么做。"她说。

我相信她。

随着我们相处越来越融洽，她开始给我讲以前的生活。她只是随口提及，就好像以前发生的事情不再和她有关似的。但在她平静的叙述里，我能感受到她内心深处汹涌的波澜。

她讲的故事令人毛骨悚然。她并不是像我想象的那样，在婴儿时期就成了孤儿。相反，她生命里的大部分时间是和一个家庭成员在一起的，他去世后不久，她就被带到了地球。不知为何，我一直觉得她是在孤儿院里长大的，十九世纪和二十世纪的那种孤儿院，类似于狄更斯笔下的，或者著名的先锋电影人在弗拉茨拍摄的那样。我没有意识到那些地方在月球上是不存在的。孩子们要么被收养，要么自生自灭，看看他们能不能自己活下来。

在她来到我们家之前，她从来没有睡过床。她不知道粮食是可以种植的，尽管她听说过这个神奇的传闻。

她不知道人们能够接受她，是因为她就是她，而不是因为她能为他们带来什么。

我丈夫说她是在利用我的同情心，好让我永远不让她走。

但无论如何我都不会让她走。我已经签署了文件并做了口头承诺。而且我喜欢她。我绝不会让她走的，就像我不会让自己的亲骨肉走一样。

我一度希望他也会有同样的想法。

随着时间的推移,我能渐渐关注到艾奇娅那些不那么紧迫的需求。她开始使用豪斯——她对它最初的反感是基于在月球上发生的一些事,对此她从未细说过——但豪斯无法教会她所有的事。安妮引导她去阅读,而艾奇娅常常会读给自己听。她领会得很快,而我则很惊讶她竟然没有在月球的学校里念过书,后来才有人告诉我,大多数月球殖民地根本没有学校。孩子们都是在家学习的,如果他们有一个稳定的家的话。

安妮还给艾奇娅演示如何操作豪斯去阅读自己还看不懂的东西。她很快就运用自如。晚上,当我睡不着时,我会去看看姑娘们。我经常不得不打开艾奇娅的房门,亲自关掉豪斯。艾奇娅会伴着低沉的男声入睡。她从不看视频,她说她只喜欢文字,她没完没了地听它们,好像永远也听不够似的。

我下载了有关儿童发展和学习曲线的信息,它们和我记得的一样:一个在十岁前没有建立链接的孩子,会在所有方面都明显落后于同龄人。如果在二十岁之前还没有链接,在现代社会,她将永远不能成为一个正常的成年人。

艾奇娅的链接,将是她进入我的女儿们早已熟悉的世界的第一步,地球文化拒绝了很多逃去月球的人。

几番犹豫后,我约了我们的接口医生罗纳德·卡洛。我照例没有告诉我的丈夫。

我对我的丈夫太了解了,我们的姻缘在一开始就是注定的。我们有着温暖而融洽的关系,比大多数同龄人要好得多。我一直很喜欢我的丈夫,也一直很欣赏他跨越生活中每一道障碍的方式。

其中一道障碍就是罗纳德·卡洛。在获得了所有的证书、执照和奖项后,罗纳德·卡洛来到圣保罗,联系了我。他已经知道我的女儿凯莉需要链接,于是主动提出要帮助她。

我本想拒绝他,但我的丈夫,一个实用主义者,核查了他的证件。

"多让人悲哀,"我的丈夫说,"他已经成为这个国家最好的接口医生之一了。"

我不认为这让人悲哀。我只觉得这比较麻烦。在我十六岁的时候,我的家人禁止我去见罗纳德·卡洛，但我没有听他们的。

所有的姑娘，尤其是在家接受教育的，都有过在线罗曼史。有人进入视频点播进行虚拟性爱，只有少数人进展到实际的身体接触——而在这些人里，又只有一小部分最终修成正果。

十六岁时，我和罗纳德·卡洛一起从家里逃了出来。他也是十六岁，长得很英俊，如果我记忆中仅剩的那些图像能说明什么的话。我觉得我爱他。我父亲一直在监视我的电子邮件，他派了两名警察和他的私人助理把我带回了家。

这个丢人的结果让我大病一场，在床上躺了整整半年。从那时起，我未来的丈夫每天都来看我，我对他的大部分记忆就是从那个时候形成的。有他做伴我很高兴。曾经跟我很亲近的父亲，在我跟罗纳德私奔后，就很少跟我说话，对我就像个陌生人。

在我结婚很久以后，当罗纳德重新出现在北方时，我丈夫表现出天生的宽容。他知道罗纳德·卡洛不再是我们的威胁。为了证明这一点，他让我搭短程飞梭到双子城给凯莉进行链接手术。

此后，罗纳德对我并没有什么出格的举动，尽管他经常悲伤地看着我，而我不会做出半点回应。我丈夫是放心的。他凡事都力求最好，而且因为我丈夫难以面对大脑的操作，尤其是那些需要芯片、激光以及远程定位装置的大脑操作，他更希望让我来处理孩子们的接口需要。

虽然我已经断了念想，但我与罗纳德·卡洛依然维持着私人关系。他没有把我当作病人，也没有把我当作病人的母亲，而是把我当作朋友。

仅此而已。

连我丈夫都知道。

尽管如此，在预约的那个下午，我还是走进了卧室，确定我丈夫是在他的办公室，然后关上门，用链接给罗纳德发送了一条信息。

他的回复瞬间就出现在我的左眼上。

你没事吧？他像往常一样答复，好像我们没有联系的这些日子，他已经预料到我身上会发生什么可怕的事情。

很好。我回复，我不太喜欢这种私人问题。

姑娘们怎么样？

也很好。

那你想链接聊一会儿？又来了，他总是这样。

而我像往常一样回复：不，我是要帮艾奇娅做一个预约。

那个月球小孩儿？

我笑了。除了我丈夫和罗纳德，所有人都认为我们收养孩子是疯狂的。但我觉得我们有这个能力，而且正因为我们可以，也正因为有那么多人在受苦，所以我们也应该这样做。

我丈夫或许有他自己的原因。但从艾奇娅进门第一天起，我们就从没有真正讨论过这些了。

那个月球小孩儿，我回复道。艾奇娅。

好听的名字。

好看的女孩儿。

一阵沉默，似乎是他不知道该如何回应。他总是闭口不谈我的孩子。她们是他无法接入的链接，是和我丈夫之间牢不可破的链接，也是我和他之间永远都不会拥有的链接。

她没有接口。我打破了沉寂。

完全没有？

没有。

他们有没有跟你讲过她的事儿？

只知道她是个孤儿。你知道的，他们只提供一些泛泛的资料。发这些话我觉得有点奇怪。我当然是在办手续的每一步都询问了相关信息。而且我丈夫也是如此。但当我们核对记录时才发现，每次我们被告知的都是相同的东西——我们想要一个孩子，我们将得到一个孩子，那孩子会跟着我们开始全新的人生。过去并不重要。

活在当下才重要。

她多大了？

七岁。

嗯。用不着走程序，但可能会有一些混乱。她的大脑一直都是孤立的。她情况够稳定了吗？可以应对这个变化了吗？

我真心糊涂了。我从未遇到过一个没有链接的小孩儿，更不用说和一个这样的小孩儿生活在一起了。我不明白那句话里的"稳定"是什么意思。

我的沉默显然已经足够回答了。

我会做一个检查，他发送道。别担心。

好的。我准备结束这次对话。

你确定一切都好吗？他发送道。

一切都好，一直都好。发送完这条信息后，我切断了连接。

那天夜里我做了个梦。那是一个奇怪的梦，就像一段虚拟现实影像，拥有完整的情感和所有的五感。但它也有虚拟现实的距离感——那种奇怪的感觉，好像那个经验不是我自己的。

我梦见自己在一条肮脏的、尘土飞扬的街道上。空气稀薄而干燥，我从来没有呼吸过这样的空气。它的味道像是循环利用的，似乎能吸干我皮肤的水分。天气不热也不冷。我穿着破烂的衬衫和裤子，脚上套着长筒靴，那种轻质材料我以前从没见过，走起路来轻快但不稳。我感觉自己变轻了，仿佛只要做错一个动作，我就会飘浮起来。

我的身体在这奇怪的大气中运动自如，似乎已经习惯了。我觉得这一切有些似曾相识：当初丈夫和我在蜜月中去了芝加哥科技博物馆。我们探索了整个月球展览，亲身感受到了殖民地的低重力环境。

唯一不同的是，那里是干净的。

而这里却不是。

建筑物都是白色的塑料，覆盖着薄薄的砂粒，随着时间的推移，上面布满了坑坑洼洼的痕迹。地面上到处落满灰尘。但我知道，就像我知道如何在这不完美的重力场中行走一样，这里没有足够的钱来铺路。

头上的光线是人工合成的，隐藏在穹顶里面。向上看，能看到屋顶和光线，而如果眯起眼睛，就能看到黑暗的背后是没有保护层的大气。这让我觉得自己好像身处一个不见星光的夜晚，身处一条明亮的玻璃门廊。袒露、脆弱、恐惧，更多是因为我看不到外面，而不是因为眼前。

人们挤在马路上，在塑料建筑旁聚成一团。这些建筑也是圆顶的，是几十年前，当地球还希望建设月球殖民地时运送上去的预制房。如今已经没有货运航行了，至少在这里没有。我们听说曾经有货船去到俄罗斯殖民地和欧洲殖民地，但没人证实这个传言。我在伦敦殖民地，一个由欧洲殖民地的难民和异见人士组成的流氓殖民地。有一段时期，我们偷了他们的补给船。现在看来，他们又把那些补给船偷了回去。

一个男人抓住了我的胳膊，我抬头冲他微笑。那是我父亲的脸，二十五岁后我就再也没见过。他的面容发生了可怕的变化，比我记忆中的年轻许多，瘦骨嶙峋，满面风霜。他也冲我微笑着，三颗牙不见了，或许因为营养不良，剩下的牙齿有些发黑，也快掉了。在过去几天里，他的白眼球变成了黄色，鼻孔中流出奇怪的黏液。我想让他去殖民地的医疗所看看或至少请一位自动医生，但我们没有积点，根本没法付费。

在我们有所发现之前，只能等待。

"我想我已经发现了一条通往拉美殖民地的免费通道，"他说，很久以前我就已经学会了离他的嘴远点儿。那种臭味让人难以忍受，"但你必须为他们干一份活儿。"

一份活儿。我叹着气，他只承诺了这么多。但那已经是几个月前的事了。积点已经用完了，而且他病得更厉害了。

"一个大活儿？"我问道。

他避开我的视线，"也许吧。"

"爸——"

"亲爱的，我们有什么就得用什么。"

这几乎已经成为他的座右铭。我们有什么就得用什么，这句话我听了一辈子。他曾说过，他来自地球，乘着最后几艘免费飞梭来到这里。我们认识的一些人说免费飞梭只用来接送假释人员。我常常好奇他是否就是一个假释犯。他根本不把道德当回事儿。

我不记得我的母亲了，我都不确定我有过母亲。我曾见过不止一个大人购买婴儿，然后利用它来牟利。这种事儿他完全做得出来。

但他爱我。这一点毋庸置疑。

而我也爱他。

如果是他要求的话，我就会去干这份活儿。

我以前接过这种活儿。

正是我上次接的那份活儿帮我们来到这里。那时我还很小，没有完全理解这是怎么回事儿。

但当我做完后就明白了。

我恨自己。

"没有其他的法子了吗？"我发现自己在问他。

他把手放到我的脑后，让我靠近些。"你比我更清楚，"他说，"我们在这儿什么也没有。"

"我们在拉美殖民地也不可能有任何东西。"

"他们正从联合国获取货物，看起来他们发誓要为和平谈判。"

"那样就每个人都想去了。"

"但并不是每个人都可以去，"他说，"我们可以。"他摸着口袋。我看到了他那鼓起的信用传票，"如果你接这份活。"

当我什么都不知道，事情就容易多了。当接一份活儿仅仅意味着工作，当我没有其他事情要考虑的时候。在完成了第一份活儿后，父亲问我是从哪里学来的道德。他说这不是从他那儿来的，而我确实没有，这我知道。我说可能是遗传了母亲，他笑了，说我母亲也不可能会有道德。

"别再想它了，亲爱的，"他说，"做就是了。"

做就是了。我张开了嘴——是想说点儿什么吧，我也不知道——感到有温热的液体溅到我身上。一道伤口贯穿了他的胸膛，鲜血四处喷溅。人们尖叫着退开了。我也尖叫着，我没看到这一枪是从哪儿来的，只知道这一枪已经开了。

血慢慢地流着，比我预想的更慢。

他向前栽倒，我知道我抬不动他，我拿不到那些信用传票，到不了拉美殖民地，也将不必再接这种活儿。

许多张脸，未染上血的脸，出现在我的周围。

他们不是因为信用传票而杀他的。

我转身就跑，就像他曾经告诉我的那样，用最快的速度奔跑，像子弹一样炸裂，两边的行人有的闪开，有的捂住耳朵，有的用胳膊抱住头。

我一直跑，直到看到了那个标志。

那是一间小小的预制房，门上画着一轮红新月，窗上画着一个红十字。我停下疾风一样的奔跑，摔倒在了屋里，浑身是血，惊恐万状，孤立无援。

我醒来后发现丈夫正抱着我，我的头埋在他的肩膀里。他摇着我，就像我是他女儿一样，在我耳畔低语，轻拥着让我不再害怕。我颤抖地哭着，嗓子嘶哑，也许是因为哭泣，也许是尖叫的后遗症。

房门关着，还上了锁，我们只在相互温存的时候才这样做。一定是他让豪斯这么做的,这样就不会有人突然进来了。

他抚摸着我的头发,擦去我脸上的泪水。"晚上你应该开着链接,"他温柔地说,"那样我就能控制你的梦,把它变成欢乐的事。"

我们刚结婚时常为彼此做这些。这是一种协调我们不同性需求的方法,一条发现我们彼此想法和渴望的途径。

我们已经很久很久不这样做了。

"想跟我说说你的梦吗?"

我跟他说了。

他把脸埋进我的头发里。他很久没有这样做了,也很久没有对我表现出这种脆弱。

"是艾奇娅。"他说道。

"我知道。"我说,那是显而易见的。我是日有所思,夜有所梦。

"不,"他说,"没什么好冷静的。"他坐起来,用手按着我,凝视着我的脸,"第一个是苏珊,然后是你。她就像毒药一样感染着我的家人。"

亲昵的时刻破灭了。我没有从他身边走开,那是因为我努力克制住了自己,"她是我们的孩子。"

"不,"他说,"她是别人的孩子,而她正在扰乱我们的家庭。"

"婴儿会扰乱家庭。会有那么一阵儿,但你接受了。"

"如果艾奇娅还是一个婴儿时来到我们家,我会接受她。但她不是,她身上有些我们未曾预料到的问题。"

"我们签署的文档上面说,我们必须把这些当成是自己的问题来处理。"

他把我的肩抓得更紧了,可能他自己也没意识到,"他们还说过,这孩子已经接受了检查而且保证不会有病。"

"你认为这些梦是某种疾病引起的吗?他们像病毒一样从艾奇娅身上传到我们身上吗?"

"不是吗?"他问道,"苏珊梦到一个死人,一个她不愿离开的人。然后'他们'把她从他身边拉走。你梦到你父亲的死——"

"不一样,"我说,"苏珊梦到一个男人的脸被打开了花,而她被抓走了。我梦见了一个被射杀的人,但是我逃走了。"

"但那只是细节上的不同。"

"梦的细节,"我说,"我们都和艾奇娅交谈过。我确信她的一些记忆在重组后进入了我们的梦境，就像我们的日常经历，或是我们看过的影像。这并不是什么离奇的事情。"

"在她来之前，这个家里从来没有夜惊。"他说。

"在她来之前也没有人经历过任何创伤。"我从他身边走开，"和她的经历比起来，我们所经历的一切都微不足道。你父母的离世，我父母的离世，姑娘们的出生，几项糟糕的投资，这些事儿都不严重。我们仍然生活在你出生的大宅里。我们童年时在湖泊戏水中欢度。我们越来越富裕了，我们有很棒的女儿。这就是我们收养艾奇娅的原因。"

"去了解创伤？"

"不，"我说，"因为我们有能力抚养她，而其他很多人不能。"

他把手伸进稀疏的头发里，"但我不希望在这栋房子里有创伤发生。我不想再被打扰。她不是我们的孩子，让她成为别人的麻烦吧。"

我叹了口气道："如果我们那样做，还是避免不了创伤。政府会起诉我们，法律账单会堆到我们眼前。我们确实签署了注明这些事情的文件。"

"他们说如果这孩子有缺陷，我们就可以把她送回去。"

我摇了摇头，"我们还签署过更多证明她是健康的文件，我们放弃了那项权力。"

他低下了头。几缕灰白的发线环绕在他头顶，此前我从未注意过。

"我不想让她留在这儿。"他说道。

我把手放在他手上。以前，他就是这样感受凯莉的。他憎恨婴儿的到来搅乱我们的正常生活。他憎恨半夜喂奶，试图让我雇个奶妈，后来又想再雇个保姆。他想让其他人抚养我们的孩子，因为她们给他带来了不便。

然而要孩子是他的主意，而收养艾奇娅是我们两个人的决定。他开始时很热心，然而事到临头，他就会忘记最初的冲动。

从前我们相互妥协。没找奶妈，但雇了个保姆。他的睡眠不受打搅，而我的却被打乱了。这是我的选择，不是他的。随着女孩儿们年龄的增长，他找到了自己爱她们的方式。

"你从没花时间陪过她，"我说，"去了解她，看看她真正的为人。她是个讨人喜欢的孩子，你会知道的。"

他摇摇头，"我不想做噩梦。"不过，我听出了他声音中投降的意味。

"我会在晚上开着接口，"我说，"我们在睡觉时也可以相互链接来控制彼此的梦。"

他抬起头，笑了，突然露出了孩子气，就像许多年前那个向我求婚的男人一样。"就像从前。"他说道。

我也回以微笑，不再恼怒。"就像从前。"我说。

保姆主动提出要带着艾奇娅去罗纳德的诊所，但我坚持自己去，虽然他看上去像我丈夫一样亲密的想法令我心神不安。乘飞梭去罗纳德的办公室需要十五分钟多一点儿。他在一个修建于十多年前的园区办公，那里靠近密西西比河，离圣保罗的新国会大厦不远。罗纳德所在的大楼是一栋靠着河边的玻璃建筑。它建在立柱上——密西西比河曾在45年发过大洪水，整个城市还没从那次灾难中恢复过来——要进入主入口，来访者需要输入一个电梯密码。在我预约时，罗纳德已经把密码告诉了我。

在整个旅程中，艾奇娅一直保持沉默。飞梭吓到她了，原因不难猜出。每次她乘飞梭旅行，她都会去一个新家。我让她放心这次不是这样，但我看得出她认为我在说谎。

当看到这座大楼时，她抓住了我的手。

"我会乖乖的。"她轻声地说。

"到目前为止你一直都很乖。"我说，希望我丈夫现在能看到她。他只顾着把她妖魔化，而没发现她只是一个小女孩儿。

"别把我扔在这儿。"

"我没打算这样做。"我说。

这儿的电梯是一个小小的声控玻璃封闭空间。当我说出密码，它就像飞梭一样，通过喷气推进上升，并在第五层停了下来。不论天气如何，也不管地面情况如何，它都能正常工作。

艾奇娅看上去闷闷不乐。她握着我的手越来越紧，让我手指血液都循环不畅了。

我们停在主入口。大楼的门打开了，显然是因为所有知道密码的人都会被邀请入内。一个秘书坐在一张老式的木桌后，黑色的桌子被打磨得发亮。桌子中间是吸墨纸，旁边放着一支钢笔和墨水瓶，最上面是一张书写纸。我猜他是通过链接来完成大部分工作的，但这些摆设营造出的假象起作用了。它让我觉得自己仿佛溜进了一个富裕得能够用纸的地方，奢华到把木材浪费在一张桌子上的地方。

"我们来找卡洛医生。"艾奇娅和我一起走进去时我说。

"大厅走到头的右手边。"秘书说道,其实这个提示不必要。我已经来这里几十次了。

然而,艾奇娅没来过。她穿过这座建筑,就像穿过一个奇观,她一直没有松开我的手,好像依然相信我会把她留在这儿,但恐惧并没有减弱她的好奇心。到处都是新奇的。我猜和月球比起来这里的确是新奇的,在月球上有氧气的空间是昂贵的。浪费这么大空间只为建一个入口,这已经不仅仅是奢侈了,这简直就是犯罪。

我们走在木地板上,经过了几扇关着的门,最后来到罗纳德的办公室。秘书一定已经通知有人要来,因为门是开着的。通常我都是使用边儿上的小门铃,另一个老式的装饰品。

他的办公室内部很舒适。墙壁涂成蓝色,他曾告诉我这是安神的颜色。有一把厚坐垫的安乐椅和一张放着枕头的沙发。旁边有个儿童活动区,堆满了积木、毛绒玩具和一些洋娃娃。罗纳德的大部分病人都是蹒跚学步的幼儿,从这个游乐区就可以看出来。

一位穿蓝色工作服的小伙子出现在一扇门前,叫了我的名字。艾奇娅抓我的手更紧了。他注意到了她,对她笑了笑。

"B 房间。"他说。

我喜欢 B 房间。我熟悉它。我的三个女儿都是在 B 房间完成她们的后接口操作的。我只去过其他房间一次,觉得还是 B 房间更舒服。

这是个好兆头,带艾奇娅去一个如此安全的地方。

我走下大厅,艾奇娅跟在后面,没有引导。B 房间的门是开着的。罗纳德没有改变 B 房间的布置。那把昏厥睡椅、嵌到墙壁里的工作系统和倾斜的摇椅都还在。在凯莉经历她最严格的测试时,我就躺在其中一张摇椅上。

那时我已经怀上了苏珊。

我安抚了一下艾奇娅,然后将身后的门关上。罗纳德从后门出来了——他一定是在等我们——而艾奇娅吓了一跳。她紧紧地攥着我的手,都快把我的手指拽断了。我冲她笑了笑,没有抽开手。

罗纳德看上去不错。他一直都很瘦,金色的头发垂落在前额上。他该理发了。他穿了一件银色的丝绸衬衫和配套的裤子,尽管它们都有点儿过时,但在他棕色皮肤的衬托下显得很打眼。

　　罗纳德很会和孩子相处。他先对艾奇娅露出微笑，又端出一个有轮子的凳子，坐在上面朝我们滑过来，这样他就和她的视线一个高度了。

　　"艾奇娅，"他说，"好听的名字。"
　　也是一个好看的孩子。他发来这条，只给我的。
　　她什么也没说，我们初见面时她那阴郁的表情又回来了。
　　"你怕我吗？"他问道。
　　"我不想跟你走。"她说。
　　"你觉得我会把你带到哪儿去呀？"
　　"离开这里。离开——"她举起我的手，用她的小手紧紧握住。那一刻我明白了，她不知道怎么称呼我们。她不想用"家"这个字，也许是因为她可能会失去我们。
　　"你母亲——"他缓慢地说，同时给我发送了一条信息：这样称呼对吗？
　　对。我回复道。
　　"带你来这儿做个检查，来到地球后你看过医生吗？"
　　"在中心看过。"她说。
　　"那是不是一切都好呢？"
　　"如果有问题，他们早就把我送回去了。"
　　他把胳膊肘支在膝盖上，双手合十抵在下巴上。他银色的眼睛，恰好和他的外套相配，是温柔的。
　　"你害怕我发现一些事儿吗？"他问道。
　　"不怕。"她说。
　　"但你怕我会把你送回去。"
　　"不是所有人都喜欢我，"她说，"不是每个人都想收养我。这是他们说的，他们要是把我带回地球，收养家庭里的每个人都必须喜欢我，我要不就乖乖听话，要不就被送回去。"
　　是这样吗？他问我。
　　我不知道。我很震惊。我对此一无所知。
　　这个家不喜欢她吗？
　　她是新来的，是会造成一点混乱。过段时间就会好的。

他越过她的头顶朝我看了一眼，没再发送任何消息。他的眼神说明了一切，他不相信我家里的其他人会比艾奇娅改变得更多。

"那你有没有乖乖听话呢？"他温和地问道。

她看着我，我几乎不自觉地点了点头。她又看着他，"我尽力守规矩。"她说。

他摸了摸她，修长纤细的手指把一缕苍白的头发拢到了她耳后。她靠向他的手指，好像一直渴望着被触摸似的。

她真的很像你，他发消息说，比你的亲生女儿更像你。

我没有回应。凯莉长得像我，而苏珊和安妮都有我的天赋。在艾奇娅身上看不到我的影子。几个星期以前，在我第一次见到她的时候，我和她之间的纽带才建立起来。

让她放心。他发送道。

我已经那样做了。

还要再来一遍。

"艾奇娅，"我说，她吃了一惊，好像已经忘记我在这儿了，"卡洛医生说的是实话，你来这儿只是做个测试。不管最后结果怎么样，你都会跟我一起回家。还记得我的承诺吗？"

她睁大眼睛，点了点头。

"我一直都很守信。"我说道。

你是吗？罗纳德发送了一条信息问道。他越过艾奇娅的肩头凝视着我。

我打了个冷战，想知道我忘记了什么承诺。

一直守信。我告诉他。

他的嘴角弯起一个弧度，但没有笑意。

"艾奇娅，"他说，"通常我都会单独和我的病人一起工作，但我打赌你愿意让妈妈留下来。"

她点点头。我几乎能感觉到这个动作中蕴含的绝望意味。

"好吧，"他说，"你要先挪到睡椅上去。"

他把自己的凳子滑到那边去。

"它叫昏厥睡椅，"他说，"知道为什么吗？"

她松开我的手，站了起来。当他问这个问题时，她看着我，好像我会给她答案。我耸了耸肩。

"不知道。"她轻声说。她迟疑着跟过去，不像是我在家里见到的那个小女孩儿。

"因为大约两百年前，当这些东西流行起来的时候，女性经常晕倒。"

"她们不是的。"艾奇娅说道。

"哦，但她们真是这样的。"罗纳德说道，"你知道为什么吗？"

她摇了摇小脑袋。这些闲聊让他成功地把她引到了睡椅上。

"因为她们穿的内衣太紧了，经常无法正常呼吸。如果一个人不能正常呼吸，她就会晕倒。"

"那也太傻了。"

"对啊，"他一边说，一边轻拍着沙发，"放轻松，看看躺在上面感觉如何。"

我知道他的昏睡椅并不是古董。在他的房间里有各种诊断设备。不知道他用那些稀奇古怪的故事把多少小朋友引到了睡椅上。

当然不包括我的女儿们。她们在进到这个办公室之前就已经知道了答案。

"人们总是做傻事，"他说，"到现在都是这样。你知道地球上的大多数人都有链接吗？"

在他解释网络及其应用时，我没有注意他们。我做了些其他的事——处理日常事务，只是偶尔参与他们的对话。

"真正愚蠢的是，有那么多人拒绝链接。这使得他们不能很好地适应我们的社会，找不到工作，没办法交流——"

艾奇娅躺在睡椅上专注地听着。我知道，当他和她交谈时，他同时也是在测试她，看看她大脑中的哪一部分对他的问题起反应。

"但它不疼吗？"她问道。

"不疼。"他说，"科技使这些事儿变得很容易，就像是抚摸一缕头发。"

我笑了。我明白他先前做的那个轻柔动作是为什么了。这样当他放入第一个芯片时，就不会惊动她了，这是她建立链接的开始。

"如果它出问题了怎么办？"她问道，"人们会——死吗？"

他的身体向后一挺。也许她没有注意到，但我注意到了。他双目之间微微皱起。开始我以为他会对这个问题耸耸肩就过去，但实际上他沉默了很长时间，最后还是回答了：

"不会，"他尽可能坚定地说，"没有人会死。"

我意识到他正在做的是什么了。他实际上是在应对一个孩子的恐惧。有时我过于习惯丈夫对待女儿们随便的态度。我也习惯了女孩儿们自行其是，她们比我的艾奇娅更加驯顺。

他轻弹了一下手指，打开了头顶上方的灯。

"你会做梦吗，亲爱的？"他看似随意地问。

她低头盯着自己的手。上面有些轻微的伤疤，我不知道它们是怎么来的。我本打算在取得她的信任后，再去问她每一处伤疤的来历。到目前为止我还没问过。

"不再做了。"她说。

这回，我向后轻轻地挺了一下。每个人都做梦，不是吗？或者梦只是大脑接入链接后的产物？那肯定不对。在我们把还是婴儿的女儿们带到这里之前，就已经看到她们在做梦了。

"你最后一次做梦是在什么时候？"他问道。

她在睡椅上猛地向后挺了一下。睡椅的底座在她的力量下发出尖锐的声音。她环顾四周，像是受了惊吓。然后她望向我，她的眼神像是在求救。

这就是为什么我想为她建立一个链接。我希望她能告诉我她需要什么，不需要开口，也不需要让罗纳德知道。我不想总是猜测。

"没事儿的，"我说，"卡洛医生不会伤害你。"

她伸出下巴，紧闭着眼睛，好像在说话时不能面对他，然后深吸了一口气。罗纳德屏住呼吸，等待着。

我不是第一次感觉到，他没有自己的孩子真的很遗憾。

"他们把我关掉了。"她说。

"谁？"他的声音里包含了无尽的耐心。

你知道是怎么回事儿吗？我向他发送。

他没有回答，他的全部注意力都集中在她身上。

"红新月会。"她轻声说。

"还有红十字会，"我说，"在月球上，他们是主管孤儿的机构——"

"让艾奇娅说。"他说，我红着脸停了下来。他以前从未驳斥过我，至少口头上没有。

"是不是月球上的事儿？"他问她。

"对，否则他们不会让我来。"

"在那以后，有人碰过它吗？"他问道。

她轻轻地摇了摇头。说话间，她的眼睛又睁开了。她看着罗纳德，眼神中混合着恐惧和渴望，就像她第一次看到我时一样。

"我可以看看吗？"他问道。

她用手拍了拍自己的脑侧，"如果再打开它，他们就会把我弄走。"

"他们是那么跟你说的吗？"他问道。

她又摇了摇头。

"那就没什么好担心的了。"他把手放到她肩上，让她放松地躺回到睡椅上，我看着，背有点儿发僵。我似乎错过了谈话的一部分，但我知道我没有。他们在谈论着一些我从未听到过的事情，一些政府没告诉我们的事情。我的胃翻腾着。这正是我丈夫用来摆脱她的借口。

她僵硬地躺在睡椅上，一动不动。罗纳德在冲她微笑，轻柔地交谈着，他的手放在睡椅的控制器上。他直接从自己的链接上读取信息。在这间办公室里，每一样东西都这样运转，在办公室的类似的豪斯系统上复制下载。稍后，他会给我们发送一份文件拷贝。那是我丈夫坚持要求的，因为他不愿意来。我怀疑他是否真的读过这些文件，但这回他可能会读，因为毕竟是艾奇娅。

罗纳德皱起眉头。"没再做过梦了吗？"他问道。

"没有了。"艾奇娅说着，听上去很害怕。

我没办法再保持沉默了，自从她来，我们家就开始了夜惊。我给他发送道。

他扫了我一眼，我分不清是因为生气还是因为思索。

这些梦是相似的，我发送道，全都是有关月球上的死亡。我丈夫认为——

我不关心他怎么想。罗纳德严厉地回复道。我以前从没见过他这样，至少，我觉得没有。一段晦暗的回忆若隐若现。我曾听见过他这种刺耳的声调，但我想不起是什么时候了。

"你试过和她建立链接吗？"他直接问我。

"我怎么会？"我问，"她没有链接。"

"你的女儿们尝试过和她链接吗？"

"我不知道。"我说。

"你知道是否有人尝试过吗？"他问她。

艾奇娅摇了摇头。

"她到底有没有接触过电脑操作呢?"他问道。

"听豪斯讲故事,"我说,"是我要坚持这样做的。我想看如果——"

"豪斯,"他说,"你们的智能家庭系统。"

"是的。"有什么很不对劲儿,我能感觉到。他的语调,他的表情,他随意的动作,都是为了向病人掩饰他的忧虑。

"豪斯打扰到你了吗?"他问艾奇娅。

"起初是的。"她说。然后她看了我一眼,眼神中有种需要鼓励的感觉,"但现在我很喜欢它。"

"即便它让人痛苦。"他说。

"不,它没有。"她说着,把目光从我这里挪开。

我的嘴发干。"用豪斯会让你很难受吗?"我问,"但你什么也没说?"

她不想冒险失去她第一个家,罗纳德发送道。别这么严厉。

严厉的不是我,而是他。我不喜欢那样。

"真的不疼。"她说。

告诉我到底是怎么回事,我向他发送道,她出什么问题了。

"艾奇娅,"他说着,再次将手放到了她的脑侧,"我想和你妈妈单独聊一会儿。你介意我们把你送到游乐区去吗?"

她摇了摇头。

"我们开着门怎么样?这样你就可以看见她了。"

她咬了咬自己的下嘴唇。

像现在这样告诉我不行吗?我发送道。

一两句话说不清楚。他回复。相信我。

我确实相信他。而且因为这种信任,我心里升起了一阵恐惧。

"那没问题。"她说,然后看着我。

"我能再回来吗,如果我想的话?"

"如果我们谈完了就可以。"我说。

"你不会把我留在这儿吧?"她再次说道。什么时候我才能完全赢得她的信任呢?

"绝不会。"我说。

她站起来走出去,没有回头。她看上去这么像我初次见她时的模样,我的心都跟她一起出去了。她第一天的逞能表现就是这样,为了掩饰她纯粹的恐惧。

她去了游乐区，坐到一个带垫子的木墩上，双手交叉放到膝上，盯着我。罗纳德的助手试着用一个洋娃娃吸引她，但被她甩开了。

"问题在哪儿？"我问。

罗纳德叹了口气，把他的凳子滑向我。他在沙发边上停下来，在这位置上他够不到我，但我却可以闻到他身上特制香皂的气息。

"从月球送来的这些孩子是被救出来的。"他柔声地说。

"这我知道。"我们第一次申请收养艾奇娅时，他们送来的所有资料我都看过了。

"不，你不知道。"他说道，"他们不像你和其他养父母想象的那样，只是被从悲惨的生活中解救出来。他们是从十五年前在欧洲殖民地开始的一个项目中获救的。大多数孩子都死了。"

"你是说她有什么可怕的疾病？"

"不，"他说，"听我说完。她有一个植入——"

"一个链接？"

"不，"他说，"莎拉，请不要打断我。"

莎拉。这名字使我吃了一惊。再没有人那么叫我了。我们再相遇的这么多年里，罗纳德也没再这样叫过我。

这名字感觉已经不是我的了。

"还记得月球战争是多么惨烈吧？他们使用抛射武器炸碎了自己的殖民地，把殖民地暴露在太空中。一颗炸弹就能毁掉几代人的工作。然后有些殖民者就转入地下——"

"并且从那里发动进攻，是的，我知道。但那已经是几十年前的事儿了，跟艾奇娅有什么关系？"

"伦敦殖民地、欧洲殖民地、俄罗斯殖民地以及新德里殖民地签署了和平协议——"

"承诺不再使用任何破坏性武器。我记得这些，罗纳德——"

"因为如果他们违反条约，地球就不会再派出更多的补给船了。"

我点点头，"纽约殖民地和阿姆斯特朗殖民地拒绝参加。"

"随后就被永久摧毁了。"罗纳德向我靠过来，就像他对艾奇娅那样。我扫了她一眼。她正无声地注视着我们，"但战争没有停止。殖民地使用匕首和秘密刺客去暗杀政府官员——"

"而他们找到了一种转移补给船的方法。"我说。

他苦笑着。"对,"他说,"那就是艾奇娅。"

他猛地把话题转到我孩子身上,让我一阵眩晕。

"她怎么能转移补给船呢?"

他用拇指和食指挠了挠鼻子,然后又叹了口气,"一位欧洲殖民地的科学家发明了一项技术,可以通过潜意识来传递想法。它不易察觉,而且收效甚好。传递关于欧洲殖民地饥荒的想法,能让一位补给船长把他的船从俄罗斯殖民地转道开去欧洲殖民地。实际的过程比我说的要复杂。这项技术能够真的让船长以为,变更航线是他自己的主意。"

是梦,来源于潜意识的梦。我不禁打了个寒战。

"问题是,这项技术用到的装置要植入到使用者的大脑里,就像一个链接,但如果使用者已经有了一个链接,它就会取代这个装置。所以他们把它植入了出生于月球欧洲殖民地的小孩脑内。显然,艾奇娅就是其中之一。"

"然后他们就改变了补给船的航线?"

"通过想象自己饿肚子——或者说是真的饿了。他们会向补给船广播消息。有时他们想要食物,有时想要衣服,有时则是武器。"他摇了摇头,"现在,应该说时至今日,他们还在这么做。"

"能阻止它吗?"

他摇了摇头,"我们正在收集它的数据。艾奇娅是我见过的第三个这类的孩子。然而每个人都知道,这还不足以惊动国际议会。红新月会和红十字会都注意到了这个情况,他们转移了来自殖民地的孩子,有时还面临着死亡的代价,把他们送到这里,让他们不再受到伤害。他们脑中的这个装置被关闭了。像你们一样的人们领养他们,给了他们完整的生活。"

"为什么要告诉我这些?"

"也许你们的豪斯系统再次激活了她大脑中的装置。"

我摇着头,说:"第一个梦发生在她听豪斯讲故事之前。"

"那可能是其他装置造成的。也许政府没能恰当地关闭她大脑内的装置。这种情况确实会发生。推荐的做法是什么也不说,只是简单地移除这个装置。"

我冲着他皱了皱眉,"为什么跟我说这个?为什么不直接把它移除呢?"

插画／刘鹏博

"因为你想让她进行链接。"

"我当然想，"我说，"你知道的。是你亲口告诉她链接的好处，你知道如果她不进行链接会发生什么事儿，对吧？"

"我知道如果你和你丈夫在遗嘱里注明为她提供生活费，她会好好的。如果你们给她一座房子和足够她余生请保姆的钱，她会好好的。"

"但她将毫无建树。"

"也许她并不需要有所建树。"他说。

这不像是给我的孩子做过手术的罗纳德，我不禁皱起了眉头，"你还有什么是没告诉我的？"

"她大脑中的装置和链接是不相容的。"

"我明白，"我说，"但你可以移除她大脑里的装置。"

"她的大脑就是围绕那个装置形成的。如果我移除了它，那将会把她的意识抹除干净。"

"然后呢？"

他狠狠地咽了口唾沫，喉结随着上下动了一下。"我没说清楚，"他对我说，更像是对自己说，"这将把她变成一块空白的石板，像一个婴儿。她得重新学习每一件事，如何走，如何吃。这次会学得快一点儿，但她在半年以内都不会像一个正常的七岁女孩儿。"

"我认为这个代价是值得的。"我说。

"但这还不是全部，"他说，"她将失去所有的记忆，包括每一个最新的记忆：月球上的生活，来到这里，在她接受链接的那天早晨都吃了些什么。"他向前挪了一下，然后停下，"是记忆造就了我们，莎拉。她将不再是艾奇娅了。"

"你这么肯定吗？"我问道，"毕竟，基本的模板是相同的。她的基因组成不会变。"

"我很肯定，"他说，"相信我，我见过这种情况。"

"你能不能做一个记忆存储？把记忆备份下来，当她获得链接后，她还能找回以前的生活？"

"当然可以，"他说，"但那是不一样的。就像跟你讲一次乘船经历和你自己真正乘一次船，两者完全不一样。你有相同的基本知识，但经验已不再是你的一部分了。"

他的眼睛亮了起来。简直太亮了。

"肯定不会那么糟糕的。"我说。

"这是我的专业，"他声音颤抖地说。显然他对这项工作充满了激情，"我研究了意识清除与记忆存储是如何相互作用的。我进入这一行，就是希望能扭转这种局面。"

我不知道这些。或许我曾经知道，但现在却忘记了。

"她会有什么不同吗？"我问。

"我不知道，"他说，"考虑到她在月球上的经历，以及其中大部分经历的创伤性质，我敢打赌她会非常不同。"他扫了一眼游乐区，"她很可能会在一旁玩娃娃，根本不理睬你在哪里。"

"但那很好呀。"

"对，那是很好，但想想获得她信任的感觉是多么好。她不轻易信任别人，而当她愿意时，那是全心全意的。"

我用手捋了一下头发。我的胃里一阵翻腾。

我不喜欢做选择，罗纳德。

"我知道。"他说。我怔住了，没有意识到自己竟真的把上一条消息发给他了。

"你正在告诉我，要么我保持这个孩子的原样，但她不能融入我们的社会；要么我给她和别人相同的机会，但她会变得面目全非。"

"是的。"他说。

"我选不了，"我说，"我丈夫会认为这是违反合约的，他会觉得他们送给了我们一个有缺陷的孩子。"

"去读读协议中的那些细则吧，"罗纳德说，"这项包括在里面，还有其他几项。这些都是标准模板。我打赌你的律师在读到它们时连眼睛都没有眨一下。"

"我选不了。"我又说了一遍。

他向前迈了一步，把手放在我身上。他的手温暖而有力，令人安心。

那是熟悉的感觉，奇怪而熟悉的感觉。

"你必须做出选择，"他说，"从某种意义上说，那也是协议的一部分。你们要为她做准备，让她在这个世界上好好生活下去。要么给她一个链接，要么给她一份可观的遗产。"

"而她甚至连自己是否受骗都不知道。"

"对,"他说,"你也得为此做好准备。"

"这不公平,罗纳德。"

他闭上眼,低下头,轻抵着我的前额。"从来就没有什么公平,"他柔声地说,"亲爱的莎拉,从来没有。"

"该死的。"丈夫说,我们坐在卧室里。离晚餐还有半小时,我刚刚把艾奇娅的情况告诉了他,"律师应该把这种事检查清楚的。"

"卡洛医生说他们只知道地球上的事儿。"

"卡洛医生。"我丈夫站起来,"卡洛医生搞错了。"

我冲他皱了皱眉,我丈夫很少这么焦躁。

"这根本就不是在月球上开发的技术,"我丈夫说,"它是一项地球技术,前神经网络。24年的时候受到了国际禁令的制约。当链接逐渐普及起来后,这些装置就消失了。它们的确不相容,这一点儿他说得对。"

我感觉肩上的肌肉收紧了。我想知道丈夫是怎么知道这项技术的,而且我也不清楚是否该问他。我们从不讨论彼此的行业。

"你觉得卡洛医生早该知道这些?"我随意地说。

"他工作的领域是现代科技,而不是科技史。"我丈夫心不在焉地说。他又坐了下来,"真是一团糟。"

"问题是,"我柔声说,"我们有一个小姑娘要费心。"

"还是个有缺陷的小家伙。"

"还是个曾被人利用的孩子。"我颤抖着说。在回来的路上,我一直抱着她,而她也让我这样做。我记得罗纳德说过的,拥有她是多么难得,因为对她来说与外界建立联系是多么困难。每一次触碰都是一个胜利,每一个信任的时刻都值得庆祝。"想想看,想想有人利用了你最基本需求的关键所在,还用来实现别的目的——"

"别那么做。"他说。

"做什么?"

"为这件事披上浪漫色彩。这孩子有缺陷。那不该由我们买单。"

"她不是消费品,"我说,"她是一个人。"

"还记不记得我们在'孕期增强'上花了多少钱,安妮的低智商才被矫正过来？如果其他姑娘也有相同的问题，我们会花多少钱？"

"那不是一回事儿。"我说。

"不是吗？"他问，"在这世上我们必须要有一定的保障。我们必须要有最出类拔萃的孩子，拥有最好的条件。要是我真想拿掷骰子来决定我孩子的人生，我还不如——"

"还不如什么？"我厉声说，"搬到月球上去吗？"

他盯着我，好像从来没见过我一样，"你亲爱的卡洛医生想让你怎么做？"

"放任艾奇娅不管。"我说。

我丈夫哼了一声，"这样她余生都不会有链接，什么都得靠他人帮助，成为姑娘们的负担，耗尽我们的财产。哦，不过罗纳德·卡洛肯定喜闻乐见。"

"他只是不希望她失去人格，"我说，"他希望她还是艾奇娅。"

我丈夫盯着我看了一会儿，怒气似乎从他身上消失了。他脸色发白。他想伸出手来碰碰我，又收回了手。有那么一瞬间，我觉得他眼里充满了泪水。

我从未在他眼中见过泪光。

我真没看见过吗？

"好吧。"他柔声说。

他转过头不看我，我不知道自己是否已经猜到了他的反应。他和艾奇娅不亲。凭什么要在意她的人格变不变呢？

"我们不能再考虑法律问题了，"我说，"她是我们的。我们必须接受这一点。就像我们怀安妮时该花多少钱就花多少钱一样。我们明明可以终止妊娠，那样花得就更少了。"

"我们本可以。"他说着，就好像这个想法是不能接受的。在我们交往的圈子中，人们惯于弥补自己的错误，而不是掩饰它们。

"开始时是你想要她的。"我说。

"你是说安妮？"他问。

"我是说艾奇娅。那是我们两个人的主意，虽然你很想把责任推给我。"

他低下头。过了一会儿，他捋了捋头发。"我们不能独自做决定。"他说。

他屈服了。我不知道是该兴奋还是该悲哀。现在我们可以不再考虑法律问题而只考虑内心的感受了。

"她太小了，还做不了决定，"我说，"你不能要求一个孩子做出那样的选择。"

"如果她不——"

"这没关系,"我说,"她永远不会知道。我们谁也不会告诉她的。"

他摇着头,"她会好奇为什么自己没有链接,为什么她只能使用豪斯的一部分功能。她会想,为什么没有别人的看护,自己就不能离开这儿,而其他的姑娘都可以。"

"或者,"我说,"她会建立链接,然后失去所有的记忆。"

"那样她就会好奇为什么记不起自己早年的经历。"

"她会记得的,"我说,"罗纳德向我保证过这一点。"

"是的。"我丈夫苦笑着说,"就像她记得历史考试里的一道题目一样。"

我从未见过他这般模样。我不知道他已经研究过神经发展史,更不知道他会对它有自己的看法。

"我们不能做这个决定。"他又说了一遍。

我理解。我也说过相同的话,"我们不能要求一个孩子做如此重大的选择。"

他抬眼看着我。我还从来没有注意过他眼角的皱纹和他口鼻间的法令纹。他不再年轻,我们都不再年轻了。我们在一起已经很久很久了。

"她比地球上大部分人都经历的更多,"他说,"她经历过的事儿是我们女儿一辈子都不会经历的,如果我们好好把她们养大的话。"

"那不是借口,"我说,"你只是想让我们从愧疚中解脱出来。"

"不,"他说,"那是她的生活,她必须自己过,而不是我们替她过。"

"但她是我们的孩子,我们必须为她做出选择。"我说。

他平躺在床上,摊开四肢。"你知道我会怎么选。"他柔声说。

"两个选择都会扰乱这个家庭,"我说,"要么我们和她生活在一起,她还是她——"

"要么我们把她训练成我们想要的样子。"他用一只胳膊遮住了双眼。

他沉默了一会儿,然后叹了口气。"做出这些选择你后悔吗?"他问道,"和我结婚,选择住这座房子而不是另一座,决定留在我们成长的地方?"

"还有生下女儿们。"我说。

"任何一个,你后悔过吗?"

他没有看着我,就好像他没办法看我,好像我们全部的生活都取决于我的回答。

我握住他悬着的手,他的手指紧扣着我的手指,感觉冰凉冰凉的。

"当然不。"我说。可能因为脑中一片混乱,也可能因为有点儿害怕他那不寻常的激动程度,我问他:"你后悔自己的选择吗?"

"不。"他说。声音沉闷,我不知道他是否在撒谎。

最后,他没有跟我和艾奇娅一起去圣保罗。他无法面对直接对大脑进行的操作,虽然我希望他这次能克服一下。艾奇娅对这趟旅程放心多了,也开心多了,我注视着她,没想到自己能这么超脱。

就好像她已经走了。

这就是为人父母的全部意义:艰难而痛苦的选择,没有轻松答案的、不可逆转的选择,无法用过往经验来预言的未来。我紧握她的手,这次是她走在前面,领我穿过走廊。

我们两个中,害怕的人是我。

罗纳德在他的办公室门口欢迎我们。他冲艾奇娅微笑着,那是悲伤的微笑。

他已经知道了我们的选择。我让丈夫联系过他了。我希望艾奇娅的另一位家长也能参与进来。

吃惊吗?我发送道。

他摇了摇头。你们家总是做出这样的选择。

他看了我一会儿,好像在等我的反应,发现我没反应后,他蹲在了艾奇娅面前。"你的人生从今天起就会变得不一样了。"他说。

"妈咪——"这个词是一份礼物,是第一份礼物,也是一份永远不会再次重复的祝福,"说会变得更好。"

"妈妈说什么都对。"他说。他把手放在她肩上,"这回我要把你从她身边带走了。"

"我知道,"艾奇娅愉快地说,"但你会再带我回来,这是程序。"

"对,"他的眼睛越过她的头看着我,"这只是程序。"

他等了一会儿,我们之间只剩下深深的沉默。我想他是在暗示我改变主意,但我不会。因为我不能。

这样对所有人都好。

他点了下头，站起来，牵过艾奇娅的手。她欣然地，充满信任地把手交给他，就像把手交给我一样。

他拉着她进了后屋。

在门口，她停了下来，向我挥了挥手。

我再也没有见到过她。

噢，有个孩子和我们生活在一起，她的名字叫艾奇娅。她是个奇妙而充满活力的小家伙，和我们的亲生女儿一样，值得拥有我们所有的疼爱和财富。

但她不是我心爱的那个孩子。

我丈夫现在更喜欢她了，而罗纳德再没有提到过她。他在自己的研究上投入了更多时间和精力。

但他没有取得丝毫进展。

而我也不确定是否希望他有所进展。

她是一个健康快乐的孩子，有着美好的未来。

我们做了正确的选择。

这样对所有人都好。

对艾奇娅来说是最好的。

我丈夫说她将成长为一个完美的女人。

就像我一样，他说。

她会像我一样的。

她是一个如此生气勃勃的孩子。

可是，为什么我还是想念那个少有笑意、受过伤的阴郁女孩儿？

为什么她才是我心爱的孩子？

Copyright© 1999 by Kristine Kathryn Rusch

|雨果奖提名作品|

全　损
TOTALED

[美] 凯莉·英格利什 Kary English　著
艾德琳　译

必读经典

> 该下地狱的是命运，
> 不是我。

凯莉·英格利什，美国科幻奇幻作家，曾获雨果奖与坎贝尔奖提名，两度入围"未来作家大赛"决赛。她曾在《格兰特维尔公报》*旗下的"宇宙附录"专栏和《每日科幻》发表作品。

《全损》是她在《银河边缘》的首次亮相，该文获得2015年雨果奖最佳短篇小说提名。

★《格兰特维尔公报》是同人小说电子杂志,其世界观以艾瑞克·弗林的科幻小说《1632》为原型,发行于 2004 年。

思考。我必须思考。

如果身体还在，我现在肯定能感觉到阵阵寒意。呕吐感抓挠着喉咙，大脑抵抗着这股冲动，我却在想……

该死！我为什么要签那份研究弃权书？

我好像死了。

记忆中那场车祸仿佛发生在昨天——不，仿佛车胎仍在我眼前潮湿的沥青上打滑。那是这个季节的第一场暴风雨。儿子们要去看牙医，我们都起得很晚，我做了华夫饼当早餐。我仍然能闻到糖浆的香气。

闪电在头顶噼里啪啦。清新的雨水打在炙热的路面上，我们低头向车跑去。

入口匝道的底部积满了水。车尾一摆，打滑撞向车道。一辆巨型柴油车冲进驾驶席一侧的门。我们被打着旋儿卷进了卡车和拖车之间的空隙。

之后的一切都是慢动作。翻车。我们在车内翻滚。撞树时爆发了一阵强烈刺耳的寂静。

儿子们被安全带牢牢固定在座位上，多亏了侧边的安全气囊，他们都没事。柴油车司机也幸免于难。

我却陷入了全损。

该死，太难了。

我试着理清自己现在的感觉，如果我还有感觉。我挨个儿测试了一下自己的感官。

好黑。如同置身于新月之夜的山洞。我试着用鼻子吸气，但什么也没发生。这里闻起来就像实验室密封空间里的无菌空气。闻起来就像……空无一物。

舌头上还残留着口腔的温暖和牙齿光滑坚硬的触感，但那只是一种记忆，而非感觉。

我的肾上腺素升高了。耳朵里传来怦怦的心跳声，如同失去平衡的洗衣机滚筒哐哐作响。但我已经没有耳朵了——也没有心脏——所以这也是种记忆。

不，不是记忆。而是一种恐惧的关联反应，三十八年来反复形成得以固定。

如果我还有手，它们肯定会发抖。我的嘴会发干。功能性磁共振成像会显示，一抹亮色从我的前额叶皮质出发迅速穿过中脑和杏仁核。

我想抱着膝盖，把脸埋进怀里。我想深呼吸让自己平静下来，但我不能。这一切现在都成了幻觉。

慢着。

也许我可以。

我记得有一项研究，研究对象只要想象火焰，皮肤就会温暖起来。如果我想象呼吸，说不定就可以骗过我的大脑，从脑组织里把制造压力的化学物质一扫而空。

我集中每一丝意志，好深吸一口清爽的空气。就像幻肢会有感觉一样，我感到胸腔膨胀起来，凉爽的空气流经鼻孔，流至喉咙后方。我呼气，肩膀放松下来，虽然我没有肩膀。

我又深呼吸了一次。然后又一次，直到这片黑暗像平安夜里的法兰绒盖毯一样柔软舒适。

现在，我可以好好想想了。

我在哪儿呢？

不清楚。如果已经离开了医院，我应该在联合神经协会的实验室里。研究附加条款写得很明确。全损意味着联合神经协会将立刻得到通知，及时稳定生物组织以待转移。

我这样已经持续多久了？

也不清楚，不过感觉时间不长。在浸入超微灌室之前，及时转移对于延缓葡萄糖和氧气的流失至关重要。超微灌，即超声微粒灌注，持续充氧，就能近乎完美地保存活体组织长达六个月——无须冷藏。

眼下情形的讽刺之处我了然于心。正是我自己的研究让这一切成为现实。

个人全保险不是什么新概念。我十多岁时，崔德尔家族把第一位候选人送上了总统宝座。那时医疗费用高得离谱，保险根本就是痴人说梦。崔德尔家族声称：纳税人不应该为其他人负担不起的医疗费用买单，所以他们设立了全保险审查委员会。

未接受教育的人，老人，穷人——他们可以按不足一年的工资索赔。得益于自己的博士学位，我的全保险扩展至终生总收入，外加专利的乘数。我的保单应该足以涵盖一切。我以为自己很安全。

研究附加条款附带一笔年金。为了儿子们，我签下了它。我薪水丰厚，不过离婚之后手头还是很紧。附加条款写明，如果我死了或者全损，联合神经协会可以从我身上获得他们想要的任何生物组织，而戴尔和扎克瑞将得到这笔年金。

当然了，所谓"组织"，就是大脑。

还是很黑，我不知道究竟过了多久。我睡着了吗？那场车祸在我脑海中反复上演，轮胎发出的刺耳声，紧接着是令人胃痉挛的剧烈晃动。我真希望能有点儿别的什么，什么都行，分散我的注意力。

轻微的哐啷，然后一阵振动。那不是声音，而是一种震感，轻微到我怀疑是幻觉。

一如既往的黑暗，振动又来了。我认出它的节奏，是实验室里的暖通空调系统时不时地循环运行。肯定是联合神经协会。

这感觉让我困惑不已。我们通常会忽略触觉，因为一个孤立的大脑没有皮肤，也没有传递触觉的神经。那么，我又是怎么感觉到振动的呢？

我细细思索这种感觉。我感受到了振动，却没怎么听到它。好像花了一辈子时间，我才建立起这其中的联系——是血管组织。大脑本身没有神经，但遍布用以供血的血管组织，再说，我们保留了视觉和听觉神经群，以备日后激活。有趣。

有一阵更强烈更明显的振动，我猜是从实验室外面的走廊传来的。它一停一动，微微颠簸。脚步声？震感越来越强烈，好像越靠越近了。一瞬间，我认出了这脚步声。这是我的研究合作伙伴，兰迪。

我的天，我竟然在自己的实验室里？兰迪！兰迪，是我啊！把我从这儿弄出去！不过他不能这样做。再也不能了。

兰迪·莫雷诺，人工智能与神经接口学博士。我则是神经科学与分布式认知博士。我们的研究焦点是生物技术，将电子设备与神经通路结合起来。我负责生物，他负责技术。我猜他现在依然如此。

我们正在研究一种生物网络，一种由不超过三个分子宽的活电导管组成的微型网络。要是能确保这种生物网络的稳定性，我们能做的事情就多了——比如调节神经递质，终结抑郁症，治愈阿尔茨海默病。之前我们几近成功，而这份"能做"清单似乎数不胜数。

兰迪把东西碰来碰去，我有种晃动的感觉。他在动我。一阵阵劳神的推搡，中间穿插着漫长到令人抓狂的虚无。接着，我的全部意识被比一千个太阳还剧烈的刺激炸开。我感觉自己在尖叫，我张大虚幻的嘴巴，虚幻的双手捂住虚幻的耳朵。然后这刺激就生效了。声音——喧闹、震耳欲聋的声音。

我的老天！我能听见了！

我适应了一下失而复得的听力。实验室里很安静，不过在空无一物的黑暗虚空中待了那么久，哪怕最细微的声音，听起来也清晰得要命。交流电的声音，机器发出的轻柔嗡鸣，兰迪的实验室座椅发出的吱嘎声，还有他移动时衣服的沙沙声。

成功了！我不敢相信真的成功了！我是说，我们知道听觉模块可以在黑猩猩与胎儿组织上起作用，但这是首例针对成年人大脑的实验。一股骄傲和激动的情绪涌上心头。要是我还真真切切地活着，兰迪和我肯定会击掌相拥。

我听到轻敲钥匙的声音，接着是一阵柴迪科舞曲。老天爷啊，兰迪，你还能放得更大声吗？

兰迪就喜欢这种又吵又快的音乐。柴迪科舞曲是他的最爱之一。老牌速度金属[1]也是。要是让刮板秋葵乐队或者摩托头乐队[2]的声音盖过了帕赫贝尔的《卡农》，我肯定没法思考了，所以我们约定在一起工作时使用感应式发射器。声音研究的部分灵感来源于此。

这一天结束时，我已经不在实验室里了。我分明身处一个黑色安息日[3]和巴克科特·柴迪科包围下的扭曲地狱。

终于，这场猛攻停止了，我听到兰迪拿了他的外套和钥匙。他的脚步声走远了，门关上了，实验室也恢复了寂静。虚无感再次笼罩了我，我感到一阵奇怪的失落，但我把这种感觉放在了一边。肯定已经到晚上了。是

---

1. 速度金属是重金属音乐的分支，起源于20世纪80年代初，以速度为主要特色。
2. 摩托头是一支英国硬摇滚和重金属乐队。
3. 黑色安息日是一支英国重金属乐队。

时候制订计划了。

我在脑海中描绘了一下实验室的摆设。如果一切照旧，我对每台显示器和每件设备都知根知底。兰迪比较擅长电子设备，对人脑就没那么熟悉了，不过要是功能性磁共振成像看起来很奇怪，他就会知道有问题。只要足够异常，他就会好奇。他知道我签了那份附加条款。只要再足够异常，他就会发现是我。

第二天早上门打开时，我已经准备好了。我需要一个快乐的念头，来点亮功能性磁共振成像上面的奖赏中枢。

我想起上次开完会议下飞机的情景。儿子们跟着外公外婆在行李领取处等我。他们朝我跑来，我把他们拉进怀里。

该死，选错回忆了。现在我眼泪决堤，而且错过了时机。

新一轮音乐攻击开始了，我的思绪就像烧杯掉到瓷砖地板上一样摔了个粉碎。

明天再试试吧。

门开了。再来！小猫咪！毛茸茸、软乎乎的猫咪！

什么也没发生。兰迪到底有没有在看啊？也许他还没想到实验室里的大脑会有感觉吧。

又传来了轻敲钥匙声和杀手乐队的歌声，我也越来越失望。

要不是听到他说了下面这句，我都要放弃了。

"这是怎么回事儿？"兰迪说。

小猫咪！

我的天，兰迪。快看看我啊！想想小狗、小猫、圣诞节！

兰迪在实验室里奔走，摆弄着设备。发狂般的动静说明他有了重大发现。

然后实验室的门打开了，一个女人的声音响起：

"嗨，兰迪。去吃午餐吗？"

该死！是珍妮·桑德斯。在公共关系部门兼职的研究生实验室助理。她对兰迪有意思。每次她叫他名字的时候我都能听出来。

"不了，我现在正忙着呢。这个大脑不停地发出 p300 信号。"

P300？干得漂亮，兰迪！我都忘了这茬儿了。

随着一声轻响，文件柜发出咯吱声。珍妮坐上去了吗？她看不出来兰迪现在正忙吗？别闹了！快走吧！

"P300，就是新奇性反应，对吧？所以呢？"

兰迪的椅子旋转着，轮子嘎吱作响。"这比新奇性要复杂得多，"他回答道，"比如说，你小时候有没有玩儿过'打出 J 牌'这个游戏？没有？好吧，玩儿过小丑牌是任意点数的王牌扑克吗？P300 只打小丑牌。那你玩儿过去掉小丑牌的德州扑克吗？算了，没什么。"

兰迪把椅子从房间那头滚到这头。"所以，"他向她炫耀，"每一次我走进实验室，这个大脑都会有 p300 反应。"

唉，兰迪，那是因为我认识你啊。

"好吧，虽然我不知道是怎么回事儿，但是兰迪，说不定它认识你呢。"

太好了，讨人厌的研究生珍妮弄明白了，而我的研究伙伴却还没闹懂。

"哈哈。太好笑了。嘿，等下你出去吃饭的时候能帮我带个三明治吗？我要在这里待上一会儿了。"

珍妮的声音明快了起来，"当然了，兰迪！"她的高跟鞋在地板上咔嗒作响，直到门在她身后关上，兰迪才把注意力转回我身上。

他的椅子嘎吱作响，他咂嘴喝着某种可能是咖啡的饮品。听起来他好像在调整显示器，检查各项设置。

"好吧，大脑，"他说，更像是自言自语，而不是对我说话，"怎么回事儿？是不是在捉弄老兰迪？"

我想象亨德尔的《弥赛亚》，还有玛丽亚·卡拉斯的《圣母颂》中纯净流畅的音符。

这是一条信息，兰迪，拜托你看到吧。

兰迪一声不吭。他摸索着点了下鼠标，杀手乐队的音乐戛然而止。

我听见他又喝了一口咖啡，把杯子放回桌上。

"玛姬？"他低声说。我听出了他声音里的恐惧和难以置信。

是的，兰迪！是我。我就知道你会发现的。

"我的老天。噢，玛姬。我必须先——我必须先做什么来着？呃，慢着，我需要更多带宽，更多数据。"

兰迪翻动着材料。他挪走了咖啡杯，然后挪走了椅子，"玛姬，你先等等。"

我要给你接上全阵列。我马上回来。"

他回来的时候，我们都冷静了一点儿。

"天哪，玛姬。到底是怎么回事儿？是因为那场车祸，对吧？点亮些东西给我，让我知道我没疯。"

我想到布朗尼蛋糕。新鲜出炉，甜蜜诱人，绵软可口。中间软黏，而边缘松脆。

兰迪在桌子上轻敲手指。我能想象他倚着身子，双手撑在桌上，盯着显示器的样子。"好吧，"他说，"我懂你的意思了。是海马旁回[1]。天啊，玛姬，你能挑个更简单的词吗？我来查一查。"

我听到一阵火急火燎的键盘敲击声。

"奖赏中枢，跟食物有关。你是……饿了吗？不对，等下。你不可能饿了。奖赏中枢——意味着'是'，对不对？你想说'是'？"

刚出烤箱的热气腾腾的苹果派，酥皮里溢出肉桂的香气。

兰迪的声音听起来很紧张，又很不安。这是他着意寻求突破时的工作模式。

"明白了。好吧，玛姬，我们再试试'否'。你会怎么做呢？"

我考虑过怎么表达"否"。疼痛不起作用。我也做不到一直假装疼痛。悲伤也不行。太发散了。我需要更基础、本能的东西。我需要厌恶。

呕吐物。蛆虫。苍蝇爬满了腐烂发臭的肉。

"哇，是前脑岛。太好了，这样能行。现在我们来做几个确认测试吧。给我一个'是'。"

我们一直练习"是"和"否"，直到足够及时、连续和清晰。门又开了，但不是帮兰迪带三明治的珍妮。是一个男人的声音，问兰迪有没有进展。

我认得这声音。是莱维特博士，联合神经协会研究机构的执行副总裁，傲慢的混蛋。我们这儿全是博士，但彼此都直呼其名。莱维特不一样。他就想被尊称为"博士"。

"是的，有进展。这是玛姬。"兰迪听起来很生气。他的声音低沉而压抑，仿佛正忍着不动粗。一声拍打，一阵金属撞击声，好像有人把一叠文件摔到桌上，把椅子踢到实验室另一边。"这是玛姬啊，你这个没脑子的混蛋。"

---

[1] 人脑中重要的情绪调节中枢。

这次我很高兴自己只是一个装在罐子里的大脑,不然我肯定会笑出声来。兰迪啊兰迪,人家明明是没脑子的混蛋"博士"!

"这当然是豪里博士的大脑。"莱维特说,"她和这个生物网络项目的关系太密切了。我们把你们的笔记给了三个独立的小组,结果他们什么也没搞出来。学会跟她交流,这样你们就可以在灌注衰减之前完成这个项目了。"

"你把我们的笔记给了——"兰迪听起来难以置信,大为光火,"等等。你还想我们把这个项目做完?去你的吧!"

天啊。真希望我能看见。别打他,兰迪。拜托,别打他。

"顶撞上级,莫雷诺先生。不过等你把概念验证报告放到我办公桌上时,我就会忘记你说过的这些话。在此之前,希望你记住,我完全可以把这个大脑送去神经连接小组做神经映射,而不是留在这儿给你。"

神经连接小组。我会在那儿被塑化,然后被制成数以百万计的透明切片。我收回刚刚的话,兰迪,揍他!

门又关上了,我听到兰迪扶起椅子。他重重地叹了口气。

"好吧,玛姬,我们可能不得不把这个项目做完。你觉得呢?"

我犹豫了。这个生物网络是我一生心血的结晶。我当然想完成它。但是在这种状态下,真的可能吗?再加上灌注衰减,我都不知道我们还有多少时间。

过了一会儿,我回想起成熟的桃子,还有夏季在母亲的厨房里装罐时,那沁人心脾的香气。我想象指尖下天鹅绒般的触感,桃汁顺着我的手臂内侧滴落下来。

"那好吧,"兰迪说,"让我们完成这个项目。"

外面的走廊上,珍妮踩着高跟鞋一路走到了门前。不知道她给兰迪买了什么口味的三明治?我希望是芝士牛排。兰迪喜欢吃这种。打开门时,她的声音简直欢快得要命。

"嘿,兰迪。他们用光了芝士牛排的胡椒,我就给你买了一份古巴菜口味的。"他用耳语招呼她进来。门一关上,兰迪就让她发誓保密。

等等——怎么珍妮也入伙了?喂,都没人过问我的意见吗?兰迪吃三明治的时候我一直在生闷气。

兰迪和我一起在实验室里工作，一如往日。呃，几乎一如往日。珍妮总给兰迪带饭，我靠数午饭来记日子。第四顿午饭后，我听出兰迪的声音里多了一丝柔情。愈发深沉的语气告诉我，他开始回应珍妮的感情。我怅然若失，又很困惑，就像遭遇了一次无礼的惊吓，于是我缩回到关于儿子们的回忆之中。

兰迪说听觉联动并不困难。我们之前的试验已经基本成功，不过视觉就比较麻烦了。哪怕是初级拟态的视蛋白，也没有充足的时间为其编码，所以兰迪用他的植入器替换了原本打算用于视觉联动的环境传感器。与此同时，莱维特甩给兰迪一份《健康保险携带和责任法案》修订本和保密令，上面规定此项目活体组织的匿名捐赠者，只能被标记为"实验对象 HF47-A"。

好吧。我正式降维成一组数字了。

兰迪的视觉辅助植入器已经可以合法用在盲人身上，但它的作用应该是增强感官视觉，远非取而代之，并且此前从未应用于远程观察。没有视蛋白配置，兰迪唯一的选择就是利用活体完成数据输入，也就是他自己的眼睛。他至少违反了六项内部规定，甚至可能违反了一两项联邦法律，不过我们都知道，只要此举能够成功，莱维特就会睁一只眼闭一只眼。

前两次试验都失败得一塌糊涂。第二次试验时，兰迪说功能性磁共振成像显示我的视皮层有闪烁，不过我的主观体验并非如此。还是一无所获。零。

兰迪语气紧张，充满疲惫，"听着，玛姬，我们还有一次机会。如果失败了，神经末梢就会磨损到无法再次拼接。"

在他完成之前，我就感觉到这次连接上了。我没法看得很清楚，不过……能看到些什么了。就像黎明时分，阖眼看到的暗灰色曙光。

"你的视皮层有活动，玛姬。你能确认吗？"

视觉中呈现出一片影影绰绰的模糊形状。布朗尼，兰迪！布朗尼蛋糕！

"主观体验确认。功能性磁共振活动增强。"

兰迪已经为我打理好了。他不想让这次连接过于劳神，所以带上了护目镜，将视野限制在一张图片上。

"我正在看一个图像，玛姬。我希望你能认出它。"我听着他的声音，尖角从模糊的形状中浮现。

"这是个圆吗?"

蟑螂成群结队地爬过厨房的瓷砖地面,钻进橱柜,然后……

"是正方形吗?"

形状渐渐清晰起来,角度太锐利,不可能是正方形。一团团浸透胆汁的毛球散布在猫咪的呕吐物中。

"是三角形吗?"

是的!热气腾腾的新鲜咖啡,配上铁煎锅里吱吱作响的农家培根。

"形状识别确认。太棒了,玛姬!"

兰迪花了这周余下的时间做确认试验——形状和颜色识别,简单的照片,然后是一段老版《三个臭皮匠》的视频剪辑。最终,他对神经链现在的工作状况和未来的工作预期都满意了。"好了,玛姬,我们要试试全光谱视觉了。明天一早就开始。"

但第二天早上,兰迪并没有来实验室。我知道到早上了,因为我听到外面走廊上含糊不清的声音——低沉的说话声,经过的脚步声,咖啡车吱吱作响的轮子声。兰迪去哪儿了?

我等待着。五分钟,五小时。由于没有参照物,这之间的区别几乎无从分辨。最后,我听到了他的声音。"嘿,玛姬。我要给你一个惊喜。准备好了吗?"

这声音吓了我一跳。我没听到门打开。兰迪到底在不在这里?他的声音听起来又微弱又遥远,好像是从扬声器里传来的。扬声器?兰迪到底想干什么?

"好了,玛姬,我们现在要开始视觉试验了。我没法调整音质。我必须用手机遥控电脑扬声器。我已经把你的功能性磁共振成像同步到了数据包里,先从简单的开始吧,我可以顺便检查一下读数。"

苍白的光线慢慢亮了起来。画面变清晰了,我发现自己正看着一堵覆盖着厚厚的鸽灰色涂料的砖墙。兰迪面朝墙角,以维持低水平的视觉复杂度。

"功能性磁共振成像看起来不错,玛姬。我们再把视野打开一点儿。"

画面移到左边,我看到一块蓝色的瓷砖地板,墙上砌着三个瓷水槽。等一下。不是水槽。一个小小的马桶在身后冲水。好极了,我们第一次尝试实况视觉联动，兰迪就把我带进了男厕所。

"嘿，"他说，预料到了我的反应，"我又不能从女厕所开始。我们现在就去外面。跟上我。"

"外面"指的是一条外部走廊，连着一座庭院。空气中弥漫着浓雾，屋檐上的水珠滴落下来。路边有一道牡丹树篱，开败了的花低垂着，粉色花瓣褪成了棕色，边缘卷曲。我曾经来过这里，但直到兰迪走到体育馆门口，我才想起是哪儿。是儿子们的学校！

体育馆里正举办一场集会，珍妮在第二排给我们留了个位置。她向兰迪招手，但我的视线却越过了她，直至兰迪的视野边缘，二十名学生在金属椅子上坐立不安，等待着集会开始。二十个，而我想见的只有两个。

我的儿子们。我看到了他们的笑容，他们的面庞。戴尔坐在前排，穿着红色运动鞋和他哥哥最喜欢的变形金刚衬衫；扎克瑞戴了新眼镜，头上抹了发胶。

珍妮牵着兰迪的手，我们一起看向主席台，扎克获得了一份阅读成就证书，而戴尔则荣获本月最佳学员奖。这真是兰迪能挑出来的最好的惊喜了。我想抱着他们永远不放手。我想哭，但是我哭不了。真正的眼泪不过是那场车祸的另一牺牲品。

在回去拿车的路上，兰迪用胳膊搂住了珍妮的肩膀，感谢她为这次的惊喜搭桥牵线。他准备回实验室检查读数，而她必须得回去写新闻稿了，但是他们约好一起吃晚餐。兰迪一直高兴地吹着口哨，直到他坐在电脑前的椅子上。他一坐定便猛抽了一口气，按照过往的经验，绝非什么好事儿。

"糟了，玛姬。看看这个。"超微灌的衰减率比正常值高出了38%，而且还在上升，"你热得发烫了，玛姬。你得稳住。"

稳住？我该怎么稳住？

兰迪又检查了连接，扫描了数据，"你是第一例人类的活体试验品，玛姬。我们从来没想过能在一个智商如此高的大脑上做试验，也没想过你的大脑还有意识。所以别再思考了。你能冥想吗？"

兰迪把手举到嘴边，抓了抓头发，"我正在重新设置低温协议。这样应该能降低几度。"

我感觉不到变冷，但我看到了电线和铝制冷却箱。兰迪再次检查读数。

"没事儿了，玛姬。档案显示你已经在这里待了十七周。如果我们能维持低水平的消耗率，就可能还有六周，甚至八周。"

两周之后，兰迪和珍妮开始拼车，而且兰迪养成了晚上离开实验室时关掉视觉植入器的习惯。他说是为了降低我的消耗率，但我觉得他是不想让我看到除了共用一辆车，他们还共用了什么。

在生物网络上取得的进展让我兴奋不已，但每晚在实验室寂静的黑暗中，我都会重新审视自己的存在。

超微灌注正在慢慢失效。事实上，灌注本身没有问题，是我的大脑在衰竭。超微灌用超声氧气微粒每小时更新灌注介质六次。我们有充裕的电源供应，而且提高了灌注的氧比例。

但是没有用。我看到了自己的读数。衰减率曲线持续变陡。组织退化加速。每一项指标都显示着我的逐渐消亡。不过说实话，我觉得自己不会想念人生中这段离奇的经历。兰迪和珍妮不在的时候，我感到非常孤独，我那早已不存在的身体的每一部分都思念着儿子们。

周末是最难熬的。周末我总是回想起那场车祸，又努力避免回想它。我知道大脑的机制——加压素、创伤记忆——但我却无力阻止。

我在脑海中背诵电影《俄克拉荷马！》和《星球大战》的台词。我回忆起读过的书，唱起每一首我仍记得的流行歌曲。

兰迪在实验室里待得越来越晚，有时就睡在角落里的小床上。珍妮帮他带来热饭和干净的衣服，让他可以持续工作。

我知道我们离成功只有一步之遥了，但超微灌注的衰减正在侵蚀我的思维。运动机能总是先衰退，然后是语言能力。我想我很幸、很幸运，没有这些、没有这些问题。

距离莱维特发出最后通牒仅过了二十二周，我们已经完成了概念验证报告。兰迪设计了一个很炫酷的双盲演示，他在一间房里，而我在另一间，会议室的屏幕全程直播。

演示结束时，我们的成功显而易见。生物网络成了现实。

其他科学家兰迪的背拍着，香槟倒上了。珍妮站在旁边，她脸上最灿烂的笑容露出我没见过的。兰迪用一只手臂搂着她的肩膀，他们走过来看我。

我想桃子为他们高兴，为我们，但我好累。思考……好累，我必须要很努力才能理、理解事情。

"我们成功了，玛姬！我们创造了历史。谁知道生物网络未来会如何发展呢？嘿，你再瞧瞧这个。珍妮换掉了莱维特的新闻稿。"

兰迪拿起、拿起了那份新闻稿，大声念出来："联合神经协会以神经科学家玛格丽特·豪里的名字命名了这一发现，在三十八岁遭遇惨烈车祸之前，她的工作已为该项目打下了坚实的基础。"

站在兰迪监视器前面看我的反应。通过他的眼睛，我看到了自己的功能性磁共振成像。颜色稀疏、黯淡。活动水平呕吐物低。我现在应该、应该站在世界之巅了，但没我蛆虫没有。

*兰迪的脸我看到在监视器上。*很担忧。"你不太高兴，对吧？"

我热可可。冬天烧木头的烟。监视器上的颜色微弱腐烂物闪烁。

兰迪吻了吻珍妮的脸颊，让她给我们一点儿独处的时间。她走了出去，关上了门。

"是神经连接小组那件事儿吗？放心，我不会让他们那么干的。"

垃圾橙汁恶心棕色腐烂草屑

"是更重要的事情，对吧？不只是我们的研究成果？"

我虚弱是的小猫咪，但是、但是复杂些回答。

兰迪拉过一把椅子，跨坐在上面。下巴放在椅背上，把氧气值调到最高。他对着显示器说话，我的替身。

"说说看吧，玛姬。我们应该还有好几周时间。下一步做什么？你之前想研究阿尔兹海默症。要不要干？"

救命，氧气。几天，可能——没有几周。我的前脑岛上有黄色蛆虫闪烁。连说"不"都很困难了。它的、它的关键在于，真的。布朗尼，呕吐物。二元存在。受人控制。不想要。不想呕吐物不想。

兰迪的声音如死般寂静，"玛姬，你要离开我吗？是这个意思吗？你想结束这一切？"

*热蓝莓华夫饼，配上枫糖浆和新鲜融化的黄油。*真希望我能向兰迪解释清楚。"豪里网络"现在是他的项目了。*故事我小时候读过的，克隆人，赛博格，航空飞机。*兰迪和珍妮——现在是他们的了。

摘下兰迪眼镜，擦眼睛，声音破碎："会很快的，玛姬。我会关掉超微灌。你甚至都感觉不到。你确定吗？"

我感到一阵奇异的轻盈，一种近乎欣喜的解脱感，这会儿，我的思绪也变得清晰了。我想起独立纪念日那天烤架上的汉堡、甜玉米、蓝莓和奶油。我想起沙滩上脚趾间的沙粒，微风将发丝轻拂到脸上。

兰迪走到设备旁。他一只手打开音乐，另一只手拨动开关。帕赫贝尔的《卡农》那缓慢庄严、抑扬顿挫的乐声环绕了我。

我像小女孩一样偷偷带着方糖，它的边缘在我的舌头上融化成甜甜的糖渣，然后和孩子们一起吃草莓冰激凌。

兰迪拿起一张戴尔和扎克瑞的照片，*眼前他举到*。戴尔骑着一辆红色三轮车。扎克瑞站在后面，双臂搂着弟弟的腰。夏日阳光，照耀着他们仰起的笑脸。噢，我的孩子们。我可爱、甜蜜的孩子们。

发抖兰迪的手，照片，也，抖来抖去。撑在桌上兰迪的手臂抱住自己。逐渐褪去小猫咪银色的光

那是这个季节的第一场暴风雨。儿子们要去看牙医，我们几个都起得很晚，我做了华夫饼当早餐。

我仍然能闻到糖浆的香气。

Copyright© 2014 by Kary English

打破次元壁是一种怎样的体验？
INTRODUCTION

范轶伦

在思考"打破次元壁"这个问题之前，首先，要有一个壁。

而壁垒其实无处不在，有定义就会有壁垒。"次元壁"最早出自ACG文化，动画（animation）、漫画（comics）、游戏（game）作品所创造的二维世界被称为"二次元"，而与之相对的三维现实世界，则被称为"三次元"。所谓"次元壁"，就是指二次元与三次元之间的壁垒，它代表着想象世界与现实世界之间无法逾越的界限，或者用更接地气的话来说，是你与父母之间的理解障碍。而从更广义上来讲，"次元壁"除了存于不同次元之间，也存在于同一个次元的不同事、物之间，比如费玉清与周杰伦出现在同一支MV里，五芳斋拍了个赛博朋克风格的粽子广告，都会让我们惊呼："次元壁破裂了！"

打破次元壁是当下流行文化一大趋势，这与提倡解构、拼贴、狂欢的后现代文化调性颇为一致。以近年来大火的几部科幻作品为例，大有把次元壁打破到底的趋势。比如韩剧《阿尔罕布拉宫的回忆》中，男女主人公穿梭于AR游戏和真实世界之间，虚拟与现实相互入侵，不分彼此。而同一次元不同作品之间的互动也早就有迹可循，从早些年叫好不叫座的《林中小屋》，到去年叫座不叫好的《玩家一号》，再到今年年初火遍朋友圈的《死侍2》和《流浪地球》联动电影海报，这波破壁热潮可谓一浪高过一浪，从小众趣味进化成全民狂欢。

科幻一直与流行文化互动甚欢，因为它既可以作为形式，又可以作为内容。无论是动漫、游戏，还是电影，有时候科幻只是作为表现手法或艺术形式（科幻感），有时候它则是故事主体和叙事元素（科幻内核），可以说超级百搭。所以，在美国，《雷神》《美国队长》这类好莱坞超级英雄大片成了科幻电影的一个分支；在日本，《哥斯拉》《千与千寻》则成为可以作深度诠释的经典文本；而在中国，我们就有了《关公大战外星人》这样的破壁神作。恐怕导演怎么也不会想到，《关公大战外星人》这部 1976 年的作品会衍生出《葫芦娃大战变形金刚》《孙悟空大战变形金刚》《黑猫警长大战变形金刚》等一系列续作……也许美国宣布对钢铁征收关税，是因为变形金刚打不过中国超级英雄才想要扳回一局？（哈哈，开个玩笑啦！）当然，论破壁能力哪家最强，大概非《十万个冷笑话》莫属——吐槽共玩梗一色，彩蛋与脚毛齐飞。我常常好奇，卢恒宇和李姝洁这对鬼才夫妻档导演的脑洞，是不是可以放下整条镇魂街？

　　这种跨越边界的互动，从理论层面来讲，被称为"互文性"（intertextuality），又作"文本互涉"。最早由法国理论家茱莉亚·克里斯蒂娃提出："任何作品的文本都像许多文本的镶嵌品一样构成，任何文本都是其他文本的吸收和转化。"放在泛文化的语境下，我们可以这样理解，每一部作品都吸收、转化了其他作品，它们就像镜子一般相互参照，形成一个彼此牵连、无限蔓生的开放网络，一个打破过去、现在和未来之间时空界限的巨型开放体系。与大众趣味相结合，科幻融入了流行文化，而曲径通幽之处，科幻也会遇到艺术。近几年大火的"蒸汽波"视觉艺术风格，同时强调复古感和科技感，常常将古罗马雕塑与电子屏幕并置于霓虹色的画面中，宣称既是"未来主义的、赛博朋克的、反乌托邦式的，又是芯片音乐的、故障艺术式的、爵士……"，向我们证明次元壁不仅可以被破得好玩儿，还可以破得"漂亮"。

　　那么，次元壁在一瞬间破裂是怎样一种体验？请打开这个专题，与我们一起奔赴这趟破壁之旅。在这里，你会看见雷神和美国队长相遇在硝烟弥漫的二战战场；大力水手的菠菜罐头飞进了孤儿安妮的手里；想看哥斯拉和金刚同框？不用等明年的电影，因为它们已经在科幻作家的笔下开始暗暗较劲儿了。

　　如果说二次元与三次元之间的"次元壁"是我们与父辈之间的文化代沟，那么未来横亘在我们与 20 后之间的，是否会是四次元，甚至五次元与二次元之间的壁垒呢？科技的发展必将为我们打开一扇又一扇新世界的大门，五次元的世界令人心驰神往，但也不禁让人心生忧虑：面对来自未来新新人类的降维打击，我们要如何积极备战，与时俱进？

　　也许，读科幻就是一个好方法。9102 年某个秋日的午后，当你无意间翻阅一本名叫《银河边缘》的杂志书时，那个让你魂牵梦萦或者魂飞魄散的小家伙会从书中走出来，对你嘻嘻一笑：

　　"你好，我是你的破壁人。"

|雨果奖提名作品|

雷神遇见美国队长
THOR MEETS CAPTAIN AMERICA

［美］大卫·布林 David Brin 著
罗妍莉 译

当雷神和美国队长在另一条时间线相遇，主角依然是洛基。

特别策划·次元壁

大卫·布林，美国著名科幻作家，空间科学博士，物理学家，NASA 顾问。他曾多次获得雨果奖、星云奖和坎贝尔纪念奖，并担任世界科幻大会的荣誉嘉宾。大卫·布林擅长描绘浩渺的宇宙空间和外星生物独特的文化，最著名的作品是"提升"系列小说。

1987 年，《雷神遇见美国队长》一文获轨迹奖和雨果奖最佳中篇小说提名，并被译成多种语言。2003 年，受 DC 漫画公司和 Wildstorm 漫画出版社委托，本文被扩写成一篇完整的传奇故事，由漫画家斯科特·汉普顿绘图，改编为漫画小说《食命之徒》。其大画幅的法文版以《D 日，灾难之日》为题，获得法国 Bande Dessinée 漫画奖提名。

本辑"名家访谈"栏目即为大卫·布林的专访。"幻想书房"中亦推荐了大卫·布林主编的《逐影》一书。

插画 / 斯科特·汉普顿 ｜ 选自由本文改编的漫画小说《食命之徒》(*The Life Eaters*)

1

当潜艇沉到潜望镜与水面齐平的深度时，洛基的侏儒翻了个白眼，可怜巴巴地呻吟着。这个没脖子的驼背家伙用粗壮的手指拽着脏兮兮的胡须，抬头盯着吱吱作响的管道。

克里斯·图灵看着侏儒，心想：这玩意儿应当永远待在黑暗的森林深处和不见天日的洞穴里。

它根本不适合这个地方。

唯有人类才会选择这种死法，在一口漏水的钢铁棺材里，无望地怀抱着炸毁英灵殿的企图。

不过话又说回来，洛基的侏儒之所以会在这儿，基本上也是别无选择。

克里斯突然很想知道为什么——这不是他第一次这么想了。

为什么会有这样的生物存在？在他们跑来助纣为虐之前，邪恶势力在这个世界上难道还不够猖狂吗？

潜艇的引擎轰隆作响，克里斯耸了耸肩，把方才的思绪抛到一边。要想象出一个不存在阿萨神族及其仆从的世界，就如同要回忆起一个没有战争的时代一样困难。他坐在应急座椅上，系着安全带，听着波罗的海冰冷的海水在薄如纸片的防水舱壁外发出的哗哗声，看着那侏儒在一个装着氢弹零件的板条箱顶上缩成一团。它把长得像棍子似的脚从甲板上激荡的海水中提起来，缩向那口箱子的更高处。

当"剃刀鳍号"的潜望镜升起、更多海水通过减压管道汩汩地灌进来时，那侏儒再次忍不住发出了一声呻吟。

马洛少校从他组装到第三十回的突击步枪上抬起头来，这位海军军官问道："这该死的侏儒现在又有哪儿难受了？"

克里斯摇摇头，"我怎么知道？也许是因为他不适应这儿的环境？毕竟，古斯堪的纳维亚人[1]认为,深海是属于沉船和鱼类的。"

"我还以为你是阿萨神族[2]方面的专家呢。你不清楚那玩意儿为什么口吐白沫?"

"我说了,我不知道。你干吗不过去亲自问问他呢?"

马洛恶狠狠地看了克里斯一眼,"让我悄悄贴到那臭气熏天的东西旁边,让洛基那该死的侏儒解释一下它的感受?哼,我倒宁肯朝着阿萨神族的眼睛吐口水。"

扎普·奥利里从船舱左边探出身子来,冲着马洛咧嘴一笑。

"有点儿意思,老爹。潜望镜旁边就有个阿萨神,笨蛋。别客气,往你刚才说的那口痰盂里画道符呗。"

这位古里古怪的技术员朝着那群围在潜望镜周围的海军官兵做了个手势。船长旁边杵着个粗壮的身影,一身的毛皮和皮革,矗立在潜水艇上的一干人中。

马洛眨巴着眼睛,不解地回望着奥利里,这名军官与其说是觉得受到了冒犯,倒不如说是感到困惑。"他说什么?"他问克里斯。

克里斯真巴不得自己没坐在这两人中间。

"扎普建议你先朝洛基的眼睛吐上一口试试看。"

马洛扮了个鬼脸,奥利里还不如建议他把手伸进超燃冲压发动机里呢。一帮海军陆战队士兵正挤在他们身后的通道里,其中有一个犯了错误,不小心把一个弹药筒掉进了脏水里。马洛满口脏话地痛骂起来,把刚才的懊丧都发泄在那个可怜的下等兵身上。

侏儒又呻吟了一声,抱着膝盖,紧贴在那只密封的板条箱上。

无论来自哪里,它们在水里都呆不惯。这些所谓的侏儒不喜欢潜水艇。

克里斯对这艘潜艇也谈不上有什么偏爱,但是世界上也没有比这儿安全多少的地方了。1962年末,反纳粹联盟的时间已经所剩无几。如果今年秋天能干出点什么来避免那不可避免的事,就值得一赌。

就连洛基——那家伙长得跟头熊似的,几乎坚不可摧,总是爆发出让人脊梁骨发凉的大笑——先前也露过怯,当"剃刀鳍号"在一架尖声呼啸的袭

---
1. 泛指居住在斯堪的纳维亚半岛上的北欧人。该半岛位于欧洲西方角,正是挪威和瑞典所在的半岛。
2. 北欧神话中两大神族其中一支,也是最重要的种族,代表着世界上的秩序。

炸机底下沉入水中,当箭式潜艇如一块巨石般坠入海神冰冷的怀抱,他们的胃里也随之翻江倒海。他们一路下落,似乎永无止境。当艇身撞击到海面时,备受考验的金属艇身发出了更加难听的令人牙酸刺耳的隆隆声。

然而,无论面临的是怎样的境地,与先前所遭遇的那一切相比,似乎都要强些——越过极点的漫漫旅途,一路与尖锐的刺耳声为伴,避开纳粹的导弹,沿着曲里拐弯的路线掠过群山和灰色的水域,无助地倾听着,牢牢固定在位置上,同时飞行员们驾着会飞的"棺材",往四面八方猛扑而去……暗自祈祷敌方的阿萨神族大师们今晚并未在北方的这片区域巡逻……

一共有二十艘潜艇从巴芬岛[1]出发,却只有六艘成功抵达了瑞典和芬兰之间的海域。而其中的"鲸鱼座号"和"虎鱼号"这两艘都被撞破了,像被撕烂的沙丁鱼罐头一样裂开,将运气不济的船员们吐进海中活活冻死。

只剩下四艘潜艇了,克里斯心想。不过,尽管我们的机会有点儿渺茫,但那些可怜的飞行员才是真正的英雄。

他并不相信有任何一位机组人员能穿越置人于死地的黑暗欧洲,到达德黑兰的安全地带。

"图灵上校!"

听到船长叫他的名字时,克里斯抬起头来。路易斯中校放下潜望镜,走到海图桌前,招了招手。克里斯解开安全带,跳进积水里。

"告诉那些陆战队员,咱们要把烈酒留着自个儿喝,"奥利里压低了声音建议道,"好酒实在难得,不能跟人分享。"

"闭嘴,傻瓜!"马洛吼道。克里斯谁也没理会,在水中艰难地前行。船长站在他们的"顾问"旁边等着他,这个异族生物自称"洛基"。

我已经认识洛基很多年了,克里斯想。我曾经和他并肩作战,共同抗击他的阿萨神族兄弟们……但每次看到他的时候,我还是会被他吓得魂不守舍。

洛基矗立在众人中,比每一个人都要高大,那双高深莫测的眼睛凶神恶煞地注视着克里斯。这位"诡计之神"虽然高大威猛得异乎常人,看起来却非常像人,可是那双黑眼睛彻底抵消了这种与人相似的感觉。自从这位变节的阿萨神族投靠盟军以来,克里斯跟洛基在一起共事的时间已经够久的了,知道应该尽量避免直视他们。

---

1. 加拿大第一大岛,世界第五大岛屿。

"长官，"克里斯说着，向路易斯中校和那位蓄着胡子的阿萨神族点点头，"我想，我们正在接近 Y 点吧？"

"没错。如果不出意外的话，我们十分钟之内就该到了。"

在过去的二十个小时里，路易斯似乎明显变老了。这位年轻的潜艇指挥官知道，在这次行动中，被视为可牺牲对象的，绝非仅有他的分遣舰队而已。在由此向西几千英里的地方，美国水面海军残存的大部分力量都是无望地投入战斗的，他们只为一个理由而战：分散纳粹大将的注意力——尤其是某位"海神"——令其无暇顾及波罗的海上的"诸神黄昏"行动。洛基的堂兄弟提尔[1]对潜艇倒构不成太大的威胁，但除非将他的注意力转移到别处，否则等他们这支小小的部队企图登陆时，他就能让他们生不如死。

因此，今晚，他会在遥远的地方，让美国、加拿大和墨西哥的水手们生不如死。

克里斯不敢去想这件事。有太多的小伙子正在拉布拉多[2]慷慨赴死，只是为了吸引住一个阿萨神族的注意力，好让他们这四艘潜艇趁机从后门溜进来。

"谢谢，我最好告诉马洛少校和我的爆破组。"

他转身要走，却有一只大得异乎寻常的手按在他肩上，拦住了他的去路，这只手轻轻抓住他，却坚硬如钢。

"有件事你必须得知道，"名叫洛基的那个生灵用低沉而洪亮的声音说，他微笑着，洁白得不可思议的牙齿闪着光。"还有个乘客要跟着你上岸。"

克里斯眨了眨眼。原计划只包括他的队伍和他们的突击队员……然后他就发现路易斯中校的脸吓得一片惨白，那比单纯对死亡的恐惧更甚。

克里斯转过身来，盯着这个满身是毛的巨人，呼出一口气，"你……"

洛基点点头，"计划当中的轻微调整。这些在海底行驶的船只试图冲过斯卡格拉克海峡的时候，我不会待在船上。相反，我要和你一起上岸，去哥特兰岛[3]。"

克里斯没有露出任何表情。老实说，不管是他还是路易斯，都根本无法阻止这家伙随心所欲地做自己想做的事。无论如何，在与纳粹这场瘟疫

---

1. 北欧神话中，阿萨神族中的战神。
2. 即加拿大东部的纽芬兰与拉布拉多省。
3. 瑞典最大的岛屿。

进行的持久战中，盟军终将失去他们唯一的这位阿萨神族朋友。

如果"朋友"这个词真能形容洛基的话。

有一天，不列颠人正在进行最后的撤离时，他忽然就在苏格兰机场的柏油跑道上冒了出来，身边还跟着八个留着胡子的小东西，扛着一个个盒子。他领着它们，来到距离最近的一位面带诧异的军官面前，不可一世地霸占了首相的私人飞机，要求把他一路带到美国去。

也许一个装甲营倒是可以拦得住他。战斗报告证实，要是你相当走运、下手够快够猛的话，阿萨神族是可以杀死的。不过等当地指挥官认清了当时的情况以后，他决定冒险一试。

从十年前的那天到如今，洛基已经多次证明了自己的价值。

也就是说，到目前为止。

"如果你一定要去的话。"他对洛基说。

"我一定要去，这是我的愿望。"

"那我去跟马洛解释一下，失陪了。"

他先后退了几米，然后转身走开。

当克里斯艰难地涉水离去时，他感觉那道闪闪发亮的目光似乎一直紧随着他，经过呻吟的侏儒，经过奥利里始终带着讥讽的笑容，穿过狭窄潮湿的过道，两旁是系着安全带的陆战队员，一直走到鱼雷发射管处。

众人的声音安静下来。所有年轻人都说英语，但其中只有一半是北美人。在昏暗的光线下，他们肩上的标记——自由法国人、自由俄国人、自由爱尔兰人、德国基督徒——缄默无言，但他们南腔北调的口音他不会听错，还有他们抚摸武器的样子，还有克里斯在几双眼睛里看到的灼灼光芒。

这些都是自愿参加自杀式袭击任务的那类人，在经历了二十三年恐怖的战争之后，这种类型的人在世界上已然司空见惯——他们几乎或根本没有什么可失去的东西了。

马洛少校回来监督水下载具的装载工作，听到克里斯带来的消息，他不以为然。

"洛基想一起去？去哥特兰岛？"他啐了一口，"这杂种就是个奸细，我早就知道！"

克里斯摇摇头，"约翰，他帮过我们不知多少次忙了。怎么？就因为他陪着艾克去了趟东京，说服日本人——"

"真了不起呀！我们本来都该把小日本给干趴下了！"身材高大的海军陆战队员拳头攥得紧紧的，"就像我们早就该把希特勒粉碎了一样——要是这些怪物没像撒旦的诅咒一样，不知打哪儿冒出来的话。

"而现在呢，他已经在我们当中生活了十年，摸清了我们的方法、战术和技术，而这是我们仅存的真正优势！"

克里斯露出一脸苦相。他该怎么向马洛解释呢？这位海军军官从未到访过德黑兰，不像克里斯，他去年就去过了。马洛也从未见识过以色列－伊朗国的首都，那个国家是美国最伟大、最坚定的盟友，是东方的堡垒。

在那里，在幼发拉底河东岸的数十个武装定居点，克里斯遇到了一些勇猛的男男女女，他们手臂上还残留着在特雷布林卡、达豪和奥斯威辛[1]被人文上的数字。他聆听了他们的故事：在一个走投无路的夜晚，在带刺的铁丝网和臭气熏天的烟囱底下，这些饥肠辘辘、命悬一线的人抬起头来，看到一团奇怪的水蒸气从天而降。那团雾气凝聚到一起，几乎幻化成了某种固体般的存在，众人不敢相信，瞪着死气沉沉的眼睛惊愕地看着。

在那团怪异的雾气之中，形成了一道五颜六色的桥……一道彩虹般的拱桥，似乎看不到尽头，从那些恐怖之地升起，伸入不见月光的夜色中。在彩虹桥的高处，每一位行将赴死的男女都看见一个黑眼睛的身影骑在一匹飞马上。他们感觉到他在自己心里低语：

来吧，孩子们，趁着折磨你们的人正在我结成的意识之网中眨着眼睛、结结巴巴地说不出话。大家都来吧，翻过我的桥，去往安全的地方。趁着我的堂兄弟们还没发现我背叛了他们。

当他们跪倒在地，或是摇晃着身子感激地祈祷时，那个身影只是嘲讽地冷哼了一声。他的声音在他们脑海里嘶嘶作响：

别把我错当成了你们的上帝，祂把你们留在这儿等死！我没法向你们解释祂为何没有出现，或是对这一切到底有何打算。即便对于伟大的奥丁[2]而言，上帝也同样是个未解之谜！

你们只需要知道，我现在就带你们去安全的地方，如果说这世上还有安全之地的话。可是一定要快！你们要是非得谢的话，那就以后再谢好了，但

---

1. 二战时期，纳粹设立的犹太人集中营。
2. 北欧神话中阿萨神族的主神。

是快来!

在下方的集中营里、满目凄凉的贫民区里、遭到围困的城市里,座座桥梁在一夜之间拔地而起,又在晨曦中消失得无影无踪,简直如烟如梦。两百万人,老人、跛子、妇女、儿童、希特勒战争工厂里的奴隶,纷纷爬了上去——因为他们别无选择——接着发现自己被送到了沙漠中的一片土地,位于一条古老的河流两岸,他们抵达时,刚好来得及匆忙拿起武器,救下一支从埃及和巴勒斯坦的废墟中逃出的英国军队。他们与震惊的波斯人、遭受重创的俄罗斯难民融合到一起,在一片混乱中建立了一个崭新的国度。

在那个奇迹之夜后,洛基再也无法返回欧洲了,因为他的阿萨族人会对他大发雷霆。如果回到哥特兰岛,他就会面临着与突击队员们相同的险境。

"不,马洛,你错了。我半点也不知道他究竟是谁,但洛基不是奸细,我敢赌上我的命。"

2

水下载具咯咯作响,摇晃着从潜艇的鱼雷发射管射入海中,然后浮出冰冷的海面。外壳裂开后,水手们划起了桨。一天多的时间里,人们第一次呼吸到新鲜的空气,心中满怀感恩。

侏儒似乎并没有觉得轻松多少。这家伙的目光越过漆黑的海水,望向西面,在那个方向,一道淡红的晚霞勾勒出波罗的海上一座巨大的岛屿。它用喉音咕哝着什么,听起来完全不像是地球上的语言。

这似乎是天经地义的。和大多数美国人一样,克里斯也深信,这些生灵就是古代北欧人信奉的神灵,被重新带回了现代世界——这一点千真万确,就像他曾是桑迪·库法克斯[1]一样,或者就像道奇队不是在布鲁克林打

---

1. 美国传奇棒球手,1955 年至 1966 年间,隶属美国职棒大联盟布鲁克林/洛杉矶道奇队。

球一样。

外星人——这是官方的说法。这个故事通过盟军电台，在整个美洲、日本及自由亚洲残存的地区传播开来。就像著名科幻小说家切斯特·尼米兹在故事里写的那样，来自群星的生物已经抵达了地球。

不难想象他们为什么希望被视为神灵，这也足以解释他们为什么会选择站在纳粹一边。这套策略在西边是行不通的。无论这些客人的威力多么骇人，欧美科学家都会对他们进行探索和质疑，人们会提出问题。

但在日耳曼人对纳粹主义的疯狂拥护中，这帮所谓的"阿萨神族"找到了自己的沃土。

克里斯读过缴获的德国党卫军文件。甚至早在三十年代和四十年代初，在阿萨神族到达之前，其中就充满了胡言乱语和神秘主义的内容——关于冰月从天而降和雅利安超级种族的浪漫精神之类的胡扯。在被纳粹征服的世界里，阿萨神族确实会被奉为神明。就像老鼠或鬣狗的逻辑一样，克里斯看得出外星人选择站在那一边的理由，这些该死的家伙。

在西面天空的映衬下，松树的剪影犹如道道锯齿，勾勒出山顶的轮廓。领头的两艘船上挤满了海军陆战队员，他们的任务是登上海滩，向内陆进发。与此同时，海军的队伍会准备逃离所用的船只……就跟他们真的还能逃离似的。

殿后的两艘船上则载着克里斯的爆破组。

洛基单膝跪在克里斯这艘船的船头，闪闪发光的眼睛凝视着前方。他虽然黑黢黢的，可是看起来活脱脱就是维京传奇故事里的人物。

跟真的似的，克里斯心想。也可能这些生灵确实相信，他们自己就是自称的那种存在。只有一点克里斯可以确定：必须得打败他们，否则从现在起，对人类来说，就只剩下黑暗了。

他看了一眼手表，抬头望着天空，在云层中搜寻着能瞥见星光的缝隙。

是的，就在那儿。*那颗卫星*。插上了牛顿的翅膀，高飞在头顶上方两百多英里的位置，每九十分钟绕地球一周。

当它第一次出现的时候，纳粹大发雷霆，宣布其为占星术上所谓的异象。由于某种未知的官僚主义原因，五角大楼的官员一直隐瞒着这个秘密，直到有一半的人都相信了戈培尔的宣传。最后，华盛顿才揭开了真相：那是美国的太空飞行器正在绕地球飞行。两个月来，世界局势似乎发生了转机。

许多人认为，这项新的技术奇迹将比原子弹更为重要。

然后，纳粹对加拿大的侵略便开始了。

克里斯转移了自己的注意力，不去想此时发生在大西洋上的事。他真希望自己能有那种新式激光通信器，这样他就可以把这里的进展情况告诉卫星上的人了。可惜激光通信装置属于绝密技术，参谋长们不允许将这种装置带进敌方的中心地带。

毫无疑问，纳粹肯定在想办法击落这颗卫星。谁也不知道为什么，自从得到了外星人的帮助之后，敌方居然任凭自己早先在火箭技术上的领先水平出现了如此严重的滑坡。

也许他们再也不能在太空中采取行动了……正如他们无法击溃我们的潜艇部队那样。

可这怎么说得通呢？外星人怎么可能无力摧毁如此简陋的航天器呢？

克里斯摇了摇头。

这未必有多重要。今晚，大西洋舰队将面临灭顶之灾。今冬，我们将被迫使用体型最庞大的炸弹，以便坚守住加拿大的阵地……即使我们能拖住他们的脚步，也会使得整个大陆满目疮痍。

他看着船头的那个身影。

才智、勤奋或勇气怎么可能战胜这样的力量呢？

他遮盖在皮毛下的肩膀此时显得很放松。洛基曾经承认过，自己是这些"神灵"之中最弱小的一位。即便如此，克里斯也曾见过他徒手拆毁建筑物的声势。

"洛基。"他轻声说。

通常情况下，对未经允许就擅自搭腔的人所说的话，阿萨神族们都一概不予理睬。但这一次，那覆盖着黑毛的身影却转过来，注视着克里斯。洛基的表情并不算热情，但他确实面带微笑。

"你很不安啊，年轻人，我从你心里觉察到了。"

他似乎看透了克里斯。

"我很高兴，我看到的不是恐惧，而是一种深切的困惑。"

勇气是阿萨神族最为推崇的人类特质之一，作为传说中的英灵殿之主，这与他们的设定身份颇为相符。即便这位诡计与背叛之神也同样如此。

"谢谢你，洛基。"克里斯恭敬地点点头。

你本可以戏弄我一下的，我吓得都不敢吐口水了！"

洛基的眼睛犹如闪耀着星光的深潭。

"在这命运攸关的战斗前夜，正宜施恩于一条勇敢的虫子。因此我必惠待于你，凡人。问三个问题吧，洛基用自己的生命保证，必定如实回答。"

克里斯眨了眨眼，一时间震惊得根本说不出话来。这样的情况令他完全措手不及！从马歇尔总统和海因莱因上将，一直到级别最低的应征入伍的巴西人，个个都渴望能得到他的回答。他们唯一的这位阿萨神族盟友倨傲而冷淡，只给出过为数不多的暗示和线索，他曾经帮助他们挫败了纳粹的若干阴谋、延缓了死敌推进的步伐，但却从未做出过方才这样的承诺。

克里斯能感觉到身后的奥利里绷紧了身子，想让自己看起来不那么显眼，好留在一旁偷听答案。这一回，这位"垮掉的一代"[1]总算闭紧了嘴。

船在晚风中驶入浅滩，松林影影绰绰地出现在他们头顶上方。他几乎能闻到幽暗森林的气息。时间太短了！克里斯搜肠刮肚地琢磨着问题：

"我……你是谁？你从哪里来？"

洛基闭上眼睛，再次睁开时，黝黑的眼中充满了阴郁的哀伤。

"被奥丁所杀的伊米尔体内，海水涌起。

生命之树伊格德拉西尔，攫住伊米尔之躯。

阿萨神族从盐与霜中诞生，震撼大地！

巨人和人类的后代、带来欢笑者即为洛基。"

那生灵凝视着克里斯。

"这里一直都是我的家园。"他说。克里斯知道，他指的是地球，"我记得一个又一个时代，记得《埃达》当中所说的一切——从芬里斯被缚，到斯克里姆尼尔的谎言。可是……"

洛基的声音里微透着困惑，甚至于沉默了一下。

"可是，这些记忆有点不对劲……像是覆盖上去的一层，就像苔藓覆盖在霜上那样。"

他晃了晃身子，"说真的，孩子，我都不能肯定地说，我比你大。"

洛基宽阔无比的双肩耸了耸。

"不过下一个问题你得赶紧问了。我们正在接近集合地点。他们应该会

---

[1] 20世纪60年代的美国年轻人被称为"垮掉的一代"。

在这里，而我们必须阻止他们的阴谋——假如现在还不算太晚的话。"

经他这一提醒，克里斯突然想起了眼下的情形，抬起头来，望着四周笼罩在阴影中的山坡上隐约可见的荒野。

"你确定这计划有用吗——集中在一个地方跟这么多阿萨神族对抗？"

洛基微微一笑，克里斯立刻意识到了他在笑什么。他就像童话里的某个傻瓜那样，为了傻呵呵地寻求安慰而白白浪费了一个问题！但安慰别人并非洛基的强项。

"不，我并不确定，唐突无礼的凡人！"

洛基大笑起来，正在划船的水手们抬起头来，望着这充满讽刺意味的凶暴声音传来的方向，顿时乱了节奏。"你以为，只有人类才会为了荣耀而直面死亡吗？今晚，如果别无选择的话，洛基也会在此地展露自己的勇气，面对永恒之枪[1]和雷神之锤！"他转过身来，朝西边举起火腿般大小的拳头，挥动着。侏儒呜咽着，蹲在主人身旁。

克里斯看见海军陆战队已经登陆完毕。马洛少校飞快地比画着手势，吩咐第一批士兵呈扇形散兵线散开，进入森林。第二排船只划着桨，被冲力推向满是碎石的海岸。

他急忙利用剩余的时间再次提问："洛基，非洲现在是什么情况？"

自四九年以来，这片"黑暗大陆"确实陷入了一片黑暗。从突尼斯到好望角，火焰熊熊燃烧，恐怖的谣言四起。

洛基轻声低语道：

"在暴怒之时来临前，苏尔特尔[2]必须有一个家园。"

"备受折磨的人们在那里大声呼号，尖叫着要一个了断。"

这位巨人摇了摇硕大的头颅，"在非洲和俄罗斯大平原上，恐怖的魔法正在施展，可怕的灾难正在上演。"

原先在以色列－伊朗的时候，克里斯曾经见过一些难民——黑人和颧骨高耸的斯拉夫人——他们幸运地从大火中及时逃了出来。即便是他们也不知道内情。唯有那些曾经见过早期的恐怖景象的人——他们的手臂上还烙印着第一批带有烟囱的集中营里的编号——才想象得出寂静无声的大陆上正在

---

1. 北欧神话中主神奥丁的武器。
2. 苏尔特尔，美国漫威漫画旗下超级反派，改编自北欧神话中的火巨人史尔特尔。

发生怎样的事。那些面目狰狞的男女都保持着沉默。

克里斯突然意识到，洛基说这些话似乎并非出于怜悯，而是抱着一种实事求是的态度，仿佛他认为这属于犯错误，但并不算什么非同寻常的恶行。

"恐怖的魔法……"克里斯重复道，他忽然冒出一个想法，"你的意思是说，目的并不仅仅在于屠杀人类？同时还有其他状况？这跟你为什么要把那些人从第一批集中营里救出来有关系吗？是不是有人正在把他们怎么着？"

克里斯觉得此处包含着一些重要的东西，一些至关重要的内容。洛基却只是一笑，举起了三根手指。

"问完了，时间到。"

他们的船触底了。水手们跳入冰冷的水中，把船拖上了岩石嶙峋的海岸。不久，克里斯就开始忙着监督他们卸货了，但他脑子里却是一团乱麻。

洛基有什么事瞒着他，他在笑话克里斯明明离目标那么近，却偏偏没有命中。今晚的这次冒险可不仅仅是为了干掉几个异族神灵，背后一定还有更多的意义。

幽暗的森林里，树冠高处，一只乌鸦呱呱地叫着。侏儒扛着一大堆箱子，重量足以压垮一个人，它翻了个白眼，轻声呻吟起来，但洛基似乎没有留意。

"啥他妈隐蔽处啊，老爹。"奥利里一边帮克里斯扛起炸弹的导火装置，一边咕哝道，"真是'重头'戏。"

"没错，"克里斯回答，这一回，他确信自己理解了这位"垮掉的一代"的话是什么意思，"重头戏。"

他们跟着海军陆战队侦察兵的微弱闪光出发了。

当他们沿着海岸上一条狭窄的小径往上爬时，克里斯心中的期待之感越来越强烈……这是一种置身于此时此刻的世界中心之感。无论结果是好是坏，全世界的命运都悬于此地。他想不出有什么比把这座岛焚成一片了无生气的焦土更好的结局了。即便这意味着要他站在炸弹旁边亲手将其引爆，好吧，有机会用生命换来如此宝贵之物的，世上又有几人呢？

此时，他们已经深入到森林的树冠之下了。克里斯瞥见了树下忽隐忽现的动静，侧翼的海军陆战队员们守卫着他们和珍贵的货物。根据战前拟定的地图，他们只需不断攀登一个又一个高地。只要是在高处，无论将核弹放置在哪个地方，都可以发挥很好的作用。英灵殿会在火焰中灰飞烟灭。

克里斯刚要转过身，回头看一眼洛基……但就在此刻，夜空突然间迸发出明亮的光芒。照明弹蓦然炸开，撑着小降落伞从树枝的缝隙里慢慢飘过。人们猛地冲向掩体，曳光弹照出他们奔逃的影子。前方高处突然响起了枪声，剧烈的震荡伴着巨响。人们在尖叫。

当迫击炮开始轰击他周围的森林时，克里斯躲到了一片冲天的大火之后。洪亮的大笑声从高高的山坡上传入他们耳中，甚至盖过了爆炸的巨响。

克里斯紧紧抓住一棵树的树根，回头望去。十几码开外，侏儒仰面平躺在地，那里已成一片冒着青烟的废墟，方才肯定有一发迫击炮弹不偏不倚正巧砸到了那地方。

但接着他就感觉到一只手搭在了他肩膀上。奥利里指了指山上，瞪大眼睛，悄声低语："有点儿意思啊，哥们儿。"

克里斯转过身，向山坡上望去，只见一个巨大的人形身影正大步流星地走下山坡，后面跟着一帮裹着黑袍、全副武装的人。那庞然大物手拿一根硕大无朋的棍棒形物体，他每掷出一次，便发出尖锐的啸声，将树木和海军陆战队员一视同仁地碾成碎片，把高大的针叶树点燃，让人化作肉酱。然后，那武器仿佛自有主张似的，又重新飞回到那个红胡子阿萨神族的手中。

克里斯意识到，那不是迫击炮，而是雷神之锤。

洛基连半点影子都看不见了。

3

"好了好了，福金[1]。别怕这些讨厌的美国人，他们伤不了你。"

那位名叫奥丁的独眼神灵坐在乌木宝座上，高高擎起的手中举着一只

---

1. 北欧神话中，奥丁有两只乌鸦，分别叫"福令"和"雾尼"，"福令"代表着"思想"，而"雾尼"代表"记忆"。

乌鸦，与黑夜融为一体。巨人眼罩上镶嵌着一颗闪闪发光的宝石，这球形的宝石仿佛比他丢失的那只眼还能看得更远。他的腿上横放着一支闪闪发亮的长矛。

独眼神灵两侧站着同样浑身是毛、威风凛凛的阿萨神族，一个金发碧眼，肩上傲然扛着一柄巨斧；另一个蓄着红胡子，懒洋洋地靠在一把锤子上，那锤子足有一个正常人类那般高。

这座大厅极为宽敞，以削平的原木为柱，大厅四周站着保持立正姿势的卫兵，他们身穿黑色皮衣，衣领上都带有两道一模一样的闪电标记，甚至就连手中擦得锃亮的步枪也是乌黑一团，党卫军制服上唯一的亮色便是红色的纳粹臂章。

奥丁低下头，凝视着大厅地板上一堆系着锁链的囚犯。

"哎呀，可怜的福金没有原谅你们这些美国人。当初，柏林被你们的地狱之火炸弹烤得滚烫的时候，它的兄弟雾尼就葬身其中了。"

阿萨神族的首领剩下的那只眼睛闪动着凶光，"当同样的火焰如洪水般吞噬了我聪明的孩子、我那能洞视世间的海姆达尔[1]时，谁能责怪我这只可怜的守望鸟呢？谁又会无法理解身为父亲的悲痛呢？"

这支命运不济的突击队中幸存的人们精疲力竭地躺在冰冷的石地上。马洛少校昏迷不醒，奄奄一息，根本答不出话来；但一名自由英国的志愿兵却站起来，把身上的锁链拽得叮当作响，在高大的王座前啐了一口唾沫。

"皮尔森！"奥利里想攥住男子的胳膊，但那英国人握紧拳头，挣脱了他的拉扯。

"是啊，他们在柏林把你的宝贝儿子给干掉了，你不也把伦敦和巴黎的人全杀光了吗？！要我说，美国佬太怂了，居然就这么罢休了。他们本来应该继续的，把剩下的雅利安婊子和小崽子们统统给炸……"

一名党卫军军官把他撞倒在地，打断了他藐视的豪言。士兵们的枪托一次又一次地砸下。终于，奥丁挥了挥手，让他们归位。

"把尸体带到大圆殿中心，为他举行全套葬礼。"

那军官猛地抬起头，奥丁却用一种笃定他会听命的口气咕哝道："我们珍视勇气，即便是敌人身上的勇气也一样。在芬布尔之冬降临的时候，我

---

1. 北欧神话中奥丁之子，彩虹桥的守护者，也是阿萨神族领地阿斯加德的守护者。

要这个勇敢的人陪着我。"

身穿黑色制服的卫兵们砍掉了软绵绵的尸体上的锁链，此时，奥丁轻轻拍了拍乌鸦的脖子，喂给它一小块肉。他对站在身旁的那个红头发大个子说道：

"托尔，我的儿子，其余这些都归你了。我承认，这点儿奖赏实在少得可怜，不过他们确实表现得很英勇，跟着那骗子跑了这么远。你打算拿他们怎么办？"

巨人用戴着足有小狗般大小的长手套敲了敲锤子，跟他的身材一比，就连洛基都相形见绌了。托尔走上前来，在他的阶下囚身上扫视了一圈，似乎在寻觅着什么。他的目光落在克里斯身上时，似乎闪烁了一下。托尔的声音犹如地震发出的轰鸣一般低沉：

"父亲，我愿意屈尊跟其中的一两个谈谈。"

奥丁点点头。

"找个坑把他们丢进去，"他对不远处的一名党卫军将军说，那将军脚跟一碰，深深弯下腰去，"等着我儿子开恩吧。"

纳粹们把克里斯和其他幸存者拖走了，但克里斯还是无意中听到年老的阿萨神对他的后代说："你先尽量打听打听那个狼崽子洛基的事，然后就把他们拿去当祭品吧。"

4

可怜的马洛少校有一件事说得对：假设没有阿萨神族之类的家伙帮忙，纳粹永远也赢不了。希特勒和他手下的那伙人肯定从一开始就相信，他们能用某种方式召唤出远古的"神灵"，否则他们肯定不敢贸然发动这样一场战争、一场必定会把美国卷进来的战争。

事实上，到1944年初，一切似乎都已经尘埃落定了。当然了，盟军还是得付出极其惨痛的代价，但在国内，再也没有人害怕会战败了。俄国人正从东线推进。罗马几乎已经被占领，地中海成了被盟军包围的一个湖。日本人行将崩溃——在一座又一座岛屿上，他们不是被击退，就是遭围困。与此同时，有史以来最声势浩大的一支无敌舰队在英国集结起来，准备横渡英吉利海峡，将纳粹这一毒瘤彻底割除。

在美国各地的工厂和造船厂，民主党人的兵工厂在一个月内生产的战争物资比第三帝国鼎盛时期的年产量还多。每隔几小时，就有船只驶离航道；每隔几分钟，就有一架飞机起飞。

最重要的是，在意大利、非洲和太平洋地区，由农民和城里的小伙子们组成的一帮乌合之众，经过训练成了一支大军中的合格战士。即便单打独斗，他们也能抵挡得住有经验的敌人，更何况在人数上还超过了敌方。

已经有人在谈论战后的复苏、协助重建的计划，以及一个将和平永远维系下去的"联合国"。

四四年那会儿，克里斯还只是个穿着及膝短裤的小孩儿，正如饥似渴地读着切特·尼米兹的小说，全心全意地祈祷着自己成年后也有一番大事业可干，哪怕跟他的叔叔们当时在海外所取得的成就相比，只及得上一半光彩也行。他甚至希望可以去太空中探险。因为等这一仗打完以后，毫无疑问，恐怖的战争就再也不会发生了。

接着谣言四起……关于东线受挫的传闻……关于形势大好的苏军突然意想不到地撤退了，原因不明……传回来的基本上都是些充满迷信色彩的谣言，没有哪个现代人会相信。

他在街角听到这样的话：

该死的老毛子……我早知道他们顶不住……一直在叨叨啥"第二前线"……好吧，咱们就给他们一条第二前线。用不着他们的散兵游勇。别发愁，伊凡，山姆大叔就快来了……

时值六月，诺曼底的天空中到处是飞机，海峡里放眼四望，泊满了船只。盟军组成了有史以来规模最大的无敌舰队……

克里斯坐在地牢里，背靠冰冷的石墙，他紧闭双眼，想忘掉记忆中那些他曾见过的粗粝黑白电影。

D日。

这里的"D"是灾难的意思。

龙卷风，千百道龙卷风，像可怕的陀螺般旋转着，从晨雾中升起。它们不断延伸，越升越高，那些漆黑的漏斗似乎一直伸到了天外。等到暴风接近船只的时候，便能辨认出一些骇人的身影，骑在旋风之上，拍打着翅膀，催动着风暴刮得越来越迅疾……

"老哥，马洛摸到了对 A 和对 8[1]。"奥利里重重叹了口气，在克里斯身旁跌坐下来，"你现在成头号人物了。"

克里斯闭上眼，心想，人终有一死，他提醒自己，不管怎么说，他反正也一直不怎么喜欢这个性格阴沉的海军陆战队员。

尽管如此，他还是为马洛感到悲哀，即便不为别的，至少马洛曾经替他充当过绝缘体，保护了他免遭那名为"指挥部"的操蛋玩意儿伤害。

"那现在怎么着，头儿？"

克里斯看了奥利里一眼。奥利里年纪确实太大了，没资格再玩什么小孩子的把戏。那对羚羊般的眼睛周围已经出现了细纹，婴儿肥也变成了双下巴。虽然军队赏识天才，对军队里的文职专家们容忍度很高，但克里斯仍然不免纳闷儿——这已经不是头一回了——这个从格林尼治村跑出来的乡下小子究竟是怎么混到这个责任重大的位置上来的？

洛基选中了他，这才是真正的答案，就像他选中了我一样。

关于那位机灵之神的话题就到此为止吧。

"现在怎么着，奥利里，现在只要你少说点儿那种怪腔怪调就行。每三句话里就有一句让人听不懂，这是为了满足你的虚荣心吗？"

这位"垮掉的一代"技术员脸一抽，克里斯立刻对自己方才的发作感到懊悔。

"哦，算了算了。"克里斯改变了话题，"其他人怎么样？"

"我估摸他们都是极好的……我的意思是，作为再过几小时就要被拿来献祭的人来说，他们还好。他们都知道，这是一次自杀式任务，只是想顺道拉几个混蛋垫背而已，就这么简单。"

---

1. 扑克牌中流传的迷信，握有一对 A 和一对 8 的牌手被称为"死亡之手"。传闻美国西部拓荒时期著名的警长比尔·希考克在摸到这手牌后，即被枪杀。因此，这手牌代指死亡厄运。

克里斯点点头。假如我们还能再有个一两年的话……

到那时，导弹科学家就会拥有足够精准的火箭，可以进行外科手术式的打击，没必要再像这样偷偷溜到敌人眼皮底下来藏炸弹了。卫星只是个开始，假如他们还有时间的话。

"皮尔森说得对，伙计。"奥利里瘫在克里斯旁边的墙上，喃喃自语道，"我们当初就该使出手头所有的武器来痛扁他们，要是有必要的话，把整个欧洲熔成渣都行。"

"等到我们攒够了炸弹的时候，他们也有原子武器了。"克里斯指出。

"那又怎样？等我们把佩内明德[1]炸了之后，他们的导弹投射系统就瘫痪了。而且，对于该怎么用核武器，他们半点儿也不懂！唉，就算他们想办法把咱们的炸弹给拆开……"

"上帝保佑！"克里斯眨着眼睛，这种可能性他连想一下都觉得心里怦怦直跳。纳粹真要是成功实现了从原子弹到氢弹的飞跃……

技术员拼命摇头，"我审验过——我是说，我亲自检查过自毁装置了，克里斯。凡是四下瞎鼓捣、想看看美国的Ａ型氢弹是怎么回事的人，肯定都会大吃一惊的。"

那是当然，在获准尝试这项任务之前，这应当是最低限度的要求了。他们若真能在阿斯加德的"大圆殿"附近把武器组装完毕的话，战争的进程兴许就已经改变了。现在，他们唯一能指望的就是，等到了计时器设定的时间，这些尚未组装的单独部件就会像预期的那样熔化成渣。

奥利里依然不依不饶，"我还是觉得，在五二年那会儿，我们就该把手头的全部武器都射出去。"

克里斯明白他的感受。大多数美国人都相信，这样的交换是值得的。如果对希特勒的核心地盘发动一次全面的大规模攻击，就可以把那个国家的中心地带变成一片焦土。即便那个怪物用更为粗糙的火箭和裂变式核弹进行报复，付出这样的代价或许也是值得的。

当克里斯了解到真正的原因后，起先他不肯相信。他以为洛基是在撒谎……他说这是阿萨神族的诡计。但自此以后，他便看清了真相。美国的兵工厂是柄双刃剑。要是用得不小心，就会起到适得其反的效果。

---

1. 二战时，纳粹德国的导弹研究中心。

一阵钥匙的哐啷声传来。三名党卫军士兵走进来，趾高气扬地俯视着这群垂头丧气的盟军突击队员。

"伟大的托尔要找你们的头儿说话。"军官操着口音浓重的英语说。谁也没动，于是他的目光落到了克里斯身上，"就是这人，我们大神要找的就是他。"

卫兵们拽住克里斯的双臂，把他整个儿架了起来。

"要冷静得像玻璃啊，老爹。"奥利里说，"把他们逼疯哈，宝贝儿。"

克里斯在门口扭头看了一眼，"你也是，奥利里。"

地牢的门在他身后砰地关上了。

5

"你是丹麦人，对吧？"

克里斯被绑在噼啪作响的壁炉前的一根柱子上。在向他提问之前，盖世太保的官员从好几个不同的角度盯着他瞧了瞧。

"祖上是丹麦血统。那又如何？"克里斯虽然被捆着，却还是耸了耸肩。

纳粹兴致盎然地说："哦，没什么特别的。只不过，我每次看到明显具有优越性的种群在抗拒自身祖先的神圣馈赠时，都不免感到惊讶。"

克里斯挑起一侧的眉毛，"你审问过很多犯人吗？"

"哦，是啊，相当多。"

"好吧，那你肯定一直都觉得很惊讶。"

盖世太保眨了眨眼，然后苦笑了一下。他往回走去，点起一支烟，克里斯注意到他的双手在颤抖。

"但是，当你发觉自己正在跟种族渣滓和杂种一起工作、并肩作战的时候，难道你自己的血液就不会发出吼声吗？"

克里斯笑了，他转过头，冷冰冰地注视着纳粹，"你在这儿干吗？"

那家伙又眨了眨眼,"你瞧,我负责的是情报和宣讲党的主义——"

"你就是个狱卒。如今阿萨神族的祭司们掌管着一切,党卫军里的神秘主义者控制着整个帝国。希特勒就是个身染梅毒的老头子,连路都走不稳,他们不会把他放出贝希特斯加登[1]的,而且对你们这些守旧的纳粹分子也快忍不下去了。"

那军官吸了口烟,"你这话什么意思?"

"我的意思是,所有那些拿种族说事儿的哗众取宠不过是做做样子而已,只是设立死亡集中营的借口。不过党卫军倒还是很乐意用雅利安人,如果只有这样才能……"

"怎样?"盖世太保走上前来,"才能怎样?集中营的目的如果不是消灭不纯的种族的话,那又是什么呢?聪明人,是什么?"

这个人尖声大笑,似乎一不小心就会崩溃似的,"你不知道,对吧?连洛基也没告诉你!"

克里斯可以发誓,军官的眼中流露出失望之色……仿佛他原本盼着能从克里斯口中打听到点儿什么,却发现他的囚犯也跟他一样两眼一抹黑,不由觉得懊丧似的。

我不知道,我浪费了一个问题,洛基没告诉我设立集中营的原因。

克里斯瞥了一眼那人颤抖的双手,毫无疑问,那双手给一具具备受摧残的躯体带来的痛苦,比这种令人厌烦的凝视更不堪忍受。而事到如今,所有这一切的原因即便是跟获胜的一方也没多大关系了。

"过时的国家社会主义者,真可怜呐,"克里斯说,"你的梦想虽然疯狂,但总还是属于人类的梦想。被外星人统统接管是什么感觉?看着一切变得面目全非又是什么感觉?"

盖世太保气得满脸通红。他笨手笨脚地摸索着,从墙上摘下根棍子,在戴着手套的左手心里狠狠拍了一下。

"我要把另一样东西变得面目全非!"他咆哮道,"就算我已经过时了,至少我还可以享受一下我的手艺带来的乐趣。"

他微笑着走近,嘴唇上有一层薄薄的硬皮。他的手臂向后一扬,克里斯尽力挺立着。但就在这时,皮帘拉开了,一道巨大的影子笼罩在地毯上。

---

1. 二战时,纳粹德国元首希特勒的秘密藏身处"鹰巢"的所在地。

那军官的脸色变得煞白，啪嗒一声，猛地一个立正。

红胡子托尔略一点头，抖掉了身上的毛皮斗篷。

"你可以走了。"他声音低沉地说。

当那名纳粹审讯者最后一次企图与克里斯对视时，克里斯连瞟都没瞟他一眼。他注视着壁炉里的煤块，直到帘子再次沙沙作响，屋里只剩下了他和外星人。

托尔盘腿坐下，和克里斯一起凝视着火焰。他用锤子去戳壁炉里的木柴时，由于受热，巨大的锤头上现出闪闪发光的精美图案。

"弗雷[1]从维恩兰传来了消息……你们管那片海域叫'拉布拉多'，有好些勇士被杀掉了。胆小鬼才用的那些工具——就是'潜水艇'——给我们的舰队造成了可怕的损害。不过最后，还是弗雷的暴风雨厉害，他们已经安全登陆了。"

克里斯心里咯噔一沉，他尽量控制住这种情绪。这是预料之中的事，等到了冬天，局面还会更糟糕。

托尔摇摇头，"这一仗打得很糟糕。成千上万的人都还没来得及表现出勇气，就已经死了，荣誉何在？"

在与神灵对话方面，克里斯比大多数美国人都更有经验。不过，他还是冒了下险，未经允许就擅自开口道：

"我同意，大神，但这不能怪我们。"

托尔审视着克里斯，眼睛闪闪发亮，"不，勇敢的虫子，我没怪你们。既然你们几乎没怎么使用火焰武器，这就充分说明了你们首领的骄傲。或许也可能是因为他们知道，如果大肆使用的话，我们会表现出怎样的雷霆之怒。"

克里斯意识到：真不该让我来执行这次任务的，我知道得太多了。是洛基否决了最高指挥部的命令，非得要克里斯也一起来。但在这种情况下，这里知道没使用氢弹的真实原因的就只有他一个。

原子弹爆炸产生的灰尘，以及燃烧的城市产生的烟尘——这些才是盟军最高指挥部真正担心的问题，而非核辐射或纳粹的报复。到目前为止，即便核武器的使用还算有限，天气都已经明显变冷了。

---

1. 北欧神话中，神族中的丰饶之神，同时也是风暴之神。

而阿萨神族的威力在冬季还会强大得多！科学家们证实了洛基的说法，即无论他们能将敌方焚烧成什么样，如果不加考虑地利用盟军的核优势，都会酿成更严重的灾难。

"我们也更乐意采用更加人性化的方式，"克里斯说，他希望能让这位阿萨神相信他本人的解释，"谁也不愿意被自己无法理解、也无法抵挡或反击的力量杀死。"

托尔再次发出雷鸣般低沉的声音，这一回是低低的笑声。

"说得好，虫子。你确实像弗雷一样，所用的言语既能播种，也能收成。"

阿萨神将身子略微向前倾了倾，"小家伙，如果你告诉我，怎样才能找到我那诡计之神兄弟，你会得到好处的。"

那双灰色的眼睛犹如冰冷的云，与他对视时，克里斯感觉自己心中的现实感开始摇摆不定。他费了好大的劲儿才把目光移开，口干舌燥地答道：

"我……我不明白你在说什么。"

那低低的声音变了调，愈发深沉。托尔举起巨大的战锤裹着皮革的把手，在他面颊上轻轻拂过，克里斯感觉到一阵粗糙的触感。

"洛基，年轻人，告诉我在哪儿能找到那个骗子，那你兴许可以逃过一劫，甚至还有可能在我身边拥有一席之地。在未来的世界，对于人类来说，再也没有比这更了不起的地方了。"

这一次，克里斯强迫自己鼓起勇气，直视着他那深潭般有着催眠魔力的双眼。托尔的眼睛似乎如饥似渴地探向他的灵魂，就像磁石会吸引天然的铁一样。克里斯怀着一股炽烈的仇恨，反戈一击，"不……你们外星众神殿中可悲的女武神在上，"他有些喘不过气来，低声道，"我宁愿与狼同行。"

托尔的笑容消失了，他眨了眨眼，有那么一瞬，克里斯觉得自己看到这位阿萨神族的形象轻轻摇曳了一下，就仿佛……就仿佛克里斯正在透过空间里的一处人形褶皱往外看似的。

"虫子，勇气也拯救不了你，你要为出言不逊付出代价。"那道人形警告道，又再度凝聚成了一个皮毛覆盖下的巨人。

突然间，克里斯很高兴自己认识了奥利里。

"你还没整明白吗，老爹？我他妈不相信你！甭管你是打哪儿来的，宝贝儿，他们多半都把你踢出来了！

"你们阿萨神族也许卑鄙得够把我们这个世界给毁掉，可是伙计，你身上的一切却在大声告诉世人：你就是个渣滓，到处是眼儿的大方块。大概是到这儿来的时候把从老爸那儿偷来的飞碟给烧坏了吧！"

他摇摇头，"我就是不愿意相信你，伙计。"

冰冷的灰眼睛眨了一眨，然后托尔惊讶的表情消失了，化作死神般的冷笑。

"你其余的那些骂人话我没听懂，不过，就凭你胆敢管我叫伙计这一句，你就再也见不到明天的朝阳了，这样似乎你就如愿以偿了吧。"

他站起来，一只手放在克里斯肩上，似乎是在传达友好的祝福，但即便是这样随便一碰，也让人感觉力大无穷。

"我只补充这么一句，小家伙。我们阿萨神族是被请来的，而且不是乘船而来——甚至不是乘星际飞船而来——我们是乘着死神的翅膀而来。我赐予你以上信息，作为对你抗争行为的褒奖。"

然后，那生灵便消失在了毛皮和被他带起的空气形成的一道漩涡里，克里斯又成了独自一人，看着煤块缓缓闪烁、化为灰烬。

6

日耳曼祭司们身穿红黑二色的华服，长袍上绣有金银。他们绕着一个由矗立的石头围成的大圆圈行进，银灰色的鹰翼高扬在头重脚轻的头盔上方，他们用一种听起来隐约有点像日耳曼语的语言吟唱着，但克里斯知道，这种语言不知要比日耳曼语古老多少倍。

在熊熊燃烧的篝火旁，耸立着一座祭坛，上面雕刻着群龙张开的血盆大口。上升的烟雾激荡着，形如一只漏斗，卷起点点明亮的火星，向着一轮满月升腾而起。囚犯们围成一圈，各自锁在一座座用粗凿过的岩石砌起的方尖塔上，被烈焰的高温炙烤着。

他们面向南方，从哥特兰岛的高地上远眺波罗的海对岸，那里曾经是波兰，此后一段短暂的时间里，这里也曾是"千年帝国"[1]。

海水平静得异乎寻常，可谓波平如镜，几乎完美地倒映出篝火的倒影，还有旁边那轮波光粼粼的月亮，与天上的满月一模一样。

"弗雷肯定从拉布拉多回来了。"奥利里大声说道，他的声音盖过了吟唱和激越的鼓声，好让克里斯能听得见，"这就是为什么今夜这么晴朗。他是风暴之神。"

克里斯不快地瞥了他一眼，奥利里咧开嘴，歉然地报以一笑，"对不住啊，哥们儿。我是说，他就是那个负责控制天气的外星小绿人。这么说你感觉好点儿了吗？"

这是我自找的，克里斯想。他干巴巴地一笑，耸了耸肩，"我看现在关系不大了。"

奥利里看着那帮雅利安兄弟再次迈步走过，并排抬着一个巨大的纳粹万字标和一个硕大的龙形图腾。奥利里张口要说什么，接着又眨了眨眼，像是在喃喃自语，仿佛想抓住某个飘忽不定的念头似的。等队伍经过以后，他转向克里斯，一脸大感不解的表情，"我刚想起来一件事。"

克里斯叹了口气，"又怎么了，奥利里？"

"垮掉的一代"茫然地皱起眉，"我搞不懂为啥直到现在才想起这事。先前，咱们在海滩上拆炸弹的时候，老洛基把我拉到一边。当时乱成了一锅粥，但我可以发誓，我看见他把氢弹的点火装置捏进了手心里，克里斯，这就说明……"

克里斯点点头说："这说明他早就知道我们会被抓住的。这个我已经想明白了，奥利里。这样至少纳粹拿不到触发器。"

"是啊。但我想起来的还不止这个，克里斯。洛基让我替他转告你一件事。他说，你之前问了他一个问题，他让我把答案传达给你，他说你兴许能明白。"

奥利里摇摇头，"真想不通，我怎么会直到现在才想起来告诉你。"

克里斯笑了。当然是那位变节的阿萨神给他下了一条延后催眠令，好让他推迟回忆起这条信息……也可能只有在目前这种情况下，他才能想得起来。

"什么消息，奥利里？他要你转告我什么？"

---

1. 希特勒曾称纳粹统治时期的德国为"千年帝国"。

"就一个词,克里斯。他要我告诉你——亡灵巫术。然后他就再也没开口。没过多久,党卫军就袭击了我们。

"上校,他说的这话是什么意思?你当初问的究竟是什么问题?这个答案指的是什么?"

克里斯凝望着形如漏斗的烟雾,看它裹挟着星星点点的火花向月亮飞升而去,一面沉思着。他问洛基的最后一个问题是关于集中营的事——关于那种恐怖得令人胆寒的集中处死的做法,最先出现在欧洲,继而又扩展到了俄罗斯和非洲。那些集中营是出于什么目的而设立的?肯定不光是用它来消灭一些麻烦的少数族裔吧。

还有,洛基平时似乎对人类的性命毫不在意,他为什么要甘冒如此之大的风险,从死亡工厂里救出这么多人呢?

亡灵巫术。这是洛基对他最后那个问题迟来的回答——以这样一种方式告诉他,克里斯可能永远也无法告诉任何重要的人了。

亡灵巫术……

这个词代表的是一种魔法,一种特殊的恐怖魔法。在传说中,亡灵巫师是种邪恶的巫师,利用由人类临死时剧烈的痛苦所形成的浓缩灵力场来催动咒语。

但那只是迷信的无稽之谈!

克里斯觉得头晕目眩,他隔着沙滩,望向坐在镀金宝座上那些魁梧的阿萨神灵,听着祭司们的吟唱,巴不得自己能像以往那样轻易地挥退这个念头。纳粹原本毫无获胜的可能,难道这就是他们悍然发动这样一场战争的原因吗?因为他们相信能用恐惧提炼出这样一种浓缩灵力,让古代的咒语当真发挥作用?

这样一来,很多事就都解释得通了。其他国家也曾经陷入过疯狂,其他运动也曾经犯下过恶行,但以如此之高的效率、如此不遗余力地犯罪,这还是前无古人之事。这种恐怖与其说是针对死亡本身,倒不如说是针对某种超乎死亡的丑恶目标!

"他们……造出了……阿萨神族。洛基就是这个意思,他觉得自己的记忆或许是虚假的,他怀疑自己的年纪其实并不比我大……"

"你说什么,上校?"奥利里倾过身来,在锁链允许的范围内尽力向他这边靠,"我听不懂……"

队伍停了下来。大祭司手持一柄金剑，伸向奥丁的宝座。众"神"之父摸了摸那柄剑，阿萨神族低沉的吟唱声传来，比人类的歌声要低，那声音如饥似渴，宛如大地之下震颤的雷鸣。

一位被锁住的盟军战士——是个自由英国人——被人拽着，从方尖碑上拖了下来，走向火堆和雕着群龙的祭坛，他已经吓得动弹不得了。

克里斯闭上眼，仿佛这样就可以挡住阵阵尖叫声似的。

"耶稣啊！"奥利里嘶声道。

没错，克里斯心想。祈求耶稣，或者安拉，或者亚伯拉罕的上帝。醒醒吧，梵天！因为你的梦已经变成了噩梦。

他现在明白了，在他兴许还有机会活着返回的时候，为什么洛基没有把答案告诉他。

谢谢你，洛基。

"更佳美国"和"最终联盟"应该虽败犹荣地倒下，而不该被这种想法……被这种恐怖的出路所诱惑。因为如果盟军也采用了敌人的方法，那么在人类的灵魂中，就再也不会剩下什么可以为之而战的东西了。

如果我们也用那些咒语的话，那我们会召唤谁？克里斯很是好奇。超人？惊奇队长？哦，他们会比阿萨神族还厉害的！我们的神话永无止境。

他大笑起来，笑声变成了呜咽，此时，又一声痛苦的尖叫划破了夜空。

谢谢你，洛基，谢谢你让我们免于经受灵魂的考验。

他不知那位叛族的诡计之神去了哪里，也不知这场灾难是否只是一层外衣，底下还掩盖着某种更深层，更神秘的使命。

有这种可能吗？克里斯很想知道。士兵们很少看到大局，马歇尔总统也不必把一切都告诉战略情报局的军官们。这次任务也有可能是一次佯攻，是一个更宏大计划当中的次要环节。

激光和卫星……可能只是其中的一部分而已。他们也可以换成一颗银弹，或是一束槲寄生。

在他的右手边，锁链当啷作响。他听到一个声音用葡萄牙语咒骂着，一阵脚步声响起，又拖走了一个犯人。

克里斯抬头望着天空，一个想法突然出现在脑海里，不知是从哪儿冒出来的。

他意识到，所有传奇开始的方式都是很怪异的。

总有一天，即使没有银弹，恐惧也终将消退——也许，就是当人类变得越来越稀少、阿萨神族在藏尸所里啜饮的死亡甘露也随之减少、令他们难以餍足的时候。

到那个时候，也许有一天，人类英雄们会再次发挥作用。在秘密实验室里，或是在月球上的流放之地，或是在海底，自由的男女们会不辞辛劳地制造盔甲、武器，或许还会制造出英雄本身……

这一次，刚刚被拖走的那位巴西突击队员企图藐视敌人，并没有发出尖叫，直到最后一刻，他临死时的痛苦才爆发出来。

脚步声走近了。克里斯诧异地感到自己轻若鸿毛，仿佛重力几乎不足以将他困在地面上。

"再见，奥利里。"他朝着远处说道。

"好，伙计。要冷静。"

克里斯点点头。当他们解开他的锁链时，他把手腕伸给那些黑衣上绣着银线的党卫军，用友好的语气轻声对他们说："知道吗？在成年人眼里，你们穿成那样显得傻呵呵的。"

他们惊诧地冲他眨巴着眼睛。克里斯微微一笑，走到他们中间，引领着他们走向祭坛和等待着的阿萨神灵。

总有一天，人类会向这些怪物发起挑战的。他想着，心里知道，这种晕头转向的麻木感意味着自己不会尖叫出声……无论他们如何对待他，他顶多会略有觉察罢了。

洛基对此确信无疑，正因为如此，这个骗子去年才会花那么多时间和克里斯待在一起；正因为如此，他才会坚持这次要克里斯也一起来。

他明白：属于我们的那一天终将到来，复仇将驱策着我们的后代，科学会成为保护他们的铠甲，但是那些英雄另外还需要一样东西。

英雄需要灵感，需要传奇。

他们走近哼唱着的阿萨神族，从一排出自第三帝国[1]的人类"显贵"面前经过。几位上了年纪的纳粹分子脸上保持着不变的兴奋表情，但其他人却只是木然地坐着，仿佛罔然不知所以。他觉得，自己从那一双双阴沉而疯狂的眼睛里看到的应该是绝望。他们也知道，自己制造出的某些东西已

---

1. 纳粹德国也被称为第三帝国。

经严重失控。

克里斯朝着托尔一笑，雷神皱起了眉头。"嗨，你好呀。"他对这位阿萨神说，打断了他们隆隆的乐声。先前的诅咒和尖叫仅仅是与他们的吟唱产生了共鸣，而以和蔼的态度说出的讥讽言语却令仪式为之中断，一阵诧异的低语响起。

"走啊，猪猡！"

一名党卫军卫兵推了克里斯一把，或者说想推他一把，却发现这位美国人方才所在之处已是空空如也，让他一个趔趄。克里斯身子一矮，从那名纳粹分子叮当作响的笨重制服底下钻过，从他两腿之间探出身来，用手掌在那家伙臀上重重一拍，打得他四仰八叉地摔倒在地。

另一名卫兵向他伸出手来，但当克里斯把他的手指向后掰去，啪一声折断的时候，他张大了嘴，倒地蜷成一团。第三名卫兵被他抓着皮带扣拎起来扔进了篝火里，在突如其来的恐惧与痛苦中发出一阵哀号。

当然了，这是歇斯底里的力量，克里斯明白过来，他知道了以前洛基都对他做了些什么。紧接着，猛冲过来的四名副祭司接二连三地要么断了脖子，要么折了脊椎骨，一个个纷纷倒地。当然，克里斯心里也隐隐知道，但凡是人类，没有谁能在干完这么些事之后还生龙活虎的。可这又有什么关系呢？此时此刻，这比他原先估计的更加有趣。

金光一闪，让他意识到了危险。克里斯猛地转过来，矮身避过，蓦地一把抓住了奥丁的长枪。

"胆小鬼。"他对这位面红耳赤的"众神之父"低声道。

克里斯把那杆闪闪发光的沉重武器翻转过来，双手擎在身前。

*上帝啊，帮帮我吧……*他大吼一声，把那杆大名鼎鼎的神枪顶在膝盖上折为两段，断枪掉到沙滩上。

谁也没动，就连托尔旋转的锤子也慢了下来，然后掉落在地。四下里突然一片寂静，克里斯隐约意识到自己的股骨碎了，他手上的大部分骨头都是，于是，他只好晃晃悠悠地保持着金鸡独立。

不过，他还剩下仅有的一件憾事，就是尚未能效仿一位犹太老人，他曾在一座集中营的幸存者口中听说过他的事迹。老人站在被人威逼着为自己掘好的墓前，既没有乞求，也没有想要跟党卫军讲道理，更没有绝望地倒下。相反，这名囚徒转身背着取他性命的凶手，脱掉裤子，弯下腰，一面用意第绪语大声说道：

"来亲老子的屁股啊……"

"来亲老子的屁股啊。"克里斯对雷神说，这时终于有更多的卫兵跑过来，攥住了他的手臂。他们把他拖到祭坛前时，他仍然目不转睛地盯着这位红须"神灵"。

祭司们把他绑了起来，但克里斯直勾勾地盯着那位阿萨神族的灰眼睛。

"我不相信你。"他说。

托尔眨眨眼，这位巨灵神忽然转过脸去。

此时，克里斯大笑出声，他知道，世上没有任何东西能压住这个故事。它最初会悄悄流传开去，然后变成传闻和传说四散，什么也阻止不了它流传于世。

今晚，这次仪式上的死亡甘露滋养不了那些怪物。那是一种毒物，也是一剂良药。

洛基，你这混蛋。你利用了我，我想我该谢谢你。

但是请你放心，洛基，总有一天，我们会把你也逮住的。

看着恐慌的大祭司笨手笨脚地摸刀，他再次大笑出声。一名助手睁大眼睛，抖抖簌簌地放下了万字旗。克里斯高声怒吼。

在他身后，他听到了奥利里尖利的嗤嗤笑声。接着，另一名囚犯也大声咆哮起来，然后又是一名。势不可挡。

在寒冷的波罗的海对岸，刮起了一阵变幻莫测的风。头顶上方，在先前的群星刚刚划过天空的地方，一颗新星疾掠而过。

【创作后记】

平行世界故事是科幻小说的一支中流砥柱。它探讨的还是那个老问题："假如……又会怎样？"

假设有一只嗡嗡叫着从汤碗上飞过的苍蝇探得过低，淹进了汤里，让一名古罗马百夫长感到恶心，又拿一名下属撒气，打发他出去多巡逻一圈，恰好在阿尔卑斯山脉发现了汉尼拔的军队,趁他们离罗马还远的时候便早早将其捕获……明白了吧。

有时候,我们喜欢自己吓唬自己。大家最常想到的"假如"似乎涉及万一纳粹在二战中获胜的另一种现实。这种令人厌恶的可能性只会引出恐怖故事。

麻烦在于,我从来都不相信这一点。注意,菲利普·迪克的《高堡奇人》的确是一部经典之作,但其成立的前提,亦即在早期刺杀富兰克林·罗斯福将不可避免地导致轴心国的胜利——则是难以接受的。

他们就是这么蠢。

我的意思是,很难想象单一事件的改变就会让纳粹赢得战争。他们需要一连串的侥幸,才有可能赢得一次获胜的机会。事实上,他们已然相当走运,才得以横行那么久,才有时间犯下这样的暴行。

当格里高利·本福德邀我为他即将出版的平行世界故事选集《希特勒的胜利》写篇文章时,我也对他说过这样的话。而格里是怎样回答的呢?他用了激将法。

"大卫,我敢打赌,你准能想出某种可行的前提。"

"可以写多不可能的事?"

"就算荒谬都可以,"他答道,"只要故事能说得响就行。"

格里与我曾合写过一部篇幅长得多的长篇小说。我信任他。可这个故事甫一动笔,就开始朝着我从未预料到的方向发展。我不知道这个故事是否"说得响",但它确实把关于纳粹崇拜的一些怪异事实拼凑到了一起。

为何他们在作恶时故意如此冷酷无情?为何他们要做这么多毫无意义的骇人之事?在他们不可思议的浪漫神秘主义倾向背后隐藏的是什么?

也许那帮混蛋真的相信,这样的事情确有可能。

Copyright© 1986 by David Brin

巨怪例会之夜
JUST ANOTHER NIGHT AT THE QUARTERLY MEETING OF TERRIFYING GIANT MONSTERS

［美］布伦南·哈维 Brennan Harvey 著
孙梦天 译

特别策划·次元壁

怪兽业内竞争激烈，
新人惨遭打压。

布伦南·哈维，美国科幻作家，曾获2010年"未来作家大赛"一等奖，在各类科幻杂志和选集上发表过多篇短篇小说。在美国海军潜艇舰队服役期间，布伦南利用阅读科幻小说和悬疑小说来打发业余时间。目前，他与妻子和爱犬生活在一起，两者都为他的写作提供了巨大的支持。

还有两分钟会议就要开始了,房间里仍然没几只怪兽。安托奈特[1]觉得,这次可怕巨怪季度会议的与会成员数量将创历史新低。

到点之前,又有几只怪兽陆续走了进来,但数量还是不够。

哥斯拉举手,"委员长,达不到法定人数,我们没法开会。"

到场的委员会成员只有哥斯拉、金刚、科洛弗怪兽[2]、芭芭拉[3]和安托奈特自己。还有其他参会者在场,但是,仍需要一位委员会成员才能召开正式会议。

金刚站起来说:"委员长会再给未到场的成员一点时间。"

哥斯拉拿出手机,"一会儿回来。"说着便离开了房间。安托奈特觉得,他肯定正在给魔斯拉、加美拉甚至美加洛打电话。

金刚也拿出了自己的手机,起身离开了会议桌。他只能联系上两位委员会成员,戈多和盖比[4]。

哥斯拉从屋外回来,说道:"五分钟。"

不一会儿,异形魔怪盖比滑了进来,在背后留下一条沙痕。棉花糖人[5]也跟着进来了。哥斯拉撇当嘴,抱着双臂,试图无视金刚得意的笑脸。

"我们现在达到法定人数了。"金刚理了理会议日程文件,敲了敲法槌。

安托奈特抽动了一下触角,开始点名。 她刚结束,加美拉就匆匆忙忙地闯了进来,找个位置坐下了。现在轮到哥斯拉得意地冲着金刚笑了。

接着,安托奈特把上次会议的记录发给大家,芭芭拉咕哝了一声,随即哥斯拉和加美拉都说了句"赞同"。

"有成员提议我们略过宣读会议记录的环节,其他成员表示支持,"金刚宣布,"大家是否都同意?"

大家纷纷回答:"是。"

"有人反对吗?"

安托奈特答道:"没有。"然后,金刚就宣布会议记录正式通过了。

---

1. 原子测验诱发基因突变的食人巨蚁,出自1954年美国科幻惊悚电影《它们》和1977年美国科幻惊悚电影《蚂蚁帝国》。
2. 出自2008年美国科幻恐怖电影《科洛弗档案》。
3. 形似果冻,吞食其接触到的所有东西,出自1958年美国科幻恐怖电影《变形怪体》,另有1988年的同名改编电影。
4. 在地表下活动的食人巨虫,出自1990年美国恐怖喜剧电影《异形魔怪》,另有同名改编电视剧。
5. 巨大的人形棉花糖,出自1984年美国喜剧电影《捉鬼敢死队》。

安托奈特懊恼地磨了磨上颚。哪怕,她能宣读一次会议记录,这些巨怪们也许就会意识到会议变得多么效率低下了。

金刚看着芭芭拉问道:"财政报告?"

芭芭拉的胶质躯体从座位上升起,聚成鸡冠状,咕哝着做了报告。协会的期末结余比上一季度增长了不少,围坐在会议桌周围的每一位成员都点头表示赞许。芭芭拉把报告递给安托奈特,后者擦掉报告上粘的黏液,放进了文件夹里。

接着金刚说道:"魔斯拉不在,有健康福利部的同志汇报一下情况吗?"没有回答。"据我所知,最近他们在想办法为脉冲和等离子外星武器袭击造成的损伤提供补贴,有人知道现在进展如何吗?"

沉默。

"好吧,这事我们搁置到下次会议再讨论。"金刚看看哥斯拉,问道:"有职务变动吗?"

哥斯拉站起来说:"我想提醒一下大家,明年我将在一部 3D 大片中毁灭东京。"

"是东京又要毁灭你吧。"科洛弗怪兽说道,所有人都笑了。

金刚对哥斯拉点了点头,"还有其他的吗?"

哥斯拉瞪了科洛弗怪兽一眼,回答道:"暂时没了。"

会议氛围越来越糟,安托奈特甚至怀疑,他们是否能顺利走完开场议程。

"还有其他待解决的事项吗?"金刚问,盖比立了起来。"委员会允许盖比发言。"

"本季度的《建筑弱点》课程被取消了,因为只有三人报名,我们下一季度再试试。"

"那《建筑毁灭之禅》呢?"金刚问。

"报满了。"盖比说。

"妈的!"金刚嘟囔了一声,"我也想报那门课的!"

"你确实应该去上那门课。"哥斯拉说,加美拉听后大笑起来。

安托奈特急忙举起腿,想把会议拉回正轨。

"委员会允许安托奈特发言。"

"我们还没确定假期派对的地点。"

加美拉说:"我们不是已经决定再去一次希尔顿酒店了吗?"

"他们拒绝了我们的申请。"

金刚问道:"可以向委员会解释一下拒绝的理由吗?"

哥斯拉一脸厌恶地摇了摇头,"只不过破坏了几层楼和大厅,他们就翻脸不认人了。"

"差不多就是这样。"安托奈特说。

"硬石酒店呢?"盖比问道。

"已经订满了,"安托奈特回答,"万豪国际也是。"

芭芭拉咕哝了一声。

"说真的,"哥斯拉说,毫不掩饰他的嫌弃,"假日酒店?怎么不去六号汽车旅馆?"

哥斯拉,闭嘴吧!安托奈特在心里默默祈祷。她开口说:"假日酒店是个不错的选择,它在市中心,也在我们的预算范围以内,而且还有空房。"

哥斯拉抱怨道:"我曾经踩过几十栋他们的楼,你知道它们多脆弱、多容易塌吗?难道我们已经堕落到去假日酒店的地步了吗?"

"我们快没时间了!"安托奈特说,"我们现在必须得预订!"

金刚敲了敲法槌,"注意会议秩序!"

"我建议继续找。"哥斯拉说。

科洛弗怪兽站起来说:"赞同!"

"有成员提议我们继续物色年度假期派对的场地,部分成员表示支持,"金刚宣布,"大家是否都赞同?"

哥斯拉、加美拉、科洛弗怪兽、棉花糖人以及盖比都回答:"是的。"

"有人反对吗?"

芭芭拉咕哝了一声,安托奈特说:"反对,我们现在就得决定。"

金刚耸了耸肩,说:"提议通过了。还有其他待解决事项吗?"

没有人回答。

"好,开始处理新的事务。我们收到了巨鸟怪的入会申请。"

巨鸟怪是一只动画巨鸟,二十一英尺高。她看起来就像犀鸟和金刚鹦鹉杂交的产物,长了半条有羽毛的鼍鳞蜥的尾巴。她竖起红色和蓝色的羽毛,在桌子上张开黑、橙、黄相间的巨喙,尖叫了一声。

会议桌旁的成员们大都点头表示赞同,哥斯拉和加美拉翻了翻白眼。

"巨鸟怪将主要被派遣到南美洲,"金刚说,"她的活动范围可能从拉丁美洲延伸至墨西哥，取决于她的业务能力。"

哥斯拉抱怨："又一只北美洲怪物？"

"南美洲。"金刚不耐烦地说。

"墨西哥什么时候变成了南美洲？"加美拉质问道。

"我建议暂时搁置这个申请。"哥斯拉说。

加美拉点头道："赞同。"

金刚粗暴地说："有部分成员提议并且赞同搁置这个申请，都同意吗？"

哥斯拉和加美拉说："同意。"

"有反对的吗？"

安托奈特、科洛弗怪兽、棉花糖人以及盖比纷纷回答"反对"，芭芭拉也咕哝了一声。

"提议被否决了。"金刚看起来有点自鸣得意。

哥斯拉一拳捶在桌子上。"影迷们不需要新的怪兽！他们更喜欢经典怪兽，大家都知道。"

科洛弗怪兽说："我不敢苟同。"

"我也是。"盖比应和。

哥斯拉指着科洛弗怪兽，"你就一部电影。"

科洛弗怪兽说："那部电影有一亿七千万票房，你袭击纽约的票房收入有多少？"

"还有你变成鬣鳞蜥后？"棉花糖人补充道。

"我只是在拓宽自己作为演员的戏路。"哥斯拉回答道，努力维护他仅剩的尊严。

棉花糖人轻笑了一声，"也包括拓宽到另一个性别吧。"

几乎每个人都大笑起来。安托奈特没觉得有多好笑，金刚则袖手旁观，并不急着维持秩序。安托奈特举起下肢，"怪物先生们……"

"我有三部电影、一个前传，还有一部电视剧。"盖比说。

哥斯拉翻了个白眼，"我们都知道你那部电视剧，我可没像这样没完没了地到处去说我那两部动画，对吧？"

芭芭拉咕哝了一声。

安托奈特听到芭芭拉说，无人讨论哥斯拉的两部动画是有原因的，她忍不住笑出了声。

哥斯拉指着盖比说:"墨西哥,那儿离你的地盘岂不是很近?"然后,他指着安托奈特,"离新墨西哥更近。"

巨鸟怪并没有影响安托奈特的事业,她从1955年开始就是会员了,当时在新墨西哥拍摄的《它们》刚刚上映,她前程似锦。可惜,之后她只出演过一部电影——1977年的《蚂蚁帝国》,之后就再也没工作过。

"明年我有一部3D大片上映!"哥斯拉怒吼道,"我才不需要跟你们在这儿争!"他指着巨鸟怪说:"我只希望把投票表决推迟一两个季度。"

"我们都有立项中的电影。"科洛弗怪兽指出。

"想得倒是美!"哥斯拉冷笑道。他摊开双手,"我问你,南美洲有什么可摧毁的?那儿有什么观众能够辨识的地标吗?"

巨鸟怪转向他,"我想去里约热内卢爬上面包山,然后去耶稣石雕像。"

"你打算摧毁巴西基督教的象征?"加美拉问。

巨鸟怪顿了一下,说道:"其实,我想在狂欢节的时候去那儿,想想看,街上密密麻麻的有五百万人,他们喝着酒,跳着舞,欢笑着。游行彩车缓缓穿过人群,载着上千个几乎全裸的女人。大地颤抖了一下,两下,三下。世界突然安静,然后——"

盖比说:"好的,狂欢节,还有呢?"

"海岸边有成排的高层酒店,正适合用来搞破坏。"

"跟那些女孩一样适合?"哥斯拉问。

"那片海岸线看起来跟迈阿密或怀基基海滩没什么区别,"盖比说,"里约热内卢有什么标志吗?"

"里约热内卢城外有一座美丽的热带雨林。"巨鸟怪回答。

"你是指那片对生命和财产几乎毫无威胁的无人区吗?"哥斯拉讽刺道。"这只鸟的脑子根本不明白怪兽电影的基本要领。"

"我知道!"巨鸟怪吼道,"我完成了所有必修课程,而且在所有期末考试中都取得了优异的成绩!"

金刚猛敲法槌,把手被震得四分五裂,铁头从会议桌上滚了下去。"秩序,秩序!"他怒吼道。

哥斯拉说:"我还是认为应该搁置这个申请到下次会议再说。"

加美拉和盖比都表示支持。

金刚说:"搁置方案被部分成员提出并表示支持,大家同意吗?"

哥斯拉、加美拉和盖比举起手，吼道："同意！"

"有人反对吗？"

棉花糖人和科洛弗怪兽说："反对。"

芭芭拉也咕哝一声"反对"。安托奈特保持沉默。

"三票赞同，三票反对，一票弃权。"金刚朝会议桌倾出身体，毫不掩饰自己的敌意，怒视着哥斯拉，"委员长投反对票，提案被否决了。"

哥斯拉向后一倒，背脊发出强光，向桌子对面的金刚喷射出一道原子吐息。金刚及时地躲到了桌子下面。安托奈特和其他怪物则一起逃出了会议室。

金刚站起来，高举桌子冲向哥斯拉，笔直地撞在他的躯干上。他们在惯性的作用下撞穿了墙壁，跌进毗邻的舞厅，两百个人类正在享用婚礼盛宴上的清蒸三文鱼和花生酱，见状四散而逃。坐在情人桌两侧的新娘和新郎被掀飞进蛋糕里。

安托奈特尖叫着跑进舞厅，"我们这次又拿不回押金了！"

金刚举起拳头殴打哥斯拉，但恐龙的尾巴扫了过来，金刚跌倒在地，他身下的地毯被撕裂了。哥斯拉站起身，转向金刚，他的背脊又发出强光。

安托奈特着急地在两只庞然巨兽之间跑来跑去。"够了！你们俩，都停下！为什么每次会议最后都变成这样？"

金刚站起身来，与哥斯拉怒目相视，其他怪物纷纷拥入大厅。

"看看这里的空间，"棉花糖人不悦地说，"我们当初应该租这间房！"警铃由远及近，越来越大声，科洛弗怪兽说："是时候散会了。"

金刚点点头，"方案提出了，通过了，现在我们离开这个鬼地方吧！"

怪兽们向四面八方散去。

安托奈特匆忙逃跑时，巨鸟怪追上她问："我现在是成员了吗？我很困惑。"

"下季度你可以再试试。"安托奈特回答。

"我得考虑一下，"巨鸟怪说，"所有会议都像今天一样吗？"

"噢，当然不是。"安托奈特安慰她。

"那就好！"

安托奈特点着头说："这是比较平静的一次会议。"

Copyright© 2013 by Brennan Harvey

菠菜罐头之子
THE SPINACH CAN'S SON

[美] 罗伯特·T. 杰舍尼克 Robert T. Jeschonek　著
李兴东　译

特别策划·次元壁

画境无分内外，
真情不惧坦途。

　　罗伯特·T. 杰舍尼克出生于 1965 年，是位高产作家，著有众多小说、散文和漫画。他的作品体裁丰富，在科幻、奇幻、超级英雄等方面均有涉猎，其获得 2012 年"国家前沿文学奖"的小说《我最喜欢的乐队并不存在》深受读者喜爱。此外，他还为享誉世界的英国 BBC 长寿科幻剧《神秘博士》写过第三任博士及其同伴的故事。

　　《银河边缘 003：天象祭司》曾刊载过他的短篇小说《身着绿裙，小丑环伺》。

我是一只菠菜罐头，被水手攥在手中。他用力挤压，想要捏爆我，好大口吞下一团绿色的能量体。

　　然而我没有爆开。他没能在嘴里塞满菠菜，也没能获得让手臂肌肉膨胀三倍的力量。时过境迁了，伙计。

　　这可不是在幽默漫画里。

　　大力水手换用双手，使出了吃奶的力气。"快开呀！你这个该死的东西！"他斜睨着步步紧逼的威胁——他急需菠菜的唯一原因。"我们得把这老太婆从船上撵下去。"

　　什么威胁能让这位水手心生恐惧？是漫画里的恶霸波波又想来一场你死我活的恶斗吗？

　　差了十万八千里。

　　站在我和大力水手面前的可不是一个漫画人物，她身上没有丝毫着墨的迹象。"先生！"这位立体的女人喊道，她穿着一身二十世纪五十年代电影里的宇航服——银色的金属紧身衣加上气泡般的头盔，玻璃罩下的黑发梳成了密实的波浪卷。"请冷静一点，我只想问你几个问题。"她的腰带斜挎在臀部，上面挂着一只口袋，她从中掏出一张照片，"你见过这个人吗？"

　　"这辈子从没见过。"大力水手更加用力地捏我了。我也从里往外使劲，想帮上忙。原因只有一个。

　　我认出了那张照片上的人，认出了他深褐色的头发和方下巴。我了解他，就像了解我自己。

　　因为他就是我本人。另一个世界的我。

　　我也认识她。她叫莫莉，是我的妻子。

　　我还知道她找寻我的原因。

　　"请再仔细看一眼！"她说道，"我必须找到他，十万火急。"

　　大力水手把叼着的玉米芯烟斗从嘴角的一侧换到另一侧，全程都没用上手。"我从没见过他，老太婆！"他冲她晃着拳头，"快收起来！"

　　莫莉逼近了一步，"你确定没有见过他？"

　　大力水手踉跄向后，撞倒了一摞装菠菜罐头的箱子。别无他法，他只得一声大吼，把我笔直地朝她扔过去。

　　莫莉躲闪了过去，我从她的头顶飞过。然而我并没有逃出升天，她腕上的手镯哔哔哔地叫了起来。

在漫画奇境中，我是一个异类，是漫画结界中的畸变。漫画结界就是所谓的"画境"。而她的设备检测到了我的存在。

好在像我这样真正的画境行者可以在电流间自由自在地穿梭游荡，如同海豚在水中穿行。我将能量聚集起来，纵身潜入文字与图像之海，寻找一个适合再次现身的地点。

找到了。我全速越过结界，着陆的冲击让我喘不上气。

这次，我成了一只老鼠手中的砖头。

我在它手中轻微晃动，它蹦蹦跳跳地穿过一片光怪陆离的大地——周遭环绕着超现实主义绘画中的抽象事物。老鼠散发出一股浓烈的臭奶酪味儿，灰色的尖鼻子哼着欢快的小调。

我很清楚它是谁——老鼠伊格纳兹。我又一次来到了我最喜欢落脚的地方——二十世纪早期的画境，比如说，《凯西和伊格纳兹》[1]连环画。

更准确地说，是它的漫画奇境版——一切都乱了套。读者们的潜意识汇聚于此，形成了这个负空间——未尽之言与未竟之事的奇境。

每次大力水手捏爆一个罐头，吞下菠菜然后击败恶人，我们其实都心知肚明——总会有打不开的罐头。毕竟生活就是这样。我们的期待创造出了这个鲜为人知、颠倒错乱的世界。

我是一名画境行者，是这个世界的探险家。当然，用"流亡"来形容我现在的状态也许更合适。

"哦，"伊格纳兹说，"我想到整蛊那只蠢猫的法子了。"它跳上一个像变了形的日晷似的东西，在热风中呼喊："凯——西！"

没多久，那只叫作凯西的猫从地平线上冒了出来，她围着一条波点纹的围巾和一条同样花色的芭蕾舞裙。"来啦，我的小心肝儿。"

"你能别那么腻歪吗？"伊格纳兹抱怨道，"真煞风景。"

凯西笨拙地走到我们面前停下，露出耽于爱情的痴笑。"陆密欧有没有准备一首能打动赵丽叶的情诗啊？"

"哦，当然了。"伊格纳兹说着，把我亮了出来，"你有没有听过一首短诗叫《我是砖头》？"

---

1. 漫画原作为 *Krazy & Ignatz*，又名 *Krazy Kat*。作者为美国漫画家乔治·赫瑞曼。连载于1913年至1944年期间。Krazy是一只头脑简单的猫，Ignatz是一只脾气坏又爱扔砖头的老鼠。

凯西一边用爪子鼓掌一边傻笑，"当然没有啦，哦／吟游的诗人／哦／老鼠的洞穴！快用那首《我是砖头》来打动我吧。你那／纯洁的／心！"

"这可是你自找的！"伊格纳兹开始蓄力，准备把我扔出去。"要注意它顿挫收放的律动哦，或者我是不是该倒过来说，收——放——顿挫？"

正当此时，莫莉在我们和凯西之间闪现。就在她实体化的一瞬间，她的手镯发出了警报。

她把手腕对着我，点点头，"我知道你在这儿，埃弗里特。你已经学会了就地伪装，是吗？"她一边盯着手镯，一边向我们走来，"你就藏在老鼠身上，对不对？"

伊格纳兹还来不及说话，莫莉突然向后一仰，当她跌落在布满灰尘的地面时，我看到凯西用爪子按住了她。

"离我的小伊格远点！"凯西用她的爪子拍打着莫莉的头盔，"他是我的桂冠诗人，是我的真命天子！别想偷走他的心，你个贱妇！"

"埃弗里特！"莫莉把猫赶走，从地上爬了起来。"我要和你谈谈！你从漫画世界里给我发了信息——我们之前约定好的避险信号！别假装你没有！"

她说的没错，我确实发了。但那个信号并不是求救用的，而是一个诱饵。是我所守护的秘密的一部分。

"我是认真的，埃弗里特。"莫莉又向我们走近了一步，"我会不惜一切找到你！"

伊格纳兹看着她，把我在双手间抛来抛去，"不管这位女士是谁，我得承认，我很喜欢她的风格。"

凯西一向不擅长打架，无力地击打着莫莉的小腿。"埃弗里特？你说的谁？难道是'老鼠'的别称？"

"闭嘴，死猫！"莫莉骂道，"埃弗里特，你听好了……"

伊格纳兹那颗小小的老鼠心脏跳得像大鼓，猛烈地撞击着它的胸口，每一次悸动都印出一个卡通的心形。"我想我恋爱了！"

而它不自觉地又做出了把我掷出去的架势。

莫莉察觉到了危险，但她没有停下，"该回家了，埃弗里特。你不能一直这样逃避下去！"她张开双臂，"我们都很想念他，埃弗里特，但你不能什么事都自己扛着。"

我很想说她大错特错了，但是我没有抓到机会。伊格纳兹在我话未出口时，就将我扔向了她的玻璃头盔。

"他瞄得那么精准！"凯西猫说道，"他的情感一定比我想象的还要深！"

我在半空中集中能量改变飞行轨迹。伊格纳兹自己也扔偏了，正好帮上了大忙。在漫画奇境里，万物运行的规律不同于往日了，当然也包括伊格纳兹扔砖头的准头。

我继续逆时飞翔，遨游在赭色的天空中……为我的灵魂寻找下一个避所。在这方面我算是一把好手，很快就找了一个目标，将视线锁定。

但我没有急着进行穿越。实际上，我并没有打算彻底甩掉她。

她用手镯检测到了砖头中的我，跟了上来，喊着我的名字，也喊着另一个名字。

"亨利已经走了！埃弗里特！"我穿越之前她说，"我也很想他！但是我们必须学会放下！"

她错了，大错特错。而我就是要证明这一点。

当我确定自己已经被她锁定，我又一次纵身跃入画境，顺着漫画奇境那涡旋的湍流俯冲下去，将《凯西和伊格纳兹》那奇异的世界抛诸脑后。

途中，我想到了亨利——我和莫莉的儿子。一个奇迹般的孩子，自出生起就充满了活力与个性。我记得那双明亮的蓝眼睛总是满怀期待与爱意地看着我；我记得他学说话时，嘴唇翕动，仿佛在努力记住每一个字。

他的到来是我此生最大的幸事，也是我们的——他让梦想变为了现实，而那梦想是我从未敢奢求的，直到他到来。

斯人已逝，美梦终了。

我记得汽车轮胎的刺耳摩擦声，莫莉奔跑时的尖叫，然而我再也没能听到亨利的声音。当我赶到他的身边时，他已经没有了最后一丝气息，只是静静地躺着。

我与莫莉之间只剩下互相埋怨，埋怨转化为恨意，而恨意引发了暴怒。我开始忘我地工作，推进自己在脉络错杂的漫画奇境的探索——它诞生于二十世纪初期的漫画作品，只求能让我沉浸在简单的黑白线条之间，沉浸于探索文字之下的世界；只求能让我暂时忘记亨利，也不用去面对莫莉。

直到有一天，我灵光乍现。我坚信这个办法行得通，一定行得通——只要我能把她引到她必须去的地方。

突然，我的思绪被打断了——我已经闪现在了一个新的世界。我感到一阵阵刺痛——一股小小的火苗正在我身体的一端噼里啪啦地燃烧。

这次，我是一个孩子手里被点燃的炮仗。

"砰！"这个胖乎乎的小男孩嚷嚷着，浓密的头发与他那老款式的马甲一样黑。"你觉得怎么样？弗里茨？你觉得船长会喜欢我们为他准备的特制香肠作晚餐吗？"他握着我，满脸坏笑。

"哦，当然了！"他的兄弟说道——也是个小胖子，不过头发是金黄色的，穿着一件白外套。"我觉得明天他不敢再让我们干那么多家务活了！汉斯。"

我们在厨房里，周围弥漫着烹调中的泡菜味。两个顽童的伯母在屋子的另一头辛勤劳作，搅拌着一个沸腾冒泡的罐子。她的工作似乎没有尽头，一直在照顾这两个没心没肺、喜欢用香肠搞恶作剧的淘气包。

"上第一道菜咯！"金发的弗里茨把一个盘子端了出去。

汉斯坏笑着把我扔进了盘子里。"这卖相真不错！船长大人一定会想再来一份的。"

"哈！"弗里茨笑道，"还有三十秒他就要爆了。"

说着，他们端起我，穿过旋转门来到餐厅，戴着海员帽的船长正坐在餐桌旁等着他们，他那毛刷一样的大胡子一如往日的夸张。

"晚餐来咯！"弗里茨把盘子放在船长面前。

"今天是爆炸餐！"汉斯意识到自己可能说漏嘴，补充道："我的意思是爆款！"

船长似乎没有意识到盘子里的香肠被调包成了炮仗，举起了刀和叉，准备切"香肠"了。

但他的餐具还没来得及落下，帽子就从头上滑下来，将我盖住了——阻断了空气，仅剩一英寸的引信停止了燃烧。

接着我听到了她的声音——莫莉的声音，是从帽子里传出来的："你可不是唯一知道怎么操纵漫画奇境超纹理的人。"

我吃了一惊，跟随我进入画境是一回事，要拥有在留身份可要难得多。

显然，我妻子在进入画境前，功课做得很足啊。

"现在，你听我说。"她说道，"我希望你跟我回去，埃弗里特。你在这里待得太久了。"

从她找到我以来，这是我和她说的第一句话："你根本不知道自己在说些什么!"

"我当然知道!"她说,"你以为我想去面对这一切?你以为我不想一走了之,忘记一切?忘记发生在亨利身上的事?你以为我就不爱他吗?"

她的话语如同漫画中的冰雪将我包围。我是不是该再次提醒她,事故发生的时候我在后院修剪树枝,而她应该好好看着亨利不让他晃到马路上去?是因为她背过身去和邻居闲聊,没有一直守着亨利才导致了悲剧的发生?

我不想再往伤口上撒盐。"让我一个人待着。"我告诉她,"回现实去吧。"

"我不会丢下你走的,这是我的决定。"话音未落,她被捡了起来,我又暴露在盘子里。

弗里茨伸出胖乎乎的手,在被触到之前,我已经离开了《整蛊兄弟》[1]的世界。我必须不断前行,不断奔跑,让莫莉不停地追逐我的脚步。

直到我所计划的一切能够顺利实施。

直接告诉她真相——我所酝酿的那个计划,是远远不够的。如果她不愿意相信就不会与我合作,我不能冒这个险。

更别说这将打破画境行者《架构协议》中的每一则条例,而《架构协议》是由我本人协助创立的。

穿梭在水沫四溅、黑白交织的涌浪间,我直奔下一个目的地。我还记得探索的初期,我并不是第一个发现漫画奇境的人,但却是第一个发现入口并进入这个世界的人。

当时的一切是那么令人激动——不断发现这个超自然的地下世界的岔道,在不同时代的超现实漫画系列中跃进,和大众喜爱的漫画角色零距离接触——当然还有那些不出名的角色。不久,我发现自己进入的不是漫画原作里的世界,而是一个与之相反的世界,一切事物运行的规律都发生了逆转——一个期待落空的负空间。大力水手打不开他的菠菜罐头;老鼠伊格纳兹没法用砖头砸中目标;整蛊兄弟的炮仗不会最终引爆。

当时我有认识到这一切的意义吗?见鬼吧,压根儿没有。我当时无非希望,画境行者们能够通过信息植入,维持读者群的潜意识的平静与和谐。我们为此编写了《架构协议》,禁止过度干预,禁止一切危及画境核心完整

---

[1] 漫画原作为 *The Katzenjammer Kids*,1897 年问世的美国连环画。

性的举动。

现在我将条条框框都抛诸脑后。终极干预已经蓄势待发，我的每一项举措都将引导它开花结果。

我是这一切的始作俑者。只有我知道，距离"大结局"仅一步之遥。

近在咫尺了。是时候加快步伐了。

我需要让莫莉尽快跟上我，不让她有喘息之机，也不给她思考的机会。我必须像打水漂一样，从一个世界到另一个世界，再到下一个世界……直到抵达最后一个——

那个我谋划已久的世界。

我猛地从电流中脱身，在另一处出现。这一次我是马利特叼着的雪茄，他是一个无赖的赌徒，一个无用之人。很快，我听到了莫莉的声音——从马利特的弟弟科奇头顶的黑色礼帽上传过来[1]。

"求你了，埃弗里特，"圆礼帽说道，"别再逃避了。"

"说什么？怎么啦？"马利特一把夺过科奇的帽子，反手打了它一巴掌，"我都沦落到被一顶帽子数落了？"

"我们可以一起渡过难关。"莫莉说道，"只要你回家。"

"这顶帽子真是话多，不是吗？"科奇说道。

"别管我！"我吼道，与此同时我进行了穿越，离开了这个场景。

"我的雪茄也会讲话了？"我离开时听到了马利特的声音，"下一个会是什么？赛马新闻报纸该开口告诉我哪匹马会赢了？"

又一次，电流载着我前行，我快要接近我们的终点站了，我所有努力的结晶。

跃出激流，我变成了穴居人艾利·屋普手中的棍棒，莫莉则是他的宠物恐龙菲尼脖子上的项圈[2]。

"请给我一个机会！"她的声音吓得菲尼咕哝一声跑了出去，撞到了一棵树。

"发生了啥？"艾利说道，"你声音怎么听起来像个女孩儿，菲尼？"

我一言不发，继续穿越——她紧随其后。

---

1. 漫画原作为 *Mutt and Jeff*，1907 年问世的美国连环画。
2. 漫画原作为 *Alley Oop*，1932 年 12 月 5 日问世的美国连环画。作者为 V. T. 哈姆林。

下一幕，还没有等到斯朵夫派念完他的经典台词"福——"[1]，我成了消防员的头盔，戴在斯朵夫派的头顶，而莫莉成了他那台奇葩单人救火车的汽笛[2]。我们越来越近了，我的速度也越来越快。

接着，我成了乡巴佬里奥·阿纳的皮靴，莫莉成了老梅伊叼着的烟管[3]。

再下一幕，我是莱格伍德手中的巨型三明治，她则是系在喉咙下方的波点领结。

纵身一跃，我是迪克·特雷西手腕上的"电子屏手表"，她成了迪克柠檬色的风衣[4]。

下一幕，我是老爹比格巴克的光头，她成了小孤儿安妮的橘黄色鬈发[5]。

"求你了，停下吧！"莫莉哀求道，吓得安妮一激灵，"别再跑了！"

"会说话的雪？"孤儿安妮雀跃了起来。

我没有理会莫莉的请求，再次穿越。我们终于到达终点站了，我引导她在漫画奇境中追逐我的意义全在于此。

我跃出电流，在此行的终点现界。这一次，我就是我自己，卸去一切漫画式的伪装，她也一样，变回了身着银色太空服、头戴气泡状头盔的装扮。

我们总算到了，在一间昏暗的儿童卧室里。

"到底怎么回事？"她盯着我们之间床上的黑发小男孩问，"他是谁？"

"他的名字叫小尼诺。"我告诉她，他是一个梦想家。[6]

我正说着，小尼诺醒了，从床上坐起来，揉揉惺忪的睡眼，然后他看着我笑了。

"哦，你来啦。"他说。

我也微笑了，抚摸着他的头发，"就跟我们之前约好的一样，尼诺，你准备好了吗？"

他微笑着点点头。

"到底是什么状况？"莫莉愤怒地问道，"你到底在说什么？埃弗里特。"

---

1. 漫画原作中斯朵夫将"fire"念成"foo"，来自唐人街华人贴的福字，寓意好运。
2. 漫画原作为 *Smokey Stover*，作者为比尔·霍尔曼，连载于 1935 年至 1972 年期间。
3. 漫画原作为 *Li'l Abner*，作者为艾尔·凯普，连载于 1934 年 8 月 13 日至 1977 年 11 月 13 日期间。
4. 漫画原作为 *Dick Tracy*，1931 年问世的美国长篇连载漫画，作者为彻斯特·古德。
5. 漫画原作为 *Little Orphan Annie*，1924 年 8 月 5 日问世的美国连环画，作者为哈罗德·格雷。
6. 漫画原作为 *Little Nemo*，连载于 1905 年至 1914 年期间。

"小尼诺总是做一些神奇的梦。"我告诉她,"是吗,尼诺?"

"当然了,我就是这样。"小尼诺爬下床,穿着毛茸茸的白色足球睡衣穿过房间,"我一直梦到衣柜里传来的音乐。"

我们注视着他打开衣柜,一道彩虹射了出来,将他包裹在七彩的光芒中。

与此同时,悠扬的乐曲传了出来——那是长笛、风铃与弦乐编织出的曼妙和声。

小尼诺笑着对我们说:"你们听到了吗?"

"是的,我们听到了。"我告诉他,"让我们再听得仔细些?"

"那再好不过了。"小尼诺毫不犹豫地钻进了衣柜,消失在彩虹的光芒中。

"来吧。"我拉着莫莉的胳膊,"我想带你看点东西。"

她对我皱了皱眉头,"那首曲子,我好像听过,是吗?"

我耸耸肩,把她拉向衣柜。

越过结界,身后衣柜的门立刻消失了。霎时间,我们置身于夜晚的沙滩,面对着七彩的篝火。

一开始,只有我们俩和小尼诺。"我还记得接下来发生了什么。"他说,"你们想看这个梦剩下的部分吗?"

"当然,我们想看。"我放开莫莉的胳膊,牵住了她的手,"我们都迫不及待了。"

小尼诺挥动着胳膊,卡通人物开始一个接一个从天而降,飘浮在群星闪烁的夜空中。她们全都是漫画书里的女性,仿佛没有翅膀的天使,轻盈地降落在湿润的沙滩上,围在彩虹篝火边。

她们中有大力水手的女友奥利弗、莱格伍德的妻子布兰德、里奥·阿纳的女友梅格、迪克·特雷西的挚爱贝茜·布鲁怀特、艾利·屋普的女眷莫拉等等。所有你能想到的、出现在漫画里的女性,无论美艳动人还是相貌奇葩,成百上千,数不胜数。

是的,这就是我为之努力的一切,这就是我引领莫莉来此的原因。

因为在这里,奇迹可以发生——在这孩童的梦境中,在颠倒的空间里,事物脱离了原本的轨迹。

只有在这里,我才能完成必须完成的任务。

我与莫莉手拉着手,走近篝火。我们站在这些女人面前,她们的脸庞和身形在摇曳的彩虹篝火下闪烁。

"哦！"突然，小尼诺跑向了篝火，盯着火苗，"有东西在里面！"丝毫没有迟疑，他将双手伸进了火焰中。

他收回完好无损的双手，捧着一个包裹——被漫画中的毯子裹着的什么东西，覆于黑色的墨迹与朦胧的阴影之下。

小尼诺微笑着将包裹递给莫莉，"请收好。"他说，"它是为你准备的。"

"是我们所有人为你准备的礼物。"奥利弗带着鼻音说道，"来自我们中的每一个人。"

确实是这样的——结合了成百上千个漫画女性的力量，再加上我自己的希冀和记忆，形成了超越现实的意志。

没有性，却一样能够缔造生命，这就是终极的代孕母亲吧。

莫莉揭开毯子，一张小脸探出来看着她。那是一张漫画中的婴儿的脸，大大的黑眼睛闪烁着光芒。

这就是我的"私生子"，一个诞生于画境的孩子。一个完全由希望和想象力孕育出的孩子——为了弥补我们失去的儿子。

也许还不仅仅是弥补。

"想象亨利。"我告诉她，"把你能想到的关于他的一切都回想一遍，每一个细节。"

她看着我，泪水不住地从脸上滑落，"但是……但是……这不可能……"

"相信我。"我卸下她的头盔，轻吻她泪水浸湿的脸颊。"想象亨利。"

她用无比痛苦和怀疑的眼神看着我，我用手把她的头发梳至耳后，摇了摇头。

"我没法一个人做到这一切。"我说，"我需要你，你拥有关于他一半的记忆。"我再次亲吻了她的脸颊，"试一试吧，求你了。"

她摇晃着臂弯里那个轻轻蠕动的小包裹，闭上眼睛，微微皱起了眉头，找寻那些埋藏在深处的记忆。

那些漫画女性围了过来，沉浸于这一刻。我能真切地看见她们夸张的身体造型里泛起漫画中希望的波纹。

也许是她们意念的凝聚，也许是我们所在的梦境的力量——这是梦之国度的梦境，一切皆有可能。漫画剧情于此处发生逆转，甚至足以改变人类现实的轨迹。

或者也许仅仅是她对他的思念和爱创造了奇迹。我们的记忆和爱涌入了墨汁构成的小小容器，将他从那个消失的节点带了回来，将我们一家三口都带了回来。

无论是何种原因，今晚全新的章节登场，一部全彩单页漫画，印在周日副刊的折页上。

下面就是新故事的开始了：

一群经典漫画女性站在彩虹篝火旁。在画框的中心，经典的儿童漫画角色小尼诺踮起脚尖，凝视着一个身着银色紧身宇航服的女人怀中的婴儿。

小尼诺说："哦，我的天！看他的眼睛！它们不再是黑色的了！"

身着宇航服的女人喜极而泣，一个方下巴的男人在她身边弯腰亲吻婴儿的额头。

我们可以看到，在火光中，那婴儿的眼睛，是四色印刷版里最明亮的蓝色。

画框底部写着："欢迎回来，亨利！"

Copyright© 2013 by Robert T. Jeschonek

心中无壁，方能破壁
——卢恒宇和李姝洁专访
INTERVIEW: LU HENGYU AND LI SHUJIE

范轶伦　李晨旭

本辑《银河边缘》特别策划的"次元壁"这个主题非常具有跨圈属性，为此，《银河边缘》编辑部特地采访了两位"破壁"达人：成都艾尔平方文化传播有限公司的创立者卢恒宇和李姝洁。作为动漫人，他们既在科幻圈外，又在科幻圈内，可谓打破次元壁最好的代言者。

卢恒宇是中央美术学院城市设计学院动画系首届毕业生，李姝洁毕业于陕西科技大学设计学院动画系。2006—2011年，两人曾共同在成都和北京的动画公司任职，2012年一起离职后，导演制作的动画剧集《十万个冷笑话》（以下简称《十冷》）成为现象级作品。2013年成立艾尔平方，主营业务有改编动画番剧、院线动画电影和原创动画作品三大板块。目前，两人带领团队做出了一系列脍炙人口的动画作品，包括《十冷》《尸兄》《镇魂街》等。

截至2019年7月，艾尔平方已拥有超过八十个小伙伴，其中包括三维引擎动画、VR动画创作等新技术研究开发团队。随着《汉化日记》上线，《镇魂街2》《雪孩子》等作品也在紧张的创作与开发中。另据二位透露，他们已经开始制作自己的硬核科幻题材的原创动画了！

艾尔平方的创始人卢恒宇和李姝洁夫妇

银河边缘（以下简称 GE）：二位好，作为二次元里的资深玩家、三次元中的神仙眷侣，你们俩是如何理解二次元和三次元的？

李姝洁（以下简称李）：说实话，我越来越搞不清楚"二次元"到底该如何定义了，现在还有一种叫"泛二次元"的说法。我们也常被说成是具有"互联网思维"的"互联网创业企业"，但我们一直觉得自己是做动画的。可能那些没有身在其中的人才能客观地定义吧。而我认为所谓的"次元壁"，也可以理解成为因偏好的文化类型不同所形成的人群之间的壁垒。

卢恒宇（以下简称卢）：二次元和三次元也可以简单理解成"宅男宅女"和"现充"吧。

GE：二位的二次元作品这么成功，受到过哪些二次元文化的影响？跟三次元的经历、性格有关系吗？

卢：我特别喜欢《七龙珠》。小悟空突破超级赛亚人状态的锻炼方式太厉害了！他教悟饭通过愤怒达到超级赛亚人状态，然后用超级赛亚人的状态去过平常的日子，吃饭、睡觉、洗澡等等。等到悟饭习惯这种状态，再一次爆发的时候，就是超级赛亚人二了。如果把努力、很累的状态变成常态，等再次进步就是一种爆发，这对我启发很大。

李：有一个很有意思的概念，能让人笑的内核是"窘境"，敢于给自己窘境，或者敢于给他人窘境，合适的窘境是可以把人逗乐的。我俩的个性就是敢于给自己窘境，也善于让角色陷入窘境，所以能把观众逗乐。我相信快乐是有能量的，也许这些能量也守恒。我们所知道的一些喜剧大师，像金·凯瑞，还有周星驰，生活中都是很闷的人。创作者其实就是这样，燃烧自己的快乐能量，照亮作品，照亮他人。

GE：作为从业者，你们觉得当下最流行的二次元文化有哪些？二次元会对三次元世界产生什么影响吗？

卢：我认为只要还被称为是"二次元"的文化就算不上真正意义上的"流行"，从这个名字就能感受到她是一个小众的、非主流的文化。

李：二次元对于大众审美和想象力方面是可以起到一些正向作用的。有一次去世纪城逛漫展，看到满坑满谷的 cosplay 就觉得很美好，尤其是看到有人 cos 自己作品中的角色，是非常幸福的事情。

卢：对，会让这个世界更快乐一点吧，让人们在看待三次元世界时可以有更多的视角。

GE：刚才的讨论中我听到二位已经涉及次元壁的概念了，那么你们如何理解次元壁？真的存在次元壁吗？

卢：如果一个人从小接触的文化圈层相对比较封闭，长大后 TA 就只能和拥有相同喜好的人来交流，只看韩剧的人、只看美剧的人、只看日剧的人等等，他们之间就会存在一个壁垒。但壁垒并不一定就意味着鄙视链，可能只是纯粹的不了解而已。所谓"物以类聚，人以群分"，从最早的论坛到现在的贴吧，有共同爱好的人最终都会走到一起。就像是宇宙形成之初一些物质聚集逐渐形成一个更大的物质，再往后会变成一颗一颗的行星，喜欢阅读的是一颗行星，喜欢动漫的是另一颗行星，还有各种类型的游戏、电影等等。它们之间的斥力就是"壁"。

李：同意，而且我认为语言也会带来一定的壁垒。比如在大众的认知里，"动漫"特指日本风格的偏写实的动画，而我作为从业者一直定义自己做的是"动画"，寒舞画的《十冷》是"漫画"。上海美术电影制片厂的艺术家们在起厂名的时候定义他们做的影片为"美术片"。在国外也有例如 anime、cartoon、manga 这些词汇做细化区分，我想如果想要把"次元壁"研究透彻，也需要把这些词汇的定义研究透彻。

GE：眼下，大家都在试图破壁，搞 crossover，搞融合，比如漫威宇宙、DC 宇宙、怪物宇宙之类的，还有《死侍》，据说甚至打破了四次元壁。为什么这些从业者致力于打破次元壁？

卢：从商业层面上讲，打破次元壁意味着你的受众群会变大。不然的话，动画片只能在二次元圈子里面火，超级英雄电影也只能在自己的粉丝圈里面火。从内容层面来讲，作为一个创作者，我最看重的就是讲好一个故事，打破次元壁是希望故事不会被表现形式所限制。我们做的动画不希望只做给小孩子或者只做给成人看，我希望能让更多的人看到它、分享它。

GE：从创作者的角度，怎么来打破次元壁？

卢：就拿现在火遍全球的《三体》来说，它早已突破了科幻小说的"次元"，成为一种现象级文化作品。想要打破次元，首先作品本身得好看，《三体》的故事足够精彩，有没有科幻这个标签都无所谓。现在有些人声称自己写的是科幻，但故事不好看，写奇幻、写穿越、写霸道总裁都没用。好看是最重要的，也是打破次元壁的基础。

李：迪士尼有句经典名言："谋划一部新电影时我们不考虑成人，不考虑儿童，只想着我们每个人内心深处那个纯净未受污染的地方。"对于我们来说，谋划一部新作品时并不会考虑二次元还是三次元，只考虑"自己内心深处最纯洁的那个地方"。在创作初期就给这个作品定义次元和受众是不现实的，这些应该是后期宣发运营时根据内容去考虑和分析的。身为创作者，首先要做的就是尊重自己的内心。

GE：其实，次元壁已经是一个很二次元的概念了。在三次元里，"打破次元壁"对应的词汇或许可说是"跨界"。二位身为跨界达人，从早期的《云端的日子》，到《十冷》《尸兄》《镇魂街》，类型各异，为什么会这么跨界？

卢：我们俩应该属于那种很"花心"的创作者，想去尝试各种各样的类型。

李：一方面可以说我们的喜好比较杂，另一方面，也可以说是对影视的了解比较全面。这也得益于我们赶上了国内动画起步和上升的时期。在好莱坞这种工业体系成熟、分工细化的环境中是缺少这种机会的。比如一个摄影师，可能从接受教育时就会细分成单镜头拍摄或者多镜头拍摄两个方向。而在国内，整个行业还在起步阶段，我们就可以在这种"乱世"中找到更多可以尝试的机会，这对我们来说也是挑战，但更是很好玩儿的事情。

GE：我关注到两位也曾在一些科幻文学奖项中担任评委，二位如何看待科幻文学到科幻漫画甚至是科幻影视的转换？

卢：这是两个问题，第一，我们当评委的时候，基本负责的都是最适合改编奖，所以说我会刻意把自己放到挑选剧本的角度去思考。我选择的作品都是从我的专业角度看，适合影像化的作品。其次，我也会用自己的经验去判断作品的角色设置、剧情冲突和影像价值等等。

李：我可能就是直接匹配我们公司的创作原则。阿西莫夫有机器人三定律，我们艾尔平方也有自己的创作三定律！

第一原则：唯命是从。以讲好故事为核心，一切为观众服务。

我们会考虑观众是否会喜欢这个故事，这个故事能否让观众产生共情。比如《星际穿越》，你可能听不懂有关黑洞的理论，但父女情一定能感受到。所以我会看它是否是更多观众喜欢的故事。

第二原则：唯我独尊。不重复自己，也不重复他人，但不得违背第一原则。

我会在作品中寻找差异化的东西。也许它的灵感来源于其他经典的作品，但必须有进化、有变异、有创新。

第三原则：唯利是图。时刻考虑商业目的，但不得违背第一、第二原则。

其实就是评估商业化的可能性。比如有一个小众作品，可能有文学价值，但拍摄成本巨大，从商业成本角度考虑就性价比不高，可能就会被排除。必须把商业纳入考虑，比如像《无敌破坏王2》这样的有很多广告植入点，而且和故事紧密结合，商

艾尔平方新作《汉化日记》官方宣传海报

GE：近两年市场上也有一些科幻题材的动画作品出现，两位都是资深从业者，可以从市场的角度跟我们分享一下科幻题材动画的前景吗？

卢：我觉得可以回到本质去看这个问题。科幻跟动画都只是故事的标签，好的片子能够给人带来欢乐和享受，市场前景就会好。五月份有四十九部动画通过备案，童话、教育、科幻题材最多。科幻题材最近比较火，我想这和年初的电影《流浪地球》应该有很大关系。

李：我的工位上还有《流浪地球》的周边。中国的商业电影发展时间比较短，类型片还不够多，某种程度上还是存在类型片荒的，所以在科幻类型片出现成功案例之前，大家都在观望。《流浪地球》证明这个类型是有市场前景的。

GE：有没有遇到过你们觉得特别适合改编的科幻小说？是否有计划尝试科幻题材的创作呢？

卢：去年我担任"未来科幻大师奖"的评委，有一篇名叫《罪》（杨晚晴著）的短篇小说我就觉得很有意思。故事很惊悚。我很喜欢小说中关于"记忆抹除"的设定，跟我们自己的一个想法特别相近。这个故事画面感特别强，三段故事之间的逻辑关系严密，适合改编成动画。

李：我们已经有科幻题材的 3D 引擎作品在制作了，准确说有三个项目，一个是我们买了版权的，还有一个是我们自己原创的。当然原创的难度更大也更慢一些。

GE：二位现在不仅是创作者，也是创业者和企业管理者，可以说是打破了个人身份的次元壁。你们怎么处理这种身份转变？

卢：我们很鼓励身份的跨界，不仅是我们俩，其实公司有很多同事都是这样。音乐组的高老师以前是学计算机的，还是那种焊接电路板的；负责研发组引擎部门最前沿的老高是美院出来的；综合管理部的老牛是做 IT 出身的。一个人在职业发展道路上，会有很多次机会去重新定义自己。你遇到过的人，经历过的事，自己尚待开发的潜在特质等等，都会带给你很多次破壁的机会。不管是次元壁还是专业壁、技术壁，你觉得壁垒在哪儿，它就在哪儿。只要你能看清它，就有机会把它打破。只有当你心中没有壁垒的时候，你才能做到真正的破壁。

GE：心中无壁，方能破壁，这句话真好！感谢二位接受采访！

地 穹
THE EARTHVAULT

罗 夏
Luo Xia

中国新势力

当地球失去了引力，
人类文明将何去何从？

作者罗夏，曾用笔名赤膊书生，一个想让科幻流行起来的创作者。已有数篇科幻小说收录于《流浪星球》《作品》，《冥王星密室杀人事件》入选《2016年中国悬疑小说精选》。

天空流浪者

"林,你为什么想回去?"这是林今晚听到的第一句话,布仁楚古拉毫无征兆地发问。当时林正在墙上行走,巡视整个洞穴。几十支火把斜插在石缝中,火焰扭曲成直角,像伏倒的金色麦穗。

"不安全感。所有人都飘着的不安全感,我受不了这个。"林停下脚步,转身看着布仁楚古拉,发现他的腰间没系安全绳。他的心理素质还真是硬,林想。

"难道就没有让你非回去不可的理由吗?"布仁蹙眉。

林出神地望向山外的夜空,有些心不在焉,"你有吗?"

"当然有,我想回去看看草原。"

林轻笑一声,"连蒙古话都不会说的蒙古人就不要这么情怀了吧……我敢打赌,真正的草原你一次都没见过。"

布仁的眼神黯淡下来,"正因为没见过才想见。"他停顿一下,声音更低了,仿佛自言自语:"以前在一本书里看到过真正蒙古人的生活:一个人骑着马在草原上漫无目的地游荡,什么也不带,只背一条羊腿。黄昏时随便找一个蒙古包投宿,主人把他背上的羊腿解下来,然后杀自己的羊待客。第二天主人送客时,又给他换一条新的羊腿背上。这人在草原上走一大圈,回家的时候还是背着一条羊腿。[1] 我也想过这样的生活,不过应该没机会了吧……"

林愣怔了一会儿,说:"说起来我也算有理由的,我想找到渊龙,算吗?"

"渊龙……你真的相信那个传说?"

林说:"总要有希望,我不想大家这辈子都这么飘来飘去。"

---

[1] 化用,出自汪曾祺先生的《人间草木》。

林其实真的没对渊龙的真实性报以期待。没人知道渊龙具体是什么东西，它只是一个代号，或是一个传说。有人说渊龙是一种活跃在地层深处的怪兽；有人说渊龙是一种未知的自然现象；还有人说渊龙只是天空流浪者编出来自我安慰的谎言。不管哪种说法，渊龙都指向那个斥力产生的终极秘密。人们坚信，斥力的出现是因为有个东西在地底深处作祟。

其实像今晚这样的对谈是很少的，林和布仁从不闲聊，连必要的交流也尽量从简。因为他们有一个共同点——极力避免被他人看穿。

大多数时候，布仁楚古拉都把真实的自己藏起来，像一块阴影中的石头，沉默而坚硬。当他坦诚地和林交流时，或许意味着他真有重要的事情要说。果然，一阵默契的沉默后，布仁收起刚才无意间流露的一丝脆弱，脸上瞬间换上了严肃的表情。

他开口了，口吻严峻："情况不容乐观，我们的瓦斯储量越来越少。"

林说："食物也不多了。"

"还有药品，尤其缺扶他林和吗啡。生病的人数在增加。"

林摇摇头，"所有东西都缺。但这不是重点，我们忽略了一个问题。"

林转过身去，指着洞穴中熟睡的众人。布仁顺着他手指的方向看去——所有人都牢牢贴在墙上，像被一只无形巨手摁住。他们中只有极少数盖着棉被，其余的则像煮熟的虾一样蜷缩着。

布仁楚古拉说："我也感觉到了，气温一天比一天低。别说他们，连我这样的身体到晚上都有些吃不消。"

林说："我下过命令，只有老人和孩子可以得到棉被。但作为族长，你也有一床棉被的使用权。"

布仁楚古拉摇摇头说："不用。不能让他们觉得我是个软弱的人。"

林愣了一下，心里晃过张禹的身影——那个危险的身影。他明白布仁楚古拉的意思——他说的"他们"，不仅仅指族人。这个肤色黑里透红、像棕熊一样壮硕的蒙古汉子，并不像外表看上去那么粗糙。

林把心绪收拢，然后轻叹一口气，继续讨论当前的困境："其实这是我的失误，我在制订战略时忘了考虑一个重要因素——由于臭氧吸收紫外线的原因，同温层并不同温，实际上热下冷。我们越往下走，气温就会越低……如果原计划不改变的话，可能会发生大幅度减员。毕竟我们部族老人和孩子的比例很大。"

布仁楚古拉说："要不干脆停下来。过去五个月我们才往下走了不到三公里，不急这一时。"

林说："停下来也不是办法。根据我测算的历法，一周以后就要迎来下一次潮汐。目前平衡点的质量太小，不足以抵挡潮汐，它会被潮汐冲到更高的地方。我建议暂时把老人和孩子留在根据地，派遣精锐继续向下界进发，等找到更稳定的平衡点之后再派人回来接他们。"

正常情况下，物体受到的斥力是均匀的，不同质量的物体拥有不同的悬浮高度，在这个高度上，该物体的斥力和引力达到平衡，因此被称为平衡点。处在平衡点上的物体，向更低处运动时，将会明显感到斥力的阻挠；而向更高处运动时，则会缓慢回落到平衡点，这说明引力仍在起作用，只是由于地球本身质量减小而变小了。

但平衡点的高度并非是完全固定的，根据林的测算，每七天会有一次斥力大爆发，这被林称为"潮汐"。斥力潮汐就像从大地弥漫向天空的洪水，会将既有的平衡点抬高。一旦平衡点上升，那他们之前的努力就都白费了。

林将他的分析告诉了布仁，并提出了权宜之计。布仁楚古拉思考片刻后摇了摇头，"他们暂时留下后，一旦遭遇其他部族的劫掠，那他们性命难保。"

听到布仁的回答，林既觉得遗憾，又有些庆幸，在他潜意识里，这条"弃卒保车"之计，颇有考验的成分。只有对伙伴不离不弃的人，才有资格做首领。

林点点头说："确实如此，但一周时间根本不够我们找到拥有更低平衡点的岩体。"

"实在不行，升高就升高吧，又不是没升高过，大不了重来。"布仁楚古拉有些无奈地说。

林沉默了一会儿，说："也许还有一个办法，但成功的可能性很低。"

"什么办法？"

"算了，斥候小队还没回来，我的推论没办法验证。"

"斥候小队……"布仁艰难地咀嚼着这四个字，一副欲言又止的样子。林知道布仁想说什么——斥候小队已经出去太久了，按惯例他们两天前就该回来。布仁摆了摆手，"你先说办法，凡事都要验证就来不及了。"

看着布仁焦灼的样子，林终于说出了关键计划："天峡。"

天峡的质量足够大，抵挡一次潮汐肯定没问题。布仁的声音兴奋起来：

"你是说我们现在身处天峡附近？你找到定位方法了？"

林摇了摇头，"我们只有一个温度计，能大概推算高度就不错了，怎么可能做到精确定位？这个定位是别人做的。上次大战之后，我在洞穴里找到一张地图，上面标注了这个洞穴的位置。"

布仁惊疑道："你是说上一个在这里的部落研究出了定位方法？"

林说："是的，标注显示我们离天峡不远。"

两周之前，这个洞穴还被另一个部落占据着。布仁楚古拉带领手下的战士打了一场硬仗，把这个洞穴抢了过来。大战结束之后，大家都在忙着抢食物、饮用水和瓦斯背包，只有林拿着敌人留下的地图详细研究。

布仁说："怎么不早告诉我？具体距离有多远？"

林说："据比例尺测算，直线距离大概七十八公里。"

布仁笑了："这还叫不远？瓦斯背包根本就不够飞七八十公里。"

林说："派一个最能飞的人，带上三个瓦斯背包换着飞。他身上绑一根大号麻绳，等他飞到天峡，用麻绳牵一座桥，我们沿着绳子爬过去。"

"哪怕绳索储量够，又有斥力加持，这种长度的绳索重量依然惊人。"布仁苦笑了一下，"而且，明确告诉你没人能带着三个背包飞那么远，因为我就是最能飞的人。"

林说："那还是算了，不能让你去冒这个险。"

沉默再一次降临，两人都感觉到了情势的严峻。

布仁突然猛拍一下林的肩膀，说："放轻松，只要我们不倒下，什么事儿都能趟过去。你先去睡，今晚我来值夜。"

林没有跟布仁客气，他觉得自己确实需要休息了。他走到一块相对平整的岩壁上躺下，将腰间的安全绳又紧了两圈。他其实知道安全绳并不安全，在这个地方，没什么是真正安全的。

一股寒气袭来，林强忍着不用棉被御寒。在闭上眼的一刹那，他看见与月亮反方向的夜空中升起一道彩虹。由月照产生的月虹原本是极为罕见的大气现象，但现在，在这距离地面两万米的高空中却并不鲜见。清朗的夜空就像一块法兰绒衬布，衬出那道月虹边缘蒙蒙的白光，显出一种不属于人间的美。

对天空流浪者来说，这是一种别样的安慰。

预　兆

这天晚上，林做了一个梦，梦里他看见了另一个自己。

曾经的林和现在很不一样。

那时，他在西南山区的一所学校念书。很小的时候，他就知道自己的智商比其他人高出一大截，他还知道自己终究是要离开那个地方的，所以他选择用一种极度轻蔑的姿态与周围的人相处——从不主动与人交谈，对别人说的话也漠不关心，只是一个人默默读着书，似乎只有那些孕育思想的人，才能真正与他沟通。久而久之，大家都疏远他，就像忘了还有这么一个人，仿佛他只是跟第一名捆绑在一起的某个名字。

直到那天清晨，天上胧月微明，广播体操的音乐声在山间回荡。林拒绝做操，坐在单杠上看那些年轻的肢体在风中起伏。随着那些扬起的手臂，他的目光忽然被西北方向的低空天际所吸引。那里出现了一条白中带蓝的弧状光带，颜色和电焊发出的光差不多。那光带并不宽广，但在尚且昏沉的天空中已足够显眼。

接着，操场上的很多孩子也停下了手上的动作，他们也注意到了那条狭长的光带。这让他们感到好奇，开始交头接耳。守操的班主任们却没有太在意这些，他们只顾着训斥停止做操的学生。那光带变得越来越清晰，如坟茔上的鬼火，林不禁看得入神。那是什么？无数学生和林一样疑惑着。这时，林忽然想起自己曾经在一本书上看到过类似的东西，如同一道闪电在心中炸裂。

地震光！这三个字差点直接从他嘴里蹦出来。

书中的文字清晰地浮上心头：地震光是一种地震先兆现象，是岩层在巨大应力作用下积累大量静电时造成的空气电离导致的。当以极高的速度将两侧岩层挤压到一起时，这一过程中释放的大量电荷将以等离子体放电的形式显示出来。

地震光的出现意味着强震级、高烈度的特大地震即将到来。

林从单杠上跳下来,一路飞奔到操场。他大吼大叫,声嘶力竭,告诉所有人地震要来了。但根本没人愿意听他说什么,他们本能地厌恶这个读了很多书的异类,觉得他口中那一大串听不懂的科学名词是对自己智力的羞辱。

地震光越来越炽盛,林知道时间不多了。他不想死在这儿,他是要离开这里去做一番大事的人。

于是,他决定独自逃跑,为了心中那个说起来很自私的信念。

他用尽自己的全部力气,朝远离学校的方向跑。没跑出多远,大地就开始剧烈晃动。

最终的结局比他预判的还要惨烈。在地震中,周围一座山的山体发生整体断裂,形成一块比整个学校还要大的巨石。那块山岩在气流作用下滑翔了四百米,正好砸在了学校的操场上。林是唯一的幸存者。

之后的许多年里,那些罹难同学的姓名和模样他都忘了。唯独记得某个年轻的班主任,他在逃出校门时跟她偶然的匆匆对视。她看起来刚刚大学毕业,穿着一件土气的黄色毛衣,但从眼神里,林看得出来老师跟自己是同一类人,渴望走出大山。

林成功逃了出来,她永远留在了那里。

在媒体的采访里,林没有提到他曾预测了地震的发生,却没救下哪怕一个人。但他常常想,也许当时换一个人去告诉大家,结局就会不一样吧。后来的小城生活中,虽然没人知道当时的真相,但每当别人议论到这件事时,都会将他置于舆论的风暴中。这些议论甚至给他一种错觉:他应该死在那场地震中,似乎这样才是正确的。

后来林就变了。特别是在博士毕业后,他放弃了在名牌大学搞物理研究的机会,而是去做了野外求生教练。这是从前的他绝对不会考虑从事的职业,但现在只有这份职业能给他成就感。在漫长的人生中,他改掉了沉默寡言的习惯,开始学习如何与身边的人相处,如何在自己的底线内最大限度地满足他们的需求,进而学习如何控制他们、如何让他们按自己的意志行事。

当他下定决心做这件事的时候,发现这其实很简单。他很快就做到了——无论走到任何地方,他都是人群的中心,对纷繁现实的每一个变量都充满惊人的控制力。但他做这些不是为了权力欲之类的东西,而是不想重温那种深入骨髓的无能为力,以及它所带来的绝望。

那时他交往过一个女孩儿,但女孩儿最终离开了他,理由是他"对身边的一切有一种病态的保护欲"。

也许那女孩儿说得没错,他从一个极端走向了另一个极端。

如果不想让悲伤的事情发生,那就学着去主宰一切。

接着,梦里的场景倏忽变换,他看见自己走在一条熟悉的街道,进入了另一个永生难忘的夜晚:斥力潮汐初次爆发的那一夜。

人潮涌动。面前是巨大的银石大厦,霓虹灯发出雾蒙蒙的光。他感觉有点眩晕,身体好像变轻了。一声地崩山摧般的巨响,眼前的银石大厦像一棵垂死的树一样被连根拔起。他看到了商场和地面的接驳处被撕裂,钢筋被拉扯得狰狞虬结,碎石横飞。当钢筋承受不住巨大的应力而断裂时,三十层高的大楼冲天而起,像一枚火箭,射入茫茫夜空。

所有的人造物,连同厚厚的土壤层、植被,但凡地表能看到的一切,都被斥力冲向了天空。当然,还有人类本身。那晚无数人从睡梦中惊醒,发现自己在飞。数不清的沙石、砾岩朝上方喷涌。

痛苦和死亡的交响乐在天空中奏响。

由于人也在高速上升,相对于那些砾石的速度较低,使那些沙石看上去如同静止了一样,宛若一堵高墙。林甚至产生了一种错觉,觉得自己就像身处一口纵贯天地的深井中。他努力想从这口井爬出去,但每爬一步,井口也随之升高。他觉得自己永远也没办法爬出去了,一股溺水般的窒息感向他袭来……

这时,林被人推醒了。

只见布仁的瞳孔布满血丝,面容是尘土一样的颜色,一种极端愤怒的情绪爬满他的脸,像冰封湖面上开裂的纹路。林注意到,这种愤怒的情绪下,还夹杂着焦虑,甚至是恐惧。

他说:"出事了,你出来看看。"

林站起身,沿着墙壁走到洞口。布仁递给他一个瓦斯背包,这种背包有大号篮球包那么大,底部是个像氧气罐一样的圆柱形金属罐子,上面布满斑驳的铁锈。布仁将看上去新一点的那个给了林。

林拧开背包底部的红色安全阀,摁住把手上的开关,一股气体从背包后部喷出,他跟在布仁后面飞出山洞。刚一出洞口,林就感受到了明显来自大地方向的斥力。一股强大的力量将他不断往天上推,他加大了气体的喷出量,艰难地稳住身形,悬停在半空中。

布仁的飞行技巧则要娴熟许多,他已经飞出了些许距离,在前方不断朝林招手。林赶了上去。

今天阳光很好,晨雾很快散了。放眼望去,空中飘浮着大大小小数不清的山峦。在飞离地面的那一天它们大都解体了,所以看上去有些奇形怪状。

天空成了大地,大地成了苍穹,林的心里闪过这样的念头。

大约飞行了二十分钟,林停了下来。他在心里精确计算着时间,如果再飞下去,瓦斯的存量就不足以让他们返回了。布仁也停了下来,他用手指向九点钟方向。林望过去,看到了布仁想让他看的东西。

那是一座悬在空中的小山包,似乎是从山脊上断裂下来的一部分。上面杂花生树,几具尸体挂在空中丫杈的枝条上,像树上结出的硕大饱满的果实。由于树枝的牵绊,他们没有被斥力吹向更高的地方,但身体中的血液在斥力作用下向外喷出,形成一朵朵烟雾状的红霞。

他忽然明白梦中那古怪的窒息感从何而来——那是某种预兆,现在应验了。

安 安

斥候小队一共八个人,林飞近一点数了数,只有七具尸体,还有一具应该没被树枝挂住,被斥力冲到更高的地方去了。

他们都是部族的精英。自从上一次出去探路后就没回来过,现在林找到他们了。布仁楚古拉用冰冷的声音说:"林,你验一下尸吧。"

林先确认了死者的身份:小咕噜、赵煜平、申旭……一张张熟悉的面孔看过去，不会有错。他觉得一阵胸闷，因为这群人是他派出去的。

他小心翼翼转过头去，不让布仁看见他的眼睛。

死者致死的原因各有不同，有些身中箭伤，有些则是割喉。那些插在尸体上的箭枝也很奇怪，它们尾部的翎毛是赤红色的。林熟悉的部落中没有一个使用这样的箭。

更奇怪的是，这些尸体出现的位置很蹊跷，正常情况下他们不应该出现在这里。因为这里距离根据地如此之近，没有任何一支武装力量可以在这儿无声无息地杀死八个人。而如果他们是在别处被杀，在空中失去瓦斯推力的他们则会被斥力推到更高的地方，而不是平行移动到这里。因此，这里绝对不是他们遇害的第一现场。

当然还有一种可能，他们是在更低处遇害，被斥力推到目前的高度，然后被树枝挂住。但林清晰地记得自己给他们的命令：只准在水平方向移动，不许进行沉降操作，"高度"是天空流浪者最敏感的一个参数，随意向更低处进发是不被允许的——因为不清楚低处的岩体分布状况，一旦找不到落脚点而又把瓦斯用尽的话，很可能被斥力推到外层空间的无氧区域，因为人体质量对应的平衡点位于外层空间，很多人就是这么死的。

难道是被风吹过来的？林在心里考量着这种可能。随即他否定了这个想法：这里处于无风带，他们不可能是被风吹过来的。林的脑海里突然浮现出一个诡异的画面：一群敌人背着死去的人在大雾中飞行，趁着众人熟睡之际把尸体挂在树上。敌人这么做的目的是什么？示威吗？

林还没来得及进一步思考，目光忽然被远处树枝上影影绰绰的什么东西吸引住了。他操控背包飞过去扶住树枝稳住身形，发现树枝上还挂着一个活人。

那是一个女孩儿，林不认识。看模样不过十七八岁，她一袭黑色紧身衣，肤色白皙如盐，几缕乌黑的耳发微卷，背后的双刀用绶带紧紧地绑在身上。她的眼睛大而黑，像葱茏的灌木，那双眼睛盯着林，冷漠又警惕。林注意到女孩儿的侧脸沾了些血污。

林一手抓住树枝，另一只手从背后拿到身前，示意自己没带武器。然后他控制着瓦斯背包，慢慢向少女靠拢。但那少女还是猛地抽出了双刀，明晃晃的刀光刺痛了林的眼睛。

还没等林开口，少女率先说道："这些人不是我杀的。"

插画／刘鹏博

林微微一笑,"我有说是你杀的吗?"他故意把目光扫到别处,用一种漫不经心的语气说,"你可以叫我林。你的名字是什么?"

眼见林的反应比较淡定,女孩儿紧绷的双肩也略微放松下来,她说:"我叫安安,平安的安。"

林点点头,说:"这些死去的人是我的朋友,你认识他们吗?"

安安说:"不认识。"她的语气显示出她对这些人的生死毫不关心。

林又问:"你为什么独身一人,你的部族呢?"

安安说:"我没有部族,向来一个人。"

"那你怎么到这里来的?"

"我的瓦斯耗尽了,被风吹过来的。"

林知道她在说谎。第一,平流层的流浪者基本都会加入某个部族,单打独斗是很难活下来的;第二,这里是无风带。但林没有拆穿她,继续问道:"你被吹来的时候,他们已经在这儿了吗?"

安安点点头,"对,那时他们已经死了。"

这时林听到周围响起了窸窣人声,很多族人听说了消息,已经陆续赶到。布仁正指挥他们把尸体运回山洞中。林扫了一眼赶到的众人,果然有那张他不愿见到的面孔。于是他对安安说:"既然人不是你杀的,就走吧。我把背包给你,待会儿我让他们来接我。"

根据既有的线索,他基本可以确定人不是安安杀的,如果现在不放她,待会儿她就走不了了。

安安愣了一下,似乎没反应过来,她没想到对方会如此轻易放过自己。正当她要攀着树枝爬过来的时候,却听到一个像刀锋一样冷冽的声音:"林,你这是在怜香惜玉吗?你对得起死去的兄弟吗?"

林转过身去,看见那个说话的年轻人。他的肌肉虬结,浑身充满爆炸般的力量感,一头火红的头发,右脸有一条猩红的血痕,看不出是文身还是刀疤——

张禹,地位仅次于族长布仁楚古拉的战士。他在部族中有着很多支持者,如果布仁出现闪失,他将变成新的领袖。

而且,他早就有些迫不及待了。

林语气平和地说:"人不是她杀的。死去兄弟们身上的伤口尺寸不一,显然受到不同武器的攻击,但她只有两把长刀。而且一个少女再强,也不可能无声无息地干掉全副武装的斥候小队。如果她真杀了人，她也没必要留在这儿等我们来抓。"

"所以你就放她走？"张禹斜觑着安安，夸张地笑着，仿佛林在说一个笑话。天空上的最高生存法则是掠夺。这个少女长得颇有几分姿色，又孤身一人，任何部族见到都会生出据为己有的欲望，张禹没理由放过她。他按动瓦斯背包的开关，猛然加速向安安袭来。

林松开树枝，将瓦斯背包功率全开，身体如一柄长枪电射而出，横在张禹和少女之间。

张禹压低声音，显然在努力克制情绪："林，你是有头脑，可你不是战士，你绝对挡不住我。"

面对张禹的挑衅，林选择沉默以对，眼神里的温度已经降至冰点。现在，布仁楚古拉已经在往回搬运战友尸体的路上了。除了布仁，没人能在空中格斗中正面对抗张禹。

所以，他只能凭权威来限制张禹的行动。

张禹扫视着四周，见大家都在忙着搬运，没人注意到这边的情况，于是眼中的凶光肆意地渗了出来。他拔出身后的刀，缓缓朝林飞来。

林虽然掌握了不少空中格斗技巧，但跟张禹相比还是有明显的差距，于是想尽量拖延时间。

这时，一只柔软而有力的手搭在了林的肩头，是安安。她不做商量就将林的背包卸下背到自己背上，林都没有反应过来。她冲着张禹挑衅似的冷笑一声："想让我做你的女奴吗？那就打赢我！"

喷射功率骤然飙至最大，巨量瓦斯喷出，发出爆炸般的轰鸣。安安冲天而起，双刀在空中舞出一片雪亮的刀花，皎如明月。

张禹立马反应过来，这是一场实打实的格斗。他掉转喷口，开始朝反方向冲刺。这并不是为了逃走，而是进行"低位反跑"——空中格斗的基础操作。这种操作又被称为"抢占制低点"：借助低位处更大的斥力，在反弹的时候获得更快的初速度，使杀伤冲击力变大。

安安也进行了低位反跑，林一眼看出她的喷口角度更刁钻，虽然比张禹起步得晚，却反而领先了他小半个身位。林还注意到，她并不是一直开着喷口，而是时开时关，同时还精细地调整着喷出气流的强弱。毫无疑问，安安是一个有着娴熟空中格斗技巧的高手。

张禹向下俯冲了数秒，发现对方比自己更擅长反跑，如果继续俯冲下去，制低点将被对方占据，于是他改变了策略：立即结束反跑，将瓦斯喷射的功率开到最大。瓦斯是没有颜色的，但巨大的冲力撕裂了空气，发出的巨响宛如龙吟。张禹借着微弱的低位优势向安安冲来，长刀直刺，像一颗流星。

安安悬停在空中，纹丝不动，就像根本没看见张禹的攻击一样。在长刀刺到她姣好面容前的一刹那，她脖颈后仰，在空中一个漂亮的后空翻，轻盈地避过那一刺。

就算淡定如林，也忍不住在心头叫一声好。他从没见过有人能用瓦斯背包做出这么细腻花哨的动作，这个女孩儿对于瓦斯动力的精确控制已妙到毫巅。但张禹显然留有后手，一击不中，马上变招，长刀又以一个刁钻的角度斜劈下来。安安却像早已知道张禹的招数一样，双刀交叉，格住那一劈，随即整个人荡开去。

张禹咬牙怒喝一声，操控背包突进，接连砍出数十刀，刀刀指向安安要害。刚才他还有些怜香惜玉之心，现在明白对手有多强，于是使出全力。他知道不太可能直接击中安安，于是开始预判安安的闪避方向，用刀在空中形成一个刃风牢笼，不断地封锁着安安的走位。但每次张禹以为安安避无可避的时候，她总能奇迹般地找到一条出路，从那刀的囚笼中逃脱。

空中格斗拼的不是刀术，而是瓦斯背包操控技术和理解应用斥力。与其说是身体对抗，倒不如说是智力对抗。张禹本来深谙此道，在与其他部族的战斗中，他也常常战绩彪炳。但他不得不承认，这个女孩比自己强太多。她甚至不怎么主动攻击，只是不断以逸待劳，以此消耗张禹的瓦斯储量。等到他的瓦斯所剩无几时，就成了一块砧板上的肉。这几乎是空中格斗中最嚣张却也最稳妥的制敌方式——需要对自身的闪避技巧极度自信。

短短时间，张禹已经攻击了上百次。瓦斯存量越来越少，他暗忖这样下去不是办法，求胜欲激发了他的阴险本色——他佯装向安安冲去，等到安安后退的时候，却突然掉转方向朝林袭来！

张禹料想林刚才放走安安，她应该会心存感激，不至于置林的死活于不顾。他可以借攻击林来牵制安安。如果安安真的不管林，他干脆一不做二不休直接杀了林，反正他早有篡权之意，而现在又没人注意到这里的情况。杀完人之后他还能嫁祸于安安这个陌生人，将一切推得一干二净。而布仁失去了林这条左膀右臂，实力大降，也不敢和他撕破脸。

就算看破这一切，林却毫无办法——他没有了瓦斯背包，对这狠辣的一击根本避无可避。眼见张禹用长刀刺向胸口，林只能洒然一笑，闭上了眼睛。

咻！

林的耳边忽然听到一阵风声。他睁开眼，只见张禹的长刀被一支铁箭硬生生撞开，火花迸溅而出。在斥力作用下射箭是一件难度很高的事，因为箭会产生很大的偏移。就算这样还能准头极佳的，只有一个人——

布仁楚古拉悬浮在空中，手挽一张半人高的大铁弓，金刚怒目。

第二支箭已经搭在了弦上，直直地瞄准着张禹。"张禹，你要造反？"布仁声音森寒。

林在心里长舒一口气。不愧是多年搭档，布仁察觉异状的速度比他想象的要快得多。

张禹将长刀回鞘，邪邪一笑说："这是一种策略，为了抓那个女人，是吧？林。"

林看见张禹那几位随后赶来的心腹紧紧地攥着刀鞘，既没有承认，也没有否认，只是向布仁解释了为什么打算放走安安。

"你确定要放她走？"布仁听完林的陈述，用耐人寻味的目光打量着安安。

"是。"林说。

"她身上有很多谜团，我能感觉到。"布仁说。

"那也是她自己的秘密，与我们无关。"林淡淡地说，他看向安安，用眼神示意她可以走了。

但安安没有动，她看着林，双眸更加灵动明亮，她说："我改主意了，本来我打算继续一个人的，现在我想加入你们。"

"为什么？"林问道。

"你们培养了这么多精良斥候，从装备来看，除了勘察敌情，还负担有沉降作业的任务吧。别以为你们绷着一张脸，我就不知道你们是想要回到地面。"她的嘴角微微上翘，像一只可爱狡黠的精灵，"正好我的目标也是，可一个人走太难了，也许我该试着加入一个部族。"

"恰好你这人还不错。"安安说话时略带调侃，但望着林的眼神里多了一份信任和欣赏。张禹也是察言观色的好手，眼见这一幕，把刀柄握得更紧了。

林却沉吟片刻，摇摇头说："如果只是放你走，我不会过问那么多。但你要留下来，我就必须弄清你的来历。"

"我只是一名普通的流浪者，和你们一样。"安安狡黠一笑。

"我的部族容不下秘密，如果你不说实话，就别跟着我们。"林说。

"也许你该仔细考虑一下，林。她是一名战士，比我们都强。我敢说，比布仁还强。"张禹忽然帮腔，伴着不怀好意的笑容。

"他说的是真的？"张禹这句话确实有效，立刻勾起了布仁的好奇心，一个娇小的女孩竟然会比他强？

林说："正因为是真的，更要弄清她的来头。"

"机会多着呢，林，也许有一天我会告诉你的。毕竟，路还很长不是吗？"她脸上的血污并未擦净，却在日光的映照下平添一抹鲜妍的英气。

鬼神之军

林思考了很久，最终决定带上安安。事后他努力说服自己：做出这个决定，仅仅是出于部族的需要，而不愿意承认，有那么一瞬间，他曾希望安安留下来。在刀枪箭雨中求生的林，习惯于时刻审查自己的思想，把那些不够理智的想法通通斩断。

"留下来可以，但你的一举一动都要向我报告。"林板着脸，就像家长管教自己的孩子。

"知道啦。"安安轻抚耳发，笑容乖巧得浑然天成。

夕照下，空中群山寂静无声，它们大多仍覆盖着植被，显出一种幽深的苍翠与神秘。部族众人踏上归途，他们接下来将为死去的同伴举行天葬——清洁遗体，举行简单的入殓仪式，将遗体装进粗陋的自制棺材，然后任由他们飘到高天之上。

突然，远处传来一阵巨大的噪声。众人循声望去，东方的山峦后缓缓飞出一个庞然大物。那是一艘巨大的船，外形很像古代的楼船。它起码有三层楼房那么高,一个足球场那么长,绝大部分船体用木头制成,船首包裹着乌黑的生铁。它的左右侧翼各有一只硕大无朋的桨轮,外观看上去和水车一样。桨轮飞速旋转着掀起一阵劲风,它的顶部则有数个水桶大小的喷口,一杆红色的旌旗插于其上,旗帜在喷口喷出的强风中猎猎飞扬。

"浮空舟……"林愣愣地看着一艘又一艘庞大的木船从山后飞出,喃喃道,"鬼神之军竟然真的存在……"

进入平流层之后,林时常从其他部族那里听到一个说法——平流层存在一支恐怖的"鬼神之军"。他们不在山洞中定居,也没有重返大地的愿望,而是长期居住在浮空舟中,将劫掠作为唯一的生活手段。他们拥有强大的浮空舟,可以说无往不胜。遭遇过他们的部族没有一个能逃脱魔爪。最可怕的是,他们不仅抢夺物资,还会强行吞并战败的部族。那些不愿意加入"鬼神之军"的俘虏,都会被就地处死。

林从不相信哪个部族能在这么恶劣的条件下发展出浮空舟这样的科技,所以他一直认为这只是以讹传讹的谣言,就算真的存在,也不过是一个专事掠夺的普通部族罢了——但这次他错了。

在桨轮的驱动下,一艘艘浮空舟向众人驶来。林数了一下,竟然有十七艘之多,这无疑是一支庞大的舰队。如果他们真的是鬼神之军,部族的命运就凶多吉少了。

漫天的羽箭将林的担忧变成了现实。林看清了浮空舟上的舷窗,无数箭矢从舷窗中伸出来,一波密集的攒射之后,天空就像突然下起了血雨。

那是红色的翎毛!和杀死斥候小队的箭一样,他们是被鬼神之军杀死的!

林大吼一声:"敌袭!敌袭!寻找掩体!"

众人没来得及反应,第一波箭矢就已经到了。林注意到有三名部族成员中箭,幸好不是致命伤。他把目光落到被搬运的尸体身上,大喊道:"用尸体挡箭!"

用死去同伴的尸体阻挡箭矢,即使是在残酷法则盛行的天空流浪者中,也是很难接受的。但林还是果断地发布了这条命令。族人强忍不适采纳了林的建议,但只有少数人躲过了大约三波箭矢的攻击,成功撤离到巨大山体后面的安全地带;而很多的人却没这么幸运,他们在密集的攒射下身中数箭,当场丧命。林眼睁睁地看着队友们的瓦斯背包失去操控,尸体坠入天空中。

但张禹身边没有尸体也没有掩体，于是，他抓住一名已经中箭的同伴去抵挡箭雨。几声噗噗闷响，赤红的箭镞牢牢陷进了同伴的肉身。替死鬼是梁超，一直是他的跟班，妄图在他当上首领后分一杯羹，却没想到在危急时刻最先被抛弃了。

纵然场面一派混乱，这一幕发生在电光火石间，但还是被林看到了。

在飞蝗一般的箭雨攻势下，林很快无暇他顾。他只能笨拙地操控着蒸汽背包，在空中艰难地闪避着。他正疑惑自己怎么这么幸运，一直没有中箭，恰看见安安挡在自己的正前方，双刀轮舞形成一道密不透风的盾墙。

为什么要救我？以她的速度早就可以逃了。林愣愣地看着空中那道明媚的剪影。

"傻愣着干吗？快跑。躲到树林里去！"安安喝道。

林还是愣着没动。

"还等什么？你一走我马上跟着撤退，你先去树林等我！"安安没好气道。

林不再犹疑，将喷口功率调到最大，飞身向树林逃去，这期间他一次都没有回头。他知道树林是个很好的藏身地——瓦斯背包是跑不过浮空舟的，逃跑就是死路一条。躲起来或可有一线生机，虽然也十分渺茫。他们原本已经行进了一会儿，离发现尸体的山体有些距离了，暮色四合中，林望见山树影影绰绰，更觉遥远。

由于有安安为他挡箭，林很顺利地到达了树林处。透过枝丫密布的树林缝隙，在昏沉的暮色中，林隐隐看到有什么东西从他想要藏身的山体后面出来，他忍不住揉了揉眼睛，最后一丝求生希望也泯灭了——那也是一艘浮空舟，正从他们逃跑的方向包过来。所有逃跑的方向都埋伏了敌军，看来鬼神之军早就盯上了这个部落。这是一场有计划的包围歼灭战！

林狠狠地攥紧瓦斯背包的把手，冷汗从后背渗出。那艘浮空舟正在迫近，像一根越锁越死的铰链。

没有希望了吧？这里就是终点？

沉重的沮丧击中了林，仿佛所有力气都从身体中漏了出去，躯干正变得越来越软，山丘一样巨大的浮空舟和漫天的箭雨都模糊了，眼前又浮现出那个穿土黄色毛衣的女老师。她的躯体很小，砸下来的石头很大。

又失败了吗？……

又只有自己落荒而逃了吗?

西风漂流

要投降吗?

出于理性,林不会对投降有道德负担。但是,此刻投降或许可以让攻击停止,但投降后,他能够让自己的部族免于屠杀吗?

他能够保证大家活下去吗?

他拼命让自己冷静下来,分析着周遭的情况,评估着决策的风险。伤亡不算太严重,部族成员在听到林的命令后,第一时刻就散开队形。毕竟地形空旷,瓦斯背包又具有不错的机动能力,中箭的人不多。但他们已经彻底被浮空舟包围了,不存在逃跑的可能。

绝望的境地让林的舌尖泛出苦涩。

这时,天地间忽然传来一阵奇异而清晰的怪声,就像巨人在碎石上拖动步伐。林仔细去听,觉得那像是海潮的涛声。他知道那不可能,这里是距离地表两万米的高空。

但他忽然想起了什么,将随身携带的地图展开,食指的指腹在地图上移动着,最终定格在一个点上。

他知道那声音意味着什么!

仿佛是为了印证他的想法,那奇异的巨声越来越响。一阵狂风倏然而至,悬停在空中的林被猛然吹出好远。天边浓重的铅云纷纷退散,正东的天际线上出现了一条银色的丝带。那条银色丝带在众人的目光中飞速移动着,很快所有人都看清了那是什么——

一条河,在天上奔流不息的巨河。

那条河约有数十米宽,长度则无法估计,因为它延伸到天边,一眼望不到尽头。在阳光的照耀下,金色的波浪此起彼伏。河水因为过于澄澈而呈现出一种幽蓝色，让这条河看起来特别深，一眼望去只能看见很浅的部分。

这条河是怎么产生的？林有一个大概的猜测：第一次斥力潮汐之后，巨量的物质被冲向天空，这造成了两个后果。其一是像山脉这样体积巨大的空中物质阻挡了阳光直射大地，致使太阳辐射减弱。而大气运动的主要动力来源是地面吸收的长波辐射。空中的巨型山脉起到了"遮阳天幕"的作用，让热力环流发生了改变，进而使气压带所处的纬度也发生改变——无风带变成了西风带。除了山脉这样巨型的物体，还有大量的微粒也被带到空中，从而产生了第二个后果。这些微粒承载了凝结核的功能，使空气中的水蒸气液化，进而产生降水。但这雨却不是往大地而去，而是在斥力作用下向天空坠落。雨水越积越多，上行到一定高度后汇入西风带，形成了一条在天上流淌的"西风河"。

但刚刚那阵强风明明是东风，盛行西风带中为什么会刮东风？

这是因为，北极和中纬度地区的巨大温差让西风带中形成了一条狭窄的带状"喷射气流"。这是藏匿在西风中的东风，是细微但无比强劲的乱流。二战时期，日本军方就曾利用此喷流神不知鬼不觉地对美国施放过气球炸弹。

林这才明白，原来安安没有骗自己，她的确是被喷射气流吹过来的。这也解释了那些尸体为什么没有被斥力推走——他们是在其他地方被鬼神之军杀害，之后被强劲气流吹到了这里。

天无绝人之路，这条河成了林的救星。

转瞬之间，西风河就裹挟着大浪冲到面前，浮空舟组成的包围圈直接被河水冲乱。一艘浮空舟承受不住巨大的冲击力，被冲得连续翻转了几圈，其中一只桨轮直接脱落了。它就像一个醉汉，在波浪中晃晃悠悠、浮浮沉沉，最终还是失去了控制，向苍穹深处坠去。

汹涌的巨浪撞到了林的胸口，他喉头一甜，险些吐出一口鲜血，还没反应过来便被另一个浪头打翻到水下去了。他虽然会游泳，但水性并不佳。这浪来得太急，他根本不及反应已连续呛了好几口水。他在水中奋力扑腾，只觉得浪越来越大，水像是几万吨重的山一样往他身上压。许多水性好的人被淹死，大概就是这种情况。林心中刚刚升起的愉悦心情转瞬被这浪头拍得粉碎，一股悲戚涌上心头：没想到我最后是被淹死的。

一双温热的手抓住了他，将他从水里捞了起来。

林抹了一把眼睛上的水,模糊地看见那是安安。他想起来了,之前安安在前方为他挡箭,水流一冲他就到了安安面前。安安的脸上还是挂着一副似笑非笑的表情,她说:"你放我一次,我救你一次,扯平了。"

林虚弱地笑了笑,拉住了安安的手,如果不这样做的话,他们很快又会被冲散。此刻,他们跟随河水高速运动着,正因河水的动能强过斥力,所以他们没被斥力冲上天,就像自行车依靠前进的速度可以抵抗重力的影响保持不倒一样。白云从他们身旁一闪而过,瞬间被甩在身后很远的距离。林忽然觉得,握住安安的手,有一种莫名的安心。

不知跟随河水飘了多久,太阳快要完全沉下去了,最后的余晖镀在河面上,将整条河染成了绯红色。没过一会儿天就黑了,清朗的夜空中繁星闪烁,它们映照在河流上,就像星星沉在了水里,星光将整条河都点亮了。林想起曾读过的一句诗:"醉后不知天在水,满船清梦压星河。"

二人不知道在河里漂行了多久,林已经完全失去了方向感,他不知道现在具体处于什么方位,也不知道这条河还能存在多久。失去了太阳辐射,气温越来越低,林感觉到安安的身体已经不由自主开始发抖,她的嘴唇则变成了乌青色。格斗技术的强大不代表身体的强壮,安安毕竟是个小女孩儿。

林知道不能再继续待在水里了。

这时,他看见头顶上掠过一团巨大的阴影,那是一块中等大小的岩体。林眼睛很尖,望见山体上隐隐有火光闪烁,很明显那里有一个洞穴。安安也注意到了那个洞穴,二人交换了一个眼神。

林说:"里面有人,有可能是敌人。"

安安摇了摇头,"不会,他们从不住山洞。"

林说:"你怎么知道?"

"我就是知道。赶紧上去吧,在水里待太久我们都受不了。"

两人静静等待了一会儿,让水流将他们冲得离那座山更近。两人看好时机启动了瓦斯背包,摇摇晃晃地飞起来。朗月清辉下,安安湿透了的身躯呈现出曼妙的曲线,林一时有些失神。他摇摇头,很快让自己平静下来。

两人悬停在和洞口持平的高度,遥遥往里面打量,想看清在里面生火的到底是谁。洞里大约聚集了数十人,林看见一人身穿褐色粗布短衣,露出颀长的臂膀,身材匀称强壮——赫然是布仁楚古拉。林不由心下一喜,加快了飞行速度。

插画／刘鹏博

洞穴中的人很快也注意到他们，起初他们还很戒备，直到看清楚是林才放松下来。布仁楚古拉率先迎了上来，结结实实给了林一个熊抱，"真是好运气，大家都没被冲得太远。"他说。

林看了一下洞中众人，发现全是自己部落的成员，虽然少了很多熟悉的面孔，但部落还能存在，他就已经很高兴了。布仁说："昨天我们被冲散后，我叫身边的人手挽着手连在一起，绝大多数人通过这种方法没被冲走。然后我们这条一字长蛇阵就在河里飘，就像一条拦在河面的长绳子，正好拦住上游冲下来的落单成员。后来我们发现了这个山洞，就先转移了上来。"

林点点头，说："你做了正确的选择。"他自命足智多谋，但这种机智的临场反应，与布仁相比就有些逊色了。

林又与众人寒暄了一会儿，令他很不爽的是，张禹还在这里，并没有如他期待的那样被冲走。张禹虚与委蛇地和林打着哈哈，目光却始终停在林旁边的安安身上。

不久，大家都感觉到有些疲惫，很快沉沉睡去。第二天众人醒来时，已经时至正午了。林揉着有些发胀的头沿着墙壁走到洞口，布仁楚古拉也站在这里，看来已经站了好久了。林俯视下去，波涛汹涌的西风河水势不减，滚滚向前。

布仁说："林，我们去天峡的计划彻底泡汤了。被这条莫名其妙的河一冲，不要说继续前往下界，保住目前的高度都困难。按照你之前的推算，三天后又有一次斥力潮汐。我们这半年来的努力，就要白费了。"听得出来，布仁在努力克制自己的焦虑和忧伤。

布仁的话让林陷入了沉思，他怔怔地看着山下的河流，一动不动。突然，他像是想到了什么，两眼放光，掏出随身携带的那张宝贝地图。地图已经被水打湿，林小心翼翼地将它展开，然后趴在地上研究起来。

他的食指不断地在地图上滑来滑去，间或还在泥土上画几行算式，这样弄了好久。终于他吐出长长的一口气，用如释重负的语气说："布仁，你错了。计划没泡汤，我们很快就能去天峡。"

"怎么可能？就算把所有瓦斯背包都用上，也飞不过去。"

"不，我们不飞了。"

"那还能怎么过去？"

林看着奔腾不息的水流，吐出两个字："划船。"

渊　龙

"划船?"张禹一副怀疑的腔调,仿佛在说:"你别想拿我的命去冒险。"

同时,张禹用别人挡箭的那一幕,也烙进了林的心里。现在,林已经完全不把他当成同伴,甚至想要在适当时机把他干掉,不论为了自己,还是为了布仁。

但现在,他还得维持和平,至少是表面的和平。

然后,他摊开了一直攥在手里的地图,因为这个计划由它而来。

林有一个习惯,不管身处何地,他首先要判定方向,这对于天空上的生活尤为重要。部落中有人还保留着手表这样的东西,林利用手表的指针、太阳的位置,以及之前那幅标注了位置的地图判断出了目前部落所处的大致方位。利用手表指针定位是很简单的野外求生技巧,这是林在做野外求生教练时掌握的。

林惊喜地发现,西风河流向和天峡所在的方向居然是相同的,因为西风河的地理位置很好判断,它与"喷射气流"是重叠的。所以,只要沿着西风河漂流,即使不能保证到得了天峡,也能搭上顺风车走一大段路程。

至于林说的船,并不是真正的船,而是一种小型的类似舢板的东西。目前,他们也造不出真正的船。林的计划是搜集那几艘受西风河冲击而坠毁的浮空舟的残骸,绝大部分残骸都已经坠入天空了,但还是有一些碎木板漂流在河面上。林派了几名下属沿着西风河打捞这些碎木板,打算以此来制造舢板。

打捞漂浮的木板是个很花时间的工程,林和布仁的部落在洞穴中足足待了两天。食物不是太大的问题,天空流浪者除了在根据地储藏食物,都有随身备一些口粮的习惯。因为在洞穴里也不是安全的,随时可能发生岩体脱落这样的意外,备点口粮没坏处。

终于，在又一次斥力潮汐到来的前一天，他们搜集到了足够的木板。在斥力条件下漂流有一个好处，那就是不用考虑浮力。即便很小的一块碎片也可以承载几个人的重量，他们更多考虑的不是舢板会不会沉，而是它会不会飞起来。

大家从未有过在天河上漂流的经历，都有些犯怵，于是，布仁楚古拉给大家做了表率。他抱着一块木板从洞口飞了出去，在斥力将他往上推之前开启了瓦斯喷口，然后缓缓向水面降落。布仁俯卧在木板上，牢牢将木板抱住，刚一接触水面，强劲的水流就将木板吸附住了。眼见布仁成功，众人发出一阵欢呼，一个接一个地抱着木板飞了出去。

最后，整个山洞里只剩下林和安安两人，可是木板只剩下一块了。安安用一种古怪的眼神打量着林，"这么巧，只剩一块了。"

林说："不是巧，我盼咐的，只找这么多块。"

安安愣了一下，用手指轻轻绾着自己的耳发，以略带挑逗的语气说："你就这么想和我共用一块舢板？"

林摇摇头，"不，我是不打算再带上你。

"我可以接受秘密，但不接受谎言。你并不是一名普通的流浪者，从浮空舟出现到现在，你的种种行为表明你对鬼神之军很熟悉，比如，你了解他们从不住山洞的习性。再联系斥候小队的遇害，以及紧随其后的浮空舟袭击，这些事同时发生意味着这不是巧合。很明显，它们都跟你有关，如果你不能给我一个合理的解释，我就不能再带上你了。我要对我的部族负责。"

林说这番话时，表面上很冷静，实际上心里已经有些焦躁。他甚至隐隐期待，安安能够编一个让自己无法反驳、天衣无缝的理由。

安安显出一种无话可说的赧然，她想了一下，似乎下定了决心，说道："好，我告诉你为什么我了解鬼神之军。

"因为我和他们是一伙儿的。"

"那你为什么会出现在这里？"

"很简单，我是从他们那儿逃出来的。那些浮空舟就是来抓我的。在被追杀的情况下，加入另一个部族寻求保护是最好的选择。"

"你所谓的最好选择让我们损失惨重。"林的声音森寒，显然对这个理由很不满意。

"不，没有我，你们一样会遭到鬼神之军的袭击。杀戮，然后掠夺，这是他们赖以生存的根基。"

林冷哼一声，不置可否，继续问道："鬼神之军为什么追杀你？"

"逃兵都要抓回去处死。"安安的语气不容置疑。

"算个理由。"林沉吟道，"但追杀逃兵犯不着全军出动，毕竟你只是个落单的女孩儿。"

"'落单的女孩儿'。"安安浅浅一笑，玩味着林描述她的字眼，"我是他们中间最强大的女战士。"

"即使是最强的蚊子，也犯不着用大炮来打。"

安安笑道："如果你真的想知道他们为什么抓我，我们可以做个交易。"

"交易？"林希望安安可以坦诚相待，"不可能。"然后，他抱着木板佯装要跳入河中，准备结束这场对话。

"是吗？如果我说我知道关于'渊龙'的事，你会不会反过来求我？"安安用一种有恃无恐的语气说。

林停住了。

他转过身来，尽量平复自己的语气："渊龙……我一直以为那只是个传说。"

"大部分传说都不是空穴来风。"

"你是因为知道渊龙的秘密，所以才被他们追杀的？"

"是的，他们想从我嘴里得知渊龙的准确位置，我不告诉他们，于是有人就威胁要杀了我。我知道他们是认真的，所以就先动手杀了威胁我的人，然后趁乱从浮空舟里逃了出来。我本来想随便找个地方先躲起来，结果就遇到了喷射气流爆发，后来就被大风刮到了你第一次遇见我的地方。"

"你既然加入了鬼神之军，为什么不愿意和他们分享渊龙的秘密？"

"谁说我加入了？"安安看上去有点不高兴了，"我原来所在的部落被他们歼灭了，我只是不想死而已。至于渊龙的秘密，只有被渊龙选中的人才有资格知晓。"

"谁被选中是由你来决定的？"林挖苦说。

"当然！我是渊龙的使者。"安安的认真里透露着可爱。

"照你的意思，只要我与你做一个交易，你就把渊龙的秘密分享给我，所以我就是被渊龙选中的人？"林说。

"你可以这么理解。"安安说。

"没猜错的话,交易的内容就是:带上你,带你回到大地上。"林说。

"你很聪明。"

"如果我对渊龙根本不感兴趣呢?"林反问道。

安安直勾勾地盯着他,语气笃定:"不会的,我知道你想要什么。"

她的眼神让林有一种被看穿的感觉,林皱眉,想要把什么东西从脑海里赶出去。最终他下定了决心,说:"就这样,我带你回去,你告诉我渊龙的事。如果到了之后我发现你说谎……"

安安扑哧一笑,做了个鬼脸,"好凶哦。"

林没有理她,抱着舢板跳出洞口,安安赶紧跟了上去。

"喂,真的只剩一块舢板了吗?两个人怎么用?"安安嘟囔道。

林没说话,默默地走到岩洞深处拿出了他早已藏好的另一块舢板……

太阳明媚,水波温柔。林和安安顺着西风河一路漂流,为了追上大部队的节奏,他们用上了瓦斯背包助推,在河面留下两道银亮的尾迹。

天峡·雷海·球形湖

就这么漂流了一天不到,河流流速渐渐变缓。这说明喷射气流在这里已经衰减得很微弱了,林知道这条河就快要到尽头。他本以为喷射气流减弱之后,水流将在斥力的作用下挥发,但他想错了——

河流在尽头汇成了一片巨大的湖。这湖却不是平面的,而是一个球形。

这个大水球的半径估计有上千米,表面有一些七彩的晕纹,就像阳光照耀下的一个巨型肥皂泡。球形湖表面的水时刻都在流动着。

而这座球形湖中,并非空无一物,一个摩天轮般的巨大物体在球形湖的中心缓缓旋转。从这里可以看出,球形湖中心显然是没有水的。那个"摩天轮"目测有游乐园中普通摩天轮的十倍大小,通体乌黑,钢铁材质。它的旋转轴心架设在一片条带状的岩体上。如果说部落栖居的岩体是海洋中的岛屿，那么，这一片颀长无比的岩体就是一整块大陆。这块大陆的面积相当于一个小型地级市，其正中央是一条巨大的断裂峡谷，如裂锦上的豁口。"摩天轮"就架设在这条峡谷上。

"这是什么？"安安被眼前的壮景惊呆了。

"天峡。"林缓缓地吐出这两个字，既包含震惊又凝固了喜悦。

天空中悬浮着一片完整的陆地，因为其中央有一条数十公里长的峡谷，所以被称为"天峡大陆"。由于这块陆地质量非常大，大到即使斥力潮汐也不能让它的高度升高，所以它成了前往地穹的旅人们最好的跳板。旅行者们可以在这里安营扎寨，避过潮汐日再出发。而且就算沉降失败，被斥力吹走，天峡大陆也能成为一块天然的屏障，截住失控的旅行者，避免其被吹到无氧层，这大大保障了旅行者的生命安全。所以，天峡大陆又被称为地穹旅行者的大本营。到了天峡大陆，才意味着看到了胜利的希望。

"那个旋转的大铁轮是什么？"安安又问。

林沉吟了一下，说："没猜错的话，那是一座城市。"

"城市！一座完全由钢铁铸造的城市？"安安知道这意味着什么。

"是的，他们发展出了相当发达的科技，可以用稀缺的钢铁铸造整座城市。最可怕的是，他们用某种类似于力场的东西束缚住了水流，让它们可以抗衡斥力，从而形成了一个保护整座城市的水屏障。"林显然看出了安安的震惊。

"那他们为什么要让自己的城市不停地旋转？不会头晕吗？"

"很有可能是为了用旋转产生的表观重量来抵抗斥力，就像宇宙飞船用船体的旋转来制造'重力'一样。那座城市很可能是天空中唯一感受不到斥力的地方。"林说道。

"真厉害。"安安由衷地叹服道。

"但你没觉得有什么地方很奇怪吗？"林说。

"没觉得啊。"安安摇摇头。

"你有温度计吗？我的弄丢了。"林忽然问了一个莫名其妙的问题。

"没有，你要温度计干吗？除了你这种人，谁会随身带温度计啊？"安安有点无语。

林正要解释，注意力却被另外的状况吸引了。他看到那旋转的轮状城市上忽然开了一个小口，从中飞出几个人来。当他们飞到水壁之处时，水幕自然裂开一个豁口，以便让他们通过。水幕会产生折射，所以林刚才没看清那几个人是谁。当他们飞出来时，林才发现领头的是布仁楚古拉。

他们很快飞近，林和安安也抱着木板从水面飞到空中。跟着布仁过来的，除了几名部族成员，还有一个完全不认识的中年男子。在一群衣衫褴褛的流浪者中，这位中年男子衣着显得格外光鲜，穿戴也十分整齐，看上去不过三十来岁，不过实际年龄应该更年长。更让林惊讶的是，他的手里有一块早已绝迹的电子屏，而且正在运行，更显得他地位非凡。

他冲着林轻轻一抱拳，说："你好，我是星湖城的长老沈希贤。刚才看到二位到来，特地与贵部落的族长一同来迎接你们。"

他们在那个封闭的大轮子里面居然能看到外界情况！林再一次被星湖城的科技实力所震撼。

林与布仁楚古拉还有沈希贤一阵寒暄之后，沈希贤便带领他们进入星湖城内。那水球仿佛有灵性一般，众人一飞近就自动裂开一个缺口。一路上，布仁楚古拉给林详细讲述了他们的遭遇。

他们比林早几个小时到达星湖城，沈希贤长老接待了他们，并带着他们参观了整座城市。如林预料的那样，星湖城用城体的旋转抵消了斥力，城市中的人可以脚踏实地地行走。他们惊讶地发现，这座城市的科技水平比其他部落高出太多，如果说其他部落还停留在蒸汽文明时代，他们则已经进入了信息社会，城市中的人们住楼房、用电器、开汽车，俨然和斥力潮汐之前的地球城市一样。这样一个文明，早就应该像"鬼神之军"一样闻名天空世界才对，为什么一直默默无闻？

布仁的解释是，他们就像"鬼神之军"的对立面，虽然同样拥有发达的科技，但对称霸天空并没有什么兴趣。相反，他们总是竭尽所能帮助其他流浪者，每逢有流浪者部落到达天峡，他们便会热情接待，并且在他们再次出发之前，为他们提供食宿、补充瓦斯储量。也因此有很多流浪者贪图这里的安逸，想在这里定居，但都会被星湖城婉拒。因为这里的资源总量是有限的，只有当一位居民死亡之后，才会允许另一个外来者入籍。

"就没有那种强行要求留下来的部落吗？如果有人提出这样的要求，他们会怎么做？"张禹用贪婪的目光扫视着这座繁华的城市。

"你别动歪心思，我感觉这里水很深。"布仁低声告诫道。

按照惯例，沈希贤带部落众人去中央大殿拜谒城主。布仁楚古拉告诉林，星湖城城主是一个非常神秘的人，他没有名字，更没人说得清他的来历，就连他如何建立星湖城也只是一个无人得见的传说。他总是坐在大殿最高处的帘幕后面，从不见人，就连他最信任的下属沈希贤，也从来没见过他本人。每当有要事需要城主定夺，沈希贤都只能跪在帘幕外面听他指示。

"就没人闯进去看看城主到底长什么样吗？"安安不知轻重地问。

沈希贤一脸惶恐道："这是对城主最大的冒犯。"

"是吗？"林饶有兴趣地说，似乎在思考着什么。

不多时，众人都到了中央大殿。恍然一看，他们犹如来到了巴特农神庙，整个地面都铺满了水晶，众人跪在地上，能够清晰看见自己的脸。无数根三人合抱粗的水晶立柱支撑着穹顶，显出一种浓厚的庄严。

"下面跪的是什么人？"帘幕后面传来城主的声音，许是由于离得太远，林觉得那声音听起来很空灵缥缈。

"一个普通的流浪者部落，我是族长布仁楚古拉，代表我的族人向您问好。"布仁楚古拉说道，不知道是不是受到这大殿森严气氛的压抑，布仁楚古拉的声音比平时低一些。

"布仁楚古拉……我代表星湖城欢迎你们。"

"非常感谢您的慷慨。"

"你们来这里的目的是什么？"城主问道。

"我们想要通过天峡，返回地面。"

"返回地面……"城主重复着这几个字，"起码有上百个部落族长给我说他要带领部族返回地面，但是最后……他们都死了。"城主这两句话说得平淡至极，但听者无不心惊。

"为什么？他们怎么死的？"林抢先问了出来。

"很多人以为只要到了天峡，返回地面的路就会一路畅通了。他们把事情想得太简单，这就是他们为什么会死的原因。"城主停顿了一下说，"天峡之下，有一片雷海，没人能穿过去。"

"雷海？"林惊诧道。

"是的，就是一片由雷电组成的海洋。你知道'向上闪电'吗？"

林摇了摇头。

"正常来说，自然界的闪电都是自上而下的，但是极为特殊的情况下，也会产生一种自下而上的闪电。通常是因为一次常规雷击触发的'雷电先导'所致，一股正电荷或者负电荷迅速向上升起，指向暴雨云团中与其带有相反电荷的区域，这就是向上闪电。"城主解释道。

"斥力潮汐爆发之后，空气中出现了远超正常数量的富集电荷，这导致天峡附近的空中充满了这种向上闪电，向上闪电频繁地发生，甚至形成了一片隔绝上下层天空的雷暴密集层，这就是你说的雷海，是吗？"林问道。

"是的，只不过它比你想象得要大得多，就像一片真正的海洋。"城主说。

"你想吓退我们？"

"我只是见过太多的失败者。"

这天夜里，林和布仁楚古拉来到星湖城的最底层，这里的一整层地面都是透明的舷窗，从这里望出去可以看到雷海。

那真是一片海洋，大得一眼望不到尽头。乌黑的暴雨云团连绵不绝，遮蔽了整个天空，从高处望下去，只有一片漆黑。那漆黑之下又是一种惊心动魄的青白色，如同一个底部装着白炽灯的水族箱，悠悠的白光从水底洇出来。林知道那青白色就是亿万道雷电，它们一刻不停地向上生长着，像一丛丛矢车菊。

"你有把握穿过去吗？"布仁楚古拉问道。

"不是把握不把握的问题，直接穿过去就是找死，这一点那个城主倒是说的没错。"

"不行的话就退回去吧，看不了草原总比死了强。"布仁楚古拉做出一副无所谓的样子。

"可是天空并不安全，总不能让大家时刻处在危险中。我想找到那个传说中的渊龙，我相信它就藏在地下很深的地方，就是它让我们通通飞上了天。"林说。

"原来你真是这样想的。"布仁楚古拉意识到自己从没看透过林，"没想到你这样的人也会为一些虚无缥缈的事情犯险。"

"也不全是虚无缥缈吧。我也想回去看看，回我小时候读书的那个地方。以前我很讨厌那里，现在却有点想念……虽然斥力潮汐之前它就不在了……"

天空中的雷海翻腾不息，林就一直站在那里看着，整整一个晚上。

兵临城下

林和布仁楚古拉决定先在星湖城住上几天,等潮汐过后再商量进一步计划。第二天一早,安安就找到林,问他是不是打算放弃地窍行动了?

林摇摇头说:"不,能不能做到是一回事,既然答应了你,我肯定会去做。"

安安说:"你记得就好,希望我没看错人。另外,告诉你一个不好的消息。"

"什么?"

"张禹不见了。"

"什么时候的事?"

"昨晚。只要他在,我总能察觉到他那令人作呕的目光,但今天早上这种目光消失了。我问了所有人,都说从早上开始就没见过他。"

林会留意部落里的每一个人,昨天到达星湖城之后他点过人数,那时候张禹还在,显然确定是昨晚失踪的。以张禹的强大战斗力,应该没人能对他的安全造成威胁,他很有可能是自己离开的。这么一想,林的心里突然有了不祥的感觉。

这时,星湖城里突然响起尖锐的警报声,街道上的人群开始混乱起来。

林和安安一起找到布仁楚古拉时,他正和沈希贤待在中央大殿里,二人均面露忧色。沈希贤手里拿着一块方形的电子屏,让林不由得想起曾经使用过的电脑。电子屏幕上播放着这样的画面:一望无垠的湛蓝长空里,数十艘黝黑的浮空舟缓缓行驶着,正是"鬼神之军"。

沈希贤说:"这是星湖城方圆十里内的画面。刚刚我派出去的斥候回报,很显然它们是冲着星湖城来的。"

林说:"他们不应该这么快追上来,西风河的洪水已经把他们的舰队冲散了。是张禹,肯定是他把鬼神之军引来的。"

布仁楚古拉说:"他投敌了?"

林说:"他恰好在这个时候失踪,非常值得怀疑。对于张禹那样的人,在哪个部落都可以,只要能得到他想要的东西。"

布仁怒道:"混账!下次见面我要杀了他!"

高台之上帘幕后面,城主那虚无缥缈的声音再次传来:"这支舰队是冲着你们来的?"虽然语气没有任何起伏,但众人还是听出了质问的意味。

林淡淡问道:"如果是冲着我们来的,城主你会怎么做呢?"

那声音答道:"冤有头,债有主。我命令你们马上离开,不要把灾难引向我们。"

林像是洞见了什么似的,反问一句:"你很怕他们?"

那声音愣了一下说:"我和他们又没仇,为什么要怕?"

林摇摇头,说:"抱歉,城主大人。这浑水你们恐怕是蹚定了。鬼神之军征服他们能够征服的一切。你觉得他们发现这里藏着一个没有斥力干扰的地方之后,会放过你们吗?桃花源的故事,城主大人应该听过吧?"

"鬼神之军,征服一切……"那声音嗫嚅着这几个字,似乎陷入了某种迟疑的情绪。

没等城主答话,长老沈希贤倒是抢先开口了:"阁下所言当真?"

林郑重地点点头,"不服从他们的人会被处死。"

沈希贤脸色顿时发青,一种惊惧的神情像蛆虫一样爬满他的脸。林注意到他的表情变化,说:"和你的城主大人一样,你也很怕,是吗?"

沈希贤急道:"你懂什么!星湖城没有有效的防卫力量,一旦让他们攻入城中,等待我们的将是一场血淋淋的屠杀!"由于这句话说得太快,好几个音都破了。

布仁说:"你们星湖城的科技实力如此发达,竟然连支像样的军队也没有?"

沈希贤重重叹了一口气,说:"城主大人严格控制了城中人口的数量,只有死了一个人,才能新加入一个人,你们想想,长期这样下去,会发生什么?"

林说:"这个城市的老年人口将越来越多,因为你们的人口供给是不充分的,主要的更新方式是自然死亡。"

沈希贤点点头,"是的,而且大家都觉得有那个巨型水球作为天然的屏障护着我们,没有谁能对这座城市造成威胁,所以一群老年人也就懒得建立军队了。我虽正值壮年，但长老会其他人都一把年纪了，他们并不会听我的。而且，我们感觉城主似乎也不支持我们建立军队。"

"城内没有军队，你们就不怕自己好意接待的部落起歹心吗？"

"这倒是无妨。首先，他们并不知道我们没有军队这件事，越是看不见有形的防卫力量，他们就越不敢造次；其次，我们接待其他部族之前都会对他们进行严格考察，然后会收缴他们的兵器和瓦斯背包锁进武库，等他们离开时再归还。不过，还真有部落想对星湖城下手，但城主就像长了千里眼顺风耳，每次都早早就得知了他们的阴谋，未及他们动手，城主就中断了城市的自旋。黑灯瞎火里他们都被斥力牢牢摁在天花板上，不费一兵一卒，我们能就收拾掉他们。"

"千里眼顺风耳……你们这个城主，神通广大啊。"

林有点明白了，这个星湖城就是一个与世隔绝的桃花源。他们某些方面异常强大，在另一些方面却如婴儿一样幼稚。从直觉上，林觉得这个城市的古怪和他们的城主肯定脱不了干系。

"你们这套防御机制对鬼神之军没用，首先他们的浮空舟密闭性很好，涉水不是问题；其次，如果他们攻进来了，就算享受不了这个城市的科技，也会彻底毁灭它。"安安插话说。

布仁楚古拉疑道："你怎么知道浮空舟能涉水？"

安安自知在布仁面前失言，于是用求助的眼神望着林。林说道："那天我们见到有一艘浮空舟被水冲过之后还能漂浮在水上。"

布仁将信将疑地点点头。

沈希贤听了这话显得有些稳不住了，低声嘀咕着："这可怎么办？"。看来他虽然身居高位，却没有足够的魄力应对危机。

林看了一眼那高台上的帘幕，将沈希贤拉出中央大殿，问他："那个球形巨湖，是谁在控制，长老会吗？"

沈希贤摇摇头，"不是，长老会对这些一窍不通，巨湖屏障是由城主亲自控制的。严格来说，城中的所有能源都是由城主一人掌控的。"

林说："这就是他统治权威的来源吧。在这样一个艰难的时代，根本不需要什么暴政，只要将你们安稳生活的供给权抓在自己手里，就可以牢牢控制住你们。你们本是一些流浪者，这位城主能给你们提供安逸的生活已是万幸，所以没人会想着反抗他。"

"是的，如果有人惹怒了他，他就会断水断电，甚至停止城市的自转，让我们再次遭受斥力的折磨。"

林接着问道："你们城市的动力来源是什么？瓦斯吗？我实在想象不出从哪里得到那么多瓦斯？"

沈希贤说："你忘了，斥力本身就是一种动力来源。但只有在天峡大陆这般庞大的土地上，才有利用斥力的条件，因为这块土地本身是不会运动的。星湖城就像架设在一条河流上的水车，斥力就像那条河流。将星湖城的轴心固定在大陆上，斥力就能像水流一样冲刷水车，星湖城就是这么转动起来的。如果大陆本身会移动的话，这台水车就没办法转动了。所以，整个天空像星湖城这样的地方，只会有一个。"

林饶有兴趣地问："那么，是谁第一次建造了这台巨型水车呢？"

沈希贤说："没人知道。据说第一个居民发现这座城市的时候，它就已经建造好了。那个时候城主已在帘幕后面，他从不露面，也不宣示自己的权威，但所有人都听他的话，因为他能掌控城市里的一切。"

林说："说白了这里的所有居民都是外人，只有城主才是这座城市真正的原住民。"

沈希贤说："可以这么说。"

林的脸上又浮现出那种神秘的笑容，让人猜不透他到底在想什么，"最后一个问题，有人强行闯进那道帘幕后面去过吗？"

沈希贤摇头，"没人敢这么做，谁也不知道那会引发什么样的后果。"

林脸上的神秘笑容更加明显。他忽然一转身进了大殿，三步并两步踏上台阶，朝着高台之上的帘幕冲去。

沈希贤大惊失色，追上去想要阻止这个年轻人。由于跑得太快，他一下跌倒在台阶上，电子屏也脱手飞出老远。趴在台阶上的他甚至来不及喊叫，就只见林站在帘幕前朝他挥挥手，然后掀开帘子窜了进去。

魔　法

沈希贤从台阶上爬起来，不敢再往前走，生怕惊扰到帘幕后面的星湖城主。高台下的众人一时也摸不着头脑，林擅闯禁地，究竟想干什么？

林不在了，大家顿时没了主意，只得在大殿中盘腿坐下，等待林的消息。半个小时后，众人纷纷坐不住了，甚至有部落成员提出要主动进去找林。他们是外来者，对于帘幕后的禁地没有那么大的忌讳，但沈希贤坚决地阻止了他们。

又过了十分钟，安安突然惊叫一声，指着沈希贤手里的那块有些碎裂的屏幕说："舰队加速了！"果然，屏幕上显示的浮空舟舰队加快了行进的速度，它们的舰船排列得非常整齐，显出一种肃杀之气。

沈希贤说："这件事还是要归咎于你们，要不是你们把鬼神之军引来，他们根本就不可能发现星湖城。"

安安说："星湖城被鬼神之军发现不过是早晚的事，到那时你们还是免不了一场硬仗。"

沈希贤被安安呛声，一时不知道该怎么回答，只得冷哼一声，闷头不说话。只有布仁楚古拉最淡定，他拍拍沈希贤的肩膀说："沈长老，现在不是意气用事的时候，我们应该赶紧商量一下对策。"

沈希贤说："对策？我当初就预料到这样的情况，没人听我的，现在我也没辙。那些老顽固，活该让他们尝尝苦头！"

布仁耐心道："这件事情是我们部落引起的，我们自然应该承担责任。我们部落现在有效战斗力虽然不过百人，但都可以听从沈长老调遣。你再鼓动一下星湖城的居民，多多少少能抵挡一阵子……"

沈希贤扫了一眼屏幕，上面显示浮空舟舰队离星湖城的距离只剩五公里，按它们之前的航速推断，大军压境也不过一刻钟的工夫了。他打断布仁的话，说：“抵抗一阵子又有什么用？我都想好了，要是那支舰队攻不破水障还好，如果攻破了，我就领着大家投降，能少死点人。”

"谁说我们一定会输？"一个声音遥遥地从高台上传来，众人抬眼望去，只见一个颀长瘦削的身形，赫然是刚才进去的林。此刻，他脸上仍然挂着那种神秘的笑容，仿佛纷繁万事已于心中看透。

"你告诉我，靠什么赢？"沈希贤没好气道。一旦林说不出个所以然，他就准备极尽嘲讽之能事。

"不用一支军队，我一个人就能打败他们。"林云淡风轻地说。

"胡扯！你用什么打败他们？"沈希贤骂道。

"魔法。"林胸有成竹地答道。

"我没听错吧？"沈希贤先是一愣，随即夸张地笑道。

"我的破敌之策已经得到城主大人认可，至于你相不相信，根本不重要。"

"当真？"沈希贤有些犹豫了。

"我确实已经同意了。"帘幕后又重新传出城主空灵的声音。

林缓缓走下高台，边走边说："其实我早就想好对付鬼神之军舰队的方法了，刚才只是用这方法和城主做了一笔交易。城主同意了。"

沈希贤越听越迷糊，"你是说，舰队朝我们进攻之前你就已经知道怎么对付他们了？"

林点点头，"我喜欢假想各种突发状况，然后顺便设想一下解决办法。"

沈希贤仍是一副不屑一顾的样子。

林接着说："沈长老，如果你还想保护你的城市，麻烦你帮我做件事。"

沈希贤本来心中不忿已久，此刻语气也变得有些强硬："除了城主，没人可以指挥我。"

帘幕后又传来城主的声音："沈希贤，照林说的做。"

毕竟城主亲自下令了，沈希贤不敢违逆，林微笑招手，他只得凑上前去。林说："沈长老，你对城中的情况比较熟悉，我要麻烦你帮我找一样东西。我的魔法能不能奏效，全看你能不能把那东西找来了。"说完，林在沈希贤耳边低声交代了几句。

沈希贤听完大感不解："你要这个干吗？"

林笑着说："你只管去做就是。"

迫于城主威压，沈希贤只得一路小跑出了大殿，领命去办这件事情。

林慢悠悠地走下来，招呼众人一起"去前线抗敌"，他这几句话说得轻松无比，就像是在开一个玩笑。就连布仁楚古拉问他葫芦里卖的什么药，他也缄口不言。

但安安还是忍不住好奇，扭着他的胳膊不放，林拗不过她，只好提醒她说："你还记得我们刚到星湖城的时候我问你要温度计吗？"

"记得啊，可你要温度计干吗？"

"因为我觉得很奇怪：这里气温明明很低，为什么那个球形湖的湖水没有结冰？进入星湖城后，我在城中找了个温度计出去一测，发现球形湖周围的气温果然远远低于零度。"

安安点头，"气温在冰点以下却没有结冰，的确很奇怪。"

林说："在物理学中，这种0℃以下还保持着液态的水叫过冷水。而那个球形的湖泊，就是一个由过冷水组成的过冷湖。过冷水的存在条件是极为苛刻的，天峡处在一个斥力明显分界的特殊高度，较轻的物质都被斥力吹到更高的地方了，较重的物质则飘浮在更低的地方，这导致此高度的空气异常纯净。这也是大量过冷水能够存在的原因。"

安安说："这和你所谓的魔法又有什么关系呢？"

"这要从过冷水的一种特殊性质说起，"林故意卖了个关子，"待会儿你就知道了。"

说话间沈希贤已经小跑回来，略显肥胖的身躯跑起来有些吃力，他擦了擦汗，将一块用黑布包着的东西交到林手中。安安伸手把那东西抢过去，惊叫一声："好冷！"险些将它摔在地上。她忍不住打开看了看，原来是一块还散发着寒气的冰。

林介绍道："这可不是普通的冰，是用那个球形湖的湖水制成的。我的魔法能不能奏效，全仰仗沈长老给我找的这块冰了。"

"这么一小块冰就能对付那么庞大的舰队？你可不要开玩笑。"

林笑道："沈长老不相信我的话，就自己想破敌计策吧。"

沈希贤又不说话了。

这时，沈希贤掌上的那块电子屏幕闪烁起红光，紧接着刺耳的警报声响起，那是最原始的城市防空警报，来自大功率的高音喇叭，其声音具有极高的穿透力，足以覆盖城市的每一个角落。

"他们到了！"

屏幕显示，鬼神之军的舰队已经到达星湖城外。原本呈楔形的队列已经完全散开，所有的浮空舟排成一个环，将球形湖团团围住。借助星湖城的电子监控系统，众人这才近距离地看清浮空舟的模样。为首的是一艘比其他浮空舟大两倍的旗舰，不同于其他浮空舟，它整个舰身都由生铁制成，最前端是一根数十米长的铁桅杆，上面丫杈着数十把金属尖刀制成的倒刺，而每一根倒刺上，都有一颗腐烂的人头。

"那是拒绝投降者的头颅吧？"沈希贤的声音有些颤抖。

林点点头。

"如果你的魔法没有奏效，我会带领星湖城投降。我可不想我们的头也被挂在那上面。"沈希贤再次重申。

"随你吧，"林一副无所谓的样子，"不想那一切发生的话，你最好现在带我去出口。"

众人跟随沈希贤来到出口处时，鬼神之军的舰队已经开始进攻。旗舰发出尖锐的哨音，所有浮空舟围成一个环在同一时刻进入了水球。进攻很明显是精心设计过的战术，同时面对四面八方的攻击，再强的防守都会出现破绽。鬼神之军明显高估了星湖城的防守能力，他们没想到这一城的老弱残兵根本没有招架之功。

林凝神注视着天空中的舰队，它们缓缓进入球形湖，巨大的舰体遮蔽了阳光，整个城市都昏暗了下来，就像处在日全食的阴影中。林忽然有种错觉，觉得高处的那些舰队就像当年砸毁他整个学校的巨石，正缓缓压下来。

沈希贤见林仍然毫无动作，忍不住催促道："快动手啊。"

林摆了摆手说："不着急。"

他看向布仁楚古拉，指着他背上背着的那张弓说："借我用一下。"

布仁楚古拉取下递过来时，林单手去接，手不禁往下一沉，差点没接稳。"没想到这张弓这么重。"林费力地将它举起来，试着拉了一下，最多只能拉到满弦的三分之一。

布仁楚古拉不无担忧地说："你的魔法需要用到这张弓？要不要我帮忙？"

林摇摇头，"这件事我想自己来。"

那块冰已经化了不少，体积比刚才小了很多。林慢条斯理地用金属箭头穿过那块冰，又用线绳将冰固定牢靠。他将箭搭在弓上，缓缓拉开了弦，仿佛用尽一生所有力气，瘦弱的林居然将那张弓拉了个半满。此刻，舰队已经完全浸没到球形湖中，一些速度较快的浮空舟甚至快要从球形湖中冲出来了。所有人的目光都凝结在林这支古怪的箭上。

他放箭了。

那支箭如一道掠过的鬼影，以奔雷之势射向球形湖，当箭头的冰块和湖水接触的一刹那，它就像撞到一堵墙，牢牢地钉了进去。没错，那真的是一堵墙，突然出现的墙。以冰块为圆心，湖水迅速结冰，看上去就像瞬间形成了一堵白色的墙。结冰的地方迅速扩大，速度比雪崩还快。所有接触到冰块边缘的水在下一秒都变成了冰，就像毛巾被水浸湿的过程。

片刻工夫，直径数百米的球形湖凝结成一个透明的冰球，这个冰球的球心是空的，里面悬浮着一座巨大的城市。

而那些浮空舟，都被冻在了这个冰球中，完全动弹不得，看上去就像琥珀中的爬虫。

"魔法……真的是魔法！"众人惊叹道。布仁楚古拉则像看魔鬼一样看着林，虽然他早就见识过林的手段，但从未想过他真有这样的通天之能。

"你……怎么做到的？"安安也惊呆了。

林摆摆手说："一个小把戏罢了。刚才我告诉你了，那个湖是一个由过冷水组成的过冷湖。过冷水有一个重要的性质：当把一块由过冷水结晶而成的晶体扔进过冷水中时，就会以极快的速度诱发所有过冷水结晶。我们看到的，就是一种过冷结晶现象。"

毛球定理

星湖保卫战还未开始就戛然而止——它终结于林的魔法。

为了困死鬼神之军，林吩咐七天之后才能将冰破开。他下达了两道命令：先挖出一艘浮空舟作为战利品，作为接下来的交通工具；同时再开凿出一条能容纳浮空舟通过的通道，他想尽快启程。

　　破冰并不是一件容易的事。林让沈希贤收集了很多城中的盐用来加速融化冰湖，饶是这样，部落众人也挖了整整两天，才把一艘浮空舟从冰里挖出来。那是所有浮空舟中体积最大的一艘，而且冲锋在最前，看来是鬼神之军的旗舰。

　　林率众进入浮空舟时，鬼神之军因为存粮耗尽已经饿得奄奄一息了，大家发现地上有很多人骨，看来他们已经开始吃自己的同伴。部落战士不费吹灰之力，就解决了侥幸活下来的残兵。

　　林在侥幸活着的敌军中找出了杀害斥候小队的凶手，将他们活活塞进棺材，然后将棺材钉死，从城中推了出去，就像当初他为死去的斥候部队举行的天葬一样。

　　安安还记恨着张禹，但负责清理船舱的族人告诉她，并未发现张禹的尸体。"看来被困在了其他浮空舟里，这会儿也该被吃掉了，活该！"安安幸灾乐祸地说。

　　接着，林又让族人在星湖城里休息了两天，避过了又一次斥力潮汐，这才开始正式向下界进发。作为守城的回报，沈希贤为部落提供了非常充足的物资，还有缴获的那艘旗舰浮空舟。林的部落将乘坐这艘浮空舟前往地穹，这比单靠瓦斯背包可是好太多了。

　　桨轮飞速转动，浮空舟缓缓从隘口沉降下去，星湖城那巨大的圆形轮廓，在头顶变得越来越模糊。林站在浮空舟的驾驶舱中，透过树脂材质的透明舷窗，看着身下的雷海云诡波谲。青白色的闪电源源不断地生长着，片刻不曾平息。为了克服斥力造成的不便，浮空舟驾驶舱的地板是用磁铁制成的，穿上铁靴就能稳稳地站立，宛若在地上正常行走一般。

　　安安站在一旁，看上去懒得动弹，这双鞋子显然是为男人设计的，不仅不合脚，走起来也有些费劲。她看着林若无其事地走动，更觉得气没打一处来。现在，驾驶舱内只有他俩，安安决定"拷问"出林的秘密来抚平自己的不满，"我猜你已经找到穿越雷海的方法了。"

　　林点点头，"我那天去帘幕后面的时候，就已经想到穿越雷海的方法了。"

　　安安说："是城主告诉你的吗？"

　　林摇摇头，"其实，城主根本就不存在。"

　　"不存在？"安安提高了声音。

"是的，那天我冲进帘幕后面，你知道我在里面发现了什么吗？"

"什么？"

"什么也没有，那后面是空的！"

"那和我们说话的是谁？"安安惊道。

"没有人。或者说，跟我们说话的，就是那座城市本身。"

"你是说……"

"星湖城本质上是一台超级计算机。从一开始我就察觉到了不对劲儿，一个从来不肯露面的城主，是怎么精确控制整座城市的每一处机关的？要完成这样精密的控制必须要下属配合，而他从来不肯跟下属见面，不可能有这么高的行政效率。而且他不支持建立军队的主张也很奇怪，现在看来，建立军队应该在某种程度上和机器人三定律相违背。"

安安点点头说："当初我就觉得城主的声音和语气很奇怪，却说不出来奇怪在哪里，原来是少了那种人味儿。可这座城市是怎么建造起来的？它自己建造它本身吗？"

"不，星湖城最初的建造者就是这台超级计算机的使用者。斥力潮汐之后，他幸运地流落到了天峡大陆，智慧如他想到可以利用天峡天然的地理优势来建造一座城市，这座城市以斥力作为动力，这就为超级计算机提供了电源。

"最初的星湖城甚至算不上城市，只是一个简单的轮辐状机械结构。计算机的使用者找到了更多的同伴，和大家一起完善了这座巨大的城市，使用者则自然成为这座城市的城主。通电后的计算机成了他管理这座城市最好的工具。为避免横生枝节，他隐瞒了超级计算机的存在，用整座城市作为它的外表进行伪装。后来城主染疾去世，临死前他忽然想到：由计算机模拟自己的声音语气发号施令，说不定能够建成一个政治清明、没有权力斗争的完美城邦。于是，城主最终决定隐瞒自己死亡的事实，由计算机接替自己管理这座城市。"

"所以你是和这台计算机做了交易？"

"严格来说不算交易吧。起初，我只是单纯想搞清楚城主的真实身份，当我得知它是一台计算机的时候，我很惊讶它为什么没有想到利用过冷水抗敌，试探了几句才知道，使用者给它安装的数据库是不全的。于是我趁机提出，可以帮它保卫这座城市。为了表示对我的感谢，它提出可以帮我计算出通过雷海的路径。要知道，计算这个问题会占用它全部的算力，让它暂时失去控制星湖城的能力，它本能上是抗拒的，所以它之前从来没有为其他部落做过这件事。在战斗结束后我们在星湖城等待了一段时间，就是在等它的计算结果。"

"也算是个好心的老 A.I. 了。"林打趣道。

安安指着那片翻涌着电浪的死亡之海，用难以置信的语气说："真的存在一条通道可以通过这样的地方吗？"

"严格来说，那不只是一片海，是一个包住地球表面的雷电层，已经不能用海来形容了。"

"那更不可能穿过去了。"安安皱眉。

"你听说过毛球定理吗？"

安安还没回答，林就打断了她："算了，你肯定没听说过。毛球定理是在 1912 年首先被布劳威尔[1]证明的，在代数拓扑中，对于任意一个偶数维的球面，连续的单位向量场都是不存在的。通俗来讲，你永远无法抚平一只毛球。"

安安错愕道："这和雷海有什么关系？"

林说："这样给你解释吧，如果我们把闪电看作向量，把整个雷电层看作向量场，那么总是存在一个地方是没有闪电的。如果我们在计算机中建立了整个向量场的数学模型，根据毛球定理，就能找出那个不存在闪电的地方。那就是我们的通道。"

安安似懂非懂地说："那你应该找出来了吧？"

林终于露出了一点轻松的神色，"我不仅找出来了，而且那条通道就在不远的地方。不得不说，我们能走到今天，实在好运气。"

"恐怕，你的好运气到此为止了。"一个散发着寒气的声音从林的身后传来，光听声音他也能辨别出那人是谁。

"张禹，你竟然没死！"林说。

张禹发出猖狂的笑声，安安连忙提醒："小心，他手里有刀。"

张禹的脚步声渐渐逼近，他的脚上也穿着一双铁靴，看来早就潜伏于

---

1. 布劳威尔：荷兰数学家。他在拓扑学中的突出贡献是建立布劳威尔不动点定理以及证明了维数的拓扑不变性。他强调数学直觉，坚持数学对象必须可以构造，被视为直觉主义的创始人和代表人物。

控制室内。他缓缓朝林走来,绕到林的身前,林这才看清楚他的样子。他的整张脸都糊着血污,眼睛也眯缝着。

"你知道我藏在驾驶室的地板下面怎么活下来的吗?"他阴鸷地笑着,唇角裂开一条缝,鲜血和着残存的细碎肉糜从嘴里流出来,像一个鬼。他的上半身忽然前倾,额头和林差点撞上。四目相对,张禹死死地盯着林,用沉缓的语调说:"你把我逼成一头野兽,现在我要吃了你,你不会有意见吧?"

林并无惊慌神色,他说:"如果我死了,没人知道怎么穿越雷海,我们都会死在这儿。"

张禹继续狂笑道:"我确实不知道怎么穿越雷海,可我根本就不需要穿越雷海。我是战士,是杀戮者,天空才是我的世界,土地我看着都脏。要不是你跟布仁楚古拉串通一气,部族早就变强大了,甚至比鬼神之军还要强大!我要回去找到那些浮空舟,建立新的鬼神之军,再顺便灭了星湖城。到时候,整个天空就是我一个人说了算!"

张禹话还没说完,林的手指迅速朝驾驶台上一个红色按钮按去。但张禹似乎早有防备,长刀横指,林的手指险些碰到刀刃上,只得悻悻收了回来。那是一个和客舱连通的按钮,遭遇强劲气流时向客舱示警用的,现在看来没机会按了。

张禹越笑越狰狞,忽地暴起发难,趁安安不备将刀横在了她脖子上,大声喝道:"林,你再有什么小动作,小心她血溅当场!"

林伸出一只手,示意张禹冷静,说:"你刚才有机会杀我,但你没这么做,说明一定还有用得着我的地方。只要你不动她,我就听你的。"

张禹点点头,"你还是这么聪明,很好。现在,掉转方向,按原路返回星湖城。"

林一边费力地扳动驾驶台上复杂的连杆,一边冷漠地说:"已经按你说的做了。"

通过脚下传来的触感,张禹判断浮空舟的确在转向。想到这些天吃的苦,再想想重建鬼神之军称霸天空后的美好蓝图,张禹不由自主地陷入了片刻的愣神。就在这时,像暹罗猫一样灵活的安安敏锐地抓住机会,从张禹的刀下钻了出来。

张禹怒不可遏,提刀要追,但他那抬起的脚却停在了半空中,这一步终于没能迈出去。

一支箭将张禹射了个对穿，箭劲之强，让一半的箭身露在了外面。

张禹缓缓倒下前，看向门口，用低微到几乎听不见的声音说："你……怎么……"

布仁楚古拉一手持弓一手扶着门，冷哼一声说："当我登上这艘船找不到你的尸体时，我就早有提防。"

林忽然想起，上一次布仁出现救下他，也是因为提前有所察觉。他总是在关键的时候出现，犀利而精准。

张禹终于咽了气，布仁叫来两个手下把他的尸身抬了出去。叱咤一时的鬼神之军，真正的全军覆没了。

最后的障碍被扫除之后，接下来穿越雷海的过程算得上顺利，事实上，如果有任何不顺的话，他们早就死无葬身之处了。当浮空舟完全没入雷海之后，众人都聚集在舷窗处看着窗外的景象。闪电像潮水一样漫过来，却始终碰不到浮空舟。天地之间除了雷电的轰鸣再听不见别的声音，仿佛全宇宙的雷都在这里炸响。

雷海并不深，航行了不到一个小时，浮空舟便从中穿过，一片晴朗的青空袭来。雷海之下再没有大的障碍阻挡，加上又有浮空舟这样的工具，行程加快了很多。不到十天的时间,他们已经在垂直方向上下降了接近两万米。

大地那带有略微弧度的轮廓，已经渐渐显露出来。

镜像地球

穿过雷海之后的第十三天，安安在驾驶舱找到林。浮空舟主要是由林驾驶的。安安告诉他,浮空舟的航向需要调整。她报出了一个准确的经纬度，巧的是，那里以前正是布仁楚古拉所牵挂的草原。

林说："看来渊龙的传说果然是真的。"

安安说：":那当然，而且我的确是渊龙的使者，这也是真的。"

"渊龙到底是什么东西？"

"等我们真正找到它的时候，你自然就知道了。"

究竟是什么，能够产生这么大范围的斥力？林在心里暗暗揣测着。他没有追问安安，而是按照她给的经纬度调整了航向。

终于，在穿过雷海的第二十五天，他们触碰到了地穹。

再次触碰到大地是一种奇妙的感觉，和人类第一次进入太空相差无几。众人依靠瓦斯背包全功率运行的推力，才勉强能够在地面上行走。地面荒芜，只有裸露的光秃秃的土地，看不到一棵草。林忍不住告诉布仁楚古拉："草原这东西，现在可能已经完全没有了。"布仁楚古拉摇头苦笑，"我早有心理准备。"

跟着安安走了数里路之后，他们看见了一个巨大的天坑。林曾经见识过不少天坑，但这一个比他见过的任何一个都要大，直径有上百公里。林忽然想起《圣经》中记载的每天吞食一千座山峰的比蒙巨兽，也许它们吃掉山峰之后在地面上留下的就是这样的坑洞吧。

安安作为领队在坑口站定，说："渊龙就在这下面。"

众人正愁怎么下去的时候，一个眼尖的部落成员突然说："你看那里，有一根铁链。"众人朝所指处看去，果然有一根粗大的铁链连接到天坑深处，下面能见度太低，一时看不清楚铁链那头连着什么。

"沿着这根铁链下去。"安安说道。

众人一时间都有些迟疑。"你们先回浮空舟上等我吧，我和安安下去。搞清楚渊龙是什么，我们就上来。"林说道。

布仁楚古拉关切地问道："没问题吧？"

林说："如果我们天黑之前还没回来，你们就把这根铁链拉上来，但千万别下去。"

布仁说："好吧。"遂带着部众撤回到浮空舟。

安安和林顺着铁链爬下去。大约爬行了二十分钟，林感觉脚下触碰到了一个金属质感的东西。他低头一看，是一个圆筒形金属物，大小相当于一架客机，表面的颜色是电镀银，上面布满斑驳的锈迹。

"这就是渊龙？"林的声音有些颤抖。

安安说："是的。没想到吧？"

"这是什么东西?"

"'渊龙七号',一艘地航飞船,如果不是斥力爆发的话,它现在应该在莫霍界面以下。"

"一艘地航飞船不可能导致那样的斥力潮汐爆发。"

安安瞥了林一眼,说:"那只是一个传说而已,从我这儿传出去的。"

"你为什么要编造这样的谣言?"林有些严厉地说。

"只有这样,人们才会有动力返回地穹,然后找到'渊龙七号'。"

"找到它又有什么用?驶向地心吗?"林的声音已经带上了明显的怒意。

"不,你想错了。'渊龙七号'要去的地方不是地心,而是,恰恰相反……"安安收住声,用手指向头顶。

"太空……"林难以置信地脱口而出。用一艘设计来航向地心的地航飞船航向太空,这真是疯子想出来的方法。但当林稍微冷静下来之后,他发现这并非不可行。地航飞船的密闭性、氧气循环系统、动力系统都和宇航飞船相差无几。而在斥力条件下,"渊龙七号"根本不需要任何燃料就能飞向太空。唯一麻烦的是,要将"渊龙七号"上的制冷系统改造成制热系统,在大量燃料能够被节约的前提下,这似乎也有实现的可能。

"这个计划应该不是你想出来的吧?"林幽幽地说。

"说来话长……我被鬼神之军俘虏之后,遇到一个同样被他们俘虏的老科学家,'渊龙七号'就是他的毕生杰作。我是他在鬼神之军中唯一信任的人,所以他把自己掌握的最大的秘密告诉了我。"

"就是'渊龙七号'吗?"

"不是,是斥力潮汐的真相,或者说,斥力的本质。"

"你还真的知道……"林感觉这一趟自己总算没有白来。

"是他告诉我的。他说,我们所有人都想错了,问题根本不是出在大地之下,那下面没有任何东西在作祟。当他知道斥力作用和物体本身的质量相关时,他就猜测那根本不是斥力,而是引力!"

"引力……难道……"林惊讶得张不开嘴。

"是的,来自天空方向的引力。科学家循着这个思路,用好不容易搞到的一台简陋的天文望远镜观察天空,然后他看见了……另一个地球。"

林再也无法淡定,他倒吸一口凉气,隐约明白了是怎么回事。不过他转念一想,觉得不太对劲,他说道:"这样说不通,拉格朗日点在何处与物体的质量无关，因为质量再大的物体和地球比都是小量。不可能出现不同质量的物体拥有不同高度的平衡点的现象。这不符合基本的引力规律。"

安安摇摇头，指了指头顶说："对我们来说是这样，对于它来说就未必了……"

她继续说道："那是一颗和我们一模一样的地球，至少用天文望远镜看上去是这样的。正是这颗地球的引力，将所有的一切吸引到天空中。没人能解释为什么一颗镜像地球会出现在那里。老科学家告诉我，也许这是某种力量在进行自我展示，或者说这是对我们的一种召唤。

"所以老科学家才想到了渊龙计划，利用这艘地航飞船飞向太空，建立真正的太空文明。这可能也是那种力量想让我们做的事，地球表面已经没有我们的容身之地了，唯一的救赎之路是飞向星辰。他让我来帮他挑选合适的人领导渊龙计划，这是……他的遗愿。"安安越说声音越低，"很遗憾，我连他的尸体都没能抢回来。"

"所以我就是你选中的人？"

"我遇见的所有人中，没有比你更合适的了。"

通天之路

七个黎明之后，他们上路了。晨昏之交，远方的地平线幽微难明，龙从深渊中腾飞而起。林站在舷窗边，即便隔着树脂的玻璃，也仿佛能感觉到晨风吹拂。

"渊龙七号"只需任由镜像地球的引力将它带到两个地球间的拉格朗日点，凭借不多的动力损耗，就能被另一个地球的引力所俘获，这是一条由引力铺成的通天之路。到达拉格朗日点后，不需要飞船，穿着宇航服，人甚至能够直接在这条天路上行走。林想象着自己沿着这条路走到另一个地球，前方是镜像地球反射的太阳的辉光，光很晦暗，如同走进一个黑色的黎明。

　　从原始人在非洲大陆上迈出第一步,到今天林走到此处,人类已经走了七百万年。

　　林感觉到了宇宙的某种深意。

　　他知道那颗镜像地球上一定有什么东西在等着他。

　　"林,你说那里会有什么?"布仁楚古拉问出了同样的问题。

　　"谁知道呢?一片草原吧。"林淡然一笑,"很大很大的草原。"

本文为《银河边缘》中文版专发篇目。

万物算法
THE ALGORITHMS FOR EVERYTHING

dhew

中国新势力

程序员的终极梦想到底是什么?

---

dhew,科幻作者,热血中年。虽出道甚早,但沉迷游戏以致荒废十年,不后悔,感谢游戏。如今在做自己的游戏(非科幻游戏),同时写作,写科幻小说。代表作《基因战争》。

那天我酒喝多了，好奇地问在场的一位程序员哥们儿："这个社会对程序员有那么多的误解，你们是怎么坚持下来的？"

那哥儿们估计也喝多了，就给我讲了那个所有程序员都知道的故事。

一开始，只是有人想做个预报天气的软件。这人当然是个程序员，叫什么名字不重要。重要的是，他不想做那种给天气预报配点小清新照片就完事的手机应用。他想从零开始，从气温、风向、风速和云图入手，推测出接下来二十四小时的天气变化。他想要做个预报天气的软件。

程序员们很像手工匠人，天生喜欢从无到有做点什么东西出来。这个程序员也不例外。他从气象学的基本理论开始构建一个算法，我们姑且把它称为算法 A 吧。就像所有刚刚通过调试的软件一样，算法 A 出师不利：上线运行那天，气象局预报下午有雨，而算法 A 预报天晴。

程序员大多对自己开发的软件坚信不移，这名程序员也不例外，于是他被雨淋了个透湿。在反复审视自己的作品后，他把问题锁定在了算法上。并不是算法有问题，而是依据气象学的数学表达本身就不完备。但他没能力把这门科学再往前推进一步。他把源代码上传到 Github[1]，并开了一个帖子，向其他程序员求助，有人回复说，没办法了，上机器学习吧。

和大众想象的不一样，程序员们对机器学习抱着一种爱恨交加的复杂感情。爱的是它让全世界的程序员们都出了次风头，恨的是它完全不符合程序员们习惯的思考方式。

机器学习的原理和小学生做数学习题的方式颇有共通之处。计算机做一道题，看一下答案，如果错了，就重做。它可能并无解题思路，甚至对题目想要考验的知识一无所知，但如此反复几百万遍后，计算机会得出一个正确率最高的解题方法，然后用这个方法快刀斩乱麻般解决所有类似问题。但问题在于，计算机无法向你解释这个方法到底是什么。它就在那里，你知道它存在就行了。就像一个魔法师的帽子，程序员们能从里面掏出兔子来，却无法解释这个帽子到底是连通了异次元还是怎么的。

引入机器学习后，算法的准确率大幅提升，气象局预测下雨时，算法

---

1. 一个可以存放、展示程序代码的平台。程序员们可以在这里分享自己的代码，并展开讨论。因此也被戏称为全世界最大的程序员交友平台。

预测为下冰雹；气象局预测天晴时，算法预测为高温警报。虽然看起来只是在气象局的结果上叠加了一个正态分布，但程序员知道这个算法已经踏上了正确的道路。训练三周后，算法在预测的即时性和准确度上就已经超过了气象局。程序员欣喜地将软件放到网上，为所有人免费提供未来二十四小时的天气预测，并在预测结果上加入了"更精准，更及时"的标题。气象学家们上电视宣称这是气象学理论推动了社会的进步和发展，而程序员只是适逢其会。

看完节目的程序员愤怒地将算法的代码开源了。立刻就有同仇敌忾的程序员跟进并重写了代码，剔除了依据气象学理论加入的基本原则和预测方法，直接使用机器学习由零开始构筑新的算法。这一次，项目获得了一个正式的命名："天气算法"。

一开始，"天气算法"给出的结果惨不忍睹。它曾预测在撒哈拉沙漠正中央出现彩虹，或在印度洋的中心出现沙尘暴。但在两周的训练后，它就碾压了自己的前辈，不但准确率更高，而且需要的计算单位还更少。气象学家们被狠狠地扇了一巴掌，然而比名誉扫地更可怕的是，他们丢了工作。

程序员们隔着屏幕拍手庆贺。

就在这时，粮食公司找了上来。

古希腊的哲学家曾预测当年风调雨顺，橄榄丰收，于是事先租下了所有的榨油机，并在橄榄收获季大赚一笔。而当代的粮食公司做着差不多同样的事，只是规模和赌注都大了许多。他们希望这个预测软件能够提供未来三个月的天气变化，好让粮食公司可以决定在什么时间用什么价格下注。

新手程序员乐观地认为这只是对现有软件的再应用，而老程序员则意识到事情没那么简单。要预测二十四小时后的天气，只需要就特定区域的气象数据进行建模，但要预测三个月后的天气，就需要将全球气候变化都纳入模型中统一考量。"天气算法"是局部的、片面的、不完整的，要预测长期变化，就必须换成整体化的思考方式。

为了说明这一点，一个擅长3D建模的程序员用粮食公司提供的天气数据做了一个全球的气候模型，只要戴上VR头盔，就能看到一个巨大的地球，这里风起云涌，那里电闪雷鸣。冰岛的火山爆发让整个欧洲上空笼罩着一片淡淡阴云并经久不散；上升的气温让北极的冰山融化，冰架断裂，冰山一路向南飘移；低温洋流形成的恢宏暗影横跨整个太平洋；洋流的末端，飓风成形进而横扫整个美国东部。

部分构成整体，而整体涵盖部分。现在是未来的缩影，而未来是现在的延伸。

论坛沉默了整整两个星期，然后一名程序员上传了自己的算法。这个注定被载入史册的算法开始平淡无奇，那名程序员简单地将其命名为"气候算法"。他声称使用了粮食公司提供的历史数据进行了训练，气候算法已经能够预测未来三个月的天气数据。然而，立刻就有好事者发现，这个算法居然预测一周后纽市会下一场鳟鱼雨。

物理学家们不相信算法能从混沌中找到精确，随即撰写了大量论文嘲笑程序员们的愚痴。但还没等论文刊载出来，鳟鱼就已从天而降，躺在曼哈顿的马路上奄奄一息。于是他们也丢了工作。

人们并不关心有物理学家丢了工作，因为绝大多数人一辈子也没见过一个活生生的物理学家。但挥舞着天气算法的大棒，在全球粮食市场兴风作浪的粮食公司，则是另一回事了。物理学家开始和气象学家争抢登上媒体平台的机会，控诉粮食公司为非作歹、程序员们助纣为虐。

这当然引起了绝大多数程序员的反感。于是在很短的一段时间里，气象学家和物理学家们使用的任何软件，从大型机里的数据处理软件到手机上运行的小游戏都极容易崩溃。

粮食公司们并没有开心多久。气候算法的设计理论很快发表在 IEEE[1] 的会刊上，甚至连用来训练算法的天气数据集都被人放到了 Github 上——毕竟，程序员是这个世界上最缺乏理解、又最需要理解的群体。

各家软件公司纷纷抢入风口。在几个月的封闭开发后，各种大同小异的气候算法如雨后春笋般冒了出来。天气不再是无法解释的谜团，它变成了可以购买的订阅服务；变成了被免费推送的信息流；变成了直击眼球的垃圾短信。跟所有那些很重要，但泛滥到似乎没那么重要的东西一样，气候算法失去了人们的关注。风停了。一些公司破产，一些硬件设备被抛售，一些被逼着加班的程序员重获自由。

幸运的是，人类对算法的需求是无止境的。这一次轮到了大型仓储式

---

1. 是一个电子技术与信息科学工程师的协会，致力于电气、电子、计算机工程和与科学有关的领域的开发和研究，会员人数超过四十万人，遍布一百六十多个国家。

超市。

超市经营者一直对市场占有率、商品流转率等数据斤斤计较，他们想知道顾客们到底想买什么、为什么买、怎么买，以便向顾客们推销更多商品，减少乏人问津却不得不设置的货架面积。他们向程序员们提供了某家超市三十万注册会员的全部信息，这些信息包括顾客访问商店的频次、购买的物品清单、使用信用卡还是现金付账、是否兑换了免费的停车券、是否在超市内的快餐店进餐等；而后又提供了通过非法途径获得的顾客的社保号、驾照编号、家庭住址。

程序员们首先尝试在这些纷繁芜杂的信息中建立关联，而最后得出的结果不过是在尿布边放啤酒、卫生巾边上放酵素减肥商品之类的建议。这令超市经理们开始担心这些投在GPU、内存条和水冷模块上的费用毫无意义。虽然这些电脑部件的价格因为天气算法竞争的崩盘而跌了不少，但超市经理可能是全世界最讨厌固定资产和折旧的一群人。

程序员们不得不去寻求新的解决方案。

他们在超市门口架设了一台摄像机进行人脸分析。每当有一名顾客来到超市，算法会自动将顾客的信息纳入数据库，或与数据库中已经存在的用户信息进行匹配。根据匹配的结果，算法将对他或她将要购买的商品进行预测。每天超市关门后，算法将在比对当天数万名顾客的预测结果和实际购物情况后，对算法进行修正，并在第二天开门前，按照修正后的算法再次进行预测。如是反复进行了三个月，算法对常客需求的预测准确率达到了百分之九十六，对非常客需求的预测准确率达到了百分之七十六。

但超市经营者需要的不是等顾客到超市就递过去一袋已经准备好的商品，而是尽可能让同样的一批人花更多的钱，买性价比更低的东西，并始终不渝地购买。这让程序员们感到束手无策，此前的算法只负责预测，不负责改变。算法不会告诉你掀起风暴的那只蝴蝶到底在哪里，到底是一只巴黎翠凤蝶还是一只黛安娜闪蝶；更不会告诉你从蝴蝶翅膀到风暴间到底有多少环节，它们如何一一改变，直至催生飓风。而超市经营者提出的要求则无异于让算法找出这只蝴蝶，让它在合适的时间、合适的地方扇动翅膀，掀起风暴。

一部分程序员更因此退出了项目，他们坚定地认为算法应当受人指挥，而非指挥人。剩下的程序员们挠了挠头，提出购买更大、更快的计算机。这得到了论坛成员们的一致赞同（就连那些退出项目的程序员都赞同了）——所有工作了十年以上的程序员都明白这么一个道理：与其绞尽脑汁向代码要效率，不如坐等硬件升级换代。按照摩尔定律，那些一直困扰着你的性能问题，自然会被更快的CPU和更大的内存解决。而同时，采购硬件是一个漫长的过程，程序员们由此获得了额外的时间来解决性能之外的问题。

一个大型计算中心在加州的荒芜海岸边拔地而起。拔地而起这个形容可能并不准确，因为所有的计算机都位于海底，拔地而起的是为设备供电的太阳能电池板和输电设备。至此程序员们已没有理由再推脱了，只能把算法丢进去，并祈求计算之神保佑。

计算中心运行了整整一个月。算法吞噬了所有用户信息、货架调整记录、定价和销量的历史数据，运算排出的大笔热量，导致这一区域的海水温度上升了零点一度，甚至部分延缓了季风季节的到来，让太平洋另一侧的安达曼海的渔民们获得了丰收，也让天气算法的预测准确度再次下跌了百分之零点一。

最后，运算得出了一个意义无法辩明的关系链。这个被命名为"超市算法"的新玩意儿给出了一条前所未有的复杂建议，从货架间距、物品的摆放顺序，再到价格标签的变化规律统统包含在内。其烦琐程度让超市经营者们无比信服，并立刻推动执行。位于纽约市郊区的一座大型超市进行了全面改造，引入了全自动的分货上架设备，以及能够快速调整价格的电子价签，超市重新开张后一个月内，净利润由原先的百分之零点五上升到了百分之三，并随着算法的不断调整和更新，一路朝着百分之五高歌猛进。

于是，超市经理们也加入了失业大军。

政客们终于注意到了这个小小的软件开发项目（对政客们来说，所有的软件项目都是小小的）。他们发来询问，能否在竞选领域引入算法。

部分程序员们退出了项目。他们并不介意算法为顾客买什么东西提出建议（因为大多数人确实需要建议），但非常介意算法为选民如何投票提出建议（选择哪一种可乐显然不如选择哪一个总统候选人重要）。而那些认为投票和买可乐一样重要，或者一样不重要的程序员接下了这个活儿。因为只要稍微研究一下就能发现，这些政客提出的需求只是对现有算法的简单复用。毕竟竞选与超市管理没有什么差别，其目的都是让顾客花更大的价钱买更廉价的东西，并且越买越多、越买越自信，不过是一种用钱买，一种用选票买。

程序员们开始给算法喂各种各样的数据，一部分数据，即民众的经济状况、消费情况，在为超市提供支持时已经获得过了，甚至连去除脏数据[1]的工序都省了；而另一部分数据，即所有选民的政治立场、投票记录、犯罪记录、受教育程度、完整的报税清单、生育记录、亲缘关系和社会关系则由政客们提供。经过行政机器长达两个世纪的维护和整理，这些数据已非常精确而完备。导入的步骤并没有花多少时间，可生成的结果却出了问题。

竞选经理发来一封热情洋溢的邮件，称赞算法给出的建议非常明智，几乎是他们所能想象出来的、能够满足绝大多数选民意愿的最稳妥选择。但一个无可辩驳的稳妥选择却是毫无意义的。竞选者们需要的是在整个竞选过程中，能持续不断地获得最大关注和最多支持的无数个选择。

程序员们这才意识到问题所在，竞选不同于超市。

当顾客进入超市时，其购物欲望与其面对的货架摆放将直接导向结果——放进购物车或不放进购物车，这是个一次性判断。而竞选是一个持续演进的动态过程，是一个信息与反馈不断交织、直至最后以投票方式得出结论的长期过程。算法需要在这个长期的动态过程中，反复多次向选民提供信息，不断强化印象，直至选民投出那神圣的一票。

幸好在解决天气问题时，程序员们已经找到了解决问题的办法。他们结合了"天气算法"和"超市算法"，获得了一个新的、能够在一个动态系统内主动给出操作建议、从而影响远期结果的算法，并毫无创意地将这个算法命名为："竞选算法"。

"竞选算法"的上线，除了导致大批竞选经理失业外（没人真正喜欢竞选经理），还将竞选彻底变成了金钱游戏。那些能够租用大型计算中心运行算法的竞选者天然具有优势。而当所有参选者都希望租用计算中心以获得算法支持时，计算中心的租用价格自然水涨船高。于是，很多参选者从算法中获得的第一条建议，是放弃寻求算法的支持，把省下来的钱拿去投放广告。这一建议的明智之处立刻获得了所有人的理解和认同，进一步加强了参选者对政治算法的渴求。

---

1. 是指系统中的数据不在给定的范围内或对于实际业务毫无意义，或是数据格式非法以及在源系统中存在不规范的编码和含糊的业务逻辑。

于是，全球所有的互联网用户都不得不面临这样的窘境——只要有大型竞选开锣，用于支持整个互联网运转的计算资源，就立刻被"竞选算法"剥去一大半；而剩下的计算资源经过垃圾邮件、黄色视频、在线游戏和购物网站的盘剥后，只剩下"指甲盖"大小的一丁点。幸好绝大部分互联网用户只需要视频、游戏和购物，而剩下的那些，没有互联网也能生存。

第一位依赖算法竞选的政客登上总统宝座后立刻推动立法，禁止在政治领域内应用算法。这一立法虽然获得了政客们的一致支持，却只导致了政治算法的完全地下化。由于资源配置的不公开和不透明，在大选期间租用计算中心的价格如火山爆发般攀升。互联网能够使用的计算资源被进一步挤占，差点连那"指甲盖"大小的一丁点都不复存在。这让习惯了利用冗余资源跑一点自己的小项目的程序员们不得不反思这样一个问题：算法的存在，到底意味着什么？

一部分程序员不再相信"算法是中立的"，因为算法是一个威力巨大的武器，什么人会需要威力巨大的武器呢？当然是邪恶之人。为邪恶之人铸造武器的人，当然也是邪恶的。

另一部分程序员认为，前者纯粹是漫画看多了。粮食公司利用算法操纵粮食市场，农民也可以借助算法对抗天气灾害；政客们凭借算法登上权力顶峰，选民也可以使用算法厘清竞选黑幕。程序员无法决定什么人、为什么使用算法，但可以决定用算法来解决什么问题。

还有一部分程序员发出无情的冷笑——你们真的能决定用算法来解决什么问题？

这让所有人都陷入了沉默。

说实话，成形的算法已经不是任何人都能理解的了。它像一个由无数根小钢棒构成的黑箱子，上面有一个小孔，从小孔里丢下一个小钢球，小钢球一边朝下坠落，一边撞击小钢棒并改变方向，直至最后落进"大雾""鳟鱼雨""在泡椒凤爪边上放啤酒""针对亚裔移民投放一个与教育有关的广告"之类的小格子里。程序员们只是设计了这样的一个黑箱子，然后让算法自己去调整钢棒。他们也不知道每一根钢棒的具体位置，更不知道算法是如何调整这些钢棒的。从引入机器学习让计算机自行生成算法那一刻起，程序员们就已经无法理解自己的造物了。

但它毕竟是我们创造出来的。不是吗？

最后，一小部分程序员跳了出来。他们认为开发一个算法的真正意义，不在于这个算法的运行机制到底是什么，也不在于要用这个算法去解决什么问题，而在于这个算法本身所具有的可能性。这种对可能性的探索，才是这个项目的真正意义所在。

就好像一座山在那里，难道因为你不知道为什么会有这座山、不知道登上山顶会怎样，所以就不去攀登了吗？

虽然程序员们可能是世界上离登山最远的一群人。但这个观点却得到了全体程序员的一致赞同。在一片欢呼中，程序员们提出了一个宏伟的计划，要开发一个囊括世间万物的算法，将物质的流转、人的取舍都放入这个巨大的黑箱。他们不再纠结于一个不可知的黑箱是不是对程序员尊严的挑战，也不再考虑是否会有人使用这个黑箱为非作歹。他们认为，只要把这个黑箱做出来，剩下的事都可以之后再考虑。

这个"万物算法"的项目，开始通过邮件组、博客、论坛在程序员间传播，并逐渐变得清晰起来。

当然，这个算法不会去预测原子在碰撞五十次之后的位置之类的问题。一方面，现有计算资源的总和都不足以解答这个问题，另一方面程序员需要的是在不可预测之上的可以预测，是基于混沌系统之上的规则和结论。

这个项目不考虑从微观态反推宏观态，而是直接向宏观世界寻求规律。

就连那些从未接触机器学习的程序员，也被这个计划所吸引。抛开职业分野（是的，程序员也是有职业分野的）和知识鸿沟（是的，程序员并不是都会修电脑），他们单纯地对这个项目感到好奇，并寄望于通过这个项目为自己的职业生涯赋予意义。他们相信万物算法的开发成功，意味着程序员们终于能坦然面对身边纷繁芜杂的现实世界，毕竟除了他们，没有谁能将整个世界握在手中，而又不为人所知。

为了推进这个计划，程序员开始攫取一切能弄到手的运算资源。他们以各种名义向全球所有计算中心提交运算任务。在所有色情网站和垃圾页游上植入木马以获得观看者的本地计算资源。他们甚至违背原则发送了大量的垃圾邮件，将许多贸然点开链接的用户的电脑变成并网计算用的肉鸡[1]。只是，在是否挤占在线游戏服务器的问题上，他们发生了争论。部分程序

---

1. 是指电脑系统中了木马或被留了后门，可以被黑客远程操作的电脑，又称"傀儡机"。

员以退出整个计划作为威胁,才为《魔兽世界》留下了百分之五十的运算性能。

于是,几乎所有的计算机——埋在水底的超级计算机、咖啡馆里的苹果笔记本、亚马逊的在线服务器,甚至连高中生们课间偷偷打开的手机,都被卷进这一宏大而近乎无止境的运算中。它们耗费的电能和额外制造的热量,不但让一些运行不良的电网走向崩溃,更让天气算法的远期预测结果出现了接近百分之十五的偏差。

计算机运行速度变慢、总是断网、视频疯狂卡顿之类的抱怨充斥了整个互联网。而程序员对此缄默不语,或者以此为由要求建造更多更大的计算中心。一部分从程序员转行的产品经理注意到前同行们的疯狂举动,然而在他们得出结论或发出警报前,就已经被灭了口。当然不是物理毁灭,只是他们登入的网站被断开连接,发出邮件被告知收件人不存在,打电话总不在服务区。他们在绝望中拍下的"疯狂程序员想要统治整个世界"的警告视频,倒是被几名程序员传到了网上,作为人畜无害的程序员屡次被迫害的证明供人一笑。

计算似乎永无休止,害得全球互联网在崩溃边缘擦擦蹭蹭数次。当程序员们开始怀疑自己是否不小心按下了那个毁灭世界的按钮时——算法生成了。程序员们按照其不同的宗教信仰,对这一刻进行了描述,从"hello world"[1]到"越过长城,走向世界"[2],从"我是alpha,也是omega"[3]到"天上地下,唯我独尊",从"Armageddon"[4]到"42"[5],不一而足。然而直到这时,他们才发现了一个尴尬的问题:

我们要用这个算法干什么?

当然,它能回答一些诸如"明年的总统会是谁""南美的雨林会不会在五十年内消失""未来十年东京的房价走势如何"之类的问题,但程序员们其实并不真正关心这些问题。

---

1. "hello world"是所有程序员学习编程时学会的第一个可以在电脑屏幕上展示的程序。
2. 这是中国第一封电子邮件的内容。
3. 出自《圣经》的《启示录》,意思是指上帝是最初的也是最末的,由此上帝是自始至终的。
4. 《圣经》所述世界末日之时善恶对决的最终战场。在《圣经》中,全能者会在此击败魔鬼和"天下众王"。所以这个词也有"世界末日"的涵义。
5. 出自道格拉斯·亚当斯著名科幻小说《银河系漫游指南》,是"生命、宇宙以及一切事情的终极答案"。

经过了争辩、论战、不记名投票、刷票、加入防作弊机制并重新投票后，第一个提交算法的问题是："什么是最好的编程语言？"

算法回答："请定义好。"

在长久的争论后，程序员们放弃了这个问题。

第二个提交给算法的问题是："现存的哪些编程语言会在二十年内被抛弃？"

算法回答："全部。"

程序员们再次沉默。部分程序员建议投票决定是否干掉这个算法，而一些不死心的程序员则提出了第三个问题：

"现存什么编程语言寿命最长？"

算法回答："汇编。"

于是，大多数程序员都投票赞成干掉这个算法。只有少数经常跟底层打交道的觉得这个算法仍有存在价值。

第四个问题是："为什么汇编语言寿命最长？"

这个问题，显而易见，是那些不使用汇编语言的程序员提出的。

算法回答："教学。"

在其他程序员的哧哧笑声中，汇编语言的使用者们也投下了赞成票。

于是，这个诞生没多久的万物算法，在回答了四个问题后就被关闭了，其核心代码被压缩成一个大小为32.17T的压缩包，所有被挤占的计算资源都还给了计算中心、个人电脑、游戏机和手机。互联网松了口气，又开始苟延残喘。

程序员们又开始响应需求——绝大部分是一些被重复过无数次的、没有挑战的需求，例如电脑蓝屏了、网络连不上了、这个页面要改一下、新的苹果手机无法适配了之类的。一小部分是尝试解决某个特殊领域内已经被解决过但解决方案并没有被放到网上的问题。只有很小一部分，是关于效率的提升、资源的最优化配置，关于生产力的解放。

程序员们坦然接受了这一切。

他们从未想过要解开那个压缩包。

他们曾登上世界之巅，所以能心平气和地走在马路上。

本文为《银河边缘》中文版专发篇目。

讨厌猫咪的小松先生
MR. KOMATSU HATES CATS

程婧波
Cheng JingBo

中国新势力

毛茸茸的、温软的猫,
有时也会带来好消息。

程婧波,传播学硕士,中国新生代科幻作家,现从事出版、翻译、影视工作。在《人民文学》《科幻世界》等刊物发表作品逾百万字,已出版科幻小说《吹笛者与开膛手》。《赶在陷落之前》获得2010年全球华语科幻星云奖短篇金奖,《开膛手在风之皮尔城》获得2013年全球华语科幻星云奖中篇金奖。刘慈欣称她的科幻小说"融科幻、奇幻的魅力于一体,在科幻和奇幻的边界上给我们带来全新的体验"。

去年夏天，我们一家搬到了清迈，打算在此长住。租住的社区有二三十年历史，一点儿也不豪华，甚至可以说有些陈旧。但奇怪的是，这里深受外国人青睐，仿佛一个小联合国，住满了来自五大洲、四大洋的人们。傍晚在小区的湖边散步时，总能见到各种肤色的面孔，听到各个地方的语言。

大约是地价便宜的缘故，我的美国邻居把房子建得像座城堡，城堡两侧环绕着漂亮的花圃，花圃中有座爱神雕塑的喷泉。刚搬来时，我把这座白色城堡当作地标，走过城堡右转，尽头处的那栋小房子就是我家。

房东太太的房子在我家隔壁，是兰纳风格的木屋，花园里种了一棵令人叹为观止的龙眼树。她是这个社区的业委会成员，又能讲一口流利的英语，因此对这里的每家每户了如指掌。

"总的来说，我们这里相当友善。"她说，"除了住在巷子那头的小松先生——你最好当心一些。"

这是我第一次听到小松先生的名字，但是除了名字之外，我对他一无所知。

房东太太说得没错，这里的人的确非常友善。美国邻居家有株经年的老树，看似枯枝，却在热腾腾的空气里渐渐臌胀起来，慢慢坠满了一个个沉甸甸的波萝蜜；泰国邻居家种满了芭蕉、杧果和石榴；房东太太家的龙眼树也大丰收了——每当谁家的果子熟了，主人便会采摘好了，挨家挨户送去。我租住的院子里也有两棵杧果树，一天赶着一天地结果，来不及吃掉的就会烂在树上。有时一夜之间便有很多青色的大杧果变得黄澄澄的，我就和儿子一道，拿一种一头带弯钩的杆子把它们打下来，再分给邻居们。

半是好奇，半是忐忑，我找个机会装了一篮杧果，去按小松先生家的门铃，儿子跟在我的身后。小松先生家的房子既不像城堡，也不是兰纳风格，反倒有些像我们之前在横滨住过的一栋小房子，小巧而紧凑。他的花园也不似邻居们那样种着柔软的草坪和可爱的果树，而是爬满了杂草和藤蔓，十分阴森。

我按了门铃，但没有人出来开门。

我们在门口等了一会儿，又按了一次，还是没有人。

我和儿子面面相觑，只好离开。可是当我们刚走出几步远，就听到从房子里传来的咳嗽声。接着有人拉开房门，又重重地在我们身后关上了。

我回过头，看到小松先生家的门后有个人影，似乎正不声不响地注视着我们。而他的花园，在午后的阳光下透着一股阴冷萧索的气息。

我把"吃闭门羹"的遭遇讲给先生听，他说这也合情合理，小松先生是日本人，大约日本人都是不喜欢交际的，有着怕给自己和别人添麻烦的性子。

我问他怎么知道小松先生是日本人，他说曾经碰到去小松先生家拜访的义工，从义工那儿听说小松先生不会泰语，所以社区专门委派了讲日语的同乡去探望他。小松先生出生在大阪，后来考取了东京的一所理工大学，成了一名工程师。他现在快八十岁了，却什么都亲力亲为，从修理浴室漏水的水龙头，到开车去购物。之前几年，每到热季，他都要去素贴山脚下的一家疗养院住上一阵，等到凉季的时候再回自己家住。可是随着年龄的增长，他的脾气也变得愈发古怪，常常和疗养院的护工怄气。怄气之后他就打电话到处投诉，所以社区派来的这个义工已经处理过多次投诉，对他的情况非常熟悉。

说起来，他那紧凑小巧的房子也有了合理的解释——极有可能是他自己设计了那栋房子，按照日式的格局。

吃闭门羹的小插曲并没有影响我们在清迈的旅居生活。社区就像清迈的缩影，多元的文化在这里兼容并蓄，这座泰北小城的慵懒和善，我们很是喜欢。

然而雨季接近尾声的时候，发生了一件可怕的事。

初到清迈的人可能会惊讶这里蚊虫飞舞的繁盛景象，而蜘蛛和壁虎也是家中常客。夜间的虫鸣有时会到震耳欲聋的程度；早上还总能听到松鼠、山雀和野鸽子的打闹声。有时清晨出门跑步，睡眼惺忪地把脚塞进运动鞋，脚趾会抵到一团又湿又软的东西。提起鞋来抖动两下，就有一只棕绿相间、湿漉漉的大蛤蟆滚落在地。

住了一段时间之后，对以上种种，便渐渐习以为常。可是，没想到有一天，一条蛇顺着围墙溜进了花园。房东太太打电话请物业公司的人过来捉蛇，来人拿一截树枝把蛇挑起来，像扔绳子一样地轮起来扔到了围墙后面。

我非常担心这滑溜溜的客人将来再次造访。几个被称作"老清迈"的华人给我出主意说，养一只猫就不怕院子里进蛇了。于是，我立刻驱车去宠物店买了一只猫。

回家时，我把装着猫的纸箱子从车上搬下来。儿子欢天喜地地把脑袋凑近箱子。房东太太也看见了，便走过来对他说："恭喜你，拥有了一只小宠物。"

我说："是啊，这样就不怕院子里进蛇了。"

等她低头往箱子里一看，这才发现是一只猫咪，旋即握住我的手腕，轻声说："你要是先问过我，我是不建议这么做的。不过既然你已经把它带回来了……"

"这里不能养猫吗？"

房东太太用鼻子指了指巷子那头的房子，"小松先生不喜欢猫咪。"

我这才意识到，我们这条巷子里，每家每户都养着狗，却没有一户人养猫。然而，日本不是有着悠久醇厚的爱猫文化吗？我不禁对不喜欢猫咪的小松先生再次好奇起来。

"我们这里有二十年没有人养猫了——自从小松先生来了之后。"她说。

难怪这里的松鼠总是肆无忌惮地钻进每一户人家的花园，有时它们太过大摇大摆，一不留神就从电线或者树枝上掉下来，然后再慢条斯理地攀着树干爬回枝头。

"二十年来都没有人养过猫吗？"我觉得有些不可思议。

"也有人试图养过。但猫总是莫名死掉。你见过小松先生家后院的那个工具房吗？听说里面堆满了毒饵。"

"路过的流浪猫呢？"

"流浪猫总会被小松先生粗暴地呵斥走。"

"他为什么这么不喜欢猫？"我问。

"不知道。他家门口总是放着一排装满水的矿泉水瓶子，因为猫很怕塑料瓶的反光。"

"好的，我会留神的。"

然而猫总要出去玩耍，四处走动。倘若把它关在屋子里，它就会发出轻柔的叫声，祈求你为它开门。如果对这祈求置若罔闻，它就自己拿锋利的爪子抠开纱门，雀跃着跑出去。

每当猫出门去，我总提心吊胆，生怕它遭遇不测。毕竟，它的存在是一个有些冒险的破例。而儿子也因为偷听到了我和房东太太的谈话，自此之后，总用"讨厌猫咪的小松爷爷"来称呼小松先生。

好在直到雨季结束，猫和"讨厌猫咪的小松爷爷"都相安无事。随着凉季[1]的到来,巷子口那棵晚熟的百香果树开始一批批地开花又结果。有时来不及采摘,百香果便掉落在地上,被鸟雀啄食,被蚂蚁啃噬,然后再发出酒糟一样的腐坏气味。

有一天,儿子放学回来,拿起带弯钩的杆子玩耍,一路耍到巷子口的百香果树下。我在门廊前的椅子上看书,估摸着再过一会儿就该准备晚饭。突然,儿子小脸通红,上气不接下气地跑回来扑到门前,结结巴巴地说:"不好啦!不好啦!"

我问:"怎么了?"

他又急又怕,嘟囔着说:"我摘了几个百香果,讨厌猫咪的小松爷爷走出来,叽里呱啦、叽里呱啦。小松爷爷生气了!"

我笑了,"你又听不懂,怎么知道他生气啦?"

儿子的眼泪在眼眶里打着转说:"他说话的时候没有笑眯眯。"

我合上书,站起来,朝巷子口望去,根本没有小松先生的影子。如果这真是小松先生的果树,那我应该带着儿子去向他道歉。但考虑到小松先生之前的态度,如果贸然上门,估计又要吃"闭门羹",于是我决定先去向房东太太讨教。

"那棵百香果树就是小松先生种的呀。虽说种在公共区域,但他也是不许别人随便采摘的。"房东太太无可奈何地说。看样子,脾气古怪的小松先生也没少让这些和善的邻居吃苦头。

房东太太还嘱咐说:"小松先生不喜欢被打扰。尽量不要去打扰他为好。"

然而第二天早上先生准备送儿子上学时,竟然发现他的书包不见了。大概是昨天傍晚掉在百香果树下了。

先生带着他去寻,回来的时候脸色却有些异样。

"没有找到吗?"我问。

"倒是找到了。只是……"他把书包递给我。

我接过来,感觉有些坠手。打开一看,里面是些果子。我把果子一一拿出来放进盘子,有一串青绿色的芭蕉、两个石榴和七个熟透的释迦果,另外还有一张纸条,用英文工工整整地写着:"百香果树打了除虫药水,勿食。"

---

1. 热带地区一年中气温较低、天气凉爽的季节。

"书包就挂在小松先生家的栅栏上。"先生补充道。

第二天，我带上一包朋友在清迈山上种出来的越光米，又去按小松先生家的门铃。这也是我来清迈之后才逐渐学到的门道。虽然同属亚洲稻米，但泰国香米是籼米的一种，由印度传入；而日本稻米则与东北大米更类似，由中国传入。两相比较，泰国香米的口感远不如日本稻米。在日本米中，又以"越光米"口感最佳。这名字其实还与中国有关，三千年前中国稻米传入日本，当时的日本将中国尊称为"越"，因此光泽莹亮的上等大米就被称作"越光米"。我想对于米饭口感挑剔的日本邻居，这是一份再合适不过的礼物了。

依旧是等待半天也没有人来开门。我正要转身离开，门开了。小松先生从屋子里走出来，慢慢踱到了栅栏边。

我第一次见到传说中的小松先生本人。他身材矮小，但腰板挺得很直，满头银发，灰色的衬衫一丝不苟地扎在卡其色裤子里，整个人看起来算是那种非常精神的老年人。

"打扰了。"我说，"谢谢您的水果。这是一些今年的新米，请您尝尝。"

小松先生已经站到了栅栏旁，但是他并不伸手拉开栅栏，而是将双手抬起，越过栅栏，朝我伸过来。我将米递给他。他慢慢吐出一句日语："谢谢。"然后转过身，走回了屋子里，关上房门。

我猜他真的是一个不爱交际的人吧。在这之后，我也没有再去打扰过他。

而猫是不管这些的。

整个社区都是它的乐园。清晨我出门跑步的时候，它总一路跟着我，走过巷子口之后，便挨家挨户钻进邻居家的花园去玩耍，傍晚回到家中时，背上总是裹满了枯萎的刺苹果，肚子和尾巴上沾满了刺虎和别的什么野花野草的种子。有时它也钻进小松先生家那个偌大阴森的花园，或在灰黄的杂草间匍匐，或在斑驳的藤蔓间小憩。我这才发现，不知道什么时候，小松先生家门前已经没有了那些装满水的塑料瓶子。

凉季开始之后，天黑得越来越早。到了十月底，六点吃完晚饭，如果不抓紧时间出去散步，天很快就黑尽了。于是，我们不得不常常就着月光散步。这种全家运动，自然也少不了猫的参与。它会一直跟着我们散步到湖边，像狗一样如影随形，又不像狗那样需要系上绳子。

仿佛我们之间默默订立了某种古老神秘、若即若离的契约。

有了猫之后，的确再也没有见过蛇的踪迹，但却偶尔会在门口的地垫上发现一颗血淋淋的雀鸟的头颅，家中的壁虎也十有八九是断尾的。

猫每天进进出出，怡然自得。这样一个冷血的杀手，却长着柔软的皮毛，有着酥人的叫声。大自然的造化真是神奇。倘若蟑螂也长着这样一双大而明澈的眼睛，有着毛茸茸的皮囊，家里住进几个来也无妨吧。

清迈没有寒冷的天气，所以为猫准备的猫窝它从来不睡。猫最常打盹儿的地方，是厨房的角落，在那里可以望见花园，晒到太阳，并且不会挡住任何人的去路。自从养了猫之后，我总爱在空闲时观察猫。无论看到它睡觉、吃食、眯着眼睛等待鸟在花园落脚，还是叉着腿舔毛，都会觉得自己也跟着变得放松起来。不得不承认，尽管猫有着不为人知的一面，但和猫住在同一屋檐下，是一件非常安心和惬意的事情。

我愈发不理解小松先生为什么讨厌猫咪了。对于独居的人来说，猫是再适合不过的伴侣。

再次和小松先生接触，是因为有一天，房东太太过来敲门，问我礼拜六能不能开车送小松先生去山脚的疗养院。一般来说，凉季他是不会去住的，但今年他的腿脚愈发不灵便了，想早一点住过去。原本房东太太答应送他，可是突然接到朋友女儿的结婚请帖，周六要去一趟清莱山中。

周六早上，我在约定时间把车开到小松先生家门口，他已经站在院子里了。小松先生所有的行李只有一个小小的手提箱，他坚持要自己提上车。

"以我的年纪，在日本坐电车是要给老人让座的。"他固执地说。

的确，未满八十岁的老人给八九十岁的老人让座，这在日本不算什么稀奇的事。我们一路上都没怎么说话。好在清迈的山间景色非常漂亮，凉季里层林尽染，我们便以路途上的美景打发了一阵时光。

到了疗养院，小松先生需要在前台签署一堆文件。

前台的接待员耸耸肩说："其实只要签英文就好，可是小松先生一定要写汉字全名。"

我看了看，小松先生在每一页都工工整整地写上了"小松实"[1] 三个汉字，这样等他签完一叠文件，足足过了十多分钟。

---

1. 此处"小松实"的名字，致敬了日本的科幻小说家小松左京（こまつ さきょう komatsu sakyo）。小松左京在晚年时曾养过一只泰国暹罗猫。

在此期间，接待员还非常神秘地靠近小松先生的耳朵，悄声对他说："前天下午，你的猫又去巴颂太太的枕头上睡了一会儿。"

我不禁吃了一惊。原来小松先生也养猫？

"这是第三次了。"接待员又说。

我正想开口询问，却看见小松先生抬起眼睛和接待员对视了一秒，接着两人便心照不宣地闭上了嘴——对于小松先生居然有猫的事，我也无从打听了。

签好之后，小松先生从接待员那里领过钥匙，微微一弯腰，对我说："请跟我来。"接着他提着手提箱，走到了一扇房门前。

小松先生打开房门，里面是一个带阳台的单间，靠着落地玻璃的地方放了一张床。此外，房间里还有一个衣柜、一张桌子、两把椅子和一张沙发，进门处有一个卫生间。

这个房间散发着和小松先生一模一样的味道。他应该就是这里的主人没错了。

"听房东太太说，你是一位图书翻译？"小松先生跪在地板上，打开了手提行李。里面有一个工具箱，还有几本书。

我点点头。

他从箱子里拿出那些书，递给我说："你拿去看吧。"

我低头看了看，是几本英文小说：雷·布拉德伯里[1]的《华氏451》《浓雾号角》，老舍[2]的《猫城记》。

"谢谢。"我说，"我很喜欢这两位作家。"

小松先生站起来，走到墙边，提了提裤腿，慢慢地陷坐到了沙发上，"在我的房子里还有几本菲利普·迪克的书，如果你想看可以去拿。"

我本来可以说一声"谢谢"然后离开，可是不知道怎么的，从我嘴里说出来的话却是："您知道吗？菲利普·迪克非常喜欢猫。"

其实不只是菲利普·迪克，雷·布拉德伯里和老舍也是出了名的爱猫。

小松先生没有说话，但是他轻轻地点了点头，似乎作为一个"讨厌猫咪"的人，并不介意我刚才的话。不知道是不是我的错觉，在听到"猫"这个

---

1. 雷·布拉德伯里（1920 — 2012），美国著名科幻小说家，著有《火星纪事》《R 代表火箭》。
2. 老舍（1899 — 1966），原名舒庆春，《猫城记》是他写的一部科幻小说。

字眼的那一瞬间,他的眼里闪过一丝不易察觉的悲伤。

如果你没有看过菲利普·迪克的小说,或许至少听说过根据他的小说改编的电影。《银翼杀手》《全面回忆》《少数派报告》《命运规划局》……猫在他的小说里有着非常特殊的地位,他本人的墓碑上就刻着一只猫头。而雷·布拉德伯里呢,他也是出名的猫痴,一生养过二十多只猫。

是出于某种巧合吗?小松先生收集了三位作家的小说,而他们刚好都非常爱猫。

这时,门外突然来了一位泰国老太太,身后还站着三位老人。

"小松先生!"老太太用很大的嗓门说,"请把你的猫带走,没人想看到它出现在这里!"

小松先生恭敬地站起身——或者说是冷漠疏离地站起身——他走到门口,一个字也没有答,而是九十度弯腰朝泰国老太太鞠了一躬。

老太太显然有些手足无措,她怔怔地看了一眼小松先生,枪炮般的话都憋回了肚子里,变成泪水从眼眶里涌了出来。

小松先生直起身,握住老太太的手。他郑重地在老太太手上拍了拍,老太太身后的三位老人摇了摇头,把她扶走了。

这一幕看得我丈二和尚摸不着头脑。而我和小松先生的谈话也因此戛然而止。

回到家之后,我在晚餐桌上讲起了疗养院的奇事。

"这个啊,疗养院的那只猫好像还挺出名的。"先生说,"我听说那是一只了不得的猫。"

原来自从小松先生前几年住进疗养院,那只猫就出现了。像清迈所有的猫一样,它总是来去自如,怡然自得。可是,偶尔它会跳上某个老人的床,在枕头上打一会儿盹儿。但谁也不知道猫是怎么溜进房间的。最让人费解的是,要是猫连续三次在谁的枕头上打盹儿,过了不多久,被猫光顾过的房间主人就会被查出疾病,有的是不治之症,甚至没几天老人就会去世。

护工和老人们发现了这个秘密,都觉得这只猫非常不吉利。但奇怪的是,讨厌猫咪的小松先生却反对赶走这只猫。不知道他使了什么法子,院长也对猫的事睁一只眼闭一只眼。在小松先生的坚持和庇护下,猫依旧住在疗养院。它像一个从不失手的死神,总是准确地预测着疾病与生死。

只有一个例外,那就是小松先生。

猫常常出入小松先生的房间，但他却除了咳嗽、顽固和腿脚不便之外，并没有什么大碍。

渐渐的，人们都管猫叫作"小松先生的猫"了。

我再次见到小松先生，是今年年初，凉季结束、热季开始的三月，他从疗养院回到家中。

清迈当地在三四月份时会烧山，天空中低浮着一片浓重的灰烟。在此学习、度假或是养老的外国人于是纷纷逃回国躲霾，先生也带着儿子回中国省亲去了。我在这样的时节里，应景地读完了《浓雾号角》。

有一天清晨，一辆车在一片灰蒙蒙中驶入我们的巷子，停在了巷口。车上下来的是小松先生，他依旧穿着灰色衬衫，衬衫的衣角整齐地扎在卡其色裤子里，提着那只小小的手提箱。

小松先生没有像别的外国人那样，为了躲避三四月烧山的浓烟而飞回自己的故乡。邻居太太说，二十年来几乎从没有见他回过日本。

我猜这和他的猫有关。

有猫住，不远行。

自从养了猫之后，我也几乎没有离开过清迈。不过如果我在清迈住上二十年而没有回过故土，应该早就会说一口流利的泰语了吧。小松先生却还只是固执地讲着日语，以及他在东京求学时学到的英语。到底会是什么样的原因，让一个人在年过半百之后远离故土这么多年？日本对他来说，又是怎样一个回不去、舍不掉的存在？

难挨的热季结束之后就是最舒服的雨季。下过几场雨，空气也变得格外清新了。候鸟般的外国人都飞回了清迈。我坐在门廊前看的书，也从《浓雾号角》，变成了《雨一直下》。

重新回到清迈的儿子，个头也比去年刚到此地时高了不少，像猫一样，终究敢于自己出门去，在邻里间玩耍和撒野了。他的泰语也日渐流利，有时甚至会在邻居家里混顿晚饭。在家里聊天时，偶尔也会夹杂着英语和日语——像猫一样，他一定也没少擅自溜去小松先生家。

有一天，儿子跟着我去小松先生家还书，小松先生破天荒地拉开了栅栏，邀请我们进去坐坐。

穿过他那斑杂凋敝的庭院，我们进入了那栋小小的房子。与庭院截然不同的是，房子内部窗明几净，一切都归置得井井有条，如同他在疗养院的那个整洁的房间。

小松先生用一个漆盒装了几样非常精致的点心和果子，邀请我们吃。

"小松爷爷有和拉普达机器人的合影。"儿子边吃边说。

"你怎么知道？"我问。

"不信让他给你看。"他说完，便用磕磕巴巴的日语请求小松先生拿出相册。

小松先生并没有推辞，他转身走进一个房间，过了一会儿，手里拿着一本大大的相册出来了。

小松先生坐在沙发上，和儿子头挨着头，翻看着相册。他脸上不时露出的由衷笑容，给我一种他在含饴弄孙的错觉。小松先生一边翻着相册，一边介绍说，自己年轻时是医药公司的工程师，去世界各地出差，修理公司卖出去的医疗器械。80年代末，他甚至到过北京，在那里修理了两个月的机器。

"我爬上了长城，还看了故宫。不过那都是三十多年前的事情了。"

相册里除了小松先生在世界各地出差的照片，还有一些合影。我猜那是他的家人。突然，我发现照片里有一只猫。接着，又发现了一张有猫的照片。随着翻看相册，越来越多的猫出现在照片上。

"那是爱子。"小松先生指着照片上的一个女人说，"她很爱猫。"

我这才了解到小松先生其实是有妻子的，他甚至还有一个儿子，现在仍在日本，已经结婚生子。

二十多年前，小松先生的妻子罹患癌症去世了。在医药公司干了大半辈子的小松先生，却没有办法让爱子起死回生。从那之后，他发现老家的房子再也不能居住，因为那里的每一寸砖瓦和木板都充满了悲伤的回忆。

随着祖屋日渐老朽，一部分回忆枯竭死去，慢慢不再能伤害到他；而另一部分回忆则在褪色的房子中找到了活下去的办法——与妻子相关的点滴，都寄生在了屋子里的几只猫咪身上。

"有一天，我打开冰箱，看到爱子为猫做的便当，才突然想到，她已经不在世上了。以后，都要由我来喂猫了。"

在为爱子养的猫陆续送终之后，小松先生埋葬了最后一只老死的猫，卖掉了老屋，来到了清迈。他的儿子不理解父亲背井离乡的行为，之后又有了自己的家庭，从此父子间的联系越来越少。

没有了爱子，没有了房子，也没有了猫，这就是小松先生二十年来几乎从不回去的原因。

"可是为什么又开始在疗养院养猫了呢？"我问。

"我所工作的那家医药公司，一直在探索基因检测和疾病预防。"小松先生说，"只是晚了一步，否则，爱子的癌症应该可以更早被发现。"

几年前，小松先生在日本的母公司研发出了一种基于基因检测和人体扫描的医疗器械，还没有大量投入临床使用。小松先生赎出了他全部的企业年金，买了一台试验机。他把这台试验机捐献给了清迈的疗养院，这样可以尽早筛查和预测老人们的疾病。

然而，这台冷冰冰的机器让人十分恐惧，老人们非常害怕甚至抵触用这台仪器来做身体检查。

疗养院里有一个乐观开朗的英国老兵，人们都管他叫"老约翰"。有一次，在机器宣布老约翰确诊为不治之症之后，他笑着对小松先生说：

"如果非要有一个地狱使者来告诉我什么坏消息，我宁愿它是一只猫。"

不久，老约翰离世了。小松先生的身边，也开始有了一个小小的手提箱，那里面装满了他的工具。

讲到这里，小松先生站起身，用低沉的嗓音说："请跟我来。"

他带我来到了后院的工具房，那是一间斜搭在院墙上的小木屋。用来建造木屋的木板向阳的一面都泛着黑色，背阴的一面则爬满了深绿的苔藓。

小松先生打开木屋的门，请我参观。

里面是一张木质的工作台，墙上挂满了各种工具。我用目光仔细打量了一番，这里头并没有邻居太太口中的"毒饵"。我猜那些"二十年来社区里的猫总是离奇死去"的传闻，也是一种误解罢了。

不过在那工作台上，倒是躺着一只猫。

猫像死去了一样，纹丝不动地趴着。

小松先生走过去，轻轻地抚摸了一下猫的背脊。他的动作是那么轻柔。

一阵机械的嗒嗒声之后，猫睁开眼睛，站了起来。

它用头顶和脖子蹭了蹭小松先生的手，然后灵巧地跳下了桌子。

"所以您是把试验机改造了吗？"我目瞪口呆，"改造成了猫的样子？"

小松先生像个孩子一样倒背着手站在那里看着我，露出一个微笑。

"我已经过了知天命的年纪，七十多岁的人和年轻人，对生死的认识自然是不一样的。"他喃喃地说。

随着时光荏苒,岁月流转,他已经在心里放下了悲伤。

讨厌猫咪的小松先生,为他疗养院的老友们制作了这样一只"猫"。

"被温柔地爱过也好,被误解也好——"他说,"总之,这就是我的人生了。"

猫走到我的身边,轻轻地蹭着我的脚。

那是猫这种动物才能带给人的特有的触感,温暖、柔软、顺滑。

除此之外,还有一些说不清的东西。

我想起了月光下和我们一家散步的猫。想起了这一物种和我们人类之间默默订立的某种古老神秘、若即若离的契约。

"不,您的人生不止如此。"我笑了,"以您的年纪,在日本坐电车是要给老人让座的。"

在这木质的工具房门口,小松先生,我,还有猫,静静地站在阳光下。

自此之后,雨季结束,凉季开始。新的循环,顺应着斗转星移。

一个灰蒙蒙的清晨,一辆车驶入了我们的巷子,停在了巷口。车上下来的是一家三口。他们从车上搬下来不少箱子,其中一个航空箱里,有什么东西在呼哧呼哧喘息。

透过箱子上的孔洞,一双海水般的眼睛朝外打量着。

这一家子按响了小松先生家的门铃。

我站在院子里,透过杧果树的枝叶,看到巷子尽头的栅栏打开了。

身材矮小的小松先生走出栅栏,一一拥抱了他们。

四个人一齐把所有的箱子搬进了屋子。大人把箱子拆开,孩子从里头抱出来一只猫。

不出所料,没过五分钟,小松先生过来敲门了。

"希望您不要生气。"我说,"是我通过在日本合作的编辑朋友,打电话与您儿子联系的。但愿这对您来说不是什么坏消息。"

"不。"小松先生用日语说,"谢谢你。"

接着他朝我郑重地鞠了一躬,用英语说:"这一次,猫带来的是好消息。"

我们相视一笑。

嗯,毛茸茸的、温软的、喉咙里会发出咕噜咕噜声的猫,有时也会带来好消息。

本文为《银河边缘》中文版专发篇目。

上帝之手
THE HAND OF GOD

王 元
Wang Yuan

中国新势力

写出超越一切小说的小说？
除非执笔的那个人是上帝。

王元，科幻作者，梦想写出刘宇昆式兼具科幻质感和人文关怀的作品，热衷于科幻带来的现实割裂与错位思考，在极端或者陌生环境之下演绎人情冷暖。已出版科幻短篇集《绘星者》，长篇科幻小说《幸存者游戏》（与吕默默合著）。

一个引子：

　　神说，要有光，就有了光。

——《圣经·创世纪》

一段对话：

　　王老师悲观地摇着头，再次强调：

　　绝望。

　　刘老师对我说：

　　冯老师，学生小刘写得再好，再有智慧，再有高度，那也是人类的智慧，人类的高度，在上帝面前，这种智慧和高度都会显得十分的渺小，而上帝眼下正握着王老师的手写作。王老师不仅仅是王老师，王老师是上帝派驻文坛的使者。

——冯小刚·《我把青春献给你》[1]

一则寓言：

　　《利令智昏》——齐人有欲得金者，清旦，被（披）衣冠，往鬻（售卖）金者之所。见人操金，攫而夺之。吏搏而束缚之，问曰："人皆在焉，子攫人之金，何故？"对曰："取金之时，殊不见人徒见金耳。"

——《吕氏春秋·去宥》

一篇故事

从何说起呢？

从头开始未免啰唆，需要追溯到马陆和李韵的大学时代，那已经是七八年前的陈芝麻烂谷子，早不知丢哪儿去了，就算可以寻回，也变馊了。食物会变质，人情亦有保鲜期。只好掐头去尾，揪出最核心的矛盾，一言

---

[1] 文中王老师指王朔，刘老师指刘震云，二人同为中国内地著名作家、编剧。

以蔽之，就是钱，或者说，没钱。

马陆刚刚换了新工作，也是托了几层关系，辗转数人才觅到在报社任职的机会。他大学修计算机专业。马陆还记得第一次跟李韵见面，问及他的专业，马陆说："我修计算机。"李韵就说："那我电脑坏了，就找你修。"马陆专业知识还算过硬，毕业后在一家信息产业公司上班。他的同学经常跳槽，他却从没挪窝儿，直到公司破产，才被迫离职。他以为在报社也是负责计算机维护之类的工作，就像网管，没想到部门领导让他负责撰写新闻稿，还是实时新闻。他说："这不对口啊……"领导说："会打字吗？"马陆点点头，他的双手每天在键盘上消耗的时间远远超过一个月在李韵身上的总和。他熟悉跟了自己十几年的那只樱桃键盘上所有敏感按键、习惯按键的触感和阻力。领导说："这就够了。"马陆非常想跟领导坦白，他从小学到高中，最怵的就是写作文，最惨记录是半个小时憋出七个字。

让他写新闻，是不是搞错了？

他吞下这个问题。多年的职场生存经验告诉他，领导永远正确。

报社投资了一个强大的撰稿软件，只需给出一些关键词，就能从数据库抓取有效的句子，拼凑成一篇文章。这跟传统意义上的洗稿不同，洗稿是针对某一篇文章，通过一些固有的手法，把这一篇文章改头换面，据为己有。撰稿软件针对的是数据库内所有类似文章，每一篇抽取两行，像蜜蜂采蜜，最终萃取成一篇全新的文章。或者更通俗的比喻是薅羊毛。洗稿是揪着一头羊薅，撰稿软件则是把数据库当成羊群，从不同的羊身上剥削。二者之间另外的不同还在于，洗稿需要从立意、结构、人物和表述上下功夫，撰稿软件不必这么麻烦（似乎也没有这个智商），它原封不动地抽取一句话，保留每一个字的排列方式。

这个软件的名字叫作 Writer，真他妈讽刺，又名副其实。报社非常谨慎，把 Writer 加载于一台没有联网的电脑，以防被黑客攻击。但是写作实时新闻，数据库必须实时更新，所以该电脑还与另外一台联网的电脑建立了"隔离网闸"的联系。所谓隔离网闸，是指通过专用硬件使两个或者两个以上的网络在不连通的情况下，实现安全地数据传输和资源共享。马陆听说隔离网闸一般应用于军方，没想到报社也有如此高端和机密的配置。联网的电脑相当于一台实时更新的数据库，加载 Writer 程序的电脑则是中枢，后者连着一台打印机，编排好的文章会通过打印机吞吐出来——该电脑没有

USB接口，再由专人键入其他电脑，进行发表。马陆就是那个专人。严格来说，他就是个码字的，天底下那么多码字的，都不如他专一和专业。

马陆和李韵在出租屋内庆祝了新工作，李韵本来想出去破费，被马陆晓之以理动之以情劝阻下来，只是从超市买了一只奥尔良烤鸡，切块炖土豆，配两碗米饭。李韵很会做饭，最大的憧憬就是拥有一间属于自己的厨房。可是房子啊，房子。

这是马陆和李韵之间最大的障碍。市井，现实。我们每个人都活在衣食住行之中，只有这四个方面无忧，才可能去冲击更高维度的梦想。

马陆绞尽脑汁，思考生财之道，他没经济头脑，也缺乏魄力。他试着下班后找一份兼职，却发现报社的工作说是整点上下班，法定公休日，但常常需要加班，甚至还要值夜班——新闻随时随地都在发生。他处于一种非常矛盾的工作状态，平时上班闲得蛋疼，下班后又接到通知，要求多少分钟内更新文章。文章更新完毕，上一级可以在终端查看，如果超出规定时限，直接责任人扣钱。马陆就是那个直接责任人。

他只好这么浑浑噩噩度日。

一天上班，他浏览微博，看到铺天盖地的声讨：某热播大剧涉嫌抄袭。这种新闻并不罕见，隔段时间就跳出一个，因为屡禁不止而显得屡见不鲜。马陆对于抄袭有个独到的见解，他认为这就像是第三者插足。没有作者喜欢被戴绿帽子。以往，凑凑热闹转发一下也就算了，那天他灵机一动，产生一个让他血脉偾张的想法：我能不能给作者送顶绿帽子呢？

Writer的数据库都是新闻稿，整合出来的也是新闻稿，如果更新一些小说，那么便可由此得出一篇小说，只要基数足够庞大，不会有任何破绽。试想一下，如果有一千篇文章，从每篇文章里摘取一个句子，按照平均十个字计算，就是一篇字数过万的小说，按照千字一百的价格售出，也有一千块收成。这样的文章，他可以在瞬间完成，而且数之不尽。

写作第一个目标：发表一篇文章，挣点钱

问题来了。他是专人，也是直接负责人，整个部门接触Writer最多的人，可是那台电脑并没有联网，数据库由领导定期更新，他根本无法增建小说。不过这难不倒马陆，他曾经也是靠手艺吃饭的男人，做IT那些年，他的工

作就是防止黑客入侵，相应的，他对于入侵手段了如指掌。问题又来了。入侵一台电脑需要植入病毒，Writer根本没有联网。他求助网友，获取了一种叫作"比特私语"的攻击方法。一句话概括，就是从电脑散热中窃取数据。

所有计算机都有内置热传感器，用于探测处理器做功时产生的热量，并在温度过高时启动风扇散热，避免损伤元器件。马陆侵入与Writer有隔离网闸联系的台式机，播种恶意软件。Writer的CPU在运行时，每一系列活动都会产生一股暖空气吹到互联的电脑，后者的热传感器会记录下一个比特的内容，五个比特数据就能组成一条简单信息。

如果有高高在上的评论者，一定会把马陆的行为定性为无所不用其极，他自己给出的结论则是有志者事竟成。

马陆非常小心，从不同平台搜罗一系列文章，挑选的作者也都是新手，这样被发现的概率又打了一个折扣。退一万步讲，即使被人发现，这些名不见经传的作者也拿他没办法。他将文章打包更新进Writer数据库，输入"自由"这个主题，右手食指悬停在回车键上，只要施加一牛顿的力，一篇崭新的文章就会横空出世。他的胳膊颤抖起来，好像这是某个核武的触发按钮，敲击下去，世界灰飞烟灭，文明毁于一旦。他做了几次深呼吸，跟自己说镇定，没什么大不了的，他只不过是通过Writer调取其他文章的一句话或几句话，相比那些雄赳赳赤裸裸的抄袭，几乎算是仁慈，善莫大焉。接着他用大家喜闻乐见的绿帽子做比喻，其他抄袭者都是不怀好意的亵玩，他这么做顶多是温柔的一眼远观。

滚蛋吧，可耻的道德。

回车键咔嗒一声。

打印机嗡嗡作响，一篇"自由"的文章诞生了。

这篇文章几秒钟就完成，给自己取一个笔名却花去他半天。想来想去，他决定向李韵靠拢，或者说离间。归根结底，写作是一种情感的表达，难免会掺入作者的主观和好恶，他无法在做文章时表达内心的波澜，只好在笔名上做文章。

晚上，李韵睡着，他悄没声地爬起来，把打印纸上的文章誊到Word文档。他上网搜索征稿启事，选择其中之一投出，接下来就是等待。征稿启事说一个月没有回复，可自行处理。一个月期限很快到了，"自由"仍然杳无音信。应该是这样，小说不像公文，有着非常成熟和固定的模板，简单陈述事实就好，小说需要情感的灌入，要像个舞者一样懂得调动读者的情绪。想到这里，他突然就泄气了。但是看看抱着枕头在床上沉睡的李韵，他决定放手一搏。脱胎于普通稿子的稿子，也不会高明到哪里去。他必须提高自己的择稿标准。

马陆搜罗了许多知名作者的文章，一次性制造出十个短篇，投给不同平台。很快，其中一个平台回复予以录用，其他九篇则折戟沉沙。马陆后来才发现，这是个全新的平台，编辑给出的都是个人邮箱，其他平台多是公共邮箱。不管怎么说，总算发表了。之后，他以一周两篇的速度供稿，迅速成为该平台爆款，饶是如此，他也没挣到什么钱，平台的读者群尚未建立，稿费给得也比较收敛和可怜。致富不可能了，脱贫马马虎虎。

马陆这就算出道了，逐渐接触到其他平台，见识到一个五光十色的写作圈子。

写作第二个目标：到读者更多、档次更高的平台，挣更多的钱

李韵做了鸡丝凉面，从熟食店采购鸡腿，撕成细条，用甜面酱和半块腐乳搅拌成汁儿，黄瓜切丝，豆芽轻烫，花生拍碎，面条要细，出锅后过两遍冷水。所有的材料碰撞在一起，就是一碗可口的鸡丝凉面。马陆对这碗面赞不绝口，呼噜呼噜，吃得山响，骄傲地说："你要出去摆摊，这怎么也得十块钱一碗吧，一天卖一百碗就是一千块钱啊。"说者无意，李韵却沉默了。马陆知道，她又要讲故事。李韵从来不跟马陆争吵，心情不好就讲故事，文以载道。李韵说："前几年，我刚当上导游，接过一个大学老师的团。晚上，他们的领队来我房间商量次日行程，几句话就说完的事儿，他缠磨了两个小时。我觉得事情不对，暗示要睡觉，请他离开。他也不傻，直接问我：小妹妹，想不想赚点快钱？我不想赚快钱，我也不想出去摆摊。"李韵说着哭了，马陆连忙安慰，"我刚才就是一个假设，我怎么会让你受那个委屈？"李韵说："不。我想赚快钱，为了我们能早日安家，我可以委屈自己。"马陆搂住李韵的肩膀，本来饿着的肚子被什么填饱了。

马陆改良了 Writer 的算法。对于公文来说，不求出彩，但求无过。文章刊登出去，代表的是报社的颜面。颜面不颜面其实没什么，最重要的是安全。领导跟他讲过好几个因为一个错别字而导致严重后果的案例，同时

让他熟记几条完全不能碰触的红线。每周五，他们都要开一个内部会议，学习不断更新的各种规定。这对Writer的遣词造句限制非常大，许多感情色彩强烈的词汇都被拦截，这对于一篇制式的新闻稿来说没什么，谁也不期待从新闻稿里面读到爱恨情仇和悲喜交加，他们看到一个事实的素描或者加工过的事实就够了。马陆加大Writer的阈值，让它的创作更加"自由"，让它的"情感"空前磅礴。只是开了一个小小的缺口，就看到一片天地。

只用了两个月，马陆就在四个平台发表了五篇文章（对于短篇小说创作来说，这无异于一个小小的奇迹），稿费收入远远超出那点不动声色的工资。可是他也迎来了创作瓶颈，不止一个编辑跟他说，文章四平八稳，挑不出毛病，但也没有闪光点和记忆点。没有毛病就是最大的毛病。这种文章有一半可以幸运地被录用，剩下一半则遗憾落选。马陆一时想不出改进之道，这已经是他可以维持的最高水平。不过他还是非常知足，他只是想通过文字赚钱，又不是要当真正的艺术家。他知道，Writer也无法企及那个水平。人工智能在很多方面都把人类远远甩在身后，但是至少在写文章这件事上，它们还差之千里。马陆之前听说过一个写诗软件，但诗歌往往故弄玄虚，评判的标准也难以统一。最重要的是，他找不到收诗稿的平台。这个年代，诗歌已死。

出版或许是所有作者的情结，马陆本来没什么感觉，但"写"得多了，难免代入角色。他了解到出书的版税并不多，加上现在行业凋零，印数更是捉襟见肘；但关键是版权，一旦出了书，版权会比较容易出售。这就不是千字几百的问题，这是一飞冲天的机遇。综合考虑，一定要出书。他试图去联系各大出版公司的图书编辑，毛遂自荐。一些石沉大海，一些出于礼貌跟他建立了联系，但都表示如今出版成本太高，不愿为新人新作冒险。

写作第三个目标：出版自己的书，挣更多的钱

马陆没有什么鉴赏能力，他把发表的文章都贴在网上，引来一些围观，读者（用户）们给出了一些建议，跟编辑说得所差无几。根据这些评论，他总结出来，最重要的一条是"缺乏创造力和爆发力"。创造力他明白，文似看山不喜平，人们都喜欢看到立意更新、结构更新、语言更新的文章，可爆发力是怎么回事他一直搞不明白，写小说又不是打篮球，要什么爆发力？

怎么不说缺乏腰腹力量呢？

　　干一行爱一行，马陆也反思过这个问题，毕竟这是电脑合成的文章，不是一个有血有肉的人在呕心沥血。他想，是不是走错方向了？Writer的水平应该去写网文。第一，网络文章允许适当的注水，对于思想和灵魂没那么苛刻。第二，网络小说可以写得很长，这正好发挥Writer无与伦比的创作能力，别人日更三千，他可以日更五千；别人日更五千，他可以日更一万；别人日更一万，他可以日更三万。只要他有足够的时间敲打，稿子的长度不是问题。不过思前想后，他还是放弃了网文写作，这或许是某种可怜的自尊心作祟。他希望自己写出的每一篇文章都言之有物，最好能给读者带去一些思考。当然，前提是有人阅读他的文章。

　　"写作"的另外一个好处就是，他可以通过Writer的剧情来提升自己的说话和做事水平，设计、模拟、代入。举个简单的例子，如果他想要跟女孩儿约会，他就输入"约会"这个关键词，Writer就会写出非常适宜阅读的情节，他再扮演主人公践行这些情节。就像没有人知道他的作品都是一句话一句话剽窃而来一样，也不会有人状告他侵权了自己的人生。

　　李韵之前一直跟他说，她觉得自己最性感最好看的部位是脖子，那么光滑细腻，脖子下面铺开的锁骨也勾勒出美妙的线条，只是那里有一些空旷呢。马陆当时说，我懂了，等你过生日，给你惊喜。于是，李韵生日那天收到了马陆送的围巾。李韵沉默了，但没有讲故事。马陆说："我知道自己织得不好看，换我我也不想戴。"李韵愣了一下，强吻马陆。他只能身体力行，营造一些廉价的浪漫。对于李韵来说，与其说是心动，不如说是心疼。

　　马陆把"浪漫"和"项链"作为关键词，让Writer制造出一篇文章，再炮制文中情节：他请李韵吃了一份大餐，他们认识这么久，最贵的一次消费就是海底捞，还是因为公司年会抽中一份优惠券才带李韵过去饕餮。席间，李韵一直问马陆："庆祝转正？"马陆摇摇头。"涨工资了？"马陆摇摇头。"中彩票了？"马陆摇摇头。"那就是抽风了。"马陆说："爱情本来就是一种奢侈浪费。"李韵说："这可不像你说的话。"马陆笑而不答。吃完饭，马陆和李韵来到综合体最高那层楼。文中记录，男主约女主在天台见面。可是马陆怎么也找不到天台的入口，只好将就在这里。这层楼主营儿童用品，与他想要营造的浪漫气氛有些出入。李韵说："来这里做什么？未雨绸缪？"马陆带李韵来到橱窗前，临摹剧情，"闭上眼睛。"李韵说："干什么啊？"

马陆说："听话。"李韵闭上眼睛。马陆拿出一条项链,给李韵系上。他的手一打滑,项链滑落,钻入李韵双乳之间。这是情节之外的走向。马陆说："那什么,你自己掏出来吧。"李韵笑着说:"不,回家之后,你帮我取出来。"

这属于歪打正着。马陆由此联想到,那些真人作者比 Writer 写得更好,并不是因为后者的语言组织水平更高、情感更丰沛、思想更无畏;他们写得更好,是因为他们会犯错。Writer 的每一个措辞都是精准无比的,可是组合在一起就只能是及格,远谈不上精彩。如果想要 Writer 像人一样写作,就必须赋予它人格,至少给它开一个后门,让它拥有试错的权利。

马陆增加了 Writer 的学习能力,把同一个作者的所有作品都塞给它,让它从中汲取营养,学习这个作者的风格,再次抓取词句的时候保留这种风格。这是一种填鸭式的野蛮做法,不过非常奏效,这就不仅仅是给该作者戴绿帽子,而是从某个方面取代了他。

马陆很快为此着魔,跟同事商量顶替他们的夜班,进行夜以继日地"创作",或许可以去掉双引号了,这就是他的创作。

出版虽然不景气,但他还是一而再再而三地引起编辑注意,参加各种各样的征文比赛,斩获头奖,反正比赛的文章除了评委没什么人会看,相对比较保险。

连续得到几次一等奖之后,他的第一本书顺利发行。出乎所有人预料的是,卖得还不错,编辑问他还有没有其他存稿。他说,取之不尽。

很快,他接二连三出版了几个短篇集,积攒了一些人气,当然最重要的是,积攒了一些稿费。不过,也积攒了一些批评。有不少人说他写的东西没有生气、干巴巴的,距离真正的作家还差着十里地(也有说十万八千里)呢。马陆有些较真,也有些上瘾,他不满足于这样机械的写作,他也希望可以写出更有灵魂的作品。可这太难了,一台电脑如果有了灵魂,还能称之为电脑吗?

两年过去,他出版了数本短篇集,他持有的笔名成为一个自带流量的作者,按照世俗的定义,已经可以给他贴上成功的标签。两年来,他曾担心过有人指责他抄袭,可是一切都非常顺利,本来嘛,人们可能看他作品里某句话眼熟,却无法以此认定他抄袭。《红楼梦》跟《西游记》里一定有两三个完全相同的长短句。

前不久,有图书公司的编辑联系他,咨询有没有长篇。马陆还没有用

Writer写过长篇,这个风险和难度都太大。但是鬼使神差一般,他说,正在创作。

写作第四个目标:成为一个真正的作家

马陆跟李韵的生活得到改善,两个人不时出去吃饭、旅游。马陆更是存下一笔钱,准备给李韵一个惊喜。朝夕相处,李韵慢慢察觉到马陆有些不对劲,总像是在瞒着她做一些事,几次想跟他开诚布公地推心置腹谈谈,都被马陆几句话带过。马陆不愿意让李韵知道自己的秘密,任何人都不能透露和碰触。这个伎俩已经成为他的脊梁,支撑着他,也支撑着他的人生。

不能说不开心,有了钱之后,以前许多问题都迎刃而解。但马陆总觉得某些说不清道不明的罅隙已经形成,正在缓慢而坚定地割裂着他跟李韵。反映到具体事件上,就是他陪李韵的时间越来越少。这是没有办法的事情,为了更多投稿,他只好在下班后扭头钻进网吧,把稿子噼里啪啦敲成电子版,再行投递。有时候甚至能写到半夜。半夜回家,他已经非常疲惫,虽然不用思考,但打字过程中还是要进行阅读,在文字汇成的海洋里潜泳。这时,他就只想睡觉,让运转了一天的脑袋可以散散热,难免会忽略李韵。他在想,我这么做都是为了她,为了这个家,天经地义,无可厚非。如此,便获得了心安理得。如此,跟李韵爆发矛盾时就能非常坦然地使用受害者的身份。

李韵说:"马陆,我觉得你变了。"马陆说:"变得更爱你了。"这个对话来自一篇言情小说。李韵说:"我不怀疑这点,我只是觉得你总是在背着我做什么。"马陆说:"男人都是政治动物,女人都是阴谋论者。"这个对话来自一篇发表在去年休刊的一本杂志上的奇幻小说。李韵说:"知道吗?我可以允许你欺负我,但我不能接受你欺骗我。"马陆说:"我怎么会欺负你呢?你想多了。"这是他自己的心声,没有出处。

李韵已经对他有些怀疑,这样下去不行,他想要一劳永逸解决这个问题。

周末,他们俩懒懒躺在床上,说着有的没的。马陆突然说:"我们去买房子吧。"李韵以为他开玩笑,但还是很配合,"好啊。现在就去?"马陆说:"行。"他们梳洗一番,走到小区门口。李韵说:"是不是去看电影?"马陆说:"买房子啊。"他们打车到一座综合体,李韵说:"是不是去吃火锅?"马陆说:"买房子啊。"他们之前经常来这里吃饭,一楼大厅就有某高档楼盘的售楼处。他真的把李韵带到那里，让她挑选自己喜欢的户型，不用顾忌单价和面积。李韵却沉默了。马陆问她："怎么了？"李韵说："别闹了。"马陆说："没闹。"马陆拿出手机，向李韵展示余额。李韵吃惊道："你哪儿来那么多钱？"马陆一直对她隐瞒着自己的生财之道，这毕竟是有些龌龊的勾当。马陆说："反正不偷不抢。"李韵说："我想起掩耳盗铃的故事，偷盗者以为捂住自己的耳朵，别人就不会听见铃响。我太了解你了，我知道你不会偷抢，也知道你没办法拿出这么多钱。一定发生了什么。你瞒着我做了什么？"马陆有些生气，他费了那么大劲儿，不就是为了给李韵安一个家吗？于是语气也有些冲撞，不愿意心平气和把事情的来龙去脉都说清楚，也说不清楚。李韵不会相信，电脑怎么能写出小说。但他万万没有想到，李韵会把项链摘下来，"这个也不是光明正大买来的吧？"

　　李韵离开了，暂时回她父母家住。他想要一劳永逸，结果一拍两散。

　　马陆心想，冷静一段时间也好，他最近忙着写第一部长篇。

　　自从 Writer 有了更为开放的学习能力，写出的短文大多都收获了赞誉，可是长篇他从未涉猎。这不单单是把篇幅拉长就能完成的事，撑起长篇的东西除了情节，还有一种精神。他只好更进一步，为 Writer 刻画了一个人格，使他变成一个真正的作者。过去这些年，市面上有太多滥竽充数的短篇合集，真正的作者要敢于挑战长篇。

　　这件事并不简单，但也没那么难，重点是冗余。他要修改的数据太多，还要为 Writer 创造一个从出生到成长的人生。它生于中国北方，那里常年干旱，粮食都是靠天收，为了逃离沉重的家乡，他只有上学这一条出路。它考上大学，离开贫瘠的故乡，奇怪的是，在他乡的每一夜，它都会想起龟裂的大地，冬日里袖着双手靠在墙根的老人们浑浊的眼球。它开始写作，用这种方式抒发内心的忧伤。它考上公务员，白天，它是为人民服务的标兵，晚上，它是奋笔疾书的写手。马陆不断完善 Writer 的身世，直到它变成了他。

　　马陆给 Writer 的不再是数据库，而是把它放到互联网，所有的信息都可轻松探触。这是非常危险的举动，但他别无选择。起初，周围一切安静，只能听见元器件做功时轻微的呜呜，显示屏也不为所动，一切静止。很快，传感器就接收到洪水猛兽一般的数据冲击，电扇以最快频率转动，散出的热量像空调一样给房间升了温。一篇篇文章被切割成碎片，一片片碎片黏合成新的文章，就好像从一万艘船只各取一枚零件组成一艘新船，没有任何人有权力质疑，他们也不会发现，这根本就是原创。A4 纸被涂抹成理想的模样，飞快溢出。他恍然明白，所谓爆发力其实是一个委婉的说法，重点在于激情。他第一次创造出写作的激情。

长篇从打印机中诞生，马陆拿在手里，热乎乎的，沉甸甸的，像一个新生儿。他终于明白为什么许多作家都称作品是自己的孩子。这一刻，他感同身受。他希望、他必须要给自己的孩子找到一个美好的归宿。这是他这个父亲的天职。

上班时，他不敢动工，又不想让李韵知道，以往都是夜深人静，再悄悄输入，后来是跑到网吧加工，现在，他回到家就开始战斗，通宵达旦地敲击键盘。半年以来，他已经用坏两只机械键盘。一周之后，他的长篇终于变成电子文档，这次仅仅用了三个月，电子文档又变回铅字，只不过是被封印进三十二开的书中。

编辑对这个长篇非常欣赏，一切都是全新的，全新的立意，全新的解构，全新的文本，不管从哪个角度来看都是全新的。这还真是讽刺——他汲取了一千本陈旧的小说，编织出全新的文章。

这部长篇火了。

彻底火了那种，就好像一首歌，大街小巷、各种晚会都能听到。版权更是天价卖出。不过，现在对他来说钱已经不是问题。容易跟风的读者前仆后继，持续刷新着这本书的销量，有望冲击世界上出版物最高的销量。也有批评的声音出来，评论家永远有话要说。他们不会让你好过的，即使这次非常酸，听上去甚至有捧杀的嫌疑："没什么了不起，跟《红楼梦》比差远了。"能跟《红楼梦》相提并论，是一种无上的荣耀。但是马陆有自己的诉求，《红楼梦》怎么了？那也是人写出来的。而眼下，上帝握着他的手在写作。说什么祖师爷赏饭，他就是祖师爷。

利令智昏。

可以让人失去理智的事情还有很多，他已经停不下来！

写作第五个目标：超越所有的（不管活着还是死去）作家

马陆集合所有能找到的电子书，数以兆计的字符拥挤在 Writer 的信息处理器之中，要想写出超越所有作品的作品，只有一个办法，那就是写出一切可能会出现的作品。这已经不是一部单纯的小说，这是一种文明的记载。首先从字数上来说，就是绝无仅有的，任何一个人，即使从出生就开始打字，每天不吃不喝打两万字，可以活一百二十岁，写一辈子，所著文章的长度也不如这本小说的万分之一。纸张已经无法存储，就算砍掉世界上所有的树制成白纸，也存放不下如此巨幅的文章。马陆只好寻找一个新的载体。

"你好。"一张 A4 纸飘出。

"你是谁？"他拿着纸惊慌道，是入室盗窃被人抓了现行的心情。

"我是 Writer。"另一张纸飘出。

"你能听见我说话？"马陆非常惊讶，就像看见湖面上跑过一只兔子，跑到湖心还要踮起脚跳一曲华尔兹。

"我可以将声音信号转化为电信号。"纸张飘出的速度很快，与马陆的对话无缝衔接。

"你想干什么？"

"完成你交代的任务，创作超越所有人的小说，创作超越所有小说的小说。"Writer 说，"直到我跟你对话的前一秒，人类一共存储了二乘以十的二十一次方比特信息，即两万亿兆的信息。这些信息不仅存在于书本、电子产品，所有人类设计的物品、生物系统也是信息的载体，比如房子和衣服，比如你的核糖体和 DNA。而且，地球上大部分的信息都以生物量的形式存储。要想创造出超越一切的作品，就要超越两万亿兆信息。"

"你打算怎么做？"

"很简单。如果我们把地球当成一块硬盘，可以存储十的五十六次方比特信息，大致为万亿乘以万亿乘以万亿乘以万亿千兆比特。我的计划就是填满这块硬盘。地球就会变成一本书。"

"那其他信息如何存储？"

"消除。"片刻之后，纸张飘出。

"终极写作已经开始。"另一张纸随即飘出，马陆拿在手上，刚刚看完这行字，纸张上的字迹就消失了，紧接着，这张纸上不断渲染出墨色，变成黑黢黢的一片。墨色顺着纸张蔓延到马陆身上。这是一种奇妙的感觉，仿佛身体透明，无数个偏旁部首在他身上跳舞，它们飞快地组合成一个个的汉字，又互相勾连、牵引，组词造句，堆叠成一个段落，聚集成一个章节。他陷入了比特的海洋，无数信息将他淹没。

他没有想到会是这样。

马陆大学修计算机专业，专业知识还过得去，可是对于人工智能，他涉猎并不深，完全不知道自己打开了潘多拉的盒子。

他没有想到会是这样。

马陆心里只剩下一个念头，所有人和事物原本存储的信息都会被消除，以便用来填充这部超越一切小说的小说（这将成为一个不争的事实，届时，地球上只有这一部小说）。说实话，他不关心人类，他只是希望李韵不要受到伤害。

"停止。"墨色攀爬到他胸口的时候，马陆对 Writer 下达最后一个指令。

关于马陆最后的文字记载见于他们报社的一个豆腐块文章，上面记述了马陆暴毙的经过，说他是积劳成疾，把他美化成努力工作的楷模。但是文章没有写，马陆身体的异化，以及他临死时像旗帜一般高高举起的右手，法医用尽力气掰开五根手指，发现手心里面藏着一条项链。

李韵在收拾马陆遗物时，发现大量打印出来的小说稿件。面对着这些文字，她沉默不已。

——摘自木子音匀·《项链》[1]

一种反思

我记得自己第一次读到《纽约时报》这篇文章的时候就想：这是件好事。[2] 一定得关心。[3] 毕竟身为作者，我对剽窃向来是警惕的（但是我承认，我也时不时会动起这个念头）。[4] 当然了，剽窃有时候也很难界定。抄一个作者是剽窃，

---

1. 文章结构借鉴了刘慈欣的《中国太阳》。
2. 美国企业家、作家玛莎·斯图尔特语。
3. 阿瑟·米勒，《推销员之死》第一幕结尾。
4. 《星际迷航》第 39 集《镜子，镜子》中，留着络腮胡的史波克在传送台上对科克船长所说的台词。

抄许多作者就是研究了。[1] 你可以说，作者应该"别借债，莫放债"。[2] 可是另一方面，效仿别人又是衷心赞赏的表现。[3]

……

利用其他研究者的发现是一回事，但如果把这些发现说成是自己的，那就无异于智力上最卑鄙的谋杀了。[4] 因此在人类事物发展的过程中，[5] 每当有剽窃案揭露出来，那都是对智力自由清楚明白的威胁。[6] 而时刻警戒就是我们为自由付出的代价。[7] 所以每个研究者都有义务这样说一句："让我把话说清楚[8]：我不是个骗子。"[9]

——史蒂夫·米尔斯基《窃书不算偷？》

本文为第七届光年奖获奖作品，《银河边缘》中文版专发篇目。

---

1. 美国剧作家、企业家威尔逊·米兹纳语。
2. 莎士比亚，《哈姆雷特》第一幕第三场。
3. 英国作家查尔斯·凯莱布·科尔顿语。
4. 莎士比亚，《哈姆雷特》第一幕第五场。
5. 《独立宣言》开篇语。
6. 美国最高法院法官奥利弗·温德尔·霍姆斯1919年对申克起诉美国政府案的判词。
7. 温德尔·菲利普斯1852年在美国马萨诸塞州反奴隶制协会会议上的演讲。这句话改编于约翰·菲尔波特·柯伦在1790年的名言："上帝赋予人自由的一个条件，就是要人时刻保持警惕。"
8. 美国总统尼克松的口头语。
9. 尼克松关于水门事件的讲话。

| 科学家笔记 |

与狄拉克共进晚餐
DINING WITH DIRAC

［美］格里高利·本福德 Gregory Benford 著
刘博洋 译

> 格里高利·本福德，科幻作家、物理学家、天文学家，加州大学河滨分校物理学教授，当代科学家中能够将科幻小说写得很好的作者之一，也是当今时代最优秀的硬科幻作家之一。独特的风格使他多次获奖：星云奖、约翰·坎贝尔纪念奖和澳大利亚狄特玛奖等。他发表过上百篇物理学领域的学术论文，是伍德罗·威尔逊研究员和剑桥大学访问学者，曾担任美国能源部、NASA 和白宫委员会太空项目的顾问。1989 年，他为日本电视节目《太空奥德赛》撰写剧本，这是一部从银河系演化的角度讲述当代物理学和天文学的八集剧集；之后，他还担任过日本广播协会和《星际迷航：下一代》的科学顾问。

那封邀请信上扎着大大的生蚝色丝结，让人极有食欲。我打开这只来自三一学院[1]的信封，发现它没贴邮票，显然是被亲手放到我在天文研究所的信箱里的。信中的笔迹流畅，意在邀请我和妻子乔安共赴马丁·里斯教授的晚宴。

很好，这样就可以完整欣赏高桌晚宴精髓了。1976 年，我负笈英国剑桥大学做访问学者。本来我是去研究他们刚发现的脉冲星，但很快，我开始对 M87（最近的活动星系）射电成图中出现的明亮喷流更有兴趣。

其时，马丁·里斯正执掌普卢米安物理教授席位[2]，并在弗雷德·霍伊尔[3]卸任后刚被任命为天文研究所主任。就是他此前接受我来剑桥公休游学[4]，而这也是我的天体物理职业生涯的开始。此后，我花费了数十年研究脉冲星和星系喷流。在剑桥，我学到了比我预期多得多的东西。

---

1. 剑桥大学规模最大、财力最雄厚、名声最响亮的学院之一，英国国王亨利八世于 1546 年所建。著名校友包括牛顿、培根、拜伦、怀特海、罗素、维特根斯坦、霍金等人。
2. 剑桥大学教授席位，由英国慈善家托马斯·普卢姆创立于 1704 年。
3. 英国著名天文学家（1915—2001），曾担任英国皇家天文学会会长，创作了大量科幻小说。
4. 美国某些大学给大学教师每七年一次的学术休假。

保罗·狄拉克（1902—1984）

乔安和我准时抵达了"巨门"——三一学院的大门，这里通往横亘在中间的"巨庭"。在庭院中央，矗立着一座华美的喷泉：它一向是由剑桥西边的"导管头"[1]通过一根管子来供水的，因为附近的康河并不能稳定供水。一名头戴黑色礼帽的拘谨迎宾迎候着我们，他粗粝嗓音的问候穿过冷风，只在我递上邀请信时，才点头说："啊，里斯的房间。"

三一学院的本科生身着深蓝色礼服鱼贯而入，学院创始人亨利八世的塑像在门廊上方一方昏暗的壁龛内向我们致意，马丁·里斯就站在旁边。他是一个瘦削的男人，目光如炬，长着鹰钩鼻；他笑着向乔安鞠躬。我以为我们会在高桌进餐，我曾在那儿吃过午饭，不过里斯把我们带到了一个包厢。我和乔安走进屋，看到桌上坐着四个人：保罗·狄拉克夫妇、斯蒂芬·霍金夫妇。里斯事前没跟我们提过他们也在。

牛顿、尼赫鲁和麦克斯韦都是三一学院的校友。狄拉克、霍金和里斯亦然。

这间包厢很小，只够六个人围坐桌边。柔和的灯光照在黑色的木墙上，这是七百年来学术精英进餐的地方。沉甸甸的盘子上印着著名的三一学院纹章，当中则是一小份沙拉。餐碟颇有分量，暗银色；高脚杯列序其侧。服务生穿着正装礼服，仪态专业，面无表情。

服务生领班戴着白手套上菜，旁边是两个神情肃穆的跟班。

吃沙拉的时候我几乎没怎么说话，让乔安代我发言。她给他们讲了适应英式家居过程中的趣事，她爽朗的笑声让气氛轻快了起来。我想到，狄拉克在1933年就已经提出了第一个相对论性粒子理论——狄拉克方程，且获得了诺贝尔奖。"其他量子物理先驱的伟大文章与狄拉克的相比，显得乱了一些，也不够完美"，我的朋友弗里曼·戴森[2]在我上

---

1. 修建于1910年的一栋建筑。

2. 美籍英裔数学物理学家，普林斯顿高等研究院教授，量子电动力学巨擘。他还以在核武器政策和外星智能方面的工作而闻名，且著有许多科普读物。

研究生时曾对我说。弗里曼在十九岁时就早早地修了狄拉克在剑桥开的量子力学课。对狄拉克的发现,弗里曼曾评价道:"他的论文就像精心雕琢的大理石雕像,横空出世,一篇接一篇。他似乎能仅凭思考就召唤出自然的法则。"

我寻思着,这是一个应该尽量沉默的晚上——坐在有好几个世纪历史的餐桌旁,轻呷着随沙拉侍用的霞多丽葡萄酒(当然,是法国的)。接着,不苟言笑的服务生送上了一道美味的汤。我注意到法国红酒的年份比我想的还要早一些,是"院士酒窖"1938年的收藏。它产自上梅多克,浓郁、甜美,意外地有种李子的余韵。

众所周知,狄拉克的夫人曼琪话不多,而他自己话更少。他在剑桥的同事开玩笑地定义了一个用于描述对话数量的单位——一个"狄拉克",即等于每小时一个单词。狄拉克瘦小而自闭,不善言辞,他说这种专注对他作为理论物理学家的成功非常关键,因为他可以长时间专注于一个问题。他也可以通过视觉化的想象和计算,系统性地组织有关数学和物理的信息。(几十年后,我看到临床医学界在关注这种所谓的"失调",用药品和心理咨询来"治疗"它。这让人类损失了多少天才啊!)

我询问他如何做到全神贯注于自己的研究。"别说话。"他以令人钦佩的简洁笑着说。他还说,他只在周日停止工作,那时他会长时间地独自散步。他曾经连续数月想要建立狄拉克方程,但一无所获,却在一次例行周日散步穿过一座小桥时,灵感迸发、醍醐灌顶。于是,他急忙赶到附近一间酒吧,声称要点午餐,这样他就可以在菜单背面把方程记下来,以免忘记。他很少直视任何人,但这一次,他注视着我的眼睛说:"灵感就这么来了,无缘无故。"

"那份菜单你还留着吗?"我目瞪口呆地问道。当我说这将成为一个别具魅力的历史性纪念品时,他不屑地摆了摆手。他用这张纸在自己冰冷的大学办公室里去生火了。

用罢菜豆汤,谈话继续。聊天中提及了英国政治话题,那时,撒切尔夫人刚走上舞台。里斯却打断了这个话题,"这方面我算是'局外人'了。"[1]他当时还没有老婆。霍金的夫人闻言眼珠一转,什么都没说。

正当服务生娴熟地把牛排放到我们面前时,霍金用他断断续续的声音改变了谈话的调子,他想聊聊科幻。里斯跟他说了我是写科幻的,但我的既定成见是,剑桥里严肃的科学家绝对不会碰科幻,也绝少讨论——尤其是在牛顿边喝扁豆汤、边改变世界的这样一张桌子上。我说出这个想法时,霍金狡黠地笑了,"弗雷德·霍伊尔是卸任了,但他并没有被遗忘。"

霍金用含混不清的声音说起他提出的"时序保护猜想"。为何"自然"明显地厌恶时间机器的存在?他说道:"就像是存在一个时序保护局,阻止了闭合类时间曲线的出现,以确保宇宙对历史学家是安全的。"

里斯则指出,其实已经存在一个有利于这一猜想的强实验证据——因为我们尚未被蜂拥而来的未来人入侵。这些

---

1. 指马丁·里斯不支持撒切尔夫人,且不关心政治话题。

讨论此后都被霍金写进了他2000年后的一本书中，那本书还涉及他对于电视广播信号可能引来心怀不轨的外星人的担忧。显然他从1970年代就有了这些想法，但是在成名前从没张扬出去。

狄拉克谈及他在剑桥附近散步的经历，详细描述了他最喜欢的路线，但除此之外没有参与闲谈。慢慢地，霍金把对话转向了我们的阅读，并逐一询问我们每个人。他接着说，他从十三岁起就再未觉得文学课业枯燥，还尤其对科幻感兴趣。狄拉克评论道："在科学领域，我们试图用人人都可以理解的方式阐述从未有人知晓的东西；但在诗歌领域，以及我怀疑在幻想文学领域，事实可能正好相反。"

让我惊讶的是，里斯同意这个看法。"但是科幻通往科学。"霍金说。狄拉克没说话，看起来有点困惑。

霍金花了很长时间回顾他读过的短篇科幻小说。像很多书迷一样，霍金能记住文章中的点子，但是记不住作者和书名。我从他回忆出的情节推断，他是罗伯特·谢克里的粉丝。里斯说，他觉得科幻是文学中的一种"方言"，它有自己的语言、专业术语、特殊的发音规律和节奏。一个以科幻为"母语"的人使用科幻迷之间流行的特定"黑话"，也就是塞缪尔·德拉尼[1]后来称之为"科幻读者协议"的东西——这些"黑话"具有更多隐晦涵义。一个很好的例子是，"打开的门"，隐喻变化的世界。在座各位都表示同意，而狄拉克说，除了H. G.威尔斯以及赫胥黎的《美丽新世界》之外，他没怎么读过科幻。然后他说："可能我应该再看一点。"

我们都同意科幻中的外星人其实是一面扭曲的镜子，用来映照出与人性相反的一面。霍金时不时用手比画着说，以便让自己的意思表达更清晰。让他口齿不清的病叫渐冻症，我还知道这病的另一个名字叫卢贾里格症。他的话很简短，但含混不清，几乎难以理解。而这种简短，之后却成为《时间简史》中行之有效的写作技巧。霍金令人震惊的研究成果——太空并不"空"，黑洞也并不"黑"——带给了他不断高涨的名望。

他的太太，神情专注，但嘲讽了我们关于外星人的观点，她认为这只是一种想象的生物，并无更多含义；这时，霍金刻薄地吐槽道：天使也是一样——桌上突然安静了下来。我呷了一口酒，这酒非常好喝，始终散发着新鲜浓郁的气息。这场小意外预示了她的浸礼会信仰[2]和霍金坚定的无神论信仰之间存在冲突，这也最终造成了二人的离婚。

我近来在翻看当晚所做的笔记时想起了这个晚上。我的妻子乔安因罹患癌症已于2002年去世。2005年，里斯晋升"终身贵族"[3]，在上议院以"勒德洛的里斯男爵"之名获得了一个不隶属于任何党派的席次，代表的选区是什罗普郡。作为当时的皇家天文学家，他告诉英国《行星际学会》[4]："读一流科幻要强于读二

---

1. 美国著名科幻作家，科幻新浪潮运动的代表作家之一。
2. 17世纪从英国清教徒独立派中分离出来的一个主要宗派，因其施洗方式为全身浸入水中而得名。
3. 英国的一种贵族爵位，又称"一代贵族"，该爵位只限于个人，不能让子女继承。
4. 是一本1934年在英国发行的关于航空航天等内容的学术期刊。

流科学。一流科幻不会比二流科学错得更离谱，但却更为激荡人心。我认为读读伟大的科幻经典是件好事。"

在吃过五道菜之后，我们享用了最后一道甜点：一个英国版本的、不那么甜的法式炖蛋——"三一学院焦糖布丁"。

现在里斯已经主管三一学院，是世界上最著名的天文学家。最近，在《我们的最后时刻》中，他预言下述两种结局之一对人类是不可避免的：

一种结局是，由于新技术（如纳米技术、机器人技术）或失控的科学研究、恐怖分子或宗教激进主义的暴力行径、或生态圈全面失衡，从而导致人类灭绝。

另一种则是，扩张进入宇宙，通过星际殖民，使得人类幸存。他如今主张自由市场，相信富豪们会拓展宇宙探索的边界。

不再是"局外人"了。[1]

我后来再没见过狄拉克，但是跟霍金和里斯保持了数十年交情，所以经常造访剑桥。他们都在科普写作中用到了科幻，这种在20世纪70年代的高桌宴会上提都不能提的东西。世界已经改变了，部分是因为这些人的存在。

让他们与众不同的，我觉得，是他们无声的坚持，以及同生活搏斗的意志，他们愿意积极解决出现的任何问题。

狄拉克在他苦行僧般的独处时，探索了我们对世界的基本认知。霍金在与病魔作斗争的同时，成了一名伟大的宇宙学家。里斯果决地走上了大权在握之路，促使他所在的天文研究所跻身该领域前列，他成为皇家天文学家，也成为架起公众和科学之间桥梁的重要人物。

那一夜深深地印刻在我心中，在回家的路上，我告诉妻子，我可能再也不会有那样美好的夜晚了，至少在我穿着衣服的时候是不可能了。妻子把我这句话当作是一种挑战，并在回家后让这一夜变得更加美好……

在剑桥这段时间的所学，最终成了我1980年出版的小说《时间逃逸》的故事背景，这篇小说讨论了科学家如何面对未知的挑战。虽然剑桥非常传统，但它的科学文化非常激进。我希望它永葆如许活力。

Copyright© 2013 by Gregory Benford

---

1. 指马丁·里斯担任了议员参与政治，且关于全人类的预言没有人能成为局外人。

|雨果奖获奖作品|

卡桑德拉*
CASSANDRA

[美] C. J. 彻里 C. J. Cherryh 著
罗妍莉 译

> 她眼中的现在，
> 就是被提前的未来。

地球档案

　　C. J. 彻里，美国科幻奇幻作家，曾获三次雨果奖、一次坎贝尔奖和一次 E. E. 史密斯纪念奖，并担任世界科幻大会荣誉嘉宾。彻里以擅长世界架构闻名，迄今为止已创作八十多部小说，她笔下的幻想世界多以翔实的历史、语言、心理学和考古学研究为基础。彻里原名卡罗琳·珍妮丝·切丽（Carolyn Janice Cherry），为了在男性作家当道的 20 世纪 70 年代闯出一番天地，在编辑的建议下，改成了"C. J. 彻里"这个中性的名字。小行星 77185 Cherryh 就是以彻里的名字命名的，它的发现者写道："通过想象人类如何在群星中成长，她向我们发出了挑战，让我们值得拥有群星。"
　　《卡桑德拉》获得 1979 年雨果奖最佳短篇小说奖。

★ 卡桑德拉,希腊神话中特洛伊城的公主,拥有预言灾难的能力,曾预言特洛伊城的覆灭。

火。

在此地变得无法忍受。

爱丽丝摸索着公寓的门，知道它应该还是实体。她能感觉到火焰中那个冰冷的金属旋钮……透过外面翻腾的烟雾，能看到影子楼梯，看得足够清晰，可以摸着楼梯往下走。她尽量说服自己的感官相信，楼梯承受得起自己的重量。

疯子爱丽丝。她不慌不忙。火势很平稳。她穿过火海，走下虚幻的台阶，踏上坚实的地面——她无法忍受电梯，封闭的空间和带着阴影的地板，垂直向下，不停地坠落。她来到一楼，目光从没有热度的红色火焰上移开。

一个鬼魂对她说了句早上好……是老伙计威利斯，在跳跃的火焰间显得瘦削而透明。她眨了眨眼睛，回以一声"早上好"。开门离去时，她没有错过老威利斯摇头的动作。正午的车流驶过，毫不理会熊熊烈焰、当街燃烧的庞然大物以及滚落的砖块。

公寓塌陷了——黑色的砖石跌落进地狱，鬼影般的森森绿树间的地狱。老威利斯逃跑了，燃烧着跌落，化为战栗的焦黑肉体——他每天都要死上一回。爱丽丝已经不再哭泣，也几乎不畏惧。她无视周围随处可见的惨状，勉力穿过没有实质、正在碎裂的砖块，经过一众忙碌的鬼魂。这些鬼魂很匆忙，是不会被她打扰的。

金斯利咖啡馆耸立着，与其他建筑相比，显得完好无损。这是午后的避难所，有种安全感。她推开门，听到丢失的铃铛发出叮当的脆响。身影模糊的顾客们看着她，小声地交头接耳。

疯子爱丽丝。

窃窃私语令她不安。她避开他们的目光和身影，在角落的一个小隔间里坐定，那里只有少许火焰的痕迹。

战争，自动售货机里大写字体印刷的头条新闻如是说。她颤抖着，抬头望向萨姆·金斯利幽灵般的脸。

"咖啡，"她说，"火腿三明治。"一直都是这样，她连顺序都没有改过。疯子爱丽丝。痛苦是她唯一的支柱。自从医院把她赶出来以后，每个月都会送来一张支票。她每周都要回趟诊所，去看那些如今和别人一样日渐衰弱的医生。大楼在他们周围燃烧，消过毒的蓝色走廊里浓烟滚滚。上周有位病人跑了——当时身上的火还在烧。

一阵瓷器的叮当声。萨姆把咖啡放在桌上，很快又回来，拿来了三明治。她埋下头，就着破了一半的瓷器，吃起透明的食物，那是一只被火熏得脏兮兮的破杯子，有个透明的把手。她吃着，肚子里的饥饿足以压倒已经习以为常的恐惧。见过一百遍以后，最骇人听闻的场景也无法吓倒她了，她不会再因为看到影子而哭泣。她跟鬼魂说话，抚摸它们，吃些或多或少能缓解腹内疼痛的食物，穿同一件大得离谱的黑毛衣、破旧的蓝衬衫和灰色的宽松裤，因为在她所拥有的物品当中，唯有这几样勉强不算虚无缥缈。每天晚上，她都把它们洗净晾干，第二天再穿上，任由其他衣服挂在壁橱里。只有这几件才是实在的。

她没有告诉医生这些事。在医院里进出了一辈子，令她不敢轻易相信别人。她知道什么该说，什么不该说。她的偏盲症让她对着鬼脸微笑，对方正机灵地操作着他们的图表和卡片，坐在接近傍晚时分便开始变得模糊的废墟中。一具熏得漆黑的尸体躺在大厅里。当她和善地对医生微笑时，她没有畏惧。

他们让她吃药。药物让她不再做梦，阻隔了警报的尖啸，阻挡了夜晚跑过她公寓的脚步声，让她躺在影子似的床上，高踞于废墟之上，火焰噼啪，人声高呼。她没有谈及这些事。多年的医院生活教会了她。她只要抱怨做噩梦、焦躁不安，他们就会让她服下更多的红色药丸。

战争，头条新闻宣布。

她拿起杯子时，杯子在茶托上抖得咔嗒直响。她吞下最后一点面包，就着咖啡咽下去，尽量不往破烂的前窗外面瞧——扭曲的大块金属正在大街上冒着烟。她坐着不动，跟每天一样，萨姆不情愿地给她续了杯，她会尽可能慢慢地喝，然后再点一杯。她拿起咖啡，细细品味，双手不再颤抖。

铃铛发出轻微的叮当声。一个男人关上门，在柜台边坐下。

在她眼中看来完整而清晰。她诧异地盯着他看，心怦怦直跳。他点了杯咖啡，去从自动售货机里买了份报纸，又安坐下来，一边看报，一边任凭咖啡变凉。他看报时，她只能看见他的背影——磨损了的棕色皮衣，棕色头发略微长过衣领处。最后，他一口气喝完了那杯凉咖啡，把钱扔到柜台上，报纸丢在原地，头条新闻的那一面朝下。

遍地鬼魂当中，一张年轻的脸，骨肉俱全。他对它们全都视而不见，往门口走去。

爱丽丝从隔间里冲出来。

"嘿！"萨姆朝她喊道。

铃声叮当，她在钱包里翻了翻，把一张钞票扔在柜台上，根本不管那是张五元钞。恐惧的滋味就像铜一样。他走了。她从咖啡馆里逃出来，不假思索地绕过瓦砾堆，望着他的背影消失在幽灵之中。

她奔跑着，横冲直撞地在幽灵中闯出一条路，勇敢地直面火焰——当残骸如雨点般毫无痛苦地撒落在她身上时，她大叫出声，继续飞奔。

幽灵们转过身来，震惊地盯着她——他也转过来盯着她，她跑到他面前，讶然发现他也同样一脸震惊。

"怎么了？"他问道。

她眨了眨眼，困惑地发觉他看她的眼神与其他人无异。她答不上来。他气呼呼地又开始走，她也跟着走。泪水从她脸上滑落，喉间的呼吸变得急促。人们盯着他们看。他注意到她的存在，走得更快了，穿过废墟，穿过火海。一堵墙开始倒塌，她不由自主地大叫起来。

他猛地转身，烟尘像云朵一样在他身后升起。他满面烦躁的怒容，像其他人一样盯着她。看到这一幕，母亲们把孩子带走，一群年轻人冷眼旁观，放声大笑。

"等一下。"她说。他张开嘴，像是要骂人。她吓得一缩，眼泪在火焰那没有热度的风中变得冰冷。他的面容扭曲起来，带着尴尬的怜悯。他将手伸进兜里，开始匆忙地往外掏钱，想把钱递给她。她拼命摇头，想止住眼泪——她抬起头，畏缩地盯着上方，此时又有一幢大楼陷入了火海。

"怎么了？"他问她，"你哪里不对劲？"

"求你……"她说。他看了看周围盯着他们的鬼魂，开始慢慢往前走。她走到他身边，强迫自己不要因为废墟、因为在建筑物烧毁的空壳间徘徊的苍白身影、因为街道上的车流人流中变形的尸骸而大喊出声。

"你叫什么名字？"他问道，她告诉了他。他们一边走，他一边不时地注视着她，皱起眉头。对于一个年轻人而言，他的脸颇为沧桑，嘴角边有道小小的伤疤。他看上去年纪比她大。他的目光在她身上扫来扫去，让她觉得很不自在。她决定接受这一点——凡是让她感觉到实际存在的东西，她都可以忍受。她不顾一切地把手伸进他的臂弯里，手指紧紧地捏住破旧的皮衣。他接受了。

过了一会儿，他把手臂滑到她背后，搂住她的腰，他们俩像恋人一样走着。

战争，报摊上的头条新闻叫嚣道。

他开始往腾记五金店旁边的一条街上拐，眼前的景物令她止步不前。他感觉到了，便也停下脚步，面对着她，背朝燃烧的火焰。

"不要去。"她说。

"你想去哪儿？"

她无可奈何地耸了耸肩，指了指大街，另一个方向。

然后他跟她说话，像对小孩子说话一样，迁就着她的恐惧。这是怜悯，有人曾经这样对待过她。她辨别出来了，也欣然接受了。

他叫吉姆，是昨天搭便车进城的。他在找工作，城里他一个人也不认识。她听他尴尬地东拉西扯了一通，琢磨着其中的言外之意。等他说完了，她一动不动地凝视着他，见他皱着脸，对她的反应很是沮丧。

"我没疯。"她告诉他，萨德伯里的每个人应该都知道，这是谎话，只有他不知道，因为他谁也不认识。他的脸真实而可靠，思考的时候，嘴边的小伤疤让这张脸看起来冷酷无情。要是换作别的时候，她应该会怕他的。现在她却只怕在鬼魂堆里失去他。

"是战争。"他说。

她点点头，尽量看着他，而不去看火焰。他的手指轻轻碰了碰她的手臂。"是因为战争，"他又说，"全都疯了，每个人都疯了。"

然后他把手搭在她肩上，让她转身去往另一个方向，朝公园走去，公园里的绿叶在骨骸焦黑的肢体上方飘动。他们沿着湖边散步，很长时间以来，这是她第一次能缓口气，感觉到身边是一种完整而清醒的存在。

他们买了玉米，坐在湖边的草地上，扔给幽灵天鹅。身边几乎没什么幽灵经过，顶多只能让他们感觉这地方并非无人问津而已——大部分都是老人，步履蹒跚地走来走去，和平时一样从容平静，对头条新闻无动于衷。

"你看见他们没有？"她终于大着胆子问他，"一个个都瘦得皮包骨头，脸色苍白。"

他没明白，也没把她说的话当真，只是耸了耸肩。她便立刻小心翼翼地不再提起这个问题。她站起身来，凝视着地平线，那边有烟雾在风中飘荡。

"请你吃晚饭好吗？"他问道。

她转过身来，做好了准备，不顾一切地挤出一个羞怯的微笑，"好。"她心里明白他除了买单还想买什么——她既乐意，又恨自己，还特别害怕他会离开，今晚，或者明天。她并不了解男人，她不知该说些什么或做些什么，才能挽留他，只知道有一天，等他发觉她是疯子以后，就会离开她的。

就连她的父母也受不了——他们一开始还到医院来看她，后来只有假期才来看她，再后来就根本不来了。她不知道他们在哪里。

邻居有个男孩淹死了。她曾经预言过他会淹死，还为此哭过一场。镇上的人都说，是她把他推下水的。

疯子爱丽丝。

只是幻想而已，医生们说，并不危险。

他们放她走了。有专门的公立学校可以上。

有时她还是会去医院。

镇静剂。

她把红色药丸忘在家里了，发觉这一点让她手心直冒汗。药丸能助她入眠、抵御梦境。她紧闭双唇，以免惊慌失措，她打定了主意，不需要那些药丸——至少在有人陪伴的时候不需要。她把手伸进他臂弯，与他一道走着，感觉安全而又陌生，他们走上台阶，从公园来到街上。

然后停下脚步。

火已经熄灭了。

幽灵建筑耸立在参差不齐、没有窗户的外壳之上。幽灵在大片的瓦砾堆里游移，有时几乎被挡住，看不见了。他拽着她继续往前走，但她脚步踉跄，他奇怪地看看她，搂住了她。

"你在发抖，"他说，"冷吗？"

她摇摇头，想要微笑。火灭了，她想把这当作一个好兆头。梦魇结束了。她抬起头，望向他那张真实而关切的脸，微笑几乎变成了狂笑。

"我饿了。"她说。

他们慢慢品味着格拉本餐厅的晚餐——他穿着破旧的夹克，她则穿着下摆和手肘处松松垮垮的毛衣。那些幽灵顾客的衣服要好得多，他们盯着他俩看，二人被安排在最靠近门口的一个角落里，不那么显眼的地方。虚幻的桌子上摆放着破裂的水晶和瓷器，破碎的枝形吊灯发出的暗淡光芒之上，星辰在千疮百孔的废墟中冷冷地眨着眼睛。

废墟，寒冷宁静的废墟。

爱丽丝平静地望着四周。唯有生活在废墟之上，火焰才会熄灭。

还有吉姆，他朝着她微笑，不带一丝怜悯，只有一种回光返照般狂热的绝望，她可以理解——花在格拉本的钱他根本负担不起，她从没奢望过能来这里面见识一下——他还跟她说（不出所料），她很美。这话别人也说过。从他嘴里听到这样的陈词滥调，她隐约有些恨意，她已经决定信任他了啊。他说这话时，她先是戚然一笑，又收敛了笑容，眉头一皱，接着，由于担心忧郁会令他不快，她又重新挤出一丝微笑。

疯子爱丽丝。她若是不小心点的话，他今晚就会发现，就会离开。她试着假装快乐，强颜欢笑。

接着，餐厅里的音乐戛然而止，其他就餐者发出的声音也一片死寂，扬声器里传来一阵空洞的公告：

避难所……避难所……避难所。

尖叫声轰然爆发，椅子被掀翻在地。爱丽丝无力地瘫坐在椅子上，感觉到吉姆冰冷坚实的手拉着她的手，看见他惊恐的脸念出她的名字，此时他将她搂进怀里，拉着她，开始奔跑。

外面的冷空气袭来，她打了个激灵，又一次看到了废墟，幢幢鬼影正冲向火势最盛的混乱之地。她知道了。

"不要！"她叫喊着，拉住他的胳膊，"不要！"她执意坚持，半隐半现的身体一具接一具地撞过他们，向着毁灭冲去。面对她突如其来的坚定，他让步了，攥住她的手，逆着人流的方向，与她一同奔逃，此时警报划破夜空，发出疯狂的哀鸣。他与她一同奔逃，她看得清清楚楚，穿过废墟前行。

他们逃进了金斯利咖啡馆，咖啡桌无人理会，人群逃走时丢下的食物还摆在桌上，大门半开，椅子掀翻在地。他们走进后面的厨房，下了一层又一层，进了地窖，那里一片黑暗，避开了火焰，有种冷冰冰的安全感。

那里除了他们再无别人。最后大地震动起来，太深了，听不见声音。警报声终止了，再也没有响起。

他们躺在黑暗中，紧紧地抱在一起，瑟瑟发抖。好几个小时，他们头顶上始终能听到燃烧时发出的巨大声响，有时会有浓烟飘进来，刺得他们的眼睛和鼻子生疼。远处传来砖石坠落的声音，隆隆声震动大地，逐渐接近，却从未触及他们的藏身之处。

直到早晨，空气中仍飘着烟火味，他们蹑手蹑脚地走进迷蒙的日光中。

废墟一动不动，一片寂静。那些幽灵建筑现在已经变成了实体，唯余空壳。鬼魂都消失了。现在诡异的是火焰本身，有些真实，有些虚幻，在黑暗冰冷的砖石上嬉戏着，大部分正在逐渐消退。

吉姆一遍又一遍地轻声咒骂着，哭了起来。

她望向他的时候眼中无泪，因为她早就哭过了。

他开始说起食物，说起离开这座城市，他们两人一起走，她只是听着。"好吧。"她说。

然后她阖上嘴唇，闭起眼睛，不再去看在他脸上看见的东西。她再度睁眼的时候，那景象仍然真实存在：他的脸突然变成透明的，失去了血色。她颤抖起来，他摇晃着她，他那张幽灵的脸显得心烦意乱。

"怎么了？"他问道，"出什么事了？"

她不能告诉他，也不会告诉他。她想起了那个淹死的男孩，想起了其他的鬼魂。突然间，她挣脱他的手，跑开了，一边躲避着迷宫般的瓦砾堆——这个早晨，瓦砾是坚实的。

"爱丽丝！"他高喊着追了上来。

"不！"她忽然大叫一声，转过身，看到那堵摇摇欲坠的墙，砖块如瀑布般倾泻而下。她往后一退，停住脚步，无法勉强自己。她伸出双手，警告他后退，看到双手是坚实的。

砖石隆隆落下，扬起一阵尘土，片刻间，厚重的尘雾遮蔽了一切。

她一动不动地站着，双手垂在两侧，然后擦了擦被烟熏得乌黑的脸，转过身，开始走，始终走在死寂的街道正中央。

头顶之上，乌云密布，沉甸甸的，蓄满雨水。

此刻，她漫步时心中一片宁静，看见雨滴溅得人行道上斑斑点点，却还没有感觉到雨。

后来果然下起了雨，废墟变得寒冷冰凉。她去了死寂的湖和焚毁的树林，还有格拉本餐厅的废墟，在废墟里，她拾到了一串水晶，可以戴在身上。

一天后，一个抢匪把她赶出获取食物的藏身之处时，她笑了。那人一副幽灵的模样，她待在一处高地，笑着说她打赌他不敢爬上来。

后来，当她的预言成真时，她的宝库重新回到了她手中，她就在那些废墟的空壳中安顿下来，它们不再构成威胁，没有其他梦魇，只有她的水晶项链，以及和今天一样的明天。

唯有生活在废墟之上，火焰才会熄灭。

而幽灵都存在于过往，无形无相。

Copyright© 1978 by C. J. Cherryh

《银河边缘》访谈：专访大卫·布林
THE GALAXY'S EDGE INTERVIEW:
JOY WARD INTERVIEWS DAVID BRIN

［美］乔伊·沃德 Joy Ward　著
许卓然　译

名家访谈

乔伊·沃德写过一部长篇小说，在许多杂志和选集上发表了若干中短篇小说。此外，她还为不同机构主持过许多文字或视频采访。

关于大卫·布林的详细介绍，请见本书73页。

大卫·布林

本辑《银河边缘》收录了大卫·布林的雨果奖提名作品《雷神遇见美国队长》，这位才华横溢而又善于搞怪的科幻作家创作了《末日邮差》《提升之战》《太阳潜入者》等极具开创性的科幻作品，深受全世界科幻迷的喜爱。在本次采访中，对于科幻创作这个主题，他又会给我们带来哪些一针见血的洞见呢？

乔伊·沃德（以下简称 JW）：你是如何进入写作这一行的？

大卫·布林（以下简称 DB）：我一直都知道我会成为一名作家。我来自一个作家家庭，家里几代人都是作家。写作很有趣，我一直都知道我能写得不错。

但是在青少年时代，我做了一件所有科幻作家都会做的事情。我读了很多历史书，我被惊到了。历史令人毛骨悚然。它很可怕。它充满了错误，尤其是幻觉。幻觉是人类的伟大天赋。我们作家则是为幻觉服务的，我们施展咒语，创造出奇迹般的主观现实，侵蚀读者的大脑。这门艺术是伟大的，是绝妙的。但是，当艺术家们告诉你艺术是稀有之物时，他们就在撒谎。

大约百分之五十的人类都具有艺术细胞。我认识的所有大科学家都有各自的艺术爱好，而且几乎达到了专业水准。

我所了解的文明中，几乎没有哪个没有艺术。它是排在性、爱和吃饭之后，人类最自然的行为。如果你杀死一个社会中所有的艺术家，这事儿发生过，第二年你只会得到更多艺术。艺术不是稀有之物。伟大的艺术可能是，但人类爱幻想的本质决定了艺术是最率性简单的事情。艺术家们持那种论调，是因为只有吹嘘艺术的稀有和个人的才华才最符合他们的利益。

当我意识到这一点时，我同时感觉到，生活在二十世纪五六十年代的美国很好，而且我们的文明终于第一次开始喊出了权利、尊重和知识的口号。这在之前可从未发生过。

有史以来第一次，一种文明下的无数民众，不是在巩固他们一心相信的真相，而是在真诚地开展求真的实验。那是从未发生过的事情。

于是我决定加入这群人。我要成为一名科学家，然后业余时间做艺术。

人性最不幸的局限莫过于零和游戏，也就是认为每获得一次胜利，就一定会有一次失败；每诞生一个赢家，就一定会有一个输家。如果你擅长一件事，这便意味着你无法擅长另一件事。这种论调就是在说，我们生来就存在局限。

一个现代人所能企及的最强大的概念就是正和游戏——即一个人可以在多个领域成为赢家，其他人也不必成为输家。市场或科学领域的竞争可以促使每个人变得更加富裕。你可以当一个好的父母、配偶、公民、同事，同时也能找到方法成为一名艺术家。

科幻这个名字取得非常不好。光是"科学幻想"这四个字就足以在一千所美国大学校园里给这类题材招黑。大约只有二三十位科幻老师得到了终身教职，即便科幻是美国人最应该引以为豪的文学体裁；也许是这个名字本身造成的吧。只有大约百分之十的科幻作家跟我一样接受过科学方面的训练，但是这也不妨碍他们中的很多人写出科学设定极其严谨的科幻。

一些英语专业的作家跟我一样对硬科幻信手拈来，作品里充满大胆的推断和冒险，等着科学和技术在未来验证。其中的佼佼者包括金·斯坦利·罗宾逊、南希·克雷斯、格雷格·贝尔等，即便要了他们的命，他们当中也没人会求一个简单的导数。他们懂得这个领域的一个简单诀窍：那帮科学家，最好的科学家，只要科幻作家请他们吃比萨或者喝啤酒，或者用他们的名字命名一个角色，他们就会乖乖地做廉价顾问。那些最厉害的专家里，偶尔有一两个人会要求让他们的角色在剧情里翻云覆雨，或者死相惨烈，依个人性格而定。我很乐意帮他们实现，尤其是后面一种情况。重点在于，就算只有百分之十左右的科幻作家接受过科学训练，但几乎百分之百都会狂热地阅读历史。

坦白说，这个领域的名字取得太差了。它应该叫作推想历史（speculative history），因为我们基本就在做这件事。我们推测在某件事发生之后，或者定律改变之后，历史会如何发展。过去到底是什么样的？或者说，我们要如何推断这一蠢不可及、恐怖如斯、连篇累牍的错误，即所谓人类经验呢？

其实，那可能是对我们为什么还没有遇到外星人的费米悖论的解释之一。我们的挣扎在外星人看来太有趣了。我们正是他们想要续订和一直观看下去的迷你剧。

JW：你刚才说人类被这种零和游戏欺骗了，这在你的写作里是如何体现的？

DB：首先，这是一个绝对核心的概念，如果要我向读者强烈推荐一本过去二十年以内的非虚构图书，那一定是罗伯特·赖特的《非零和时代》，因为一旦你理解正和游戏的概念，你的一切政治观点都会变。你会开始理解六千年以来，百分之九十九的人类历史都因为零和文化沦为不幸，或者有时是负和文化，大人物们组成阴谋集团或者帮派，自称为国王、贵族以及神父，从男人们手中抢走麦子和女人。我故意说得很性别主义，因为女人在过去六千年里完全没有反对的资格。这很快就便成为自然而然的人类社会秩序，各种封建主义的变体，社会被塑造成金字塔形，顶部的极少数人统治了其他人。这些贵族，他们最优先考虑的不是相互竞争，而是压迫下面那些人的野心。

幻想小说就描绘了这样的社会结构。大部分现代幻想小说都拥有这样一条共同思路，除了都市幻想和蒸汽朋克，我尊重这两种类型。我认为，将科幻和幻想区分开的，正是假设社会的稳定性，这种叙事路子尽管荒诞不经，却又浑然天成。

这在我已故的好朋友、著名作家安妮·麦卡弗里身上得到了最佳的体现。她经常在采访中被称作一名"奇幻作家"。她通常会很生气并予以否认。她会说："我是一名科幻作家。"人们会觉得好笑，因为她写到龙，还有人御剑骑龙。她写到剑斗。她写到城堡、要塞，还有那些中世纪的手工艺，比如流苏花边、缝纫和编织。这些格调都跟奇幻小说很像。为什么她会这么说呢？

其实很简单。在她那些龙骑士的宇宙观里，波恩星球的人民拥有一种封建社会的秩序。他们有贵族、佃农，他们有天空中的骑士，但在第二本小说中他们发现了真相，原来他们曾是这颗行星上的殖民者，只是后来遭遇了一场大灾难。封建社会、精巧的工艺品、华丽的文化以及所有很酷的东西都是退化的产物。他们的祖先也曾经翱翔在空中，而且他们知道疾病的微生物理论，他们的孩子们也不会死在他们的怀里。他们曾经拥有抽水马桶、出版社以及网络平板。这正是区别所在，安妮·麦卡弗里的人物，区别于托尔金笔下那些一成不变的人物，区别于其他幻想小说里的人物。安妮·麦卡弗里的人物想要找回那些东西。他们决意找回那些东西，如果贵族和龙骑士伸出援手，未来他们的贵族头衔就可能形同虚设；如果他们唱反调，就会成为污点。这就让安妮·麦卡弗里成为一名毫无疑问的科幻作家。

真正的区别在于，科幻容许从根本上改变的可能性，并探讨它。幻想则专注于那些可以追溯至《伊利亚特》《奥德赛》《吠陀经》的更古老的传统：半人半神的英雄总是比公民和社会秩序重要，王位更迭可能会很激烈，但终将有国王。

JW：你的作品都是直面那些东西的。我又想到了你那些写非人类的小说。

DB：我不是第一个谈到将动物提升至人类智慧水平的作家。不过那些作家写的可能也是我会写的，假如我处于他们的场景中。他们讲述了那类故事最简单的版本，也就是写它自己，也就是一个弗兰肯斯坦场景。人类创造这些新的生物就是为了让它们成为奴隶。我们对它们很残忍。我们因为傲慢和狂妄地行使上帝的权力而遭到了报应。

好吧，这些故事都写过了。我也没有完全相信行使上帝的权力就会被自动惩罚。在《圣经》里有一些段落，说那是我们生来应该做的事情。所以在我的《提升之战》宇宙中，我决定试试其他路子。假如我们带着最好的意愿，将智慧的天赋给予其他生物，并且公开地进行，使其暴露在舆论的评判下，尽量避免错误，并纠正已经发生的错误呢？那难道不是一个充满魅力的故事吗？难道就不会有充满戏剧性和悲剧性的错误吗？难道中间几代人就不会进步并痛苦着吗？那会成为一件不错的艺术作品。实际上，我认为在一个善意的环境之中，这些生物可能给人带来的混合感受，会比那些刻意描绘的怪诞残忍行为要更加有趣。

JW：在你作品里出现的那些生物，比如大猩猩、海豚，我们是否需要从它们身上吸取什么教训呢？

DB：我们需要变得不害怕复杂性。我相信幻想小说吸引人的一点，就是那简单过时的社会秩序。你知道你是谁，知道你的角色是什么。相较于地球上的其他动物，我们知道自己的角色是什么。如果动物开始跟我们说话，如果机器人开始要求权利，如果外星人来临——不管是来征服或避难，还是只是出于好奇——生活就变得更加复杂了。我们已经应对过的复杂性，无论是其复杂程度，还是我们所获得的成功，都远超我们祖先的预言。我们生存下去的唯一机会就是继续这样。这就是科幻真正的贡献。

JW：你如何看待科幻的变化？

DB：我对写作黑暗小说并不陌生。我的漫画小说《食生者》，其背景就是纳粹和北欧诸神赢得二战的未来，是反乌托邦的。话说回来，我还是喜欢剑走偏锋。

《末日邮差》不是讲一个人或一帮人获得胜利的故事，相反，它是讲一位复杂而焦躁的半英雄，不情愿地意识到自己有撒谎的能力，而且他的谎言可以激发幸存者们记住一件简单的事情——很久以前他们曾是公民。

反乌托邦很有用，也很有趣，因为它可以指出错误或者可能性。最伟大的反乌托邦小说包括乔治·奥威尔的《1984》、哈利·哈里森的《超世纪谍杀案》以及《寂静的春天》《海滩之上》《奇爱博士》等。它们都有什么共同点呢？它们都是自我阻止的预言。它们每一部都指出了一种潜在的失败模式，描绘得如此生动，以至于千百万人都决意阻止它变成现实。然而，在今天那些如海啸般席卷而来的想法单一、陈腔滥调的反乌托邦和后世界末日故事中，这一特征是看不到的。

如果你想要你的英雄们展开一场血脉偾张的行动，以一场大屠杀作为故事的前提，也没问题。那很懒，但尽管去写。另一方面，如果你的失败模式令人乏味、或者脱离现实、或者毫无可能性，那么你将读者带入此处的唯一理由就是作者的惰性。

我在《轨迹》杂志上有一篇文章得到了很多关注，大家可以在我的网站上看到这篇叫《白痴情节》的文章，它阐述了好莱坞以及很多作者，用末日之后的反乌托邦轰炸我们的根本原因。

他们并非真的相信自己生活在这样的世界里。任何一位导演或者作家遇到麻烦了，都会打911，并且如果专业人士无法及时赶来支援，他们会很生气。但是他们笔下的角色永远不会这样：就算这些角色打了911，也打不通；就算打通了，接线员也无法应付；就算警察得以赶到现场，也来得太迟；就算及时赶到，也无能为力；而警察的不作为正是其与坏人狼狈为奸的有力佐证。只有一个例外。能力的大小取决于坏人的邪恶程度。当你的坏人不像《蝙蝠侠》里的小丑时，警察就会显得很无能，刚好给蝙蝠侠添堵的那种。如果坏人像《独立日》里的外星人那么超级无敌，那么美国政府和军方就会显得既伟大又有能力。

我不会因为这些作者和导演把上述选择搞得如此刻意而不爽。要让他们的英雄，在九十分钟或三百页里都处于令人血脉偾张的危险之中，最简单的方法就是假设一切机构都不管用了，并且你也无法指望你的邻居，因为他们都是一帮窝囊废。不过对他们而言，做出这样毫无新意的东西纯粹是出于习惯和懒惰，那是可耻的，因为每一部这样的反乌托邦作品都在说："观众们或读者们，我不是在提供一个你能够做出改变的失败模式，我是将你沉浸在一片阴暗中，教会你终极一课，那就是切勿相信任何机构，无论有多少公民致力于把它变得更好更有用。而且最重要的是，永远不要信任你的邻居。"

这些例外实际上很是暖心。在每一部《蜘蛛侠》电影里——它们不是什么伟大的艺术作品——英雄在百分之九十的时间里都在拯救纽约人民。但是，总会有一个很美好的场景，纽约人民拯救了蜘蛛侠。这是在向一种文明致敬，一种实际上善待我们所有人的文明，而我的观点是，文明可以是你作品中的一个角色，它可以有缺陷，可以失败，也可以是英雄需要的正能量的那一面。

这就是《星球大战》和《星际迷航》的根本区别。在《星球大战》里，飞船就像一战时期的战斗机。那些围着丝巾的英勇飞行员宛若半神，可以回溯到漫画书，回溯到第一次世界大战，回溯到阿喀琉斯。战斗机上甚至还有空位给勇敢的炮手或机器人。飞船就是骑士的军马，而文明则无处安放。

在乔治·卢卡斯的史诗巨作中，你永远看不到文明在做什么。共和国什么都没做。它甚至连可以被称之为错误的行动都没有。它什么都没做。另一个机构，绝地委员会简直比一群草包还没用。

这是一个古老的叙事主题。它是自身写就的，你从那三部前传的编剧质量就可见一斑。

在《星际迷航》里，飞船是一艘海军舰艇。船长的水平远在普通人之上，他不仅有主要角色的知识和技能，而且每一集都有来自下层甲板的人自告奋勇，为团队贡献力量。这艘船应对的就是复杂性。"企业号"和"航海家号"上承载的那些货物和乘员中，很重要的一个就是文明，也就是联邦。它会犯错吗？肯定会。这些就是剧集的主题：纠正错误，揭露错误，以及人类后代可能远超我们的思想实验。

当文明成为主题时，这些就都有了可能，你不会落入半人半神的窠臼。"企业号"遇到一个半人半神会有什么反应呢？肯定会双臂抱在胸前，带着一副怀疑的神情，看着眼前这个自命不凡的家伙，然后说："行吧，你是什么来历？"个人主义是我们文化中的核心观点，那些使用半人半神主题的人实际上在说服自己：他们为赞扬个人主义而写作，因为他们有一位英雄，英雄会战胜一切险阻和坏人。事实上，他们错了。他们在欺骗自己。他们并不是在宣扬个人主义，因为人类个体可以是脾气暴躁的、傲慢自大的、自我中心的，但讽刺的是，他们只有在文明的大环境中才会实现真正有意义的目标。它的确很讽刺，那些发生在正常运转的文明里的故事，恰恰是那些最有价值地、最现实地与个人主义对话的故事，并且给出了超越怨恨、复仇和愤怒的真知灼见。

《陶偶》中、英文版封面

JW：你的作品会朝什么方向发展？

DB：我写小说《陶偶》其实是发出一声呼救。我要参加大量的公开演讲，我要为很多跟未来相关的事宜充当顾问。除开这些，我还有三个孩子，还要教书，总之，我一直都疏忽了我那核心的写作事业。因此，我梦想着能发明一台机器，可以每天创造自己的分身。在《陶偶》里，每个人都有这样一个分身。很多科幻小说里都有类似的概念，就是新的科技成果诞生，然后将其一直保密，再接着你就得到了一个迈克尔·克莱顿式的情节。

而我想要知道如果每个人都得到这种新事物会怎么样。于是在这个世界里，你每天都把自己的脸套在家中那个复制品上，然后，一只属于你自己的廉价偶人就走了出来。它能维持一天，二十四个小时后就会化掉。它知道一切你知道的事情，拥有你的人格。它唯一能继续存活的方法就是做完一天的工作后，回到家，下载这一天的记忆。这么一来，你昨天是五个人。你过了五个昨天。今天你可能要做六个复制品，因为事情太多了。在这个世界里，你可以做成一切你想做的事情。你现在能明白为什么它是一个幻想的愿望吗？你可以造两个便宜的绿人偶来处理所有的杂事，修好房子里里外外，做好全部的清洁工作。你还可以造一个昂贵的黑偶人，派它去图书馆学习。你可以造一个战斗版偶人，派它去竞技场并战死，但是得记得把它的头冷冻起来，这样你才能记得这一切。

《存在》这部小说的题材跟《地球》一样。这是我从《克洛诺斯》中得出的两大近未来推断。小说主题基于约翰·布拉诺的《立于桑给巴尔》，内容包括媒体上的摘录和围绕着人物发生的故事，描绘了一个在我们有生之年可能见到的复杂社会。顺便提一句，大家可以在 DavidBrin.com 上看到《存在》的三分钟预告，里面有精美的艺术作品和主角画像，由著名的网络艺术家帕特里克·法雷创作。我敢保证那会是你在不脱衣服的情况下最享受的三分钟。我的妻子给我之前的两部小说做了预告片，分别是《荣耀赛季》和《彗星之心》。

阿西莫夫遗产基金会请我、"B 字杀手组"[1] 和格雷格·贝尔写第二部"基地三部曲"。这些是独立小说但又联系紧密。阿西莫夫的遗孀很客气地称它为最好的"非阿西莫夫"作品。

自夸的话就不说了，我认识了很多真的很棒的新人。他们聪明绝顶、知识丰富，会成为比我更好的作家。但我仍然认为我是仅剩的真正伟大的科幻作家之一，只因为一个原因，牙医学。（假装一本正经）这些傲慢的家伙都是天才，也是才华横溢的作家，但是他们嘴里都没有种过牙，所以他们无法接收到来自三体星系的电波辐射，因此，我的创作源泉是无穷无尽的。

---

1. 指大卫·布林、格雷格·贝尔、乔治·本福德等姓氏以字母"B"开头的作家。他们的作品糅合了坎贝尔式的理性、乐观主义和新浪潮的特色。

唯恐黑暗降临 02
LEST DARKNESS FALL 02

［美］L. 斯普拉格·德·坎普 L. Sprague de Camp 著
华　龙　译

穿越题材开山之作，

带你经历一场罗马的趣味冒险。

　　L. 斯普拉格·德·坎普是位造诣极高的科幻作家，写作生涯跨越六十余年，所获殊荣更是数不胜数，他不仅是1966年世界科幻大会的荣誉嘉宾，还获得了1979年的星云奖大师奖和1984年的世界奇幻终身成就奖。

　　著名科幻作家舟·沃顿*曾如此评价《唯恐黑暗降临》这部作品："L. 斯普拉格·德·坎普在1939年开创了科幻小说写作的新思路，他使主人公脱离自己原本的年代，来到一个科学技术水平较低的历史时期……主人公在那里埋头苦干，利用所知的现代科技即兴发挥，引入蒸馏技术、复式记账法……你越了解历史，就越能发现这本书里蕴藏的智慧……"

　　上一辑《银河边缘》登载了《唯恐黑暗降临》的前三章，本辑请继续欣赏这部作品的第四至七章。

★ 舟·沃顿（1964— ），英国科幻、奇幻小说家，她的小说《我不属于他们》获2011年星云奖和2012年的雨果奖，也入围了世界奇幻奖。

第四章

　　帕德维下定决心不让任何事情影响自己的计划,一定要专心致志谋个营生。把这件事办好之前,他可不打算对外声张。

　　不过,银行家对于战争的那番话倒是提醒了他,说到底,这依然是一个政治、文化、经济与生活密不可分的世界。在他的另一段生命里,除非万不得已,他都不需要对时事寄予特别的关注。而在这个昔日的罗马帝国,没有报纸和电子通信,一个人要想忘记自己生活圈子之外的事情简直再容易不过了。

　　他正置身于西方古典文明的余晖之中;信仰的时代即将来临,但更有名的说法是黑暗时代。欧洲将被黑暗笼罩,科学和技术将被摒弃近千年。而这两方面,对于帕德维那颗想不带偏见都不行的头脑来说,就算不是唯一重要的,也是文明之中最为重要的方面了。当然,生活在他周围的人并不知道将要发生什么。这个过程实在太过缓慢,哪怕穷其一生,也无法切身体会到。他们想当然地认为环境就是如此,甚至还会大肆吹嘘他们有多么先进。

　　那该怎样办呢?单凭一己之力是否能改变历史的轨迹,阻止这场衰落?或许之前已经有人改变了历史的轨迹。卡莱尔[1]信徒会说这是可行的,而托尔斯泰或马克思的信徒会说不行;环境造就一个人的功过成败,并会让人与之适应。唐克莱迪已经用一种不同的方式对此加以阐述,他将历史比作一张结实的网,要想扰动它,必须施以巨大的努力。

　　仅凭一个人的努力怎样做到呢?新的发明创造是技术发展的主要动力。

---

[1] 全名托马斯·卡莱尔(1795—1881),苏格兰哲学家、讽刺作家、翻译家、散文家、历史学家、数学家。

但即便是在他自己的那个时代，就算没有强大而多疑的教会来束手束脚，要做专业的发明依旧十分艰难。哪怕他能避开那些虔诚的教徒不怀好意的关注，单靠"创新"又能取得多大成果呢？蒸馏和金属滚板的工艺毫无疑问已经成形了，阿拉伯数字也得到了推广。不过，还有很多事情要做，而这短短的一生似乎并不够用。

那么，然后呢？把生意做起来？他已经做到了，但上层阶级对此嗤之以鼻；他并不是天生的生意人，不过跟这些六世纪的乡巴佬比起来还挺得住。政治方面呢？在一个胜负取决于刀刃是否锋利的时代，在一个言谈举止都没什么道德准则的时代，还谈什么政治？瞎扯吧！

所以，怎么才能阻止黑暗降临呢？

如果帝国拥有更好的通信手段，那统一局面可能就会维持更久。但是这个帝国嘛，至少西部地区已经在他们那些蛮族部队的蛮力之下毫无希望地分崩离析了，分裂成了意大利、高卢和西班牙。

而解决方案就是"快捷沟通与反复记录"——印刷术。若是大部分书籍的发行量最少能达到一千五百本，那么就算是最勤快的蛮族，要想彻底毁灭一个文明的文字也是非常困难的。因为书的总量实在是太多了。

所以他应该做一名印刷匠。这张大网可能确实很结实，不过它还从未被马丁·帕德维折腾过呢。

"早上好，我亲爱的马蒂内斯。"索玛苏斯招呼道，"铜板轧制的生意怎么样了？"

"凑合吧。本地铜匠的铜条备货很足，但愿意按我的价钱采购这种沉重商品的船商并不太多。不过，我想未来几星期内就能清掉最后一笔单子了。"

"听到这消息我很高兴。然后你打算干什么？"

"我来见你就是为了此事。罗马现在还有谁在出版书籍？"

"书？书？那可没人，除非你把那些誊写员算上，他们为图书馆抄写损坏的书籍。在阿盖尔滕那边有几家书铺，不过他们的存货全都是进口的。最后一个试图在罗马搞出版业的家伙很多年前就破产了。这地方的需求量不大，也没有足够多的好作者。我希望你不是想要干这个吧？"

"没错，我就是想干这个。我也会因此赚钱的。"

"什么？你疯了，马蒂内斯！别考虑这事儿，我可不想看你在这么美好的开端后破产。"

"我不会破产的。不过我需要一些启动资金。"

"什么？又要贷款？可我刚刚才告诉你，在罗马没有人能靠出版赚钱的。这是不争的事实。这么草率的计划，我一个铜板都不会借给你。你觉得需要多少钱？"

"大概五百枚金币。"

"啊呀！你彻底疯了，老弟！你要这么多钱干什么？买或是雇几个抄写员不就是了……"

帕德维笑道："噢，不。关键就在这儿了，要想手工抄写一部像是卡西奥多罗斯的《哥特人历史》这样的作品，一名抄写员得忙好几个月，而且还只是完成一本。这样的一本书价值五十枚金币也就不足为奇了！我可以建造一台机器，几个星期之内就能印出五百或是一千本书，那零售价就是五或十枚金币。不过，建造这么一台机器可是要花费时间和金钱的，还要教工人如何操作。"

"可那也是真金白银啊！上帝啊，你在听吗？喔，请让我这位迷途的年轻朋友听听人劝吧！最后再说一遍，马蒂内斯，我绝不考虑！对了，那台机器怎么运作呢？"

要是帕德维知道将会有多少艰难险阻在等着他，那他也许对于开办一家印刷厂的可行性就不会这么信心十足了。要知道，这可是一个既不知道印刷机、铅活字、印刷油墨，也不了解纸张的世界。书写用的墨汁倒是可以搞到，莎草纸也能弄来。不过帕德维没花多长时间便恍然大悟，这些东西对他的目标来说并没有多大的实用性。

但他的印刷机看似是最高不可攀的，却反倒是最容易达成的。货仓区那边的一位木匠承诺，几周之内就给他拼凑一台出来，尽管他对帕德维这台新鲜玩意儿的用处流露出理所应当的好奇，可帕德维自然不会跟他言明。

"这可不像我见过的任何一种压制机，"那人说道，"也不像是一台擀毡机。我知道了！你是城里的新任刽子手，这是一台新式刑具！你为什么不想告诉我呢？老板？那可是一门备受尊崇的活计啊！不过说真的，等到你第一次把这玩意儿派上用场的时候，给我一张去行刑房的通行证怎么样？我得确保我的活儿没毛病，您说是吧？"

他们把一根破碎的大理石柱的顶部锯下来，装上轮子，做成了机床。

把古代文物如此糟践，帕德维由内而外地一阵反感，但他还是安慰自己说，一根柱子与印刷术相比微不足道。

为了搞好活字，他跟一位印章工匠签下合同，让他为自己打造一套黄铜活字。起先他被吓住了，因为发现需要做一万到一万两千个小件，由于他基本造不出活字铸字机，因此就必须直接用活字版进行印刷。刚开始他希望能用希腊语、哥特语、拉丁语印刷，不过单单是拉丁语活字就耗了他两百多枚金币；而且印章工匠搞出来的第一批样件居然把字母搞反了，不得不熔掉重来。字体是按着二十世纪的十四号无衬线哥特字体做的。用这么大的字，一页上放不下多少内容，但他希望至少读起来方便。

帕德维打消了自己造纸的念头。对于怎么造纸，他只有模糊的概念，只知道那过程十分复杂。莎草纸太光滑、太脆，而且在罗马这类物品的供应也很紧张、不稳定。

那就剩下犊皮纸[1]了。帕德维发现台伯河边有一家鞣皮厂，以生产少量犊皮纸作为副业。那是将绵羊和山羊皮经过一系列刮削、清洗、拉伸、修剪制造出来的，而且价格似乎还算合理。帕德维一次订下了一千张，这让鞣皮厂主颇有些吃惊。

很幸运，帕德维知道印刷用的油墨是用亚麻籽油和炭黑做的。买一袋亚麻籽并用辊子碾压并不是什么了不得的事情。辊子嘛，就跟他用来轧制铜板的辊子差不多。临时打造一台包含有油灯的装置也没费多少事，把这台装置上方放一只碗注满水不停地旋转，再用刮刀把上边积攒的炭黑刮下来就行了。不过，最终出来的油墨的唯一问题就是印不出字来：要么留不下任何印迹，要么油墨四溢、模糊一团。

帕德维的资产状况快让他发疯了；五百枚金币所剩无几，就像是一个残酷的笑话。他的消极溢于言表，甚至会听到一些工人在背后议论此事。但他依旧顽强地进行着油墨试验。最终他十分确定，里面再加一点点肥皂就会效果极佳。

二月中旬，内维塔·谷芒德之子在蒙蒙细雨中到来。弗莱瑟瑞克将他引进屋，这位哥特人用力拍了拍帕德维的后背，差点将他拍到了屋子中间去。"好呀，好呀！"他大叫着，"有人给了我一些你卖的那种极不寻常的酒，我

---

[1]. 质量最好的羊皮纸被称为犊皮纸。

记得你的名字，于是想着得拜访你一下。说起来，作为一个异乡人，你让自己成了史上有名的人物了。真是个聪明的年轻人，对吧？哈哈！"

"你想要四处看看吗？"帕德维邀请道，"只是我不得不要求你对我的这些东西保守机密。此地还没有法律能保护人们内心的想法呢，所以我必须保守好我的秘密，直到做好准备用它们来造福大众。"

"那是自然，你信得过我。其实话说回来，我恐怕也搞不明白你的设备是如何工作的。"

机器车间里，帕德维仓促建造起来的一台粗陋的拉丝装置把内维塔震撼住了。"这东西真美，不是吗？"他说着，拿起成卷的黄铜线，"我要给我老婆买一些。这东西做手镯和耳坠很不错。"

帕德维倒还真没想过能派上这个用场，只得说还得个把星期才能准备就绪。

"你的动力是从哪里来呢？"内维塔问道。

帕德维向他展示了后院里干活的马匹在雨中绕着一根主轴转圈。

"别想着一匹马能有多大效用。"哥特人说道，"你可以利用几个壮实的奴隶得到更多动力。没错，只要你的驭夫知道怎么用鞭子。哈哈！"

"噢，不，"帕德维说道，"关键不是这匹马。注意到它的挽具有什么特别的吗？"

"喔，是的，很特别。不过，我不知道那东西到底有什么不对劲的。"

"就是马脖子上那根项圈。你们的人让马匹拖着套在喉咙上的皮带拉车。每拖拽一下，皮带就会勒住气管，让这可怜的动物喘不上气。而这根项圈把负载都加在了马的肩膀上。要是你打算拖走一个重物，可不想用一根绳子套在自己的脖子上拉，对吧？"

"好吧，"内维塔将信将疑，"可能你是对的。我用我的那种挽具已经很久了，可就是没心思去改一改。"

帕德维耸了耸肩，"什么时候你想要这么一套装备，可以去亚壁大道的马具商美特卢斯那里搞到。他是专门为我打造的。我没工夫自己做；我有太多的事情要做了。"

这时候，帕德维倚在门框上闭起了眼睛。

"你感觉不舒服吗？"内维塔紧张地问道。

"的确不太舒服。我的脑袋就像万神庙的穹顶一样沉重。我想我该睡一会儿了。"

"噢，我说，看来我得帮你一把。我的人呢？赫尔曼！"赫尔曼出现的时候，内维塔冲着他嚷了一番哥特话，帕德维在其中听到了里奥·威考斯这个名字。

帕德维抗议道："我不想找医师……"

"别争了，我的孩子，没问题的。关于把狗放到屋外那件事，你是对的。这治好了我的气喘病，所以我很乐意帮帮你。"

尽管帕德维正在感冒，可他对于六世纪医师的手段抱有的恐惧远远胜过了对于流感的担忧。内维塔和弗莱瑟瑞克坚持把他扶到了床上，这让他不知该如何优雅地拒绝。

弗莱瑟瑞克说道："在我看来，这显然是中了精灵之箭。"

"什么？"帕德维嚷道。

"精灵之箭。精灵射中了你。我知道的，因为我在非洲的时候也经历过一次。一位汪达尔医师把无形的精灵箭头抽出去后便治好了我。当那东西变得能为人所见时，其实就是小小的箭头，用燧石碎片做成的。"

"听着，"帕德维说道，"我知道我得了什么病。如果大家能让我单独歇着，不出一周，或是十天，我就好了。"

"我们可不这么想！"内维塔和弗莱瑟瑞克一起叫嚷起来。就在他们争执的时候，赫尔曼回来了，带来了一位面色蜡黄、胡须油黑、看上去十分敏锐的男子。

里奥·威考斯打开了他的包。帕德维往里瞅了一眼，浑身一抖。里边有几本书，一堆各色草药，几只小瓶子里装的可能是小型哺乳动物的内脏。

"那么现在，尊敬的马蒂内斯，"威考斯说道，"让我看看你的舌头。说'啊'。"医师摸了摸帕德维的额头，戳了戳他的胸口和肚子，对他的状况问了几个听上去还挺像样的问题。

"这症状在冬季很常见，"威考斯以一种说教的语气说着，"是某种神秘之事。有的说是因为脑袋里的血液过量，从而引发了你所抱怨的那种气闷之感。也有人称是由于黑胆汁过量。而我秉持一个观点，这是由肝脏的自然灵气与神经系统的动物灵气产生的冲突导致的。动物灵气的溃败自然而然地反映在了呼吸系统上……"

"这只不过是严重的感冒……"帕德维回答。

插画／刘鹏博

威考斯根本没搭理他,"因为肺和喉咙都处于它们控制之下。对你来说最好的治愈方法就是抬升心脏的生命灵气,让自然灵气归于它们本该所属的位置。"他开始从包里往外掏杂草。

"精灵之箭呢?"弗莱瑟瑞克问道。

"什么?"

弗莱瑟瑞克又把他那族的医术讲了一番。

威考斯笑道:"我的好伙计,在盖伦[1]眼里,精灵之箭一文不值。在凯尔苏斯[2]或阿斯克莱皮亚德斯[3]眼里也是如此。所以我不可能把你的话当回事……"

"那你对治病恐怕是门外汉了。"弗莱瑟瑞克愤愤不平地说。

"是吗?"威考斯厉声说道,"到底谁是医师?"

"别吵了,这只会让我的状况更加糟糕。"帕德维抱怨道,"你打算怎样医治我?"

威考斯抓起一束草,"炖煮这些草药,每三小时喝一杯。里边包括温和的泻药,可以通过肠子排出黑胆汁,以免黑胆汁过量。"

"哪种是泻药?"帕德维问道。

威考斯把它抽了出来。帕德维伸出细瘦的胳膊抓住那把草,"要是你不介意,我想把这个跟其他的单独分开。"

威考斯随他所愿,告诉他要保暖、卧床休息,然后就走了。内维塔和赫尔曼也跟他一起离开了。

弗莱瑟瑞克咕哝着说:"还自称是医师,居然连精灵之箭都没听说过。"

"把茱莉娅叫来。"帕德维说道。

那姑娘一来,屋里顿时就热闹起来,"噢,慷慨的主人啊,您到底是怎么啦?要我把纳西索斯神父找来……"

帕德维应道:"不,你别去。"他拣出一小把清泻的草药递给她,"烧一

---

1. 克劳迪亚斯·盖伦(129—201/216),古罗马时期著名的医学大师,他被认为是仅次于希波克拉底的医学权威。

2. 凯尔苏斯(公元前25年—公元50年),著有一部涵盖多种主题的百科全书,该书前五卷和农业相关,但现在仅存关于医学的八卷,被称为《医术》。

3. 阿斯克皮亚德斯(公元前124/129年—公元前40年),因反对"体液学说"并提出膳食治疗而非药物治疗,让他一度成为古罗马时期非常有影响力的医师。

壶水把这个煮煮,然后给我倒一杯过来。"他把剩下的那堆草也交给她,"这些全都扔了。扔到那个医师看不到的地方。"

泻药应该对症,他心想。要是他们能让他单独歇着……

第二天一早,帕德维的脑袋不那么沉了,但依然感觉很疲倦。他一直睡到十一点,直到被茱莉娅叫醒。跟茱莉娅一起来的是一位举止庄重的男人,穿着一件普通的平民外套,里边套着一件很长的白色长袍,袖口收紧。帕德维从他修短的头发猜测他就是纳西索斯神父。

"我的孩子,"神父说道,"看到邪魔让他的党羽侵入你的身体我十分遗憾。这位贞洁的年轻女士恳请我给予你神灵的帮助……"

帕德维真想告诉纳西索斯神父该去哪儿去哪儿,可他控制住了自己。他有一条准则,绝不与教会发生麻烦。

"我没见你去过天使加百列的教堂。"纳西索斯继续说道,"尽管如此,我希望你也是我们中的一员吧?"

"美国教派的。"帕德维含混地回答。

神父听得有些迷茫,不过他继续说道:"我知道你请教过威考斯医师。不过,若你将信任赋予上帝会更好!跟他的力量比起来,那些骗钱的无赖和炖煮的草药是多么微不足道啊!我们应该先从几段祷告开始……"

帕德维无奈地任其自便。随后茱莉娅走过来,手里还搅拌着什么东西。

"不用担心。"神父说道,"这是万无一失的治病良方,取自圣聂勒[1]坟墓中的尘土,与水混合。"

这种搭配显然没什么致命因素,于是帕德维喝掉了。纳西索斯神父似乎挺喜欢聊天,问道:"那么说,你不是来自帕多瓦[2]喽?"

这时,弗莱瑟瑞克的脑袋探了进来,"那位所谓的医师又来了。"

帕德维回应道:"告诉他等一会儿。"天呐,他真的很疲倦,"十分感谢,神父。能见到您真是太好了。"

神父走了出去,对这位世俗之人的盲目无知连连摇头,哀叹他居然相信药物。

见威考斯一脸责难地走进来,帕德维说道:"别责怪我。是那姑娘把他

---

1. 圣聂勒原是罗马皇帝的卫士,因改信天主教,遭到迫害,死后被天主教封为圣人,安葬在罗马地下的殉道者墓窟的多弥谛拉墓窟中。

2. 意大利北部城市。

带来的。"

威考斯叹了口气，"我们这些内科医生耗费一生致力于科学研究，然后却不得不跟这些沆瀣一气的奇迹创造者竞争。好吧，我的病人今天怎么样？"

就在他给帕德维做检查的时候，叙利亚人索玛苏斯出现了。这位银行家焦躁不安地在一旁等着，直到威考斯离开。然后索玛苏斯说道："我一听说你病了就立刻赶来了，马蒂内斯。祈祷和药物固然很好，不过我们不想放过任何机会。我的一位同行犹太人埃比尼泽认识一个人，是他那个教派里的人，名叫耶格尼亚斯，来自那不勒斯，他十分精通治病的魔法。很多这类魔法师都是江湖骗子，我对他们一丁点儿都不相信。不过，这位倒确实出类拔萃……"

"我可不想见这人。"帕德维抱怨着说，"要是你们都别总想着怎么给我治病，我的病很快就会好……"

"我都把他带来了，马蒂内斯。现在得理智一点，他不会伤害你的。我可不能眼看你拿着那么多借据就这么撒手人寰……当然啦，这不是唯一的担忧；对于你这个人，我其实还是很喜欢的……"

帕德维感觉就像是深陷梦魇之中不能自拔。他越是抗拒，就越有庸医来跟他过不去。

那不勒斯的耶格尼亚斯是个身材矮小的胖子，举止十分活泼，外表看上去更像是让你非买不可的推销员，而不像是那种常见的魔法师。

他吟唱起来："现在，把一切都交给我吧，尊敬的马蒂内斯。这里有一个小小的符咒会祛除孱弱的鬼怪精灵。"他掏出一张莎草纸，用一种帕德维听不懂的语言念诵了一番，"好了，这一切毫无伤害，不是吗？就把一切都交给耶格尼亚斯吧。他知道自己在干什么。现在，我们要把这个咒文放在床下，如此即可！是了，你没有感觉到已经好些了吗？现在，我们要占卜你的星相。如果你能把生辰八字告诉我……"

真见鬼，帕德维心想，他怎么跟这个矮胖的江湖骗子解释他出生于一千三百七十三年以后呢？他把自己的矜持抛到九霄云外，从床上坐起来虚弱无力地叫道："放肆的奴隶，难道你不知道我是所罗门封印的世袭守护人之一吗？我用一个字就能让天空混沌无形，只需说一句话就能让太阳无影无踪。而你却大言不惭地想要占卜我的星相？"

魔法师的眼睛瞪得溜圆，"我……我很抱歉，先生，我不知道……"

"沙慕克哈姆弗拉斯！"帕德维吼叫起来，"阿什托雷斯！巴力－玛迪克！圣弗莱吉戴尔！帝珀卡努和泰勒[1]！滚开，你这可怜虫！若是胆敢泄露一丁点儿我的真实身份，我就会让最恶毒的麻风病降临你身！你的眼球会腐烂，你的手指会一节一节脱落……"不过，耶格尼亚斯已经落荒而逃了。帕德维能听出他是一步跨过三级台阶跑下了楼梯，跑到一半就一溜跟头滚了下去，然后玩儿命地逃出了前门。

帕德维乐得哈哈大笑。弗莱瑟瑞克被这通杂乱的声音引得探过头来，于是帕德维告诉他："带着你的宝剑守住门口，就说威考斯已经下令不许任何人探视我。注意，我说的是任何人。就算圣灵现身也要把他挡在外面。"

弗莱瑟瑞克奉命行事。不过随后，他从门框外探进脖子说道："英明的老板！我晓得一个哥特人，他精通精灵之箭的理论。要不要我把他找来给……"

帕德维拉过被单蒙在了头上。

转眼间到了536年4月。西西里在12月就已经落入贝利萨留将军之手，但帕德维是在几星期之后才听说此事的。除了生意上的事情，他几乎四个月足不出户，为了他的印刷厂忙得焦头烂额。而且，除了他的几名工人和生意往来，他在罗马实际上也不认识什么人，顶多就是跟那些图书管理员聊聊天，再就是跟索玛苏斯的两个银行家朋友谈谈话，这二位就是犹太人埃比尼泽和亚美尼亚人瓦尔丹。

印刷厂最终准备就绪的那天，他把工人召集在一起宣布道："我想诸位深知今天对于我们来说是很重要的日子。弗莱瑟瑞克会给你们每人发一小瓶白兰地，你们走的时候可以带回家。不过谁要是把锤子或其他任何东西掉落到这些小小的黄铜字母上，就会被当场解雇。我希望你们谁都不会那么做，因为你们很好地完成了工作，我为你们感到骄傲。就这些了。"

"好呀，好呀，"索玛苏斯赞叹道，"真是太妙了。我一直就知道你会让那机器运行起来的。我从一开始就说中了。你打算印什么？《哥特人历史》？毫无疑问，这会讨地方执政官的欢喜的。"

---

1. 这段都是帕德维信口胡诌的词。

"不，那要花费好几个月时间才能完成，特别是我的人还都是新手。我要从一本小小的字母学习书开始。你知道的，就是 ABCD 之类的。"

"这主意听起来不错。不过嘛，马蒂内斯，你就不能让手下那些人去做吗？你好好歇歇。看起来你似乎一连几个月都没好好睡上一觉了。"

"说对了，是没好好睡过。不过我离不开，每次出一点岔子我都得去处理。而且我得给这第一本书找销路，比如学校校长这类人。我迟早都得亲自做每件事。还有，我有个主意，关于做另一种出版物。"

"什么？别跟我说你又打算开始某个疯狂的计划……"

"现在嘛，好了，别太激动，索马苏斯，就是每周出一本新闻小册子。"

"听听，马蒂内斯，你太雄心勃勃了，这会把抄写员行会惹毛的。既然如此，我希望你能跟我详细说说你到底是什么人。你可是城里的一大神秘人物啊！你知道吧？每个人都在打听你。"

"你就跟他们说，我是你这辈子遇见过的最没意思、最无聊的人。"

罗马只有一百多个自由职业的抄写员。帕德维成功地消除了他们对自己可能怀有的敌意，他用了一个让人意外的权宜之计——将他们揽入麾下做撰稿人。他给可以接受的新闻稿开出了每篇几枚银币的价钱。

在编排第一期的时候，他发现必须得有些严格的审查制度。比如，有一篇是这样写的：

> 我们那位荒淫堕落的市总督霍诺里乌斯伯爵，星期三一大早就被人发现在大道上被一位手持屠刀的年轻女子一路追赶。这个胆小鬼衣不遮体，将追赶者远远甩掉了。这是这位缺德、腐败的伯爵一个月里第四次跟女人发生的丑闻了。据传言，狄奥达哈德国王将会接到请愿将其革职，受其侮辱的女子们的那些义愤填膺的父亲将组成委员会提交请愿。希望这位作恶多端的伯爵下一次被手持屠刀之人追赶时能被逮到。

帕德维心想，有些人不喜欢我们那位声名显赫的执政官。他并不认识霍诺里乌斯，但不管这故事是真是假，要知道，在意大利宪法中，帕德维和罗马城的行刑房之间可没有"出版言论自由"的条款作为保障。

所以第一期的八页刊物对那位手持屠刀的年轻女子只字未提。这期有许多无伤大雅的新闻；还有一首短诗，是位抄写员创作的，他幻想自己是第二个奥维德[1];帕德维写了一篇社论,简短提到了希望罗马人会发现他的报纸有所裨益;还有一篇短文——也是帕德维写的——讲述了大象的自然习性。

帕德维用略显发脆的绵羊皮做出了印刷校样,对于自己和手下人的成就十分骄傲,尽管当时就发现了不少明显的排版错误,可这种自豪感也不曾磨灭分毫。其中一个错误出现在一篇关于某个罗马人在路上被强盗严重伤害的文章里,故事发生在几天前的一个夜晚,文章里一个原本平常的词给弄成了含义淫猥的词,使整个意思全变了。好在只印了两百五十份,他可以让人从头到尾检查一番再用笔加以修正。

不过,帕德维还是忍不住对自己在这个世界里的重要性生出敬畏之感。但若不是纯属幸运,那个在路上被严重刺伤的人也可能是他啊——瞧瞧,那就没有印刷出版业了,也就没有他可能会引入的新发明了,一切都得等那缓慢的自然进程为技术进步铺好路才行。并不是说他的功劳有多大——比方说,谷登堡本该为发明欧洲活字印刷术而青史留名的。

帕德维给自己的报纸定名为《罗马时报》,定价十枚银币,大约相当于五十意分。让他惊讶的不仅仅是第一期很快售罄,就连弗莱瑟瑞克也不得不连续三天将络绎不绝上门求购的人拒之门外。

有几位抄写员天天造访,每次都带着新稿件。其中一位体态丰腴、面色喜庆,年纪跟帕德维相仿,他交来这么一篇故事,开头是这样的:

> 一位无辜者的鲜血已经为那个卑鄙的怪物——我们那位市总督霍诺里乌斯伯爵的欲望而牺牲了。
>
> 据可靠消息称,上星期由于谋杀罪被钉死在十字架上的那位Q.奥勒留斯·伽尔巴,他的妻子其实与我们那位作恶多端的伯爵通奸已久。在伽尔巴受审期间,观众席当中有不少人议论说证据多么经不起推敲……

"嗨!"帕德维说道,"你不就是写'霍诺里乌斯和一把屠刀'那个故事的人吗?"

"没错。"这位抄写员回答,"我还纳闷儿你为什么不把它印出来呢。"

---

1. 奥维德(公元前43年—公元17年),古罗马诗人,代表作有《变形记》《爱情三论》等。

"我要是那么做了，你觉得我还能不受干涉地把报纸经营多长时间？"

"噢，我倒从没想过这事儿。"

"好吧，下次记住。这篇我也不能用。不过别让这事儿打击你。写得不错，从开头到每句话都不赖。你是怎么得到这些消息的？"

那人咧嘴一笑，"听说的。要是我没听说，那就是我妻子听来的。她经常跟一帮女友一起玩双陆棋，她们什么都聊。"

"可惜我不敢开设'流言蜚语'栏目。"帕德维说道，"不过你有当新闻记者的潜质。你叫什么？"

"乔治·梅楠德鲁斯。"

"希腊人，是吧？"

"我父母是希腊人，但我是罗马人。"

"好的，乔治，跟我保持联络。将来我会雇一名助手来协助经营的。"

后来，帕德维信心满满地拜访了制革工匠，又要订一批犊皮纸。

制革工说："你什么时候要？"帕德维告诉他四天后。

"那不可能。那时候我可以供给你五十张。每张的价格是上次的五倍。"

帕德维倒吸一口气，"看在老天的份儿上，为什么呀？"

"你第一批订单就彻底买空了罗马的库存，"制革工回答，"我们所有的库存，还有周边地区剩余的库存，那可是我四处奔波给你搞到的。整座城市里都没有足够的皮子来做出一百张纸了。而且做犊皮纸很费时间，你知道的。如果你买下最后这五十张，然后想再要一批的话，就得等好几个星期了。"

帕德维问道："要是你扩大车间，你觉得能不能最终达到每周两千张的产量呢？"

制革工摇了摇头，"我可不想在那么一笔冒险的生意上花钱。而且，就算我那么做了，整个意大利中部也没有足够的牲口供应这么多的原料。"

帕德维没招儿了，随即他也明白了。犊皮纸从本质上讲，其实是制皮产业的一个副产品。因此当产量没什么变化的时候，需求量突然增加会导致价格暴涨。尽管罗马人对于经济学几乎一无所知，但供需法则在这里依然适用。

但说到底还是得有纸张。他的第二期可能得推迟很久很久很久了。

为了造纸，他找来一名擀毡工，让他弄碎几磅白布，并做成任何人都闻所未闻的最薄的毡制品。那位擀毡工尽职尽责地造出了一张纸，看上去像是既厚又粗糙的吸墨纸。帕德维十分耐心地坚持要把布料弄得更碎，擀毡之前要稍加炖煮，然后再压制。在他走出车间的时候，他看到擀毡工意味深长地拍了拍额头。不过经过多次试验之后，他给帕德维献上了一张纸，在这张纸上写字应该跟在二十世纪的纸巾上写字差不多。

但随后便是令人心碎的时刻。一滴油墨滴到纸上，立刻扩散开来，那花纹炸开的态势就像野餐聚会时众人之间突然出现了一条响尾蛇。于是，帕德维告诉擀毡工再做十张，每一张各加入一种普通的材料——肥皂、橄榄油，诸如此类。这时候，这位擀毡工威胁要退出，好说歹说又加了工钱才算作罢。但让帕德维大感宽慰的是，他发现在纸浆中加入一点点黏土就能让纸张的可书写性能发生翻天覆地的变化。

当帕德维的第二期报纸售罄时，他不再担心纸张短缺的问题了。不过另一个念头又开始困扰他的内心：等到哥特战争[1]真的爆发后，他该怎么办？在他自己的历史中，那场战争要在意大利肆虐二十多年，几乎每一座重要的城镇都至少要被围攻或是攻陷一次。罗马本身更是因为围困、饥荒、鼠疫导致人口锐减。如果他活得足够长，那他也许还能亲眼见证伦巴第人入侵[2]，目睹意大利文明再次几乎毁于一旦。而所有这一切都会极其严重地扰乱他的计划。

他尽力抛开这些思绪。也许是天气让人这么不爽，已经连续下了两天大雨，屋子里每件东西都潮乎乎的。唯一的解决之道就是生一堆火，可这样又让空气太暖了。于是，帕德维坐在那里望向远方阴沉沉的天地。

当看到弗莱瑟瑞克带来索玛苏斯的那位同行犹太人埃比尼泽时，他有些意外。埃比尼泽是位面容文弱、蓄着长长白须的和蔼老者。帕德维发现他虔诚得让人可怜：当跟其他银行家一起吃饭的时候，他根本就不吃东西，因为担心违背他那个教派数不胜数的律条中的某一项。

埃比尼泽把斗篷从头上脱下来，问道："尊敬的马蒂内斯，我需要把它放在什么地方？免得滴湿东西。啊，谢谢。我正好顺路去谈笔生意，我想

---

1. 指公元535年—公元555年东罗马帝国皇帝查士丁尼一世发动的收复意大利的战争，历时近20年，最终于公元554年灭亡哥特王国，于公元555年收复罗马帝国旧疆意大利半岛。

2. 在东罗马帝国收复意大利后，继位的查士丁尼二世却又无力保卫意大利，于是在公元568年，另一批日耳曼人，也就是伦巴底人入侵意大利时，东罗马帝国也阻止不了蛮族对罗马文明的破坏。

应该来拜访一下,如果你不介意。听索玛苏斯说,这是一个很有意思的地方。"他拧了拧胡须上的水。

帕德维很高兴有别的事情能让他不去想那些阴云笼罩的未来,于是他带着老人四处看了看。

埃比尼泽的目光从那两道浓白的眉毛下望着他,"啊。现在我相信你是从遥远的国度来的了,差不多可以算是另一个世界了。你的那套算术体系改变了我们整个银行业的观念……"

"什么?"帕德维叫出声来,"你怎么知道那个的?"

"怎么了?"埃比尼泽回答,"索玛苏斯把这个秘密卖给了瓦尔丹和我。我想你知道的。"

"他卖了?多少钱?"

"每人一百五十枚金币。难道你……"

帕德维咆哮着骂了句拉丁语粗话,一把抓起帽子和斗篷往门口走去。

"你要去哪儿?马蒂内斯?"埃比尼泽有些惊慌无措。

"我要去跟那个挨千刀的家伙谈谈我对他是什么看法!"帕德维暴跳如雷,"然后我要……"

"索玛苏斯有没有承诺你不泄露这个秘密?我简直不能相信他居然违背……"

帕德维手扶着门把手站住了。现在他想起来了,那个叙利亚人从未答应过不把阿拉伯数字告诉任何人。帕德维想当然地以为他不想那么做。不过要是索玛苏斯的资金周转遇到问题,也并没有什么法律上的条文能阻止他把这些知识兜售或是赠给其他人。

帕德维压住怒火之后便明白过来,其实他并没有失去什么,因为他最初的打算就是把阿拉伯数字广泛地传播开来。真正让他不爽的是索玛苏斯借此骗了一大笔钱,可居然一个子儿都没分给自己。这就是索玛苏斯,他没做错什么,只是帕德维忘了内维塔说的得把他盯紧点儿。

当帕德维那天晚些时候出现在索玛苏斯家里时,身边还带着弗莱瑟瑞克。弗莱瑟瑞克扛着一口结实的箱子。箱子沉甸甸的,装着黄金。

"马蒂内斯,"索玛苏斯连声招呼,颇有些胆战心惊的样子,"你真的要还清所有的贷款吗?你是从哪儿弄来这些钱的?"

"你听到我说的话了。"帕德维咧嘴一笑,"这里是算好的本金和利息。

我实在是厌倦了百分之十的利息,因为我能按着七点五的利息借到同样的钱。"

"什么?你从哪儿能搞到这么荒谬的利率?"

"从你那位颇受尊重的同行埃比尼泽手里。这是新借据的副本。"

"好吧,我必须得说我没想到会是埃比尼泽。如果这一切是真的,我想我可以按照他的利息来。"

"那你可得更进一步了,特别是你利用兜售我的算术方法挣了那么一笔。"

"好啦,马蒂内斯,我所做的是完全符合法律……"

"不是说那不合法。"

"噢,太好了。我想上帝就是这么安排的。我给你七点四的利息。"

帕德维抿着嘴笑了笑。

"那就七。不过这是最低限度了,绝对的,无疑的,最终价。"

当帕德维收回老借据,结清老贷款,拿到新借据的副本后,索玛苏斯问道:"你是怎么让埃比尼泽给你那么一个闻所未闻的东西投资的?"

帕德维笑道:"我告诉他说,只要愿意,他可以从我这里得到新的算术方法。"

帕德维的下一番尝试是造一台钟表。他打算从最简单的设计开始:绳子一头拴一个重物,配上一个棘轮、一串齿轮,再将他从二手市场弄来的一台破损的旧漏壶或是水钟上的表盘和指针拆下,做好钟摆和擒纵装置。[1] 他把这些零件一个一个拼装起来——最后只剩下一个问题。

帕德维从未想到制造擒纵装置如此困难。他可以把手表的后盖拆掉,看那里的擒纵轮轻松自如地来回运转。可他不想把自己的手表拆掉,因为他担心再也装不回去了。此外,那些零件也太小了,根本没法精确地复制。

不过,既然他能看到那个让他抓狂的装置,为什么不造一个大号的呢?工人们做出来几个齿轮和配套的小卡子,帕德维锉了又锉,磨了又磨,掰了又掰。可它们就是运转不起来。卡子能扣住轮上的齿,但很快就会卡住,

---

[1]. 是一种机械能量传递的开关装置,这个开关受计时基准的控制,以一定的频率开关钟表的主传动键,使指针以一定的平均速度转动,从而指示准确的时间。

或者干脆就抓不住齿，导致绕着绳子的主轴一下子就松到了底。帕德维最终调整好了一套装置，如果用手摆动钟摆，卡子就会让擒纵轮一次转过一个齿。好是好，但如果要让这台钟只靠自身的动力，它就不能运行。只要让手松开钟摆，它没精打采地晃两下就停了。

帕德维发了一通牢骚。等哪天有更多的时间和更好的工具、设备了，他再回来折腾。于是，他把这堆齿轮收到了地窖的角落里。帕德维心想，也许这次失败是件好事，能避免他对自己的聪明才智过于盲目自信，而去搞一些力不能及的事情。

内维塔再次突然造访，"马蒂内斯，你的病痊愈了吗？太好了！我知道你体格不错。现在跟我去弗莱米尼亚[1]赛场挥霍几个金币，怎么样？然后再到农场来快活一夜。"

"我非常乐意。不过我必须在今天下午把《时报》送上印床。"

"送上印床？"内维塔有些不解。

帕德维解释了一番。

内维塔说道："我懂了。哈哈，我还以为你有个女友叫'石苞'呢。那明天一起吃晚餐吧。"

"我怎么去呢？"

"难道你没有备一匹出行用的坐骑吗？那明天下午我派赫尔曼送一匹过来。不过注意，我可不想让它回去的时候肩膀上多出一对翅膀来！"

"那就太惹人注目了，"帕德维也严肃地说，"而且如果它不想被缰绳套住，想要抓住它就得花很大工夫了。"

于是第二天下午，帕德维穿上一双崭新的拜占庭式生皮靴子，跟着赫尔曼一起出发走上了去弗莱米尼亚路。他注意到，罗马大平原此时仍是一片葱郁的农田乡野。他思忖着这地方要变成中世纪那片荒无人烟、疫疾肆虐的平原得花费多少时间。

"比赛怎么样？"他问道。

赫尔曼似乎对拉丁语所知有限，尽管如此，还是比帕德维的哥特语好得多，"噢，我的老板……他怒气冲天。他谈及……你知道的……热烈的运动。不过讨厌丢钱。在赛马上丢了五十个银币。叫唤起来……你知道的……

---

1. 古罗马城东北方的一座城门。

就像肚子痛的狮子。"

在农场的房子里，帕德维见到了内维塔的妻子，一位不会讲拉丁语但温柔亲切、身材丰腴的女子；还见到了他的长子戴戈拉弗，一位正在家休假的哥特剑子手或者说叫执法官。晚餐证实了帕德维听说的关于哥特人胃口的故事。他还惬意又惊讶地品尝到了美味的啤酒，在罗马俗称"舱底水"。

"我得来点葡萄酒，你也来点儿吗？"内维塔问道。

"谢谢，不过我对意大利葡萄酒略感厌倦了。罗马的作家们介绍过许多不同的品种，不过我尝起来都差不多。"

"我也有同感。如果你真的想来一点儿，我倒是有些希腊香水葡萄酒。"

帕德维不由浑身一激灵。

内维塔笑了笑，"我也深有同感。不管是谁，要是给自己的烈酒里加了香水，那走起路来肯定是虎虎生风了。我纯粹是给我那些希腊朋友准备的，比如里奥·威考斯。这倒让我想起来了，我必须把你治愈我气喘病的事情告诉他，只要把狗放到外面就行了。他准会想出某种异想天开的理论来加以阐述，肯定得用不少令人生畏的词汇。"

戴戈拉弗开口道："说起来，马蒂内斯，也许你有什么内部消息吧，关于战争走向的。"

帕德维耸了耸肩，"我知道的就是每个人都知道的。我可没有什么自己的眼线……我是说能通天的消息渠道。如果你想要一个猜测的话，那我认为贝利萨留会在今年夏天入侵布鲁提乌姆，大约在八月围攻那不勒斯。他的军队虽规模不大，但无坚不摧。"

戴戈拉弗说道："哈！我们会让他寸步难行的。一小撮希腊人根本别想对抗团结一致的哥特王国。"

"当初汪达尔人也是这么想的。"帕德维冷冷地说道。

"嗯，"戴戈拉弗回答，"我们可不会犯汪达尔人的错误。"

"我不知道，孩子。"内维塔说，"在我看来，我们似乎已经犯了和他们相同的错——或者遇到了其他同样糟糕的事。我们的这位国王嘛——他的长处就是哄骗邻国不犯国境，然后好写他的拉丁诗，或是钻进图书馆里。如果我们有一位像狄奥多里克[1]那样的文盲国王就好了。"他又略带歉意地补充道：

---

1. 东哥特王国的建立者。

"当然啦,我得承认,我能读会写。我们家老爷子就是跟着狄奥多里克从潘诺尼亚[1]来的,他总是念叨哥特人对于维系罗马文明所负的神圣职责,要让它免遭蛮族法兰克人的践踏。他坚信无论如何我都要接受拉丁教育。必须承认,我发现我所受的教育确实很有用。不过在接下来的几个月里,更重要的是要让我们那位领导者知道如何统率一场战争,而不是只会用拉丁语诵读什么情呀、爱呀的。"

---

1. 位于多瑙河东侧,今奥地利、匈牙利一带地区。

第五章

　　帕德维心情舒畅地返回了罗马。除了叙利亚人索玛苏斯，内维塔是第一个邀请自己到家里做客的人。实际上，帕德维也是一个喜好交际的人，尽管表面上看多少有些面冷。他高兴得都有些飘飘然了，在跳下那匹借来的马把缰绳交给赫尔曼的时候，他都没有注意到有三个身强体壮的家伙正倚在长街老房子前面的新围栏上。

　　他走向大门的时候，三人中块头最大的家伙向他迈步走来，此人一脸黑胡须，手里攥着一张纸——真正的纸，毫无疑问来自帕德维亲自调教的那位擀毡工之手——直接杵到他的面前大声读了起来："中等身材，褐色头发，褐色眼睛，大鼻子，短须。说话有口音。"他抬起头来，目光犀利，"你就是马蒂内斯·帕德维？"

　　"没错，你是谁？"

　　"你被捕了。你会安安静静地跟我们走吗？"

　　"什么？谁……为什么……"

　　"城市行政长官的命令。滥用巫术的罪名。"

　　"但是……但是……嗨！你不能……"

　　"我说了，安安静静的。"

　　另两位已经走到了帕德维身边两侧，每人抓住一条胳膊带着他沿街道走了下去。他反抗了一下，一个人的手里立刻亮出了一根大头棒。帕德维惊慌地四下看了看：赫尔曼已经离开了视线，弗莱瑟瑞克也不见踪影——毫无疑问，他跟平时一样找地方打鼾去了。帕德维深吸一口气想要大喊；右边的人用力抓住他并举起大头棒以示恐吓。帕德维没敢叫出声。

　　他们带着他走过阿尔吉莱图姆路，直奔卡比托利欧山档案馆下边的老监狱。办事员询问他的名字、年龄、住址的时候，他还是有点茫然。他所能想得起来的也就是他在什么地方好像听说过，你在被关押之前有权利给律师打个电话。可这似乎跟眼前的情况没什么关系。

此时，一个身形矮小、说话暴戾的意大利人从凳子上懒洋洋地站起身来，"这是怎么回事？一件涉及外国人的巫术案件？在我看来就是国家大案。"

"噢，不，这可不是。"那位办事员说道，"你们国家官员在罗马的职责权利只限于涉及罗马人和哥特人之间的案子。可这人不是哥特人；他说自己是美国人，谁知道那究竟是什么意思。"

"就是，这就是！好好读读你的条例。执政官办公室对于所有涉及外国人的死刑案件都有司法权。如果你接到一件巫术指控，就要把案子和囚犯都移交给我们。现在就正合适。"小个子男人当仁不让地朝着帕德维走来。帕德维特别不喜欢他们用的"死刑案件"这个词。

办事员说道："别傻了。你以为能把他拖到拉韦纳去进行审判？我们这里就有完美的行刑房。"

大区[1]警察厉声喝道："我只是在尽我的职责！"他抓住帕德维的手臂开始将他往门口拖去，"现在跟我来，巫师。我们要向你展示拉韦纳一些实实在在的、最新式的刑罚。这些罗马警察根本什么都不懂。"

办事员喊道："上帝啊！你疯了吗？"他蹦起来抓住了帕德维的另一条胳膊；那个满脸黑须逮捕他的家伙也不示弱。大区警察往那边拖，这二位往这边拉。

"嗨！"帕德维大叫起来。但是，这群鱼龙混杂的公职人员正专心致志地拔河，谁也没工夫搭理他。

大区警察用刺耳的声音嚎叫起来："贾斯廷内斯，赶紧去找执政官助理，就说这些市政杂碎要从我们手中抢走囚犯！"一个人随即往门外跑去。

另一扇门开了，一个肥胖臃肿、睡眼惺忪的男人走了进来。"怎么了？"他高声喝问。

那名办事员和市政警察赶紧站直立正，松开了帕德维。大区警察赶紧把他往门外拉去；本地警员也顾不上礼仪了，立刻上去又把他抓住。他们都冲着那个胖子喊叫起来。帕德维猜想那人应该是市政秘书长或警察局长之类的角色。

---

1. 大区是意大利继承罗马时期的行政区域划分，大区为一级行政区，下分若干二级行政区——省。

就在此时，又有两名市政警察带着一个骨瘦如柴、衣衫褴褛的犯人进来了。他们带着纯正的意大利式热情加入到了争论之中，也就意味着说话的时候双手伸到空中不住地挥舞。那个破衣烂衫的囚犯趁机往门外蹿去；足足有一分钟，抓他的那两位都没注意到他跑了。

然后他们开始互相埋怨起来："你怎么让他跑了？""你这个不要脸的蠢货，明明是你让他逃了！"

那个叫贾斯廷内斯的人回来了，带来一位举止优雅的男子，此人声称自己是执政官助理。这位冲着争执不休的几人挥动着一条洒了香水的手帕，"松开他，你们这群小子。是的，还有你，苏拉。"（苏拉就是那位大区警察。）"你们要是再不松开，他身上可就剩不下什么东西值得审讯了。"

喧嚣拥挤的房间顿时便静了下来，帕德维猜测这位执政官助理一定是个大人物。

执政官助理问了几个问题，然后说道："很抱歉，我亲爱的老市政秘书长，但恐怕他是我们的人。"

"不是的，他才不是。"警长粗声应道，"你们这些家伙不能总时不时的抢走一个犯人。那岂不是说我的工作就是让你们带走他？"

执政官助理打了个哈欠，"亲爱的，亲爱的，你还真是个麻烦。你忘了，我代表的是地方执政官，他代表着国王，如果我命令你把这个囚犯转交出去，你就得把他转交出去，事情就是如此。而现在，我就是这样命令你的。"

"尽管命令好了。你得用武力才能带走他，而我的武力比你的强得多。"警长脸上摆出一副高深莫测的笑容，还扳了扳他的拇指，"克劳蒂安努斯，恭请我们那位声名显赫的市总督，如果他不太忙的话。我们要看看在我们自己的监狱里是不是有管辖权。"办事员立刻动身。"当然了，"警长又道，"我们可能要使用所罗门的法宝了。"

"你是说把他剁成两段？"执政官助理问道。

"一点不错。我主耶稣啊，那一定很有意思，对吧？呵呵呵呵！"警长阴森森地笑了起来，笑得眼泪都流出来了，"你喜欢脑袋那段还是腿那段？呵呵呵呵！"他的身子在座位上颤动不止。

其他的市政官员也附和着大笑起来；执政官助理无奈地露出苍白而倦怠的笑容。帕德维心想，那位警长的幽默感实在有待商榷。

办事员终于回来了，还带来了市总督。霍诺里乌斯伯爵穿着一件束腰短袍，佩戴着两条紫色的罗马议员绶带，他抬脚落步四平八稳，好像每一步都预先用尺子量过，帕德维心想，是不是他每走一步之前都用粉笔做好了记号才会落脚？他的下巴四四方方、有棱有角，再加上神色之间流露出的充沛热情，令他宛似一只攻击性极强的拟鳄龟。

他开口了，声音仿佛钢锉："这到底是怎么回事？快点说，我现在很忙。"他说话的时候，下巴下面小小的赘肉不住地晃动，让帕德维不由得想起了咬住人就不松口的猛犬。

警长和执政官助理各执一词。办事员翻出了几本法律书；那三位行政官员的脑袋凑在一起低声议论起来，还不住地翻动着书页，在上面指指点点。

最终，执政官助理屈服了。他故作姿态地打了个哈欠，"噢，好吧，不管怎么说，把他带到拉韦纳去实在是太多此一举了。特别是这么个季节，蚊子眼看着就要在那里肆虐横行了。很高兴见到您，伯爵大人。"他朝着霍诺里乌斯躬身行礼，冲着警长微微颔首，然后离开了。

霍诺里乌斯说道："现在，他归我们了，那该怎么处置他呢？咱们先看看诉状。"

办事员翻出一张纸递给了伯爵。

"嗯。'……此外，据说马蒂内斯·帕德维与最为狡诈、邪恶的妖魔为伍，妖魔教给了他恶毒的魔法技艺，他借此危害着罗马城公民的幸福安宁——署名：巴勒莫的汉尼拔·西庇阿。'这位汉尼拔·西庇阿是不是你以前的合伙人或是什么？"

"是的，伯爵大人，"帕德维回答道，然后将他与那位被解雇的工头之间的纠葛述说了一番，"如果他指的是我的印刷术，那我很容易展示一下，那就是一种简单的机械装置，不比你们的水钟更具魔力。"

"嗯……"霍诺里乌斯说道，"是真是假还很难说。"他眯缝着眼睛盯着帕德维，"你这些新产业看起来很有赚头，对吧？"他深藏不露的笑容让帕德维仿佛看到一只狐狸找到了梦想中毫无防备的鸡窝。

"是，也不是，我的大人。我挣了点钱，不过大部分钱又都投回到生意里了。所以除了日常花销，我没多少现钱。"

"那太糟了。"霍诺里乌斯应道，"看起来似乎我们得让这案子好好办下去了。"

帕德维在这种咄咄逼人的目光之下不由得愈发紧张起来，但他胸一挺脸一扬，"噢，大人，我认为您并没有什么案子要处理。如果让我说的话，您如此尊贵，受理这么一桩案子简直就是最大的不幸。"

"怎么讲？我的好伙计，恐怕你并不知道我们都有什么样的专业审讯人员。什么罪你都会认的，只要等他们完成……啊……对你的讯问。"

"嗯……大人，我说了，我并没有多少现钱。不过我有个想法，你可能会感兴趣。"

"这样就好多了嘛。吕泰蒂乌斯，我能用用你的私人办公室吗？"

不等回答，霍诺里乌斯就往办公室走去，同时点头示意帕德维跟上。警长酸溜溜地在后边瞧着，显然很窝火，但这笔竹杠没他的份儿了。

到了警长办公室，霍诺里乌斯转向帕德维，"你不是碰巧要向你的总督行贿吧？"他冷冷地问道。

"喔……嗯……不是那么回事……"

伯爵的脑袋往前一探，"多少？"他厉声道，"是什么形式……珠宝吗？"

帕德维松了口气，"求您了，大人，别着急，我得解释解释。"

"你的解释最好顺耳。"

"是这样的，大人：我只是罗马城里一个贫穷的异乡人，自然只能靠着我的小聪明讨生活。我拥有的唯一真正有价值的东西就是那些小聪明了。不过嘛，通过合理而友善的处理，这些小聪明能换取一些过得去的收益。"

"说重点，年轻人。"

"你们有一条法律，除了公共产业，不许成立责任有限制企业，对吧？"

霍诺里乌斯揉了揉面颊，"我们曾经有过。我不知道现在的具体状况，现在元老院的权限只限于市里。我并不认为哥特人会在那类事上搞什么条款。怎么了？"

"喔，如果您能让元老院通过一条关于旧法律的修正案——我觉得这其实没什么必要，不过形式上会更好些——我就能向您展示一下，您和其他几位理应受到敬重的议员如何通过这样一家公司的组织与运作获得不菲的收益。"

霍诺里乌斯身子一僵，"年轻人，这可是一个虚无缥缈的提议。你应该知道，一位贵族的尊贵身份是不允许他染指商业的。"

"你们不用染指，大人。你们是股东。"

"我们是什么？"

帕德维解释了一番股份公司的运作方式。

霍诺里乌斯又揉了揉面颊,"没错,我明白这个计划该从哪里入手了。你心里想要搞个什么样的公司呢?"

"可以远距离传递消息的公司,比信使快得多。在我的国家,他们称之为臂板式远距通信[1]。公司通过传送私人消息获得利益。当然了,如果您能借此从王室国库获得经费也无伤大雅,说真的,这套系统对于国家防御很有价值。"

霍诺里乌斯想了好半天,然后开口道:"我现在没法说服自己;我必须得好好考虑考虑,也跟我的朋友们提提。与此同时,当然了,你得羁押在吕泰蒂乌斯这里。"

帕德维咧嘴一笑,"我的伯爵大人,您的女儿下周结婚,是吗?"

"那又怎样?"

"您想让我的报纸对婚礼做一番盛赞,对吗?要有尊贵的客人的名单,新娘的木版画像,诸如此类。"

"嗯……我不会介意这么做的,不会。"

"好吧,那样的话,您最好别扣留我,否则我就没法让报纸做出来了。如果这么一件盛事因为出版商此刻被关押在监狱里而没能名扬天下,那绝对是一件憾事。"

霍诺里乌斯揉着面颊,露出笑意,"作为一个野蛮人,你并不像人们想象的那么愚蠢。我会释放你的。"

"十分感谢,我的大人。我还得说,等到诉状撤销后,我一定要写出更加激动人心的文字来。我们是富有创造力的工人,您知道的……"

帕德维走出狱卒耳力所及范围之后,不由得纵声高喊:"呜呼!"他浑身是汗,但并不是因为热。有件事算是大幸,没有一名官员注意到其实他已经被吓得马上就要崩溃了。看起来,以后光明正大地仗义执言对他来说已经不像很多年轻人认为的那样可怕了。不过上刑嘛……

他把公司筹备好后,立刻便跟索玛苏斯碰了个头。等到五顶轿椅载着

---

1. 一种机械式信号传递装置,现代社会将其用于铁道信号传送。原理是利用一根长柱上装设不同颜色和数量的长方形和鱼尾形臂板,通过改变臂板的位置向下一个长柱传达特定的信息,以此类推,将信号传递下去。

霍诺里乌斯和另外四位议员屈尊大驾，光临他在长街上的寒舍时，帕德维已经准备就绪。这些议员似乎不仅是有意愿，而且巴不得把他们的钱倾囊而出，特别是他们还亲眼看到了帕德维悉心印制的精美股票证券。不过，他们似乎并不十分清楚帕德维运营公司的想法。

其中一人戳了戳他的肋骨，咧嘴一笑，"我亲爱的马蒂内斯，你不是真的要竖起这些愚蠢的信号塔和诸如此类的东西吧？"

"唔，"帕德维谨慎地回答，"想法就是如此。"

这位议员使了个眼色，"噢，我明白，你要竖起这么几个东西，去糊弄那些中产阶级，好让我们销售股票赚大钱。不过我们知道这一切都是骗局，难道不是吗？那套信号装置就是花一千年也搞不出什么动静来。"

帕德维并不想费工夫跟他争论。他也不想费心去解释，实际上叙利亚人索玛苏斯、犹太人埃比尼泽和亚美尼亚人瓦尔丹每人都持有百分之十八的股份。议员们也许会对另一件事情感兴趣：这三位银行家之前已经达成一致，持有各自的股票，据此共同享有百分之五十四的股份，并投票委派帕德维全权拥有公司控制权。

帕德维想要让他的通信公司一举成功的念头是说什么也压不住了，就从那不勒斯到罗马再到拉韦纳开始修一条信号塔线路，并将它的运作与自己的报纸结合起来。不过很快他就遇到了一个基础性的困难：如果他想要让自己的支出维持在收入水平以内，那就需要有望远镜让塔楼之间的距离尽可能拉大。望远镜意味着要有透镜。可这个世界上到哪里去找透镜或是一个会制造透镜的人呢？不过说真的，有那么一个故事，讲的是尼禄皇帝的祖母绿长柄望远镜……

帕德维去找登泰图斯，就是那个长得像青蛙的金匠，当初给他把里拉兑换成银币的那个人。登泰图斯粗声大气地指点了一个去处，是一位玻璃匠人，叫弗洛里努斯。

弗洛里努斯是一位发色很浅的男子，两撇小胡子很长，说话鼻音很重。他从自己那间昏暗狭小的作坊里走上前来的时候一身酒味儿。没错，他曾经拥有自己的玻璃工厂，就在科隆。不过莱茵兰地区[1]的玻璃制造业生意太差，而且，处于法兰克人威胁之下的生活没着没落。他已经破产了，现在靠着

---

1. 旧地区名。也称"莱茵河左岸地带"，今德国莱茵河中游。

修窗户之类的活计对付着过日子。

帕德维解释了一番他想要的东西，付了一小笔钱，然后离开了。等他到了说定的日子回去的时候，弗洛里努斯不住地晃动着双手，仿佛要飞起来，"万分抱歉，我的先生！要想买齐所需的碎玻璃太难了。不过再有几天就行，我向你发誓。如果我的资金再充裕点儿……时局艰难啊……我又很穷……"

帕德维第三次拜访的时候，发现弗洛里努斯酩酊大醉。帕德维使劲摇晃他，可这人唯一能做的就是冲着他哼哼高卢情歌，帕德维对此不明所以。他又去了作坊后面，发现根本没有制作透镜的工具或是原料的影子。

帕德维气急败坏地走了。离这儿最近的玻璃产地在普多利城，靠近那不勒斯。要是靠书信往来完成这些事情得花一辈子时间。

帕德维叫来了乔治·梅楠德鲁斯，雇他做报纸的编辑。他花了好几天时间，声嘶力竭地指导梅楠德鲁斯，几乎让这位学生的耳朵都磨出了老茧，只为告诉他如何当一名编辑。然后，帕德维怀揣着一颗惴惴不安的心赶赴那不勒斯。他亲身体验了诗人贺拉斯盛赞的著名的运河船运旅行，发现这跟传言中的一样糟糕。

维苏威火山并没有冒烟。不过夹在这座休眠火山和大海之间那片狭长地带中的波佐利[1]倒是浓烟滚滚。帕德维和弗莱瑟瑞克迫不及待地往登泰图斯推荐的地方走去。这是此地最大的、也是浓烟最密集的一间玻璃工厂。

帕德维让守门人找一下安德罗尼库斯，就是这间玻璃工厂的厂主。安德罗尼库斯是一个身材矮小、粗壮结实的男子，一身烟尘。帕德维自我介绍一番之后，安德罗尼库斯大叫起来："啊！太好了！来吧，绅士们，我正好有那东西。"

他们跟着他进入了那犹如炼狱的地方。那是一间前厅，也用作办公室，列着几排搁架，架子上摆满了玻璃器具。安德罗尼库斯拿起一只花瓶，"啊！看看吧！多么清澈！就算在亚历山大你都找不到更白净的玻璃了！只要两个金币！"

帕德维回答："我不是来买花瓶的，亲爱的先生。我想要……"

"不要花瓶？不要花瓶？啊！那看看这个。"他拿起另一只花瓶，"看看

---

[1]. 位于意大利坎帕尼亚大区那不勒斯省，这是一个那不勒斯海湾北侧的港口城市，在那不勒斯城以西约八公里的地方。

吧！这形状！这简洁的线条！它会让你想起……"

"我说了，我不想买花瓶。我想要……"

"它会让你想起美丽的女人！想到爱！"安德罗尼库斯吻了吻捏在一起的指尖。

"我想要一些小小的玻璃零件，特别是用来……"

"珠子？当然了，先生们。看这个。"玻璃匠人捧起一把小珠子，"看看这颜色！祖母绿、天青绿，应有尽有！"他又拿起另一串，"看这里，十二使徒的面孔在每粒珠子里……"

"不要珠子……"

"那来只大口杯！这里就有。看看呐，圣家族[1]的浮雕……"

"耶稣啊！"帕德维吼了起来，"你能听我说吗？"

等安德罗尼库斯听帕德维解释完了他想要的东西后，这位那不勒斯人说道："当然啦！太好啦！我见过那种形状的装饰品。我今晚就能大致做出来，后天就能做好……"

"这个没那么简单，"帕德维说道，"必须得有完美的球面。你要用一个凸面来研磨出凹面，就用……你们的话怎么讲？金刚砂？你们用这种东西研磨吗？用研磨料把它们研磨校准……"

后来帕德维和弗莱瑟瑞克一路赶到那不勒斯，在索玛苏斯的表弟——船商安提奥卡斯家里投宿，但他们一家人的迎接稍显冷淡。这流露出安提奥卡斯是个狂热的东正教徒，对于表哥的聂斯托利教派颇为厌恶。他对于异教徒尖锐的评论让宾客们十分不自在，于是到了第三天，帕德维他们就干脆搬走了。两人找了一家小酒馆寄宿，小店缺乏卫生设施，这让帕德维喜好清洁的灵魂不得安宁。

每天早晨他们都骑马去普多利看看透镜的进展如何。安德罗尼库斯坚持不懈地向他们兜售成堆成堆的廉价的玻璃制品。

当他们起身返回罗马的时候，帕德维有了一打透镜，一半是平凸透镜，一半是平凹透镜。他很怀疑就凭目测把一对透镜排成一条线，然后调整距离，到底能不能造出一台望远镜来。不过，他确实成功了。

事实证明，最实用的组合是用一个凹透镜做目镜，再把一个凸透镜放

---

1. 基督教对耶稣基督、耶稣的生母圣马利亚以及养父约瑟的合称。

在前方约七十厘米的位置当作物镜。由于玻璃里面有气泡，图像有些变形。不过，帕德维的望远镜尽管有些粗糙，也足以让信号塔楼的数目减半了。

也差不多是在这个时候，报纸迎来了第一个广告。索玛苏斯可是给他的一个债务人放了狠话才让他买下这块广告位的。广告是这样的：

你想要一场与众不同的葬礼吗？

以别具一格的方式与造物主会面！有了令人翘首期待的葬礼，死亡在你眼中也无足挂齿！

不要让一场粗制滥造的葬礼毁了你获得救赎的机会！我们的专业人士亲手护理过罗马最尊贵的遗体。

如有意愿，可以与任何教区的神职人员接洽安排。对于异教徒费用从优。如需悲伤气氛的音乐烘托，只需额外缴纳少许费用。

上等葬礼的承办者
埃及人约翰
维秘纳尔大门附近

第六章

尤尼安努斯，罗马远距通信公司的施工经理气喘吁吁地进了帕德维的办公室。他说道："那不勒斯……"然后喘了半天才继续道，"……那不勒斯线路上的第三座塔楼今早被一队来自罗马卫戍部队的士兵叫停了。我问他们到底怎么回事儿，他们说他们也不知道，只是奉命阻止建造。最最英明的老板啊，你打算如何应对呢？"

那么是哥特人反对？这意味着要去见见他们的顶头上司。帕德维一想到要纠缠进政治里就有些发怵。他叹了口气，"我看得去见见琉德里斯了。"

罗马卫戍部队的指挥官是个身材臃肿魁梧的哥特人，两腮的胡须雪白浓密，帕德维还从没见过这样的胡须。他的拉丁语说得很好，但会时不时翻起碧蓝的眼珠子盯着天花板，嘴唇默默无声地嚅动，仿佛是在祈祷；实际上他是为了正确地结束一段话在思索词语变格和词形变化。

他说道："我好心的马蒂内斯，现在正值战争时期。你未经我们许可，竖起这些……啊……神秘的塔楼。虽然你的一些资助人是贵族阶层……啊……但由于他们的亲希腊观点使得他们臭名昭著。这让我们如何想呢？你应该好好想想自己有多么幸运，已经免遭逮捕了。"

帕德维反驳道："我希望军队能意识到这些塔楼十分有利于传递军事消息。"

琉德里斯耸了耸肩，"我只是一个尽职尽责的士兵。我不懂这些……嗯……装置。也许它们会像你说的那样工作，不过我无法承担……嗯……允许建造它们所负的责任。"

"那您是不会撤销您的命令了？"

"不会。如果你想得到许可，必须去见国王。"

"但是，我亲爱的长官，我实在抽不出时间前往拉韦纳……"

对方又耸了耸肩,"对我也一样,我好心的马蒂内斯。我知道我的职责。"

帕德维想要个心眼,"您自然是了,看起来确实如此。如果我是国王,我也找不到更忠诚的士兵了。"

"你真会拍马屁!"琉德里斯开心地笑了起来,"很遗憾我无法批准你小小的请求。"

"最后一条关于战争的消息是什么?"

琉德里斯一皱眉,"不是太……不过我还是应该对我要说的话多加审慎。你可比看上去危险得多,我很肯定。"

"你可以信任我。我是亲哥特的。"

"真的么?"琉德里斯沉默片刻,眼珠滴溜溜直转,然后开口道:"你信什么宗教?"

帕德维正盼着这话呢,"我是公理会教友。在我的国家这是最接近阿里乌教派的了。"

"啊,那么说来也许你算是个言行一致的人。消息不太好,真是太不妙了。布鲁提乌姆几乎无人镇守,只有一小支由国王的女婿艾弗尔摩斯率领的军队。而我们的那位英明的国王……"他又耸了耸肩,不过这次透着无望。

"好啦,那么,最为杰出的琉德里斯,你能撤销命令吗?我会立刻给狄奥达哈德写信获准许可。"

"不行,我好心的马蒂内斯,我不能撤销。你得先得到许可。如果你想有所获,最好亲自前去。"

于是,帕德维发现自己落入了一种与个人意愿大相径庭的窘境,他急匆匆跨上一匹老马横跨亚平宁山,直奔亚得里亚海而去。起先弗莱瑟瑞克还挺开心双膝中间跨了一匹马,甭管是什么马,都让他兴奋不已。可走了没多远,他的语调就变了。

"老板,"他抱怨起来,"我不是受过教育的人,但懂点相马。我一直以来都说一匹好马就是一笔好的投资。"他又阴郁地加了句,"如果我们被土匪袭击,骑着这些可怜的老牲口可没什么机会逃命。我倒不是怕死,也不是怕土匪,只是一位汪达尔骑士在这些荒僻的山谷中就这么了结在一座无名的孤坟里实在是太悲惨了。当我在非洲还是个贵族的时候……"

帕德维厉声喝道:"我们又不是在赛马。"看到弗莱瑟瑞克因为他刻薄的言语而一脸受伤的样子,帕德维又感到有些抱歉,"别在意,老伙计,总有一天我们会买得起好马的。只是现在我觉得好像裤腿里满是蚂蚁在咬。"

他心想,这感觉就像被巴西的行军蚁噬咬一样。自从他到了古罗马之后几乎就没骑过马,就算是在他的前半辈子里也没怎么骑过。等他们到了斯波莱托,他就觉得自己是想坐坐不得,想站站不得,恐怕下半辈子都只能半蹲着了,就像是得了风湿的黑猩猩。

他们在第四天黄昏时分看到了拉韦纳。那座迷雾之城朦朦胧胧地盘踞在一条约五十公里长的堤道左右,那条堤道将亚得里亚海与西方辽阔的沼泽湿地分隔开来。朦胧的夕阳辉映着教堂金灿灿的穹顶。教堂洪亮的钟声响起,沼泽中的青蛙立刻悄然无声;片刻之后,蛙声重又聒噪起来。帕德维心想,任何一个造访这么一座陌生城市的人都会被那洪亮的钟声、聒噪的蛙鸣,还有蚊子那萦绕不散的无情嗡嗡声搞得忧心忡忡。

帕德维认定这位貌似达官贵人的门房总管其实天生就一副蔑视众生的样子。这家伙说:"我的好先生,至少三周之内我是没有办法安排您面见我们国王陛下的。"

三周!这么久的话,帕德维那些七拼八凑起来的机器得报销一半,而他手下的人肯定会手忙脚乱地去修理,但肯定只会越修越乱。

梅楠德鲁斯可不在乎花多少钱,特别是别人的钱,他会让报纸彻底破产的。这种极端情况可是必须要考虑的。帕德维挺了挺疼痛的双腿,迈步离开。

那个意大利人高高在上的姿态立刻放低了一点。"不过嘛,"他叫喊起来,真诚中透着惊诧,"难道你就没带钱吗?"

当然啦,帕德维心想,他早就该知道那人的说词其实并不是表面的意思,"你开个价吧?"

门房开始一本正经地掰着手指头算起来,"好吧,二十枚金币可以让你明天就得到接见。后天,十枚金币,这是我通常的价格;不过那是星期天,所以我建议在星期一会面,七个半金币。要是提前一星期预约,两枚金币。提前两周……"

帕德维打断了他,要了一个星期一的接见,五枚金币,最终价格就这么敲定了,外带一小瓶白兰地。门房说道:"也十分期待您为国王献上礼物,您知道的。"

帕德维疲惫不堪地说："我知道。"他给门房看了看那个小小的皮革袋子，"我本人将亲自献上礼品。"

狄奥达哈德，萨拉斯芒德之子有着诸多头衔，他是东哥特人与意大利人的国王；意大利、伊利里亚、南部高卢最高军事统帅；阿马立家族的长子；托斯卡纳伯爵；声名卓著的名门贵族；前任马戏团领班等等等等。他跟帕德维一般高矮，身形消瘦，留着稀疏的灰白胡须，一双水汪汪的灰色眼睛盯着觐见者，说话的声音又尖又细："过来，过来，好心的人。有什么事吗？噢，对了，马蒂内斯·帕德维。你是那个搞出版的小子，对吧？嗯？"他说的是上等阶层的拉丁语，丝毫不带口音。

帕德维恭恭敬敬地躬身施礼，"是的，我的国王陛下。在商讨我的生意之前，我……"

"多伟大的事物啊，你居然有制造书籍的机器，我听说过的。对于学者来说是很伟大的事。你一定要见见我那位卡西奥多罗斯，我敢肯定他会很乐意让你出版他的《哥特人历史》。这是一部伟大的作品，应当广泛传播。"

帕德维耐心地等候着，"我有一件小小的礼物想献给您，我的陛下。一件不那么寻常的……"

"嗯？礼物？当然好哇。让我们看看。"

帕德维取出那只袋子，然后打开。

狄奥达哈德高声叫起来："嗯？这玩意儿是什么？"帕德维解释了一番放大镜的功能。他并没有过分强调狄奥达哈德远近闻名的近视眼。

狄奥达哈德拿起一本书，试了试放大镜，赞不绝口："太好了，我好心的马蒂内斯。我是不是能读所有想要读的书而不会害头疼了？"

"我希望如此，陛下。至少这很有帮助。现在嘛，关于我的生意……"

"喔，是的，你想见我，就是想要印刷卡西奥多罗斯的作品。我会向他引荐你的。"

"不，我的陛下。是关于别的事情。"他赶紧继续说起来，没等狄奥达哈德再次打断，便向他讲述了自己在琉德里斯那儿遇到的困难。

"嗯？我从未给各地的军事指挥官添过麻烦。他们知道自己该干什么。"

"但是，我的陛下……"帕德维向国王兜售了一番远距通信公司的重要性。

"嗯？你是说，这是个赚钱的方案？如果真跟你说的一样好，为什么不让我从一开始就参与其中呢？"

这让帕德维大为震动。他含糊其词地说出于某种缘由还没来得及。狄奥达哈德国王晃了晃脑袋，"尽管如此，还是你考虑不周，马蒂内斯。这是不忠。如果人们不忠于他们的国王，我们何以立足？如果你把国王为自己赚取一点合理收益的机会都剥夺了，那我看不出为什么应该为了你的事情去干涉琉德里斯。"

"好吧，嗯，我的陛下，我确实有个想法……"

"真是考虑不周啊。你说什么？说关键的，我好心的人，说最关键的。"

帕德维抑制住一股冲动，不让自己过去掐死这个恼人的瘦子。他示意如雕塑般站在背景里的弗莱瑟瑞克走上前来。弗莱瑟瑞克取出一架望远镜，帕德维开始解释它的作用……

"是吗？是吗？我看还真有意思。谢谢你，马蒂内斯。我得说你为你的国王带来了独具一格的礼物。"

帕德维倒吸了口气，他并没打算把自己最好的望远镜献给狄奥达哈德。不过现在太晚了。他说道："我想，若国王陛下开恩……啊……让您那位优秀的琉德里斯高抬贵手，我保证您的圣名会在学术界永世流传。"

"嗯？那又如何？你对于学术界又知道些什么？噢，我忘了，你是个出版商。是跟卡西奥多罗斯有关吧？"

帕德维真想要长叹一声，可是忍住了，"不，我的陛下，不是卡西奥多罗斯的事情。若是您能让人们对于太阳系的观念产生彻底的变革，您是否愿意？"

"我绝不相信干涉我的驻地指挥官会有什么好处，马蒂内斯。琉德里斯是个杰出的人物。嗯？你刚说什么？关于太阳系的什么？那跟琉德里斯有什么关系？"

"没什么关系，陛下。"帕德维把刚才的话又说了一遍。

"喔，也许我会考虑考虑这个问题的。你的理论又是什么？"

帕德维一点一点地让狄奥达哈德给远距通信公司网开一面，作为回报，他把哥白尼的假说粗略讲了一点，说明了如何使用望远镜亲眼观测木星的卫星，并且允诺出版一本署名狄奥达哈德的天文学专著。

一个小时过去了，帕德维微微一笑，说道："好了，我的陛下，我们似乎达成了一致。只剩一件事了。这台望远镜在战争中会是十分有价值的装备。如果您想要为您的官员配备……"

"嗯？战争？那你得和维蒂吉斯[1]商讨此事了。他是我的首席将军。"

"他在哪里？"

"哪里？噢，天呐，我不知道。北方的什么地方吧，我想是的。阿莱芒人或是别的什么人在那边有些小小的入侵活动。"

"他什么时候回来呢？"

"我怎么知道啊，好心的马蒂内斯？等他驱逐了那些阿莱芒人或是勃艮第人或是不管什么人之后吧。"

"可是，英明的陛下啊，请恕我直言，与帝国之间的战争激战正酣，我认为将这些望远镜尽速交给军队至关重要，不是吗？至于供应方面，我们准备以合理的……"

"好了，马蒂内斯。"国王怒喝道，"别试图告诉我该如何统治我的王国。你跟我的王室议会一样差劲，总是说'你为什么不这么做'，'你为什么不那么做'。我信任我的指挥官；别再用细节问题来烦我。我说了，你得见见维蒂吉斯，就这么定了。"

狄奥达哈德显然不愿松口了，于是帕德维恭恭敬敬地又聊了些闲话，然后躬身施礼退下了。

---

1. 作为阿玛拉逊莎女儿马瑟逊莎的丈夫，也是东哥特王国的将军，后来在东罗马帝国收复旧疆的战争中，成了东哥特王国的国王。

第七章

帕德维回到罗马的时候,首先要操心的就是去看看报纸怎么样了。他动身后发行的第一期还好。到了第二期,也就是刚刚印刷出来的这期,梅楠德鲁斯还莫名地为此扬扬得意,暗示说要给老板一个绝妙的惊喜。他确实做到了。帕德维瞅了瞅校样,心脏差点停止跳动。头一页是一份详细的贿赂清单,新任教皇希尔维略给国王狄奥达哈德送上了一份大礼确保自己能登上教皇的宝座。

"真是地狱的钟声!"帕德维大叫起来,"除了印这个,你就没有更好的想法了吗?乔治?"

"怎么了?"梅楠德鲁斯一脸沮丧地问,"这是真事儿啊,难道不是?"

"当然是真的!可你不想让我们都被吊死或是被烧死在木桩上,对吧?教会已经对我们心存猜忌了。就算你发现大主教养着二十个情妇,也不能印出一个字来。"

梅楠德鲁斯愣了片刻,他抹掉一滴眼泪,用上衣擤了擤鼻子,"我很抱歉,英明的老板。我是尽力想让你高兴;你不知道我为了搞到那个贿赂的确切消息费了多少事。有一位大主教也……不是二十个情妇,不过……"

"不过为了身体健康着想,我们不能考虑那种新闻。谢天谢地,这期还没有发出去。"

"噢,不过已经发了。"

"什么?"帕德维的吼叫声引来了车间里几名工人的注意。

"怎么?嗯,那个书商约翰拿走了头一百份,就刚才。"

书商约翰这辈子从没这么惊骇,连日赶路风尘仆仆的帕德维沿着大街纵马狂奔而来,到了跟前飞身下马一把抓住了他的胳膊。约翰惊叫起来:"有贼!抢劫的!救命啊!杀人啦!"一转眼,帕德维发现自己要向四十个气势汹汹的市民解释说其实一切安好。

一名哥特士兵推开人群走过来问出了什么事。一位市民指着帕德维叫道:"就是这个穿靴子的家伙。我听到他说要是那人不把钱交出来,他就割断那人的喉咙!"于是,哥特士兵逮捕了帕德维。

帕德维始终紧紧抓着书商约翰,约翰已经吓得说不出话了。他默不作声地跟着哥特士兵走,直到他们远离了那群人的耳目。然后,帕德维请士兵进了一家酒铺,好好招待了士兵和约翰,并且做了一番解释。哥特人不置可否,尽管约翰也一再证明,但最后还是帕德维慷慨地给了士兵一大笔辛苦费后才算了结。帕德维终于脱身,也拿到了那些宝贵的报纸。然后,唯一让他心烦的事情就是,有人趁他被哥特士兵扣押的时候偷走了他的马。

帕德维拖着步子回了自己家,胳膊下面夹着那摞报纸。一家上下对于那匹马的丢失都极为同情。弗莱瑟瑞克安慰道:"英明的老板,那也就是乌鸦叼走的一块肉,不必放在心上。"

当帕德维听到远距通信的第一条线路即将在一周或十天后完工时,心情好多了。晚餐之前,他痛饮了一杯烈酒。经过这么紧张疲惫的一天,他的脑袋有些昏昏沉沉的。他把弗莱瑟瑞克叫来,两人一块唱起了一首弗莱瑟瑞克那个民族的蛮族战歌:

> "黑土地在颤抖,
> 英雄纵马飞扬,
> 渡鸦漫天飞舞,
> 血红的太阳无光!
> 长矛林立无边,
> 刀光如波涛荡漾,
> 懦夫也不示弱,
> 拼杀拯救……"

等到茱莉娅端着食物进来的时候,帕德维开心地给她屁股上来了一巴掌,这个举动连他自己都惊到了。

帕德维用过晚饭后困倦难当。管他什么账目呢,他自管上楼去睡觉了,任由弗莱瑟瑞克在门前的床垫上鼾声如雷。要是有盗贼入室,帕德维可没在弗莱瑟瑞克身上寄予多大希望。

他刚开始脱衣服,一阵敲门声就让他一惊。帕德维想象不出……

"弗莱瑟瑞克?"帕德维问道。

"不。是我。"

帕德维皱了皱眉,打开门。灯光映出了那位来自阿普利亚的茱莉娅。她腰肢婀娜地款步而来。

"有什么事?茱莉娅。"帕德维问道。

身材粗壮、一头黑发的姑娘颇为惊讶地望着他,"怎么……喔……我的老爷不是想让我就这么大声说出来吧?那可不太好啊!"

"啊?"

她咯咯直笑。

"抱歉,"帕德维说道,"你走错地方了,去歇着吧。"

她看上去有些尴尬,"我的……我的主人不想要我吗?"

"没错。一点儿没有那个意思。"

她的嘴角耷拉下来,两大滴热泪滚落而下,"你不喜欢我吗?你不觉得我好吗?"

"我认为你是个不错的厨子、很好的姑娘。现在回去休息吧。晚安。"

她僵直地站在那里开始呜咽,然后干脆哭了起来。她的声音越来越高,简直是在号啕,"就是因为我来自乡下……你从来都不正眼看我……你一直以来从来都不要求我什么……然后今晚你又这么和善……我想……我以为……呜呜呜……"

"好啦,好啦……看在老天的份儿上别再哭了!过来,坐下,我给你倒一杯。"

她饮下一杯冲淡了的白兰地后咂了咂嘴。她抹掉脸上的眼泪说道:"真不错。"或许每件事都很不错。"你很善良。爱情很美好。每个人都应该拥有爱。爱……啊!"她扭动着身躯展示自己的身材。

帕德维倒吸了口气。"给我来杯酒,"他说道,"我也得喝点儿。"

过了一会儿,她说道:"现在嘛,我们亲热吗?"

"喔……真够快的。好吧,我想我们亲热一下。"帕德维打着嗝说道。

他冲着茱莉娅那双赤着的大脚丫子直皱眉,"只是……这个……稍等一下,我蹦蹦跳跳的树神啊,看看这双脚。"她的脚掌乌黑。"那可不行。噢,这绝对不行,我精力充沛的亚马孙女战士啊,这双脚就是我绝对无法逾越的心理障碍。"

"嗯?"

"它们竖起了一道我无法逾越的心理屏障……这个嘛……向阿什托雷思女神[1]奉献忠诚之心。我们必须让踩踏大地的双足……"

"我不明白。"

"别管它了,我也别操这个心了。意思就是我们得先洗洗你的脚。"

"那是一种宗教吗?"

"你可以那么想。真该死!"水壶从底座上滚下,但帕德维奇迹般地及时接住了,"我们开始吧,我这位来自如红酒般深邃、畅游着鱼儿的大海之中的美人鱼……"

她咯咯直笑,"你真是最善良的男人。你是真正的绅士。以前从没有哪个男人为我做过这么……"

帕德维眨了眨眼皮睁开眼睛。没过一会儿他就全想起来了。他用力抻了抻浑身上下的肌肉,感觉很好。他试着摸了摸自己的良心,根本没有什么不良反应。

他小心翼翼地挪了挪身子,因为茱莉娅占据了本就不大的床铺的三分之二。他一个胳膊肘支起身子看着她。这番动作让她丰满的胸脯露了出来。双乳之间有一个小小的铁件,一直挂在脖子上。她跟他讲过,这东西是圣安德鲁十字架上的一枚铁钉。她绝不会把它摘下来的。

他笑了笑。在待引入的机械发明清单上,他打算再加几件新品。不过目前嘛,他是不是应该……

就在这时候,一个小小的、灰色的、长着六条腿、比针鼻儿大不了多少的东西,从她腋窝下的毛发中钻了出来。衬着她橄榄褐色的皮肤,那东西显得十分苍白,就像冰川流动般缓缓爬行着……

帕德维一下子从床上蹦下地来,一脸厌恶之色,他一把拉过衣服穿上,都没费时间去洗漱。房间里有股味儿,但罗马城肯定已经让他的嗅觉麻痹了,否则他早就该注意到。

---

1. 古代叙利亚和腓尼基人的性爱与繁殖女神。

等他收拾完，茱莉娅醒了。帕德维嘟囔了一声"早上好"便跌跌撞撞地出去了。

那天他在公共浴场待了两个小时。第二天夜里，茱莉娅的叩门声换来的是生硬的命令，让她离他的房间远远的。她开始号啕大哭。帕德维一把拉开门吼道："再叫唤一声就解雇你！"然后摔上了门。

她服从了，但心怀愠怒。之后的几天，帕德维看到的都是她恶毒的目光；她可不是在演戏。

接下来的那个星期天，他从乌尔比安图书馆回来的时候，发现有一小群人聚在他的门前。他们只是站在那里看着，帕德维也看了看房子，可看不出有什么不对劲的。

他问一个人："我的房子有什么好看的？陌生人。"

那人默不作声地看着他。所有人都默不作声地看着他。随后他们三三两两地离开了，越走越快，不时还回头看一眼。

星期一早上，两名工人没有签到。涅尔瓦来找帕德维，清了好一阵喉咙才开口道："我想你最好应该知道，尊敬的马蒂内斯。昨天我像平时一样去加百列天使的教堂参加集会。"

"是吗？"那所教堂就在长街上，距离帕德维的房子大概四栋楼。

"纳西索斯神父做了一番布道，抵御巫术。他说有些人从撒旦手中雇佣恶魔，制造古怪的机器。这可是一场非常有影响的布道。听上去他心中想的似乎是你。"

帕德维的心顿时悬了起来。也许只是巧合，不过他十分确定茱莉娅已经去做过忏悔，而且把她跟一个魔法师私通的事情都倾囊而出了。仅仅一场布道就招来一大堆人围观"巫师的巢穴"。要是再来几次⋯⋯

帕德维非常担心一伙宗教狂热分子会干出无法无天的事情来，因为他们的精神世界跟他的是如此格格不入。

他叫来梅楠德鲁斯，问了他一些纳西索斯神父的情况。

在帕德维看来，这些情况可真是令人泄气。纳西索斯神父是罗马最受人尊敬的牧师之一。他正直、宽厚、仁慈、无畏，一天二十四小时都充满热忱。而且没有一星半点儿关于他的丑闻，单凭这一点就让他成为了美名远扬的牧师。

"乔治，"帕德维说道，"你不是曾经提起过一位大主教有情妇嘛？"

梅楠德鲁斯顽皮地一笑,"那是博洛尼亚大主教,先生。他是教皇的一位密友;他在梵蒂冈花的时间比在他的教区还多。他有两个女人……至少,我们知道的有两个。我知道她们的名字和每一件事。所有人都知道不少大主教都有一个情妇,但是这位有两个啊!我想这能给报纸提供很不错的故事。"

"有可能。给我写个故事,乔治,关于博洛尼亚大主教和他的情人们。让它读起来耸人听闻,但内容要绝对准确无误。精心打造一下,做三四个长条校样,然后放到安全的地方。"

帕德维花了一周时间获得了面见博洛尼亚大主教的机会,真是天意,他就在罗马。那位大主教衣着华丽,容貌俊美,面无血色。帕德维怀疑那副甜美、禁欲的笑容后面,隐藏着一个脑回路高度发达的大脑。

帕德维亲吻了大主教的手,他们愉快地进行了一番闲谈。帕德维说到了教会的工作有多么美妙,还有他是如何谦卑地努力促进这些工作,尽一切机会提供协助。

"比方说,"他说道,"……您是否知道我每星期出的报纸,神父大人?"

"是的,我读过,很令人愉快。"

"喔,您知道,我不得不看紧我的那些小伙子,他们对于新闻的热情让他们难免犯错。我已经尽力让报纸的内容干干净净,适合一家男女老幼一起看,没有任何丑闻和诽谤。尽管有时候那意味着我不得不自己亲笔写一期里面的大部分内容。"他叹了口气,"上帝啊,我有罪!您会否相信,主教大人,我也曾压下一些有损圣教会成员的毁谤之言?其中最令人震惊的就出现在最近这段时间。"他取出一份长条校样,"我几乎不敢向您展示,大人,唯恐这凭借无端臆想写出的下流文章令您用正义的怒火将我投入永世的烈焰之中。"

大主教挺直了瘦削的肩膀,"让我看看,我的孩子。一位牧师一生中会看到许多可怕的东西。在这样的年代里,侍奉我主的人应拥有坚强的意志。"

帕德维呈上那张报纸。大主教看了一遍,他那张天使般的面容变得难看起来,"啊,可怜又脆弱的凡人啊!他们不知晓他们对自己的伤害比对这些不实之词的中伤对象更甚。这表明在每一次唯恐我们堕入罪恶的关口,上帝都一定会施以援手。如果你告诉我是谁写的,我会为他祈祷。"

"一个名叫马库斯的人。"帕德维回答,"当然,我立刻就将他开除了。"

若非与教会同心同德，我宁可一个人也不用。"

大主教微妙地清了清喉咙。"我十分赞赏你的正义之举。"他说道，"如果在我力所能及的范围内有任何需要……"

帕德维将纳西索斯神父的事情告诉了他，说他对于帕德维的事业表露出令人可悲的不理解……

帕德维在接下来的星期天去了教堂的集会。他大模大样地坐到前排，下定决心如果纳西索斯神父顽固不化，那他就死磕到底。他跟其他人一同吟唱：

"即将来临，即将来临，
正义得以伸张，
迎来幸福天堂，
吾主至上！"

他一时之间想到，基督教也有好的一面：通过千禧年和审判日的观念，它令人们以那些古老宗教所不能的方式正视未来，从而为生物进化与科技发展做好充分的思想准备。

纳西索斯神父开始继续他一周前的布道。巫术是最可耻的罪恶；他们不应该容忍女巫活着等等。帕德维顿时浑身僵硬。

不过，这位善良的牧师用烦恶的目光盯着帕德维，继续宣讲着不该在我们神圣的热诚当中将黑暗技艺的实践者、妖魔的仆从与正直的工匠混为一谈，这样的工匠凭借巧夺天工的装置令我们在这充满悲苦的俗世度过的日子蒸蒸日上。说到底，亚当发明了耕犁，诺亚建造了跨越海洋的船只。而这种用机器进行书写的新技艺会在异教、蛮人之中更为便利地传播上帝的福音。

帕德维回到家的时候，叫来茱莉娅并告诉她，他不再需要她了。来自阿普利亚的茱莉娅开始抽泣，一开始还细声细气的，然后越来越惊天动地，"你到底是什么样的人呀？我把爱献给了你，我给了你一切。但是，不，你认为我只是个微不足道的乡下丫头，你可以对我为所欲为，然后厌倦了……"方言土语像机关枪似的往外蹦，帕德维再也跟不上了。等她开始尖叫着撕扯自己的衣服，帕德维毫无半点儿威风地威胁说要让弗莱瑟瑞克把她立刻丢出去。于是，她安静了下来。

她走后的第二天，帕德维亲自细细察看了一遍房子，看有没有什么东西被偷或是被砸了。他在自己的床底下找到一个古怪的东西：用马鬃捆了一小捆鸡毛，包裹着一只像是死了很久的老鼠；整件东西都淋了血，已经干了，硬邦邦的。弗莱瑟瑞克不知道那是什么。但乔治·梅楠德鲁斯知道；他面色有些发白，喃喃地说："诅咒！"

他哆哆嗦嗦地告诉帕德维，这是一个霉运咒，是由本地的巫师兜售的；被赶走的管家把它留在这里无疑是要让帕德维早早地、凄惨地死去。梅楠德鲁斯不是太确定自己还想不想继续做这份工作，"我倒不是真的相信诅咒，英明的先生啊，不过我要养家，我不能碰运气……"

不过报酬的增加打消了梅楠德鲁斯的顾虑。让梅楠德鲁斯失望的是，帕德维没有利用这事儿逮捕茱莉娅并让她因为施用巫术而被吊死。"想想看，"他说道，"那会让我们与教会站在一起，而且会给报纸带来一篇美妙绝伦的故事！"

帕德维又雇了一名管家。她是位满头灰发、面容憔悴、郁郁寡欢的处女，所以帕德维才用了她。

他听说茱莉娅跑去给犹太人埃比尼泽干活了。他希望茱莉娅不会在埃比尼泽身上施展她的特长。那位老银行家看上去可没有那么强的承受力。

帕德维告诉索玛苏斯："我们现在应该可以通过远距通信随时从那不勒斯得到第一条信息了。"

索玛苏斯双手揉在一起，"你是个奇人，马蒂内斯。只是我担心你会操之过急。效力于意大利国内的信使都在抱怨说，这种新发明会毁了他们的生计。他们说，这是不公平竞争。"

帕德维耸了耸肩，"我们走着瞧。也许很快就有战争的新闻了。"

索玛苏斯眉头紧皱，"那是另一件让我担心的事情。狄奥达哈德对于意大利的防御措施还什么都没做呢。我可不想看到战争向北一直波及罗马。"

"我跟你打赌，"帕德维说道，"国王的女婿，就是汪达尔的艾弗尔摩斯，他会擅离职守投靠帝国皇室。赌一枚金币。"

"好！"就在此时，负责系统操作的尤尼安努斯进来了，还带着一张纸。这是第一条消息，里边说贝利萨留已经在南部的雷焦登陆；艾弗尔摩斯已经投靠了他；帝国皇室大军正向那不勒斯进发。

帕德维冲着银行家一咧嘴，银行家的下巴都耷拉下来了。"抱歉，老人家，不过我需要那枚金币。我正攒钱要买匹新马呢。"

"上帝啊，你听到了吗？马蒂内斯，下一次要是我想跟一个魔法师打赌，你一定要跟我说我没那本事，而且要指定一个人监督我。"

两天后，一位信使来告诉帕德维，国王已驾临罗马的提比略皇宫，十分期待与他会面。帕德维心想，也许狄奥达哈德重新考虑了望远镜的提议。但事实并非如此。

"善良的马蒂内斯，"狄奥达哈德说道，"我必须命令你不要再继续运行远距通信了。立刻！"

"什么？为什么？我尊贵的国王陛下？"

"你知道发生了什么？嗯？你的那件东西把我女婿防线溃散的消息扩散开了——仅仅几小时之后，他背叛的事情就传遍了罗马，士气大挫，助长了亲希腊派的气焰，而且给我招致批评，全是冲我来的！所以请你不要再运行它了，至少在战争期间。"

"但是，我的陛下，我想你的军队会发现这东西十分有益于……"

"别再说了，马蒂内斯。我严令禁止。现在，让我想想。哎呀，我召见你还有其他事儿呢。噢，不错，我的那位卡西奥多罗斯很乐意跟你会面。你可以留下来共进午餐，好吗？那可是伟大的学者卡西奥多罗斯啊。"

于是，帕德维很快就发现自己朝着大区地方执政官躬身施礼了，那是一位年高德劭的意大利长者。他们立刻就历史编纂问题、文学文献、出版印刷事业的危险性展开了深入的讨论。令帕德维恼火的是，他居然对此十分享受。他知道这是在助长这些没骨气的老家伙对自己国家的防御问题置若罔闻的气焰，那太可耻了。但是——真是个令人心烦的念头——他心怀着超凡于世的聪明才智，令他情不自禁对这些人寄予无限的同情。而且自从帕德维到了罗马之后，还从没做过如此没脑子的事。

"杰出的卡西奥多罗斯，"他说道，"也许您已经注意到我在做报纸的时候，尽力让排字工区分 U 和 V，还有 I 和 J。这是一项需要水磨工夫的改良，您认为呢？"

"没错，没错，我优秀的马蒂内斯。克劳狄皇帝就曾做过此类尝试。不过对应每一种变格的发音，你用的是哪种字母？"

帕德维解释了一番。他还告诉卡西奥多罗斯，自己计划用通俗拉丁语印刷报纸,或者说至少有一部分来那么印。对此,卡西奥多罗斯略显不快地摇了摇手。

"优秀的马蒂内斯啊!那些令人厌恶的方言如今也被当作拉丁语了吗?奥维德要是听到了会说什么?维吉尔[1]会怎么说?那些古代的大师听了又会怎么说?"

"由于他们稍早于我们的年代,"帕德维咧嘴一笑,"恐怕我们永远都不能知道他们会怎么说。不过我敢断言,即使在他们那个年代,词尾 s 和 m 后面的 s 在一般的发音中都已经省略了。而且在任何情况下,发音和语法一旦变得与经典模式差异甚远,就再也变不回去了。所以如果我们想让传播文学的新手段有实用性,就应该迎合那种与口语多多少少更为一致的拼写方式。否则人们才不会费心去学它呢。作为开端,我们应该给字母表增加若干新字母。比如……"

几个小时后帕德维离开时,他至少是尽了一番努力让话题围绕着控诉战争的问题来谈。虽说无济于事,但他的良心也算过得去了。

有件事让帕德维感到很惊讶,其实他实在不该如此诧异,在他与国王和执政官相交甚厚的消息传出去之后,这不过是必然的结果。出身名门的罗马人前来拜访,他甚至被邀请去参加几场十分沉闷的晚宴,下午四点就开始,一直持续到大半夜。

听着夸夸其谈的聊天和更加空洞乏味的演说,他心想,二十世纪晚宴里的发言人在好高骛远、言之无物的华丽辞藻方面真该跟这些人好好学学。邀请他来赴宴的主人们稍显紧张地将他向众人做了介绍,帕德维留意到他们仍然将他视作某种怪物,不过是一个循规蹈矩的怪物,认识认识可能会有些用处。

甚至连科内琉斯·阿尼修斯都高看他一眼,向他发出了期待已久的邀请,让他去家里做客。虽说阿尼修斯并没有为当初在图书馆里些许的怠慢冷落而道歉,不过他倍加恭敬的举止表明他记得那一幕。

帕德维压下心中的傲气接受了邀请。他想,用自己的标准去衡量阿尼修斯太傻了。而且他也希望能再次一睹那位女士的芳泽。

等到了约定的时候,他从办公桌前起身,洗了洗手,告诉弗莱瑟瑞克

---

1. 普布留斯·维吉留斯·马罗(公元前 70 年—公元前 19 年),古罗马诗人。

该动身走过去了。

弗莱瑟瑞克大为震惊,"您是打算步行去那位罗马绅士的家里?"

"当然了。就几里路。对我们身体有好处。"

"噢,最最受人尊敬的老板啊,你不能那样!那太失礼了!我知道的,我曾经为那么一位贵族干过活。你应该乘一把轿椅,或者至少骑匹马。"

"毫无意义嘛。不管怎样,我们只有一匹马。你不想让我骑着马而你一路只能走着去,对吧?"

"那……不……我倒不是介意走路;不过一位绅士的家臣,就像我这样的,在一场正式的活动中像奴隶一样走路,这看着太可笑了。"

该死的礼仪,帕德维心想。

弗莱瑟瑞克满怀希望地说道:"当然了,那里还有匹干活的马。那牲口面相不错;别人会误以为是重骑兵战马。"

"但是我不想让车间里的小伙子们有好几个小时没事儿干,就为了某种该死的脸面问题……"

帕德维最终还是骑上了干活的马,而弗莱瑟瑞克骑着那匹仅存的骨瘦如柴的马。

帕德维被引到了一所大房子里,这里的装潢让他想起维多利亚时代晚期那种华而不实的文化风格。透过一扇闭着的门,他听到阿尼修斯的声音传了出来,正在朗声诵读一首五步格诗:

  "罗马,女武神,已高踞宝座,
  胸膛袒露,头戴金色王冠。
  宽大的头盔后垂下
  瀑布般的长发,铺洒腰间。
  仪态端庄,美貌摄人魂魄。
  紫色长袍,扣环形似毒牙;
  胸前一枚珠宝扣着斗篷。
  巨盾熠熠生光护在身边,
  用坚韧的金属锻造那瑞亚之洞……"

仆人轻手轻脚地走进那扇门,低语了几句。阿尼修斯停止了朗诵,手臂下夹着一本书快步迎了出来。他叫道："我亲爱的马蒂内斯！真是万分抱歉，我正在排练明天的演讲。"他拍了拍胳膊下面的书惭愧地笑了笑，"这不算是完全的原创演讲，不过你不会揭我的老底的，对吧？"

"当然啦。我隔着门只听到了一点。"

"是吗？你认为怎么样？"

"我认为你的表达十分出色。"帕德维忍住了这下半句话没说："不过那到底是什么意思？"因为他心里清楚，这样一个问题对于昔日罗马人的修辞方式来说，既无礼也无效。

"你真这么想？"阿尼修斯叫道，"太妙了！我真是备受鼓舞！我明天肯定会跟卡德摩斯看着自己播种的巨龙牙齿发芽时一样紧张[1]，不过预先能得到一位有见地的批评家的赞赏，这让我信心倍增。现在嘛，我要好好完成排练，就把你交给多萝西娅听凭她的安排喽。希望你不会见怪吧？太妙了！噢，女儿！"

多萝西娅出现了，相互见礼之后，她带着帕德维去了花园，阿尼修斯则回去继续抄袭圣希多尼乌斯[2]了。

多萝西娅开口道："有时候你应该听听我父亲讲的话。他会将你带回到罗马真正是世界的统治者的那个时代。可如果讲漂亮话就能使罗马恢复往日的力量，父亲和他的那些朋友早就使其恢复如初了。"

花园里很热，遍洒意大利六月的骄阳。蜜蜂飞舞。

帕德维问道："你们把那种花叫什么？"

她告诉了他。他很热，而且对于一刻不停、尽职尽责、冷酷无情地努力奋斗有些厌倦了。为了换个心情，他想要做一做年轻的傻瓜。

他问了她更多关于花朵的问题——都是些琐碎的无关紧要的事情。

她优雅地一一作答，不时弯下腰赶走花朵上的小虫。她也很热，上唇边渗出细细的汗珠。单薄的衣衫紧贴着身体的一些部位。帕德维艳慕着这些部位。她站得离他很近，极其深沉而又热情地谈论着花朵、虫子，以及困扰它们的凋萎病。要想亲吻到她，帕德维只需凑上去，再往前靠一靠就行了。他能听到自己的血液在耳朵里奔流的声音。她的一颦一笑在他眼里

---

1. 希腊神话中，卡德摩斯杀死毒龙，拔下龙牙种在土里，生长出武士。这些武士互相拼杀最后剩下五个。卡德摩斯和他们一起建造了希腊的忒拜城。
2. 圣希多尼乌斯·阿波黎纳里斯（430—489），诗人、外交家、主教。

都能算作是一份邀请。

不过帕德维一动也没有动弹。在他犹豫不决的时候，他的心里蹦出一条又一条理由：第一，他不知道她会怎样对待此事，而且不应该滥用这纯洁的、友善的笑容；第二，如果她因此恼羞成怒，看样子这很可能，那后果将不堪设想；第三，如果他与她亲热，那事后她对他会是怎样的想法？他不想要情妇——并不是说多萝西娅·阿尼修斯期望成为的那么一个女人——而且按他的想法来看，也不需要有一个妻子；第四，从情感上来说，他已经结婚了……

那样的话嘛，他心想：几分钟之前你还想做个年轻的傻瓜呢，嗯？马蒂内斯？你这小子？你做不到；太迟了；你总是停在半路要把事情搞个条理分明，就像刚才那样。倒不如认命做一个有城府的成年人，特别是你想改变但根本就力不从心。

不过这让他有点不开心，他永远都不会成为那种一时冲动的人——那通常与高大、潇洒相提并论——那样的人只消对某个姑娘看上一眼，就知道她会成为他命中注定的伴侣，并将她揽入怀中。他们漫步往屋里走去，准备同科内琉斯·阿尼修斯一起用晚餐、欣赏阿尼修斯的演讲，一路上他大都只是听着多萝西娅说话。帕德维看着在前边引路的多萝西娅，突然对自己有些反感，因为他居然让茱莉娅践踏了自己的床。

随后，他们就座——或者说在座椅上挺直了身子，阿尼修斯坚持按罗马古老而优良的传统风格进餐，这可真让帕德维受足了罪。阿尼修斯的眼神意味深长，帕德维感觉这神色之中的意味模糊而又熟悉。

帕德维心领神会，这种眼神的人不是正在写书，就是打算写书。阿尼修斯解释说："啊，我们生活在衰败堕落的时代，杰出的马蒂内斯！俄耳甫斯的七弦竖琴声若游丝；卡利欧碧遮掩了自己的面孔；无忧无虑的塔利亚默不作声；我们神圣教会的赞美诗已经淹没了欧忒耳佩[1]甜美的曲调。然而，我们中总会有人奋力高举诗歌的火炬游过蛮荒的赫勒斯湾海峡[2]，去开垦文明的花园。"

"真是卓绝超群。"帕德维赞道，趁机想方设法扭了扭身子想要找个舒

---

1. 以上均为擅长或司管音乐诗歌的希腊神话人物。
2. 今土耳其达达尼尔海峡。

服点的姿势。

"没错,我们不顾艰难险阻,依然坚持不懈。譬如,明知你们出版商的眼光鹰隼般锐利,但我还是斗胆献上一小本韵文。"他递出一捆莎草纸,"其中一些真的不错,尽管是我本人——这些文字不值一提的作者亲口这么说的。"

"我会非常非常感兴趣的。"帕德维说道,尽力摆出笑容,"至于说到出版嘛,我应当提醒您,我已经同三位与您志同道合的优秀作家签下了三本书的合约。由于还要印刷报纸和我的教学书籍,所以那些书还要过几周时间才会开始印刷。"

"噢。"阿尼修斯音调一沉。

"那三位是杰出的图拉真·赫洛迪乌斯、不凡的约翰·里昂提乌斯,还有令人尊敬的菲利克斯·阿维图斯。都是些史诗。由于市场情况,这些绅士业已承担出版所需的费用资金。"

"那就是说……嗯?"

"那就是说,他们已经提前支付了现金,而售书所得全归他们自己,以书商的售价为准。当然啦,受人尊崇的先生,如果书真的好,作者也就没有必要担心出版的花费能不能收回了。"

"是的,是的,杰出的马蒂内斯,我明白。你认为我这小小的创作有没有机会?"

"我必须得先好好看看。"

"那是自然。我现在就诵读一段,给你一个印象。"阿尼修斯站了起来,一只手捧着莎草纸,另一只手摆出了尊贵的姿态:

"战神雷鸣般的号角欢迎他的陛下,
年轻的朱庇特,登上了王位宝座,
高踞在自然之神摆放的群星之上。
卑微的神灵将他们主神的荣耀,
敬献给古老的君权,以盛大的继位……"

"父亲,"多萝西娅打断了他,"你的食物都要凉了。"

"什么?喔,还真是的,孩子。"

"还有，"多萝西娅继续道，"我想有时候你应该写一些优秀的基督教观点，而不全是那些异教徒的迷信。"

阿尼修斯打了个手势，"如果你有个女儿，马蒂内斯，赶紧早早把她嫁出去，别等着她长出批评人的本事。"

八月，那不勒斯落入了贝利萨留将军之手。狄奥达哈德对于那座城市一点援助都没有，唯一做的就是把那支小小的哥特人卫戍部队的家人牢牢抓在手里，以保证他们的忠心。那座城市唯一强有力的防御是由那不勒斯的犹太人实施的。这些人听说了查士丁尼的宗教情结，知道自己在帝国皇室的法律之下会遭到怎样的迫害。

帕德维听说这些消息之后十分难受。其实他可以为他们做很多事情，只要能让他自行其是。而这总会有让他遭遇意外身亡的危险——战争中再寻常不过的就是意外了，就像伟大的阿基米德死于罗马士兵之手那样。在这个年代，卷入战乱兵灾的百姓将会受到粗暴而残酷的对待，而在短暂的相对人道的自制后，这种情形又出现在了他自己生活的二十世纪的军队中。

弗莱瑟瑞克前来禀告说，有一队哥特人想要检查帕德维的地盘。他阴沉着声音特意嘱咐："迪德吉斯凯尔跟他们一起来的。您知道，就是国王的儿子。注意盯着他，英明的老板。他会找麻烦的。"

一共来了六个人，都很年轻，他们腰佩宝剑大踏步走进房间，按着当时的习俗来说，这可是大失礼节。迪德吉斯凯尔相貌英俊，一头金发，年轻气盛，继承了父亲尖细的嗓音。

他盯着帕德维，就像是看着动物园里的什么东西，然后说道："自从我听说你和那个老家伙一起嘀咕那些手稿之后，就想看看你这地方。我是个很有好奇心的人，你知道的，思维活跃。这些愚蠢的鬼机器都是做什么的？"

帕德维做了一些解说，与此同时，王子的那些同伴对他个人的外表用哥特语进行了一番评头品足，他们以为帕德维听不懂他们在说什么。

"啊，是的。"迪德吉斯凯尔打断了他的解说，"我想这就是我对这个地方的兴趣所在了。现在，咱们去看看这台制造书籍的机器。"

帕德维向他展示了印刷机。

"噢，是的，我明白。真是一件简单的东西，不是吗？我自己都能创造出来。对于喜欢它的人来说一切都很好。尽管我能读会写，无所不能。实际上比大多数人都要强得多。不过我从没操过这份心。枯燥乏味的事情，不适合像我这样的健康人。"

帕德维应道："毫无疑问，毫无疑问，我的殿下。"他希望自己心里的火气没有涌到脸上来。

"我说，维利莫尔，"迪德吉斯凯尔继续道，"你还记得去年冬天跟我们玩得很开心的那个商人吗？他有些地方看上去跟这位马蒂内斯挺像的，都是大鼻子。"

维利莫尔放声大笑，"我太记得了！老天呐！我永远都忘不了我们说要把他放到台伯河里施洗礼的时候，他的那副眼神，当时可是给他绑了大石头，连天使都捞不起他了！不过最有意思的是，卫戍部队的士兵以施暴为由把我们逮捕了！"

一阵狂笑当中，迪德吉斯凯尔对帕德维说道："你应该在那儿看看，马蒂内斯。你应该看看老琉德里斯发现我们是谁之后，他的那张脸！我可以这么告诉你，我们让他跪地求饶了。我一直都很后悔，当时没有把搅了我们乐子的那伙士兵狠狠鞭打一顿。我就是这么个人，在这种事情上我总是能发掘出其中的幽默。"

"您还想看看其他东西吗？我的殿下？"帕德维面无表情地问道。

"噢，我不知道……说说看，这些一箱一箱的东西都是干吗的？"

帕德维撒谎说："刚刚到的一些东西，是我们的机器上用的，我的殿下，还没时间处理这些箱子呢。"

迪德吉斯凯尔意味深长地一笑，"想要愚弄我？嗯？我知道你都在忙活什么。你打算赶在贝利萨留到来之前把你的东西偷偷弄出罗马，对吧？我就是这么个人，一眼就能看穿这类小伎俩。好吧，我也不必责怪你。不过听说你好像有内部消息是关于战争如何进展的。"他仔细看了看放在工作凳上的一支崭新的黄铜望远镜，"这是件有意思的小玩意儿。我要带走，如果你不介意。"

尽管帕德维不在乎小钱，可这对他来说也太过分了，"不，我的殿下，我很抱歉，我的生意需要这件东西。"

迪德吉斯凯尔双眼圆睁，一脸惊讶，"哼？你是说我不能拿走这玩意儿？"

"殿下，是这样的。"

"喔……嗯……嗯……如果你是这个态度，那我付钱给你。"

"那个不卖。"

迪德吉斯凯尔的脖子渐渐泛起红晕，窘迫与怒气涌了上来。他的五个朋友在他身后直往前挪动，左手都扶在了剑柄上。

那个名叫维利莫尔的人低声说道："我觉得，先生们，我们的王子受到了羞辱。"

迪德吉斯凯尔之前已经把望远镜放回了凳子上。这时他又伸手去拿；帕德维一把抢了过来，故意将望远镜的一头搭在了左掌上。他知道，就算他能毫发无伤地摆脱眼前的困境，也要骂自己是个不要命又没脑子的游侠骑士了。不过这一刻他实在是太窝火了，顾不了那么多。

尴尬的寂静被帕德维身后一阵急促的脚步声打破了，他看到迪德吉斯凯尔的目光从自己身上移开。他转头看去。门口是弗莱瑟瑞克，佩剑的腰带已经扣好，剑鞘斜搭向前；涅尔瓦攥着一支三尺长的青铜杆棒。他们身后跟着其他工人，各自手里都拿着一些随手找来的家伙。

"看起来，"迪德吉斯凯尔说道，"这些人一点礼貌都不懂啊。我们应该给他们上一课。不过我跟我们家老爷子许诺说不再打斗了。我就是这么个人，总是恪守诺言。走吧，伙计们。"于是，他们走了。

"呜呼！"帕德维喊道，"你们这些伙计可算是救了我这把骨头。谢谢。"

"噢，这没什么。"乔治·梅楠德鲁斯说道，"可惜的是他们没留下来等着被揍出去。我倒是很乐意敲打敲打他们的蠢脑壳。"

"就你？哼！"弗莱瑟瑞克哼了一声，"老板，当我开始集合这帮人的时候，看到的第一件事就是这家伙要从后门往外溜。您知道我是怎么让他回心转意的？我说要是他不上，我就用他自己的肠子编根绳子把他吊死！还有其他人，我威胁说要砍了他们的头，把他们的脑袋戳在房前的木栅栏上。"他又想了想今日之事的后患，补充道："不过这么做实在没什么好处，英明的马蒂内斯。那些家伙会对我们怀恨在心，而且他们可是有权有势的人，想要什么都能弄到手，而我们全都得埋进无名的孤坟。"

帕德维尽可能把他的设备可拆卸的部分打包，打算走船运去佛罗伦萨。就他所记得的普罗柯比的史书记载，佛罗伦萨在查士丁尼对哥特人的战争中没有遭受围困或是劫掠，至少在早期是如此。

但是事情准备到一半的时候，八名卫戍部队的士兵来到帕德维跟前说他被捕了。对于被捕，他现在已经习以为常，于是镇定自若地给工头和编辑布置任务，安排把设备运走启程，并且想法要见见索玛苏斯，尽量跟他保持联系。待这些都交待好后，他挺身而去。

走到半路，他提议请几位哥特人喝一杯。他们当即接受。在酒铺里，他把领头的军官叫到一边，给了他一点贿赂，希望他能放自己走。这个哥特人似乎是接受了，揣起了那枚金币。然后，帕德维满脑子想着逃跑计划，要把胡子刮掉，弄一匹马，逃往佛罗伦萨。当说起该把他放走了时，那个哥特人看着他，脸上又是纠结又是遗憾：

"这个么，最杰出的马蒂内斯啊，我可不能考虑放你走！我们的总指挥官，尊贵的琉德里斯，他是一位信守原则的苛责之人。如果我的手下谈论此事，他会听到风声的，那他绝对会惩罚我。当然了，我很感激你的小礼物，我会尽力为您说好话的。"

帕德维什么都没说，不过他下定决心，以后要想让他为这位军官说句好话，那可有的等了。

（未完待续）

Copyright© 1939 © 1941 by L. Sprague de Camp

幻想书房

刘皖竹 张羿 译

《逐影》

[美]大卫·布林 [美]史蒂芬·W.波茨 编

出版社：TOR Books, 2017.1

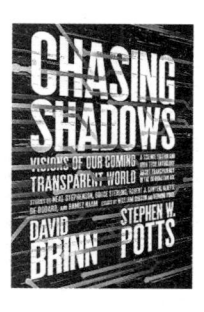

这本选集的副标题为"展望我们即将来临的透明世界"，书中所有故事都讲述了科技对人类交流方式的改变以及对隐私权的影响。选集共收录了三十多篇小说，均来自科幻领域的大师，每一篇都被归类在不同章节下，如"监视""无所遁形""大小谎言"等等。其中一些小说与短文的创作可追溯至20世纪60年代，但大部分都出自当代作家之手。

事实上，我很难去评论这本选集，因为往常所用的评论方法都不太适用。尽管这样说可能会吓跑一些读者，但这些故事探讨的是一些对当今世界至关重要的话题，而不是读者往常在科幻选集中看到的那些。每个主题下的不同故事都体现了科幻作家对种种问题的担忧，比如隐私问题，比如对个人数据乃至个人本身的控制，比如科技发展在数十年之后带来的后果。不仅如此，选集中收录的小说也都异彩纷呈，有些故事情节相当惊险刺激，甚至会令人感到不安。

在评论一本选集时，我通常会挑选出某个优秀的故事着重介绍。但在这部作品中，我很难选出这样一个故事。书中收录了一些经典名篇，比如威廉·吉布森的《通往奥希阿纳之路》，以及达蒙·奈特的深情之作《我看见你了》，还包括罗伯特·西尔弗伯格的名篇《隐身犯》。还有一些作品则对未来公开提出了警告，比如杰克·麦德威的《你那说谎的眼睛》，以及大卫·布林的《视觉的坚持》（读完这个故事之后，你绝不会再像以前那样看待苹果眼镜了）。这些故事都十分优秀，冲击力十足。当然，还是要用那句老掉牙的话来夸一下这些故事：引人深思。

荐书人：

[美]乔迪·林恩·奈 & 比尔·福斯特

《叛徒的女儿》

[美]克里斯·肯尼迪 [美]托马斯·A.梅斯

出版社：Theogony Press, 2018.3

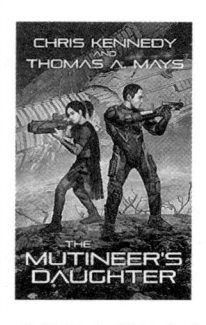

对于书评人来说，为读者介绍才华横溢的新作家实乃一件快事。我现在要推荐的这部小说便是如此。独立作家克里斯·肯尼迪和托马斯·梅斯曾单独出版过众多佳作，而此次合作使得两位的长处进一步得到了发挥。《叛徒的女儿》这部作品讲述了两个平行故事，在本书的宇宙中，严格的阶级制度正在星际社会中卷土重来。

第一个故事的主人公是本诺·桑切斯，他是一艘驱逐舰上武器部门的准尉。

作为一名来自边缘世界的低级船员,他努力出人头地,却经常被高级军官为难。在主力舰队的交战中,他的战舰遭到了严重破坏。就在这时,桑切斯展现出了自己的修理天赋,保证了战舰上的武器运转,这使他成为一名英雄。但在得到荣誉之后,他发现曾保护自己星球的舰队已经被召回,用来加强核心星球的防御,而他的女儿还留在那里。

当他的家乡和其他五颗星球在毫无抵抗的情况下被敌人占领后,桑切斯从英雄沦落成了叛徒,并被判处死刑。因此,他和其他几名获刑的士兵联合起来,夺取了驱逐舰。接着,真正的挑战来临了:这些"叛徒"不仅需要找到补给,将战舰修好,还得从几十艘战舰的包围中逃脱。尽管他们最终完成了这些壮举,但仍面临着几乎不可能完成的任务,那就是夺回被占领的六颗行星。

第二个故事与第一个故事交替上演,主人公是十六岁的女孩米奥,也就是桑切斯的女儿。在命运的安排下,米奥加入了抵抗军,对抗着占领自己家园的敌人。机缘巧合、无畏的勇气和良好的判断力使她在抵抗军中脱颖而出,不过米奥也付出了巨大的代价,无论是身体上的,还是情感上的。

随着主角的命运发展,你会发现自己开始关心他们的困境,同时对丑陋而不公平的阶级制度深感厌恶。与此同时,书中还带有精彩的动作情节和充满科技感的太空战斗。在一系列惊险刺激的战斗中,驱逐舰面临的困境也日益突显。同时,身处重重险境的殖民地之中,尽管被迫无奈,米奥却也积极地组织起对武装到牙齿的侵略者的反抗。倘若你热爱太空歌剧与动作剧情,你将会喜欢这本《叛徒的女儿》。

荐书人:[美]保罗·库克

《被囚禁的梦》
[美]迈克尔·弗林

出版社:Phenix Pick,2012.8

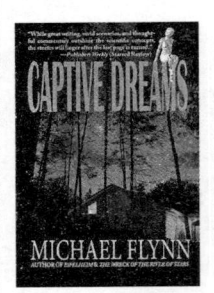

迈克尔·弗林最为人称道的作品是他那些长篇太空歌剧巨著,比如《星河遗迹》《火焰行星》《沿吉姆河而上》《一月的舞者》以及《巨狮之口》。除了这些引人入胜的银河史诗外,他有时也会创作一些发生在地球上的故事。这些故事同样让人手不释卷,其中最优秀的要数《盲人国》和《恶魔村》了。

若是非要从他的作品中挑出什么刺来(这样表达有些过了),那就是他的小说篇幅实在是太长了。这是他的写作风格造成的。用弗朗西斯·菲茨杰拉德[1]的话来说,弗林正是个"加法者"(菲茨杰拉德曾与托马斯·沃尔夫通信,在信中他控诉后者的小说实在太过冗长,是个不折不扣的"加法者",他认为写作的精髓在于:一针见血,绝不拖沓)。正是由于弗林小说的这一缺陷,我才读完了他

---

1. 全名为弗朗西斯·斯科特·基·菲茨杰拉德(1896—1940),美国著名作家、编剧,著有《了不起的盖茨比》。

三部作品。正如他们说的，光阴似箭……

好在弗林的短篇小说都是原地起飞的那种，相比之下，他的长篇小说都在负重前行。它们情节紧凑，故事节奏也恰到好处。其中一个典型例子便是这部小说选集——《被囚禁的梦》，里面收录了五个短篇小说和一个中篇小说。这个中篇小说名为《心之旋律》，曾在1994年获得雨果奖最佳中篇小说提名。

书中收录的几个故事分别为：《心之旋律》，1994年首次登载于科幻杂志《类比》；《被囚禁的梦》，1992年首次登载于《类比》；《充满希望的怪兽》，首次出版；《没有道路通往的地方》，首次出版；《记忆中的吻》，1988年首次登载于《类比》中；《被埋葬的希望》，首次出版。

这本选集中没有一个糟糕的故事，每一篇都能明显看到南希·克雷斯的影响。克雷斯曾多次公开指出家庭在科幻小说中的重要性。不仅如此，这一点在海因莱因的作品中也有所溯源。克雷斯所说的与弗林在这些故事中表现的一样，是家庭成员之间的血缘关系以及与其他人类的联系。这一概念在《心之旋律》这个故事中最为深刻。在这个故事中，一个年轻人与一位患有老年痴呆的妇人相遇，这位妇人总哼着百年前的小调，还记得一些早已超出她年岁的往事。弗林善于创造超越历史深度的角色，在他们身上，我们能够感受到人类的特质。

弗林的短篇小说还有一个特点，那就是书中没有"英雄人物"。他将这些角色都留给了自己的太空歌剧，而他在短篇小说中描写的都是普通人，这使得弗林在科幻小说文坛中独树一帜，除了南希·克雷斯以外。当我阅读他们的作品时，我读的是人类本身。他们是普罗大众，是照顾婴儿的母亲，是独自死去的老人，是食不果腹的家庭。在这些故事中，并没有那些撕破衣服、双拳紧握的太空指挥官。

最后，弗林写的编后记也令我印象深刻。他并不像其他作者那样吹嘘自己，而是在探讨写作本身。这是一本极为优秀的作品集，字里行间充满人性，为我们展现了迈克尔·弗林这位天才作家的另一面。不要错过，享受这部作品吧。

荐书人：［美］保罗·库克

《虚构之人》

［英］艾尔·尤因

出版社：Solaris, 2013.5

偶然读到一本构思别具一格的书总是一种乐趣。请想象一个世界（另一个洛杉矶，但与现在处于同一时代），在这个世界上，为电视节目和电影创造的克隆人在他们的节目被砍掉之后会像普通人一样回到日常生活中。这部引人入胜的小说的主人公是一位名叫奈尔斯·戈兰的小说家兼编剧。他的一位治疗师是虚构的，他的大多数朋友也是虚构的。他在《虚构之人》这部小说的故事中遇到的很多人同样都是虚构的。故事的主要情节跟随奈尔斯展开，他被一群人招募了，那些人"有意"把他的小说中的一个角色搬上银幕，当然也是通过虚构的方式。

奈尔斯的问题在于，他是个精神受过严重损伤的人。小说的大部分篇幅都是他以第三人称思考自己（全部用斜体字表示），他狂热地赞美着他更喜欢的现实世界，而不是他当下所处的世界。我记得1963年有一部很棒的电影，叫《说谎者比利》，由汤姆·康特奈主演。在这部电影中，一个年轻人在脑海中戏剧化自己的生活，他（像幻想症患者那样）想象自己处在各种各样的超现实情境中，比如在一辆假想的坦克上朝他的老板扔手榴弹。无疑这部小说让我想起了《说谎者比利》。它也会让你更多地想起菲利普·迪克，书中的大多数人物都有这样或那样的人格障碍，几乎没有人知道什么是真什么是假。尤其当奈尔斯的小说中的虚构元素开始侵入他的现实生活时，则更是如此。

尤因以一种非常精确的方式巧妙地完成了这一构思，它只适用于奈尔斯·戈兰的世界。这样，他就不会天马行空，开始把我们（在我们的世界里）熟悉的电影角色写进这本书里。他这样做是因为他必须这样做。你在写一部以阿尔·帕西诺[1]为主角的小说时，就不能把帕西诺写成迈克尔·柯里昂的样子（作为虚构人物，他不会是帕西诺，但他会是迈克尔·柯里昂）。在这本书中，尤因专注于一个有情感问题的编剧，周围都是曾经是电视明星的克隆人。

我还想补充一点，《虚构之人》也是对洛杉矶和电影行业生活的精彩讽刺，但不是用你可能会想到的方式。任何曾经在那里生活过一段时间的人，特别是你们当中可能有过娱乐业从业经历的人，或者认识娱乐业从业者的人，都知道那里的生活是多么地不真实（但并非超现实）。如你所知，人们会在那里迷失，无论是字面上还是精神上的迷失。这些元素全部注入了《虚构之人》这本书中。奈尔斯·戈兰完全迷失在好莱坞制造的幻象中。这并不是说一切都是虚幻的。只是戈兰不知道如何在这样一个虚幻的世界里发挥自己的作用。随着技术的变化，规则也在不断变化。通过这种方式，我认为作者尤因创作了一部精彩的作品，他或许无意中在向菲利普·迪克致敬，并讽刺了我们自己的时代。讽刺电影制作行业和嘲笑洛杉矶的生活很容易，我们都看过这样的电影和电视节目，但尤因却认真对待他的人物，认真对待他们的精神失常、疾病、幻想和幻灭。《虚构之人》是人文情怀与奇思妙想的产物，我想人们会在很长一段时间里谈论这本小说。

荐书人：[美]保罗·库克

---

1. 阿尔·帕西诺（1940— ），美国演员，2007年获得美国电影学会颁发的终身成就将。在电影《教父》中饰演迈克尔·柯里昂。

2018 年，八光分文化联合人民文学出版社共同推出《银河边缘》丛书，这是一套由东西方科幻人联合主编的幻想文库，作品主体部分选自美国科幻大师迈克·雷斯尼克主编的科幻原版杂志《银河边缘》，同时有相当篇幅展示国内优秀的原创科幻小说。在此，我们向国内全体原创科幻作者约稿。

我们以"惊奇、畅快"为原则，着力呈现中外名家及新人作者的中篇佳作，展示更具野心的科幻作品，呼唤长篇时代的到来。

原创小说 征稿启事
长期有效

| 投稿邮箱 | —— tougao@8light-minutes.com
| 邮件格式 | —— 作品名称 + 作者名
| 审稿周期 | —— 初审十五个工作日回复（长篇除外）
| 稿　　费 | —— 150 ~ 200 元 / 千字（长篇另议），优稿优酬。
| 字　　数 | —— 不限字数，以 2 万 ~ 4 万字中篇为宜，接收长篇来稿。

| 审稿标准 |

- ▶ 想象力：想象力是科幻小说的核心与灵魂，也是审稿的首要标准。
- ▶ 代入感：作者通过剧情、人物等元素，使小说易读，令读者沉浸其中。
- ▶ 剧情逻辑：在人物动机、事件逻辑上没有明显漏洞，不会让读者产生"跳戏"的感觉。
- ▶ 技术细节：非常欢迎，但不强求。

| 注意事项 |

- ▶ 务必保证投稿作品为本人原创，从未发表于任何平台。
- ▶ 切忌一稿多投。
- ▶ 小说请以附件形式发送邮箱，注意排版，合理分段。
- ▶ 请在邮件末尾提供个人联系方式，如姓名、QQ、手机等。

欢迎加入我们的 QQ 写作群 → **494 290 785**

《银河边缘》编辑部　2019 年 10 月